A caixa escura.

22:00

Dezessete anos;
três meses
duas semanas
e um dia naquela prisão dentro da minha própria casa.

Quando o sol adormeceu, e a única coisa que se podia ver no céu negro eram as estrelas, o cucú disparou marcando dez horas da noite.

A porta do quarto se abriu num estrondo, e os correntes que trancavam as portas caíram se deixando com frio de medo.

Um homem muito gordo adentrou no quarto
– Acordem! Agora! – Gritou – Quero todos de pé. a minha mãe está esperando para bater em alguém.

E os meus dezoito irmãos e eu

midamente escolhido se vestir como um cantor homossexual e extravagante nessa animada festa?

Talvez Aureliana Alessi, a esquisita que comia lasanhas com cheiro estranho em marmitas no almoço, e não sanduíches prontos, pudesse finalmente participar das risadas, em vez de ser o alvo delas.

Era como se a escola fosse uma pantomima, com todo mundo simplesmente interpretando papéis, e tanto vilões quanto heróis subissem ao palco para cumprimentar o público juntos ao final.

Até Lindsay e Cara, as antagonistas mais dedicadas de Aureliana, que usavam minissaia e botas com plataforma como Agnetha e Anni-Frid do ABBA, tinham sido diligentes em deixá-la em paz naquele dia.

Os membros daquele clube bebiam vodca contrabandeada em garrafas de refrigerante e a observavam com seus olhos cheios de maquiagem, mas mantinham a distância. Aureliana não teria se importado em tomar um gole de alguma coisa.

Talvez a magia do Mock Rock viesse do fato de os garotos mais velhos e populares já serem como *rock stars* para os mais novos. Com exceção de James Fraser, que era como um *rock star* para *todo mundo*. Aureliana olhou para ele e disse para si mesma que ia ficar tudo bem porque subiria ao palco com James Fraser.

James Fraser. A simples música de dizer o nome dele já deixava seu estômago embrulhado.

Ela estava cabulando a aula de Educação Física na biblioteca uma semana antes, relendo um livro da série *Sweet Valley High*, quando ele se aproximou.

— Oi, Aureliana. Você não devia estar na Educação Física?

Foi o momento mais extraordinário.

James Fraser, deus da Rise Park, estava pela primeira vez falando com ela. *Com ela*.

E sabia o nome dela. Não só os apelidos de "o galeão italiano" ou "a Pavarotta".

E conhecia os horários dela?

Ele abriu um sorriso lento. Aureliana nunca o tinha visto de tão perto antes.

Foi como conhecer um ídolo — todas aquelas horas gastas obcecada

- TSUBA-chan, isso foi muito feio! Vocês sabem o que o mundo diz sobre mulheres que roubam? Falam que a falta da sexualidade na vida delas é o que causa isso. Agora vocês duas mostraram ao mundo o que realmente falta. — ~~Briguei~~ Repreendi

As minhas irmãs baixaram a cabeça.

- Desculpa, Raim-chan. - disse TSUBA-chan.
- Prometemos que nunca mais faremos isso.

Me abaixei, ficando de cara a cara com elas.

- Eu vou acreditar em vocês, mas por favor não façam mais isso, OK?

As duas balançaram a cabeça concordando

- Você vai contar para o papai? - Perguntou Shiina

Dei um sorrisinho calmo.

- Não. Não vou - digo com um sorriso

Elas sorriram e se entreolharam

- Agora vão, e nada de pegar ~~nada do~~ os doces do Karuko-sama.
- Tchau, Raim-chan
- Se vemos mais tarde.

Observei enquanto as duas entraram na escola.

Por fim me levantei e me afastei dali.

Eu sou ~~Matsu~~ Raim, tenho dezoito anos. Moro em Toquio, e sou estudante da universidade. Eu não venho de uma família rica, preciso que trabalho para ajudar a sustentar as despesas da minha casa. Moro com meu pai e minhas irmãs. Minha mãe morreu quando eu tinha cinco anos.

Olho o relogio eram seis e cinco, hora de trabalhar.

- Desculpa, Raim-chan.

- To com saudades do papai Raim chan - disse TSuba
- ~~[illegible]~~ Eu sei - digo com a voz fraca - eu também estou minha linda.
- Ele vai voltar pra nos visitar quando? - choramingou Shiina -
Raim eu to com medo do Shimada.

Arregalei os olhos.

- O que aconteceu? - Pergunto
- Quando ele foi visitar a mamãe no hospital, o Shimada começou a bebe, ele quase me empurrou da escada e jogou ~~comio~~ a sopa de ervilha toda na TSUBA
- Oh meu deus - digo ~~[illegible]~~

Puxo minhas irmais para um abraço.

– Ele voltou a bebe, mas eu achei...
– Toda vez que nc sai para trabalhar e visitar a mamãe ele bebe. – confessou TSUBA.

O Natsu Shimada era meu padrasto a tres anos. Ele era um alcoolatra, e sempre batia em mim e nas minhas irmais. Mesmo ~~bater~~ assim mamãe o amava.

AGRADECIMENTOS

Uau! Prepare-se para um longo agradecimento, como o Conde De Vici diria (deveria) dizer. Em primeiro lugar, infinitos agradecimentos a Ali Gunn e Doug Kean, da Gunn Media: vocês são, ao mesmo tempo, uma equipe de agenciamento dos sonhos e ótimas companhias para uma noitada.

Um obrigada enorme para minha talentosa editora Helen Bolton por todo o seu trabalho árduo e sua paciência durante a acentuada curva de aprendizado que é o segundo livro, e a todos na Avon e HarperCollins por seu entusiasmo e sua habilidade. Keshini Naidoo, você é uma maravilha que tornou este livro muito melhor.

Meus leais primeiros leitores — meu irmão Ewan e os amigos Sean Hewitt, Tara e Katie de Cozar (que de maneira nenhuma se parecem com as irmãs Alessi) e Tim Lee: muito obrigada pelo encorajamento. Eu teria desistido sem ele.

Sou especialmente grata à brilhante historiadora Lucy Inglis — peço desculpas por chamá-la de "historiadora" — pelas informações sobre Theodora. Também devo minha gratidão a Jeremy Fazal pelas informações privilegiadas sobre Barking, e a meu pai, Craig, pelo vocabulário de italiano. Desculpe os palavrões no resto do livro, pai. Ah, e meu agente cinematográfico Mark Casarotto precisa receber um agradecimento, ou ficará chateado.

Pessoas engraçadas cujos chistes foram roubados e/ou adaptados incluem: Jenny Howe, Alex Wright, Martyn Wells, Natalie Jones, Matt Southall, Rob Hyde e Sam Metcalf. Desculpem-me. Arranjem um advogado ou me façam rir menos.

Tive a sorte de conhecer pessoas incríveis nos últimos anos, e pela inspiração e excelente companhia, um agradecimento especialmente caloroso a Bim Adewumni, Tom Bennett, Sarah Ditum, James Donaghy, David Carrol, Dan Gilson, James Trimbee, Andy Welch e Jennifer Whitehead.

Tenho outra família — parentes do meu marido e amigos que sempre me apoioaram. Por favor, saibam que agradeço profunda e sinceramente, sem ter espaço para listar todos aqui.

Meu maior agradecimento vai para Alex e Mr. Miffy. Vocês aguentam *muita coisa.*

E obrigada, se você comprou este livro. Ainda parece um milagre, um milagre que eu não menosprezo.

por cada detalhe e, de repente, se deparar com ele ao vivo e em cores. E que cores. Aquela pele branca que parecia ter uma luz interna, como a chama de uma vela queimando e cintilando de dentro da parafina. O brilho do cabelo preto e o azul-violeta dos olhos.

Uma vez, Aureliana tinha tentado desenhá-lo com canetas hidrocor em seu diário. Não deu certo, ele acabou parecendo um sósia de Shakin' Stevens. E ela voltou aos desenhos de corações e flores de sempre, e para a legenda "AA & JF PRA SEMPRE".

— Não culpo você. Educação Física é um saco.

Aureliana fez um barulho de incredulidade pelo nariz e assentiu vigorosamente. James, o atleta, também odiava a Educação Física em segredo?! Era a prova. Eles tinham nascido um para o outro.

— Eu estava pensando, e o Mock Rock? Pensei em ir de Freddie Mercury e você podia ser aquela cantora de ópera. Isso seria engraçado? Um dueto, eu e você. Que tal?

Aureliana fez que sim com a cabeça. Ele tinha dito "eu e você". Fantasias tinham se tornado realidade. Naquele momento, ele podia ter dito: "Estou planejando me jogar daquela janela. Não parece uma queda longa. Você aceita?", e ela teria ido junto.

Foi só nos dias seguintes que Aureliana pensou se seria boa ideia subir ao palco como uma das figuras mais gordas, estrangeiras e alvo de provocação de Rise Park, ao lado do deus do sexo da escola. E se todas as piores vadias a crucificassem por isso? Mas então lembrou que nunca mais as veria depois da festa, e as garotas não arruinariam o grande momento de James Fraser.

Ela achou que James ia querer ensaiar, mas ele nunca tocou no assunto, e ela não quis parecer insistente. Ele sabia o que estava fazendo, sempre sabia.

Mas talvez ele devesse ter discutido o figurino. Aureliana pensou que a ideia era exagerar. E escovou o cabelo para trás, imitando o penteado da soprano, e encheu o rosto de base em bastão. James, até onde ela podia ver, apenas desenhara um bigode fino, a lápis. Mas ela não sabia o que esperar. Era improvável que ele vestisse um collant com a parte da frente aberta e enchesse o peito com pelos falsos.

Gavin estava fazendo seus agradecimentos. Meu Deus! Tinha chegado o momento. Lá vai. James apareceu a seu lado, e Aureliana nunca havia se sentido tão importante ou especial.

O mestre de cerimônias do Mock Rock, o sr. Towers, colocou a música. Gelo seco. Um assobio leve, e os acordes de abertura de "Barcelona" ganharam força.

Eles subiram ao palco ao som de gritos e aplausos ensurdecedores. Aureliana olhou para a galeria de rostos satisfeitos, tendo um delicioso vislumbre do que era ser James Fraser. Sentir a animação e tanta gentileza refletida de volta para você.

Ela virou para James, para trocar um sorriso nervoso de solidariedade antes de a letra começar, mas ele estava olhando para ela com uma expressão maliciosa e recuando para os bastidores de novo.

Foi um pralinê verde que a atingiu primeiro, acertando seu rosto e caindo no chão do palco. Ela sentiu uma pequena dor na barriga quando outro míssil atingiu o alvo, como se um elástico tivesse sido lançando em seu corpo. Um bombom de avelã passou por sua cabeça, e ela desviou, só para uma bala toffee acertar seu queixo.

E então veio um furacão de doces Quality Street, enquanto o ar era tomado por uma tempestade de estilhaços multicoloridos. O sr. Towers desligou a música e começou a gritar para tentar restaurar a ordem, mas foi em vão.

Aureliana olhou desesperada para James. Ele estava com o corpo quase dobrado de tanto rir. Seu melhor amigo, Laurence, segurava a cabeça do camarada, enquanto o outro braço fazia um comprimento triunfal de punho fechado.

Lindsay e Cara tinham lágrimas escorrendo pelo rosto maquiado e estavam apoiadas uma na outra. Aureliana demorou um momento para aceitar o que estava acontecendo.

Que isso tinha sido planejado desde o início. Que alguém tinha se dado ao trabalho de comprar dúzias de latas de doce e distribuído pela plateia. Que tinham combinado um sinal para começar a jogá-los e, para todos os outros, esse era o toque a mais de zombaria para o *gran finale*.

Devagar, ela se deu conta de que sua paixão não era tão secreta quanto achava. Isso para Aureliana foi ainda mais humilhante, ser o olho do furacão de doces.

Ela podia ver Gavin tentando repreender todo mundo de baixo de sua cartola de pato.

James Fraser batia palmas e pronunciava uma única palavra de quatro sílabas, olhando para ela, enunciando com clareza. *Elefante*.

Fazia tempo que Aureliana tinha aprendido a não chorar sob pressão. Não era apenas para não dar a seus algozes essa satisfação; ela entendera que quanto menos reação demonstrasse diante das provocações, mais rápido as pessoas perdiam o interesse. Não havia motivo para não seguir essa regra agora e começar a chorar diante de uma plateia grande e hostil. Infelizmente, naquele momento de determinação e dignidade, ela foi atingida com uma bomba de coco no olho esquerdo, e os dois começaram a lacrimejar.

1

Anna saiu do cruel frio de outono e entrou no calor do restaurante. O lugar estava cheio de vida com as conversas e a música, que tinham aquele ar de *o fim de semana começou*.

— Mesa para dois, por favor! — Anna gritou, sentindo a agitação dos nervos e da ansiedade, temperada pelo ceticismo. Tratando-se de encontros ruins, ela tinha mestrado e doutorado.

Graças à prática, Anna sabia escolher lugares animados e não excessivamente românticos, para diminuir a pressão. E a moda de pratos compartilhados que chegavam em diferentes momentos era uma dádiva. Com os três pratos tradicionais, não havia nada pior do que um encontro ruim e saber que você estava presa em uma conversa contendo "é mesmo?" e "de onde você é?" ou "apenas um *espresso* para mim, por favor".

Claro, era possível simplesmente tomar um drink e eliminar o jantar. No entanto, Anna tinha vetado a opção álcool sem comida desde um incidente em que acordou no final da Central Line com apenas lembranças recortadas de como tinha chegado lá, com um balde de gelo de plástico em forma de abacaxi nas mãos e um celular com 11 mensagens de texto cada vez mais incoerentes e pornográficas.

A garçonete intimidadoramente jovem e moderna anotou seu nome e a conduziu até o escuro andar inferior. Anna ficou parada na aglomeração de três pessoas do bar em meio a homens de terno recém-saídos do trabalho e falando alto, se perguntando se aquela seria a noite.

Com "a noite", ela se referia à noite que seria mencionada no discurso do padrinho de casamento, que estaria de pé sob um raio de sol vindo das janelas fasquiadas no esplendor do Old Rectory.

Para vocês que não sabem, Neil conheceu Anna em um encontro marcado pela internet. Pelo que sei, ele ficou atraído pelo delicioso senso de humor dela e pelo fato de que Anna lhe ofereceu um drink sem que ele pedisse. (Pausa para risadas sem graça.)

Finalmente, ela meio gritou, meio gesticulou um pedido para si mesma e para seu par e encontrou um canto para se acomodar.

Para falar a verdade, ela se repreendeu, um encontro marcado on-line é basicamente uma entrevista para o sexo. Já não é pressão suficiente sem que se avance mentalmente para um casamento imaginário? Anna não estava tão obcecada com o casamento *per se*, estava apenas empenhada em encontrar a pessoa que fizesse a diferença. Ela estava com 32 anos, e o cretino não estava com pressa. Tanto era assim que Anna suspeitava que ele tivesse se perdido no caminho e se casado por acidente com outra pessoa.

Anna percorreu a multidão com os olhos em busca de qualquer vislumbre fantasmagórico do rosto que vira nas fotos. Não era somente a escuridão, ela também estava acostumada com uma discrepância entre as fotos do perfil e a realidade. Em seu próprio perfil on-line, ela tentara equilibrar algumas imagens favorecedoras com uma amostra realista para evitar a perspectiva estarrecedora do rosto de seu par desabar ao vê-la. Homens pensavam de modo mais pragmático, ela acreditava: assim que você chegasse, o carisma dele tomaria conta.

— Olá, você é a Anna?

Ela conseguiu virar noventa graus para ver um homem alegre e de aparência inofensiva com cabelo fino e castanho sorrindo para ela, satisfeito na escuridão. Ele usava uma jaqueta de trilha. Roupa de trilha em alguém que não fazia trilha. Hum.

Na primeira impressão, Anna não ficou muito animada com o estilo dele. Fico feliz em dizer que, hoje, ela escolheu as roupas de Neil, ou ele provavelmente faria os votos usando botas impermeáveis...

Mas ele parecia acolhedor e confiável, sorrindo um sorriso de dentes separados. Não era um problema para ela, Anna não ficava nem um pouco impressionada com rapazes bonitos. Na verdade, eles a deixavam bem desconfiada.

— Eu sou o Neil — ele disse, apertando a mão dela e se aproximando para um beijo no rosto.

Anna ofereceu o segundo Negroni que estava segurando.

— O que é isso? — Neil perguntou.

— Gim e Campari. É um dos drinks preferidos de onde eu venho.

— Sinto em dizer, mas sou um sujeito da cerveja.

— Oh! — Anna recolheu a bebida e se sentiu boba.

"Pelo amor de Deus, você não beberia para ser educado?", ela pensou. Em seguida: talvez isso fosse algo que a faria rir um dia.

Aparentemente, Anna ficou chocada ao descobrir que Neil não gostava de coquetéis, e ele deixou uma ótima primeira impressão ao desaparecer para ir pegar uma cerveja. Nada como autenticidade, hein, Neil? (Pausa para mais risadas sem graça.)

Anna virou seu Negroni e logo atacou o segundo. Naquele momento, enquanto uma música da Madonna dos anos 1980 soava em seus ouvidos, ela era "a solteirice em Londres", destilada. Era uma sensação familiar demais para ela, experimentar uma solidão intensa em um lugar tão cheio que devia estar perto de exceder a lotação determinada pelos bombeiros, sentindo como se a vida estivesse acontecendo em outro lugar. Bem quando devia estar no epicentro de tudo.

Não! Pensamento positivo. Anna repetiu o mantra que tinha ensaiado mil vezes: quantas histórias casais felizes contam em jantares sobre não terem ficado atraídos um pelo outro quando se conheceram? Ou que nem *gostaram* um do outro?

Ela não queria ser aquela mulher com uma lista, sempre achando que seus pretendentes não cumpriam os requisitos em um ou outro aspecto. Como se você estivesse medindo o espaço para uma nova geladeira e reclamando sobre ter de fazer concessões nas dimensões do eletrodoméstico.

Além do mais, ela não precisou de muitos encontros marcados on-line para se dar conta de que aquele lampejo clássico "encontrei você" que ela tanto desejava simplesmente não existia. Como sua mãe sempre dizia, é preciso esfregar os gravetos para obter fogo.

— Desculpe, alguns desses, e minha noite acaba. Prato cheio para dar PT — disse Neil, ao voltar com sua Birra Moretti.

Anna queria com todas as forças de seu ser que ele fosse um bom sujeito e que aquela noite fosse agradável.

— Pois é, provavelmente vou desejar ter seguido seu exemplo amanhã — ela gritou, por sobre a música, e Neil sorriu, o que a fez acreditar que podia fazer isso funcionar apenas com sua força de vontade.

Neil escrevia para uma revista de negócios e tecnologia e, ao que parecia, com base nas conversas anteriores, era o tipo de figura decente, apresentável e confiável de quem se esperaria ter esposa, filhos e uma garagem.

Os dois só tinham se falado rápido pela internet. Anna banira as longas cartas de amor eletrônicas desde a profunda decepção com Tom, o escritor escocês, cuja sagacidade, charme e referências literárias a fizeram se envolver perdidamente, ao longo de meses. Ela começara a viver em função do alerta de nova mensagem. Anna estava quase apaixonada quando eles finalmente planejaram um encontro, e ele revelou com tom de pesar que: a) passaria uma temporada em um hospital psiquiátrico e b) tinha "tipo, uma esposa". Depois disso, Anna tipo, mudou sua conta no Gmail.

Conforme o álcool fazia efeito, ela se pegou rindo das histórias de Neil sobre os eventos corporativos e a indústria de gurus charlatães que ensinam a ganhar milhões.

Quando eles conseguiram uma mesa e pediram uma quantidade enorme de comidas que absorvem a bebida, como almôndegas, lula e pizza, Anna estava se convencendo de que talvez Neil fosse exatamente o tipo de candidato confiável e plausível para o qual ela precisava dar uma chance.

— Anna não é um nome muito italiano — ele comentou enquanto os dois pegavam anéis de lula à dorê e os mergulhavam em um pote pequeno de *aioli*.

— Na verdade é Aureliana. Eu mudei quando saí da escola. Era... florido demais, acho eu — ela respondeu, formando uma concha com a mão embaixo do garfo quando a lula tentou fazer uma tentativa tardia de voltar para o mar. — Não sou muito florida, na verdade.

— Ah, não. Estou vendo — Neil comentou, parecendo um tanto presunçoso.

A mão livre dela involuntariamente foi parar em seu cabelo, que estava preso no coque frouxo de sempre. Talvez ela devesse ter feito o esforço de se arrumar mais. E usar mais maquiagem do que o gloss avermelhado, aplicado às pressas no metrô. Nada como a consistência, ela sempre dizia. Não havia motivo para se embonecar toda e decepcioná-lo depois.

— As almôndegas de carne de porco e erva-doce são as melhores, aliás — Anna comentou. — Eu já experimentei e posso confirmar.

— Você vem sempre aqui? — Neil perguntou, casualmente, e Anna contraiu o corpo de leve.

— Algumas vezes. Com amigos e em encontros.

— Tudo bem. Estamos na casa dos trinta. Você não precisa fingir ser uma figura ingênua e tímida comigo — ele disse, e Anna considerou bastante desagradável o fato de ele ter apontado seu desconforto. Embora talvez fosse apenas uma tentativa um tanto desajeitada de deixá-la à vontade.

A conversa emperrou durante uma faixa do Prince, uma daquelas em que a voz dele cantava esganiçada e frenética sobre querer fazer coisas obscenas com uma mulher.

— Na verdade, eu sou "poli" — Neil anunciou.

"Na verdade, ele se chama Polly?"

— Oi? — Anna aproximou o corpo bruscamente por causa do barulho, o garfo no ar.

— De poliamor. Parceiras múltiplas que sabem umas das outras — ele acrescentou.

— Ah, sim. Entendi.

— É um problema para você?

— Claro que não! — Anna respondeu, talvez com entusiasmo demais, revirando o que havia sobrado em seu prato e pensando: "Não sei."

— Não acredito que a monogamia seja nosso estado natural, mas sei que é o que muita gente está procurando. Com isto, estou disposto a tentá-la pela pessoa certa — ele disse e sorriu.

— Ah.

"Bom para você."

— E talvez eu deva dizer que tenho um interesse moderado em dominação e submissão. Sou hétero, mas não gosto de sexo convencional.

Anna abriu um misto de sorriso e careta e cogitou dizer: "Desculpe, não falo fetichês."

O que ela deveria fazer com essas informações? Encontros às cegas aceleravam os tópicos para questões pessoais, sem dúvida.

— Quero dizer, não faço parte da *cena* — Neil continuou. — Já experimentei *figging*. Mas não entraremos na onda do gorila depilado. Hahaha.

Ele estava mencionando depilação e animais no quarto. E inserção de nacos de gengibre, se era desse *figging* que ele falava. Anna não estava mais decepcionada. A decepção tinha ficado quilômetros para trás. Estava passando pelo desconcerto profundo e, naquele ritmo, era provável que pegasse a próxima saída para uma parada bem-vinda.

— E você? — ele perguntou.

— O quê?

— Qual a sua vibe?

Anna abriu a boca para responder e hesitou. Ela em geral optava por "não é da sua conta", mas aquilo era um encontro e, supostamente, era da conta dele.

— Uh… hum. Sexo normal.

— Sexo normal.

Meu Deus. Ela estava despreparada e totalmente revigorada. Foi como daquela vez em que pegou um emprego temporário no cinema por um verão; na entrevista, lhe perguntaram:

— Se sua personalidade fosse um recheio de sanduíche, qual seria?

Sua mente ficou em branco, e Anna respondeu:

— Queijo.

— Só queijo?

— Só queijo.

— Porque...

— É normal.

Queijo normal e sexo comum. Ela nem devia estar na internet.

Neil a observou por sobre a borda do copo d'água.

— Oh. Certo. Pelo seu perfil, achei que você se apresentasse como heteronormativa, mas pudesse ser não binária, por alguma razão.

Anna não quis admitir que não sabia o que as palavras-chave daquela frase significavam.

— Peço desculpas se isso for invasivo — Neil continuou. — Acredito piamente na honestidade. Acho que a maioria dos relacionamentos fracassa por causa de mentiras, hipocrisia e pessoas fingindo ser o que não são. É muito melhor dizer "Eu sou assim" e ser totalmente aberto do que dizer "Tenso" no quarto encontro. — Neil levantou as mãos e sorriu de modo reconfortante. — Você gosta de urina no sexo?

Então, senhoras e senhores, peço que vocês levantem suas taças e façam um brinde para o casal, Neil e Anna. E, para nossa querida noiva, vire a dose. Você vai precisar estar com a bexiga cheia para depois. (Aplausos.)

2

— Certo, contratei o Inspetor Google para investigar essa palhaçada de gorila depilado — Michelle anunciou, apertando os olhos para a tela de seu iPhone, com um Marlboro Light pendurado com descaso na mão; sua fumaça movia-se em ondas para o alto na sala de jantar vazia.

Anna não teria suportado tantos encontros ruins sem a perspectiva de poder recorrer aos amigos ao fim da noite. Felizmente, eles trabalhavam num horário ideal para drinques no fim da noite, em vez de noitadas.

A "culinária britânica tradicional com um toque a mais" de Michelle era servida no The Pantry, perto da Upper Street, em Islington. O imóvel entrava na categoria II dos prédios tombados, com lustres antigos, palmeiras plantadas em vasos e painéis de bétula nas paredes. O tipo de lugar onde homens chamados Freddy discutiam assuntos de guerra em dramas da BBC e usavam expressões como "foi algo horrendo". Daniel, chefe dos garçons de Michelle, era um daqueles *hosts* semifamosos de longa data que recebiam menção na *Time Out* por ser uma "figura". A palavra figura podia ser um eufemismo para "chato de galocha", mas Daniel tinha um charme genuíno e uma excentricidade autêntica.

Em parte, sua aparência ajudava: cabelo grosso e loiro-mel, uma barba farta e óculos com lentes de aumento que davam a ele olhos de desenho animado. Ele parecia uma mistura de leão dos *Looney Tunes* com um professor da Open University. E se vestia como o Sapo, no Salão do Sapo, de *O Vento nos Salgueiros*, com ternos de tweed, e falava com uma cadência antiquada e exagerada, como um pequeno Alan Bennett.

Os três costumavam se encontrar para beber depois que Michelle fechava o restaurante, jogados nos sofás da área de espera, enquanto os tocos de velas terminavam de queimar nas mesas. Michelle parecia profissional com suas dólmãs e Crocs que só eram usados na cozinha. Seu corte de cabelo chanel curto e brilhante, tingido exatamente no mesmo tom de vermelho que se encontrava no frango *tandoori* dos restaurantes de *curry*, ficava preso atrás das orelhas. Ela tinha olhos cor de avelã enormes, uma boca generosa e perfeitamente desenhada e um corpo majestoso com seios fartos. Uma supermodelo, mas de outra época. Michelle estava presa em uma era em que as pessoas a chamavam de bela, mas "robusta".

— Talvez não seja nada depravado — Daniel comentou do outro lado da sala, onde estava varrendo o chão. — Talvez todo mundo com exceção de nós faça o gorila depilado, e o frango com ginga e o... guisado de coelho.

— Eu já tive guisado de coelho no cardápio e posso garantir que não é nada que você gostaria de usar como eufemismo sexual, considerando a quantidade de sangue envolvida — disse Michelle, ainda olhando para o celular. Daniel largou a vassoura e se juntou às duas.

— Alguém me perguntou hoje por que eu não estava usando uma rede de cabelos — ele comentou vagamente, enquanto servia uma dose de vinho do porto de um monte de garrafas de uma mesa baixa.

— O quê? Quem? Você respondeu "acha que está numa fábrica da Pork Farms?"? — Michelle comentou.

— O cabelo da cabeça, mas não da barba? — Anna perguntou.

— Não, também disseram que era anti-higiênico.

— Uma rede para a barba? Ah, claro, não existe nada mais reconfortante do que alguém servindo sua comida usando uma máscara cirúrgica — Michelle continuou. — Espere um pouco. Quem perguntou isso? Foi a mesa cinco, que tinha um vegano, outro com intolerância a trigo e outro que trocou o queijo por mais folhas na salada de queijo Stilton com nozes?

— Foi.

— Pergunte: como eu sabia? Um bando de gente que foge do prazer.

— Trocou o queijo? — Anna perguntou.

Ela podia ter empenhado o cérebro, mas já estava bem bêbada.

— Americanização. Essa moda irritante. Agir como se estivessem em um bar de sanduíches e pedindo para colocar pouca maionese e mais picles — Michelle reclamou.

— Estamos totalmente mergulhados na era da foda fresca e sinto em dizer que não podemos fazer nada sobre isso — Daniel sentenciou.

O ceceio de seu sotaque acentuado de Yorkshire permitiria que a frase fosse dita no painel de debates da Radio 4 da BBC. Esse era o segredo de Daniel para desarmar problemas, Anna pensou: não importam as palavras, a entonação era gentil.

Michelle passava o indicador pela tela do seu telefone.

— Consegui! O gorila depilado... uau! — ela comentou enquanto lia. — Não pago internet para ver isso.

— Ele pode ter dito que *não* gosta disso. — Daniel defendeu.

— Dan, qual é. É uma técnica clássica e evasiva de lançar a informação como piada primeiro — disse Michelle, balançando a cabeça. — Prepare-se, é uma coisa nojenta que envolve sêmen.

Ela virou o celular para Anna, que apertou os olhos, leu e fez uma careta.

— Quer que eu pesquise *figging*? — Michelle perguntou.

— Não! Não quero nem saber do *figging*! Quero encontrar um bom homem que queira fazer sexo normal *só* comigo. Isso está mesmo tão fora de moda?

— Se uma coisa nunca esteve na moda, não tem como sair — Daniel comentou, levantando as lapelas, enquanto Anna dava um soco leve em seu ombro.

3

— Tipo, onde estão o romance e o mistério? — Anna continuou, levantando o copo para mais uma dose. — O sr. Darcy disse: "Permita-me dizer-lhe o quão ardentemente lhe admiro e amo. Não me permita dizer-lhe que eu gosto dessa coisa de porra jorrando."

— Não vivemos na era certa para uma Anna — Michelle reconheceu. — Não existe muita formalidade e cortejo. Mas, sabe, se você vivesse nos tempos de Jane Austen, seus dentes pareceriam caramelos e você teria sete filhos sem anestesia. Tudo tem vantagens e desvantagens. O que chamou sua atenção para o perfil desse Neil, antes de você conhecê-lo?

— Hum. Ele parecia são e agradável o suficiente — Anna respondeu, dando de ombros.

Michelle bateu as cinzas do cigarro na xícara de café que estava fazendo às vezes de cinzeiro. Ela está sempre parando de fumar, e tendo recaídas.

Anna e Michelle se conheceram no começo dos vinte no Vigilantes do Peso. Anna passou com louvor, enquanto Michelle foi reprovada. Um dia, a animada líder do grupo estava gritando:

— Mentes fortes precisam de corpos saudáveis!

E Michelle devolveu em voz alta, com um tom alegre:

— Foi o que Jet, daquela série *Gladiators*, disse para Stephen Hawking. — E, em seguida, diante do silêncio atônito: — Quero mais é que se foda, vou comprar um balde de frango sem osso.

Naquela semana perdeu sua sessão de pesagem e ganhou uma melhor amiga.

— "São e agradável o suficiente" não é mirar um pouco baixo? Já contratei funcionários com mais qualidades do que isso.

— Não sei. Acabei de passar a noite com um homem falando sobre mijar nas pessoas como uma atividade de lazer e exigiu saber do que eu gosto na cama. Então, diante disso, eu aceito são e agradável. Experimente marcar encontros on-line, e você vai ver como suas expectativas também vão desabar.

Michelle tinha pessoas para quem ligava quando queria uma brincadeirinha. Seu coração foi partido por um homem casado, e ela insistia que não estava interessada em procurar mais decepções.

— Mas você está confirmando meu argumento, meu amor. Esse era alguém "seguro", então por que não arriscar com um boy magia?

— Mesmo que ele concordasse com um encontro, não quero lidar com o desapontamento desse boy magia quando chegar e se deparar *comigo*.

Houve uma breve pausa enquanto Frank Sinatra cantava "Strangers in the Night" no aparelho de som que ficava preso com *silvertape* embaixo do caixa.

— Nós vamos ter que dizer? — Michelle perguntou, olhando para Daniel.

— Foda-se, eu vou dizer. Anna, existe a modéstia, que é uma qualidade adorável. E existe se depreciar a um grau prejudicial. Você é incrível. De que desapontamento está falando?

Anna suspirou e recostou de novo no sofá.

— Ah, bom. Mas eu não sou, sou? Ou não estaria solteira a vida toda.

A avó inglesa de Anna, Maude, tinha um ditado terrível sobre o equívoco solitário de ter ideias românticas acima do seu nível: "Ela não queria um andarilho, e os cavaleiros não paravam."

Isso dava calafrio em Anna aos 11 anos.

— O que isso quer dizer?

— Algumas mulheres acham que são boas demais para quem as quer, mas quando não são boas o bastante para os homens que elas querem, acabam sozinhas.

Maude era absolutamente deprê sobre tudo. Mas uma deprê podia estar certa, várias vezes por dia.

— Quando foi que você inventou essa coisa de não ser, de algum modo, boa o bastante? — Michelle perguntou.

— Na escola.

Uma pausa. Michelle e Daniel conheciam as histórias, claro, até o Mock Rock. E sabiam sobre Aquilo que Aconteceu Depois. Houve uma pausa tensa, tão tensa quanto possível se falamos de pessoas abastecidas de álcool à uma da madrugada.

Com cuidado, por um instante, Michelle mudou de foco.

— Não sei se andar com nós dois faz bem para você. Nenhum dos dois ajuda. Eu sou uma solteira convicta, e Dan se… arrumou.

Houve mais uma pausa quando Michelle usou a expressão "se arrumou" com um pouco de relutância cética.

Daniel estava com Penny, a desanimada, fazia quase um ano. Ela era a vocalista de uma banda de *folk* chamada The Unsaid Things e sofria de encefalomielite miálgica. Michelle era profundamente cética sobre a doença e dizia que Penny tinha uma síndrome chamada "coitadinha de mim". Daniel conheceu a garota quando ela trabalhava como garçonete no The Pantry e foi demitida por ser inútil, então Michelle achava que tinha o direito de ter uma opinião. Uma opinião um pouco desfavorável.

— Vocês ajudam. Estão ajudando agora — disse Anna.

— A propósito — Michelle gesticulou para uma tigela sobre a mesa, —, você já ouviu falar da omelete Arnold Bennett? Bem, esses são os bolovos caseiros do bufê de Arnold. Ataquem.

Apesar de toda a sua bravata, Michelle era muito gentil e generosa, e forneceu a comida para o funeral de um antigo cliente mais cedo.

— Estou de olho neles como um lobo há pelo menos uma hora, mas me senti culpado de comer os ovos de um homem morto — disse Daniel.

— São do velório, Daniel — Michelle explicou. — Ninguém vai ao próprio velório. Portanto, não são os ovos de Arnold.

— Claro — Daniel respondeu. — Que bom, achei que teria que pisar em ovos.

Pegou um bolovo e começou a comê-lo como uma maçã.

— O irmão de Arnold os deixou aqui. E me contou quais foram as últimas palavras dele. Bom, para ser exata, suas penúltimas palavras. Foram: "limonada doce, não, Ros", mas não foi tão profundo. Estão preparados? É um pouco chocante.

Anna olhou para a amiga com os olhos vidrados e assentiu.

Michelle bateu o dedo no cigarro.

— Ele disse que desejava não ter perdido tanto tempo com medo.

— De quê? — Anna perguntou.

Michelle deu de ombros.

— Ele não disse. Dos terrores da vida, imagino. Temos medo de todos os tipos de coisa que não vão nos matar, não é? Das coisas que passamos a vida evitando. Então quando chegamos ao fim percebemos que devíamos ter tido medo de uma vida vivida para evitar as coisas.

— Medo do próprio medo — disse Daniel, limpando as migalhas da barba.

Anna pensou sobre isso. Do que ela tinha medo? De ficar sozinha? Não exatamente. Era seu estado natural, considerando que ela passara quase toda sua vida adulta solteira. Tinha medo de nunca ter se apaixonado, ela pensou. Espere um pouco — não, não era medo, exatamente. Era mais uma decepção, ou tristeza. Então qual era o medo do qual ela vivia desviando? Ah, como se ela não soubesse a resposta.

Era o medo de ser aquela garota de novo.

Anna pensou no e-mail que havia chegado em sua caixa de entrada uma semana antes, que a tinha deixado coberta por uma camada de suor fora de época assim que o viu.

— Alguns medos são justificados — disse Anna. — Como meu medo de altura.

— Ou o meu medo de gatos sem pelo — Daniel emendou.

— Isso é justificado? — Michelle perguntou.

— Os gatos escondem todos os seus segredos nos pelos. Não confie em um gato sem nada para perder.

— Ou o meu medo de ir ao reencontro da minha escola na quinta que vem — Anna continuou.

— O quê? — Michelle perguntou. — Isso NÃO conta. Você precisa ir!

— Por que eu faria isso?

— Para dizer, danem-se vocês, olhem para mim agora. Vocês não me destruíram. Assim, você pode exorcizar o demônio para sempre. Não seria bom?

— Não me importa o que eles pensam de mim agora — Anna respondeu, com ênfase.

— Na verdade, ir vai provar isso.

— Não vai, não. Vai parecer que eu me importo.

— Não é verdade. E, sabe, se *ele* estiver lá...

— Não vai estar — Anna interrompeu, ficando um pouco sem fôlego ao pensar no assunto. — Ele não iria de jeito nenhum. Não estaria à altura dele.

— Então você tem menos motivo ainda para não ir. Você quer ser o Arnold, se perguntando como a vida teria sido se você não tivesse perdido tempo sentindo medo? Essa apresentação da escola, esse momento *Glee* em que eles foram cruéis. Você nunca mais viu ninguém desde então, não é?

— É.

— Então é algo inacabado. Uma coisa que não foi enfrentada. É por isso que ainda tem poder sobre você.

— Santo Deus! — Daniel exclamou, endireitando o corpo e olhando na direção das janelas do restaurante.

Anna e Michelle viraram de onde estavam sentadas, para ver um homem na casa nos trinta morrendo de rir. Sua calça e sua cueca estavam abaixadas, então ele olhava por sobre o ombro para as pessoas.

— Ele está mostrando tudo para nós! — Anna comentou.

— O rei e o parlamento — Daniel concordou.

Os três ficaram olhando por mais um tempo e viram as luzes de uma multidão a distância e o flash das câmeras de celular disparando.

— Acho que ele está mostrando a bunda para os amigos, e nós estamos vendo os efeitos colaterais — disse Michelle.

O homem perdeu o equilíbrio e cambaleou para a frente, caindo com um barulho discreto, mas significativo sobre o vidro.

— Uou, uou, uou! — Michelle levantou de uma vez e foi até ele, batendo as articulações dos dedos no vidro. — Essas janelas custaram cinco mil, camarada! Cinco mil!

Um momento hilário se seguiu quando um bêbado que estava com um amigo percebeu que havia uma mulher do outro lado do vidro. Ele gritou e saíram correndo, tentando levantar a calça jeans enquanto corria.

Anna e Daniel, enfraquecidos pelo álcool, quase desmaiaram de tanto rir.

Michelle voltou, desabando no sofá e acendendo um novo cigarro com o isqueiro.

— Diga a esses putos o que você acha deles, Anna. Sério. Mostre que não está com medo e que eles não afetaram você. Por que não? Se você os evitar, vai desperdiçar seu tempo com medo de nada. Não deixe o medo vencer.

— Não sei se consigo — Anna respondeu, o riso enfraquecendo. — Não sei mesmo se consigo.

— E é exatamente por isso que você precisa ir.

4

No silêncio misericordioso do escritório vazio, o nariz de James recebeu um golpe do cheiro intenso e incômodo de cerveja derramada.

O odor estava vindo do lixo da cervejada caótica da noite anterior. A faxineira começara a atacar a bagunça deixada pelos *hipsters* livres, urbanoides e criativos, deixando tacitamente clara qual era sua jurisdição. *Drinking games* popularizados por universitários norte-americanos claramente estavam fora.

Assim que James ficou irritado com o foco monocrático da mulher, a emoção foi dominada pela culpa. O gerente do escritório, Harris, discutia com a mulher sempre que o caminho dos dois se cruzava, e James não sabia como fazer isso. Ela tem a idade da sua mãe, usa leggings velhas e ganha a vida limpando a sua mesa. Tudo o que você devia fazer é murmurar um agradecimento e deixar um pacote de chocolates Lindt e vinte libras no Natal, ou você não passa de um canalha. Aliás, baseado nas evidências, Harris *era* um canalha completo.

Nos últimos seis meses, aproximadamente, no Parlez, James desejou de verdade que alguém aparecesse e gritasse com seus colegas de trabalho. Não ele, obviamente. Outra pessoa.

Quando chegou ali — uma empresa digital multidisciplinar que oferecia as melhores estratégias para sua marca — achou que tinha encontrado algum tipo de Valhalla no centro de Londres. Era o tipo de carreira que orientadores vocacionais teriam dito que não existia para garotos de 16 anos.

Música tocava acima de uma conversa animada, conhecidos usando roupas da moda entravam e saíam, colegas que espontaneamente acreditavam que precisavam experimentar coquetéis de gim fortes o bastante para derrubar um marinheiro e saíam para comprar bebida.

O trabalho era feito, em algum momento, em meio às sessões de vídeos do YouTube de filhotes de gato andando de skate usando gravata borboleta, partidas de Subbuteo e discussões sobre a nova série de ficção criminal que todo mundo baixava ilegalmente.

Então, de repente, como um interruptor sendo desligado, o caos cheio de vida se tornou uma doce tortura para James. A conversa ficou fútil, a música, uma distração, os grupos modistas que transitavam se tornaram uma interrupção enfurecedora. E ele finalmente aceitou a lei imutável de que beber no almoço significava uma dor de cabeça na hora do jantar. Às vezes, era a única coisa que impedia James de se levantar e gritar: "Escutem, vocês não têm um emprego nem uma casa para ir? Porque este é um LOCAL DE TRABALHO!"

Ele se sentia como um adolescente incumbido pelos pais de cuidar da casa para aprender uma lição e queria de coração que eles voltassem das férias, expulsassem aquelas pessoas grosseiras e preparassem o jantar.

James achava que estava escondendo como se sentia, mas, nos últimos tempos, Harris — que fazia a festa continuar na base do chicote — tinha começado a alfinetá-lo, com a antena de um valentão de escola para qualquer escorregadela na lealdade. Quando Ramona, a escocesa punk com cabelo rosa e piercing no umbigo, que andava com a barriga de fora o ano todo, estava apertando os ombros de Harris e o fazendo gritar, ele flagrou James fazendo uma careta.

— Pare, pare, você está fazendo James nos odiar! — ele anunciou. — Você odeia a gente, não odeia? Admita. Você. Nos. Odeia.

James não queria parecer homofóbico, mas depois de trabalhar com Harris, ele achava que o estereótipo da bicha louca tinha se tornado estereótipo por um bom motivo.

E a monotonia dos pequenos incômodos da vida de escritório ainda estava ali, quer eles estivessem em um porão em Shoreditch com uma mesa de pebolim, quer não. A porta da geladeira estava cheia de ímãs com bilhetes insolentes dizendo: "Você pode, POR FAVOR..." As garrafas plásticas de leite traziam o nome do dono escrito à caneta. As pessoas de fato ficavam irritadas quando alguém usava a caneca "delas". James sentia vontade de colocar seu próprio bilhete: "Se você tem uma caneca especial, diga sua idade. Talvez a legislação proteja você do trabalho infantil."

James disse a si mesmo para aproveitar o intervalo de quietude antes que todo mundo chegasse. A sensação de calmaria durou o tempo de seu laptop iniciar e exibir o papel de parede.

Ele sabia que era um pouco absurdo ter um álbum de fotos de sua linda esposa no computador que você levava para o trabalho. Ele as misturou com uma imagem estranha de um gato, mas, na verdade, não enganava ninguém. Era se gabar da própria vida, pura e simplesmente.

E quando essa esposa foi embora, foi como um carrossel de presunção, zombaria e dor. James podia mudar aquilo, mas não contara para ninguém e não queria despertar suspeitas.

Ele sairia de uma conversa e depois voltaria, e lá estava outro perfeito momento Kodak de Eva. Óculos de sol brancos e um rabo de cavalo e presilhas infantis em Glastonbury, diante de um trailer. Cachos platinados e batom vermelho vivo, os dentes brancos mordendo uma cauda de lagosta em um aniversário comemorado num restaurante de frutos do mar.

Cabelo desarrumado, sentada no batente da janela do hotel Park Hyatt Tokyo ao nascer do sol, com colete e calça da American Apparel, recriando uma cena de *Encontros e Desencontros*. Típico de Eva — uma vaidade profunda disfarçada de piada.

E, claro, a foto "recém-noivos" com James. Um dia muito quente, uma cesta de piquenique da Fortnum no Serpentine e, dentro da cesta, uma anel de doce que dizia "Case Comigo" em uma pequena caixa da Tiffany (ela escolheu o anel de verdade depois).

Eva usava uma coroa de tranças em estilo alemão, e os dois tinham se apertado para caber na foto, o rosto brilhante de champanhe e alegria. James olhou para o próprio rosto sorridente ao lado dela e pensou que parecia um idiota, burro e cheio de esperança.

Veio aquela sensação, como se o tecido mole em seu peito e sua garganta de repente tivessem endurecido, a mesma sensação de quando Eva sentou com ele, disse que "as coisas não estavam indo bem, que precisava de espaço e que talvez eles tivessem apressado as coisas."

James suspirou e conferiu se estava com todos os seus tablets da Apple, de diferentes tamanhos. Eles provavelmente valeriam uns 3.500 para um assaltante.

Seu celular tocou: Laurence.

— Jimmy! E aí?

Hum. Jimmy não era bom sinal. Jimmy era um alter ego cheio de si que Loz só invocava quando queria alguma coisa.

— O reencontro da escola é hoje.

— Ah, é?

— Você vai?

— Por que eu iria?

— Porque seu melhor amigo implorou para você ir, prometeu pagar suas cervejas a noite toda e disse que vocês dois podem ir embora às nove?

— Não, desculpe. Só de pensar minha alma tem um prolapso.

— Nossa, que profundo.

— Você se dá conta de que na sua idade todo mundo vai fazer aquela de ficar se gabando dos filhos? O papo vai ser só sobre "brincadeiras lúdicas". Ugh.

— Acho que você se esqueceu de como era nossa escola. É mais provável que seja "Tyson Biggie está em liberdade condicional".

— Por que você quer ir? — James perguntou.

— Pura curiosidade.

— Curiosidade *nua e crua*, presumo.

— Você não quer saber se Lindsay Bright continua gostosa? — Laurence perguntou.

— *Argh*, não. Aposto que ela está parecendo um membro do partido Tory, de Surrey.

— Mas uma versão pervertida, como Louise Mensch. Qual é, o que mais você vai fazer em uma quinta-feira, agora que está solteiro? Assistir *Takeshi's Castle* na cueca?

James se encolheu. Sua lixeira estava cheia de embalagens de refeições individuais.

— Por que a televisão estaria na minha cueca? — ele se defendeu, soando tão desanimado quanto se sentia.

— *Tan-dan!*

O celular de James tinha uma chamada em espera. Eva.

— Loz, eu tenho outra ligação. Vamos continuar essa coisa de "eu dizer não" depois.

Ele encerrou uma ligação e atendeu a outra.

— Olá. Como você está? — ela perguntou.

James fez uma imitação sarcástica do tom leve dela.

— Como você acha que eu estou?

Suspiro.

— Estou com o remédio para o ouvido de Luther. Preciso levar e ensinar você a aplicar.

— Não é só colocar no ouvido dele?

James não tinha decidido voluntariamente que a amargura implacável era a melhor tática, mas, infelizmente, as palavras sempre saíam de sua boca antes que ele pudesse usar algum tipo de medida de segurança.

— Posso passar aí hoje à noite?

— Ah, hoje à noite eu não posso. Tenho um compromisso.

— Que compromisso?

— Desculpe, mas é da sua conta?

— É o tom que você está usando comigo, James, me faz achar que *talvez* você esteja sendo difícil sem motivo.

— É um reencontro de escola.

— É um reencontro de escola? — Eva repetiu, incrédula. — Não imaginei que fosse a sua praia.

— Sou cheio de surpresas. Então vamos ter de nos encontrar outra noite para o Luther.

Depois que eles desligaram, James deixou o prazer amargo de vencer uma pequena batalha na guerra tomar conta. A satisfação deve ter durado uns três segundos antes que ele se desse conta de que agora ia ter de ir ao reencontro da escola.

James podia mentir, mas não. Isso ia merecer algum tipo de referência solta nas mídias sociais como prova incidental — um local marcado, uma foto, um "que bom ver você" para alguém recém-adicionado — para que Eva soubesse que não o conhecia tão bem quanto achava.

— Bom dia! — Ramona tirou os protetores de ouvido de pele de ovelha da cabeça. — Ai, por que eu fui beber em uma quarta? Queria estar morta.

— Aham — James respondeu, e significava "por favor, não prossiga".

Claro, ele passou os 15 minutos seguintes ouvindo a história, e então Ramona repetiu a história para cada recém-chegado. Vinho servido em copos de plástico deixa você bêbado, quem diria?

5

Anna digitou "Gavin Jukes" no Facebook, torcendo para o nome ser raro o suficiente para fazê-lo se destacar. Não tinha certeza de por que o estava procurando. Queria alguém que pudesse cumprimentar com segurança, caso ele aparecesse.

E lá estava o perfil dele, o segundo a aparecer — Anna reconheceu o nariz e o queixo longos. Ela entrou na página, a foto era um retrato de família. Esposa, três filhos. No fim das contas, ele não gostava do próprio gênero. Mora em: Perth, Austrália.

Que bom para você, Gavin. Em se tratando de Rise Park, ela podia ver a graça de ir para tão longe que, se andasse mais um pouco, estaria dando a volta e chegando perto.

O telefone de sua mesa tocou.

— Uma encomenda para você — cantarolou Jeff, da recepção.

Anna desligou e desceu as escadas. Jeff tinha deixado o pacote sobre o balcão, uma caixa grande, baixa e preta com letras gravadas em verniz, amarrada com uma fita larga de cetim. Sutilmente, mas de maneira inconfundível, o pacote deixava claro: *eu gastei mais dinheiro do que precisava.*

— Alguma coisa boa? — Jeff perguntou, para em seguida murmurar "Não é da minha conta, claro", ruborizando diante do pensamento evidente de que podia ser algo na linha Agent Provocateur, o tipo de coisa com aberturas cheias de babado e tiras com fivelas penduradas.

Mesmo não sendo, Anna também ficou vermelha, ciente de que não podia corrigi-lo sem tornar as suspeitas mais fortes. Era como usar a cabine do banheiro com cheiro ruim e não poder avisar a próxima pessoa sem que ela pensasse que você estava tentando mentir sobre seu próprio cocô.

— Um vestido — ela disse rapidamente — para um... evento.

— Ah, que bom — Jeff respondeu, evitando fazer contato visual.

Na cabeça dele, Anna obviamente já estava em *De Olhos Bem Fechados*, com uma máscara de nariz pontudo, dançando de maneira sensual ao som de "Windowlicker", do Aphex Twin.

Ela subiu a escada com a caixa, levando-a até seu escritório sobre a palma das mãos, como se fosse uma pizza. O departamento de história da University College London ocupava uma fileira de casas em estilo georgiano, com pé-direito alto e janelas de guilhotina.

Era um lugar mágico para se trabalhar. Em seus momentos mais sentimentais, Anna sentia uma recompensa espiritual pelos tempos de escola — o sonho depois de um pesadelo. O prédio tinha um adorável cheiro de carpete antigo e luz amarela dos grandes lustres cilíndricos, como se você estivesse vivendo dentro de uma memória feliz.

Anna abriu a porta de seu escritório com as costas, satisfeita que ninguém a tivesse espionado. Ela ficaria constrangida com qualquer "Oh, vamos ver como você fica nele".

Anna podia ter perdido o peso dos tempos de escola e ganhado um corpo de tamanho totalmente normal, mas isso não significava que pensasse nem agisse como a pessoa que havia se tornado. Um desgosto profundo por lojas de roupas se manteve. O advento das compras on-line foi uma bênção. Ela achava muito melhor, muito mesmo, usar seu escritório como provador.

Então, quando se deu conta de que o reencontro da escola demandava um vestido — não, não apenas um vestido, mas algo de fato chamativo, como erguer o dedo do meio, só que em forma de tecido —, Anna foi direto ao site de um designer caro e gastou o equivalente a uma bela viagem de fim de semana.

Tirou a tampa e abriu as folhas de papel de seda. Lá estava o vestido exorbitante. Não tinha tanto pano para... bom, ela não ia ficar pensando nisso.

Anna o colocou com cuidado sobre uma cadeira e conferiu se a porta do escritório estava trancada, em seguida, tirou sua bata da Zara e colocou o vestido de festa. Ela o ajeitou com cuidado, usando os indicadores e polegares, como se fosse um tecido muito fino, e subiu o zíper, prendendo só um pouco a respiração.

Hummm. Anna virou de um lado para o outro diante do espelho. Não era *exatamente* a transformação esperada. Um vestido preto é um vestido preto. Ela moveu os braços para cima e para baixo e viu as diáfanas mangas de chiffon se moverem na brisa. E ouviu "The Birdie Song" em sua cabeça.

No manequim do site, com sua cabeça robótica branca de Isaac Asimov, o vestido preto da Prada parecia chique como "Rita Hayworth durante o happy hour no Waldorf Astoria". Agora que estava em seu corpo, Anna ficou em dúvida se, na verdade, a peça não parecia desajeitada. Como uma cantora de cruzeiro que começa a cantar "Unbreak My Heart" enquanto todo mundo está comendo vitela à milanesa com batatas *sauté*.

Inevitavelmente, enquanto se olhava, ela se lembrou daquele outro dia, daquele outro vestido. E daquela outra garota.

Finalmente, Anna pegou o telefone.

— Michelle. Eu não vou ao reencontro. É pura loucura, e o vestido me deixou parecida com o professor Snape.

—Vai, sim. Depois de ir, você vai ter uma incrível sensação de leveza. Como uma limpeza de cólon. Barry! Prepare a lula e pare de brincar de *Fingermouse* com ela! Desculpe, essa última parte não era com você.

— Não posso, Michelle. E se todos eles rirem de mim?

— Não vai acontecer. Mas mesmo que riam, parte de você não quer uma chance de reviver aquele momento, só que, desta vez, mandar todos para o inferno?

Anna não queria admitir o que estava pensando. E se ela desabasse, chorasse e tivesse que enfrentar o fato de que ainda era Aureliana? Aureliana, com mais títulos e menos quilos.

— Eu fiquei bem com este vestido que você não consegue ver?

— É o Prada do link que você me mandou? BARRY! Largue essa linguiça! Você acha que está trabalhando para a merda do Aardman Animations? Não tem como você ter ficado mal. O problema é que você vai estar tão bonita que não vão olhar para mais ninguém.

— Olá! Permissão para entrar na batcaverna! — Patrick cantarolou pela porta.

— Michelle, preciso ir.

— Você está certa. Você *precisa ir.*

Anna meio riu, meio grunhiu.

— Pode entrar — Anna disse.

Caverna era uma boa descrição para o espaço de trabalho absurdamente bagunçado de Anna, no segundo andar.

Como professora, especializada no período bizantino, ela tinha licença poética para assumir parte do estereótipo de professora louca. E ela o fazia quando o assunto era limpeza e arrumação. Havia livros empilhados sobre pastas, que estavam empilhadas em mais livros. Mas a bagunça era um insulto àquela sala adorável, e Anna sentia um pouco de culpa.

Patrick trabalhava do outro lado do corredor e dava aulas sobre o comércio de lã no período Tudor. Eles entraram na UCL na mesma época e compartilhavam a paixão pelo trabalho, além da habilidade de rir disso e conversar sobre qualquer outra coisa. Não era algo a se menosprezar na academia. Muitos de seus colegas eram incrivelmente sérios. Parece que quando se vive a vida em um plano elevado de "inteligência" algo leva a disfunções no cotidiano. Como Patrick dizia, eram pessoas com um cérebro do tamanho de um planeta incapazes de cozinhar um ovo.

Ele muitas vezes começava o dia levando uma xícara de chá para Anna e bebendo sua própria xícara sentado na cadeira de escritório azul brilhante, depois retirando uma pilha de caixas com pastas, o casaco de Anna e diversos itens das aulas. Ela costumava sentar na própria mesa, lendo e-mails e fofocando.

Patrick lhe entregou uma xícara.

— Nossa senhora, vestido novo? — ele perguntou, enquanto observava Anna deixar o chá sobre a mesa.

— Ah, sim — ela respondeu, virando e parando com as mãos no quadril e as pernas um tanto afastadas, como se fosse um encanador prestes a dar o orçamento para um boiler especialmente complicado.

— É para a exposição da Teodora? Achei que ainda não tivesse começado — ele continuou.

— Não, quisera eu. Reencontro da escola hoje à noite. Não sei bem se eu devia ir. Foi uma fase muito horrível.

Patrick apertou os olhos.

— Oh. Certo. Então por que você vai?

— Minha amiga disse que seria um ato de desafio. Ela está louca, não está? Não acho que eu consiga ir. É um plano idiota. Oh, e você pode fazer um favor enquanto estiver ali e servir o Boris? — Anna pediu, meneando a cabeça na direção da grande costela-de-adão de aparência aflitiva e da garrafa de leite de aparência imunda contendo água, que ficava no parapeito. — Tenho a impressão de que Prada e respingos não são uma boa combinação.

Ele gentilmente despejou um pouco do líquido acinzentado na terra de Boris.

Patrick tinha cabelo ruivo muito bem cortado e a aparência frágil e desnutrida de alguém arrancado de uma concha, e não parido por uma mulher.

Seu uniforme eram delicados suéteres de lã com gola V e um casaco de veludo cotelê cor de mostarda com retalhos de couro nos cotovelos. Ele dizia que tinha se tornado um clichê acadêmico tão grande que tinha atravessado essa fronteira e chegado do outro lado como algo original.

Patrick olhou para um retrato na parede do escritório de Anna.

— Pergunte a si mesma o seguinte. O que a imperatriz Teodora faria?

— Mandaria matar todo mundo?

— Então é melhor ir para a segunda opção, acabaria com eles — Patrick respondeu.

6

Anna estava parada na escadaria diante de uma placa colada com massa em um pub claramente não gentrificado em East London, com duas opções escritas em fonte Comic Sans.

Despedida de Beth→
←Reencontro da Rise Park

Droga, ela desejou saber quem era Beth. Era um nome jovem. Provavelmente alguém saindo do emprego para viajar pelo mundo. Anna conseguia ouvir uma versão ruim de karaokê de "Patience", do Take That, vindo da festa de Beth.

Ela sentiu a vodca com suco de laranja que tinha bebido para ganhar coragem fervendo em seu estômago e encarou os degraus barulhentos e surrados, seguidos do corredor com cheiro de mofo até a porta indicada. Estava sentindo a palpitação de alguém navegando pela Casa Assombrada de um parque de diversões, e seu corpo inteiro estava tenso, esperando uma surpresa. Embaixo do chiffon milanês, estava suando.

Respirar fundo, de novo. Anna lembrou o que Michelle tinha dito, que era uma demonstração de força. Então abriu a porta e entrou. O lugar estava quase vazio. Algumas pessoas que ela não reconheceu olharam e voltaram para suas conversas. Em seus muitos, muitos ensaios mentais, uma galeria de rostos familiares virava para ela, seguida do barulho de uma agulha em um disco. Mas não, nada.

Os piores ainda não tinham chegado, se é que iam aparecer. Ela estava aliviada ou decepcionada? Estranhamente, as duas coisas.

Uma faixa caída acima do bar anunciava um reencontro de escola: *16 ANOS DESDE QUE TÍNHAMOS 16 ANOS!!!!!!*

Meu Deus, o excesso de pontos de exclamação. Era como ter alguém com DDA balançando maracas diante do seu rosto.

Anna pediu uma taça de vinho branco e foi para um canto escondido do lado esquerdo do salão. E imaginou que todo mundo estava a um drink de circular mais livremente e que seria abordada. Ia terminar sua bebida e cair fora. Pronto, tinha colocado a cabeça dentro da boca do leão. Feito. Pontos extras por ter ido sozinha. Ela não sabia ao certo por que aquilo parecia tão necessário, mas parecia. Como quando o herói grita: "É algo que preciso fazer por mim."

Era um anticlímax, mas não ia ser sempre assim? O que ela esperava, que todos fizessem uma fila para pedir desculpas?

A parede oposta exibia uma colagem de imagens em papel espelho colorido, com letras redondas e infantis que diziam *Turma de 1997*. Anna sabia que não estava em nenhuma delas. Ninguém teria pedido que ela se espremesse — com ênfase em "se espremesse" — para sair nas fotos da câmera descartável.

Abaixo da colagem havia um bufê de aperitivos duros que, sensatamente, ninguém estava comendo. Quando todos estivessem bêbados o bastante, alguns itens assados seriam atacados, mas os vegetais crus eram apenas decorativos.

O salão estava se enchendo aos poucos. De tempos em tempos um lembrete fantasmagórico — ninguém muito importante, mas uma ocasional versão mais velha de um rosto que Anna reconhecia vagamente dos grupos no refeitório, no playground ou na quadra. Havia um semi-significativo: Becky Morris, uma garota gordinha que tinha tornado a vida de Anna um inferno no terceiro ano, só para deixar claro que as duas não tinham nada em comum. Ela ainda parecia uma figura maligna, Anna pensou, só que mais cansada.

Era estranho, mas aquela mediocridade pura parecia degradante para Anna, em vez de maldosamente triunfal.

Ela tinha mesmo deixado que essas pessoas a fizessem se sentir tão mal? A banalidade do mal, o mágico pedalando atrás da cortina de Oz. Em comparação, Anna sentiu como se fosse a inversão de uma máscara de Halloween, andando em meio a essas pessoas como se fosse uma delas, um semblante normal escondendo o horror cômico sob a superfície.

Espere um pouco... aquelas não eram... será? NÃO. Sim. *Eram, sim.* Juntas do outro lado do salão estavam Lindsay Bright e Cara Taylor. Era tão estranho olhar para as duas. Dava para reconhecê-las instantaneamente e, no entanto, toda a intensidade das lembranças se esvaíra, como fotografias que perdem a cor. O longo cabelo loiro da Lindsay do passado agora tinha um comprimento médio e estava um pouco mais escuro, com raízes que precisavam de retoque. Sua cintura estava mais grossa, ainda que o vestido justo revelasse um bronzeado artificial e pernas muito longas. A arrogância adolescente tinha se transformado em rugas finas, dando àquele rosto que fora bonito uma expressão carrancuda permanente. Anna podia fechar os olhos e ver a Lindsay do passado de saia de hóquei, mascando chiclete com um ar ameaçador, casual e glamoroso.

O cabelo escuro de Cara estava curto, e sua inconfundível tez amarelada e esquelética revelava alguém que fumava atrás do bicicletário e não tinha parado. Ela costumava bater na parte de trás das pernas de Anna e chamá-la de "sapatão".

Então essa era a revelação que deveria fazê-la se sentir melhor. Elas não eram mais princesas de gelo aterrorizantes e cintilantes. Eram mulheres levemente acabadas, em uma meia idade precoce, que você não notaria se passassem empurrando um carrinho em um mercado. Anna não sabia como estava se sentindo. Ela imaginou que tinha o direito de se vangloriar. Mas não queria fazer isso. Não mudava nada.

As duas olharam. O coração de Anna disparou. O que ia dizer para elas? Por que não tinha preparado alguma coisa? E o que dizer para suas antigas algozes? "Vocês alguma vez pensaram em mim? Vocês se sentem mal? Como puderam fazer isso?"

Mas não houve nem um lampejo de reconhecimento. Os olhos de Lindsay e de Cara passaram por ela, e as duas continuaram conversando. Anna se deu conta de que estavam só olhando para a única outra mulher bem-vestida do local.

E então, conforme o tempo passava, veio a constatação. *Ninguém* sabia quem Anna era. Era por isso que ninguém estava falando com ela. Tinha mudado tanto que se tornara anônima. Ninguém ia admitir que havia esquecido quem ela era.

A porta se abriu de novo. Dois homens entraram, com um ar que sugeria que acreditavam que a cavalaria havia chegado, e não estava muito satisfeita com o que estava vendo.

Quando os dois viraram para ela, Anna teve um desses momentos engraçados em que o ar fica preso na garganta, seu coração bate contra suas costelas, e todo som parece distante.

7

James realmente teve que se perguntar o que tinha se tornado para se submeter àquilo e ganhar uma discussão com Eva.

Estava preso em um salão sem janelas no andar superior de um bar sujo, com pares de balões em forma de pera meio murchos espalhados pelo lugar, como testículos cafonas. Como ocorre em toda vividez forçada, o resultado era a antítese da diversão. Havia papel de parede texturizado pintado de vermelho bem escuro sob os lambris, e o cheiro envelhecido de tabaco de antes da lei antifumo. Era o tipo de pub que ele nunca frequentava.

Encostada em uma parede havia uma mesa montada com cavaletes coberta com uma toalha de papel e pratos de queijo Babybels míni, tigelas de salgadinhos e minissalsichas. Para não ignorar a alimentação saudável, havia também bastões de pepino, salsão e cenoura dispostos como raios em volta de guacamole de supermercado, taramasalata rosa-chiclete e patê de alho e cebola. Somente um sociopata comeria patê de alho e cebola em um evento, James pensou.

O salão tinha pouca gente e estava basicamente dividido em dois grupos, de homens e mulheres, como se tivessem voltado para os anos de pré-adolescência em que os gêneros não se misturavam. Havia os homens, muitos dos quais ele reconhecia, os traços suavizados, se desfazendo e desaparecendo. O cabelo deles migrava para baixo, diminuindo na cabeça e acumulando-se no queixo. James sentiu um calafrio de *schadenfreude* por ainda ter mais ou menos a mesma aparência do Ensino Médio, ainda que alguns quilos mais pesado.

Todo mundo lançou olhares rápidos, intensos e de apreciação, e ele sabia por quê. Se James estivesse decadente, seria o assunto da noite.

E, rá, ele tinha cumprimentado no bar, e Lindsay Bright o ignorara! Ela podia ser uma espécie de ex-namorada, mas será que não carregava mais o peso do que havia acontecido 17 anos atrás? Sabe, eles podiam ter um filho terminando o Ensino Médio àquela altura. Tá amarrado.

Voltando com dois *pints* de Fosters, Laurence meneou a cabeça na direção onde Lindsay estava.

— Puxa, ela não envelheceu como um bom vinho — Laurence murmurou. — É só boca e traseiro agora, como um hambúrguer barato. Que pena.

— Isso quer dizer que podemos ir embora? — James perguntou, sussurrando. Maldito Laurence e seus malditos esquemas para conhecer mulheres. E essas eram mulheres que ele já conhecia. — Não acho que tenha nada para você aqui.

— Pois é... não. Espere. Santa Maria. Quem é aquela?

James acompanhou o olhar de Laurence, em direção a uma mulher que estava sozinha. E se deu conta de que seus olhos tinham passado por ela diversas vezes, mas não porque ela não era digna de ser apreciada. Era uma mulher escura: cabelo preto, pele morena, roupa preta, tanto que tinha desaparecido no cenário como uma sombra.

A Mulher Misteriosa estava toda arrumada, e seu vestido parecia algo que a dona da trattoria da novela *Eastenders* usaria em uma festa de divórcio. Dava para imaginar Eva dizendo que eram coisas que a mente masculina era vulgar demais para apreciar.

Ela irradiava um ar de filme de arte europeu ou modelo de comercial de máquina de *espresso*. Cílios pesados, olhos castanhos vagamente melancólicos, sobrancelhas grossas como movimentos caligráficos de uma caneta tinteiro, o cabelo escuro torcido em um coque frouxo no alto da cabeça. De modo geral, não era seu tipo, mas James com certeza entendia a atração. Especialmente naquele lugar sem graça.

— Ah, nós *precisamos* ir cumprimentá-la. Fico constrangido, por ela provavelmente ter vindo de um programa de intercâmbio, e nós não a termos apresentado aos hábitos do nosso país — Laurence disse.

—Você se dá conta de que está chegando a uma idade em que isso é grotesco?

—Você não está nem um pouco curioso sobre quem ela é?

James olhou de novo. A linguagem corporal da mulher era de alguém desesperada para ser deixada em paz, o braço bem próximo ao corpo enquanto segurava uma taça. Sua identidade era um enigma, assim como seu motivo para estar ali. Se James estivesse sozinho, talvez se aproximasse, já que ela era o único fator intrigante no bar. Mas não queria ser um espectador da tentativa de sedução de Laurence.

— Eu sei quem ela é, é a esposa do sujeito que vai dar um soco em você em uns 15 minutos — ele disse bruscamente.

— Ela está acompanhada? Laurence perguntou.

— Claro que está.

James sabia sem dúvida que essa mulher era uma figura exótica e estranha. Não tinha estudado naquela escola. De jeito nenhum seu radar libidinoso adolescente a teria deixado passar batida. Era óbvio que se tratava da esposa de alguém, arrastada para o evento com relutância. E as mulheres ali não a conheciam, o que reforçava sua teoria.

— Seja qual for o estado civil, ela é linda.

— Não é isso tudo e não é meu tipo — James disparou, torcendo para que isso fizesse Laurence parar. Enquanto falava, ele olhou para a mulher.

A mulher misteriosa tomou o último gole de sua bebida e pendurou a bolsa no ombro.

— Merda, Penélope Cruz está indo embora? Vou atacar — Laurence anunciou.

8

Quando estava na casa dos vinte, Anna havia tido algumas fantasias sobre encontrar James Fraser de novo e desenvolvido criativos ataques verbais imaginários. Uma surra verbal amarga diante da esposa, dos filhos e dos colegas sobre o canalha maldoso e convencido que ele era, que em geral terminava com todos aplaudindo.

Agora lá estava ele. Ali. Em pessoa

Anna podia ir até lá e dizer o que quisesse. E tudo em que conseguia pensar era: "Eca. Nunca mais quero estar no mesmo tapete que você."

Ele continuava bonito, era preciso admitir. O cabelo continuava preto, agora cuidadosamente desarrumado, em vez das ondas repartidas que todos os garotos usavam nos anos 1990. E o maxilar barbeado continuava tão duro quanto antes, sem dúvida como o coração dele. Era a beleza de um "modelo de comercial de filtro de água", que não tinha o menor efeito sobre ela agora.

Ele estava usando uma combinação da moda para homens na casa dos trinta; camisa xadrez totalmente abotoada, cardigã cinza e *desert boots*. Por que essa tendência atual de se vestir como um avô? Anna adotava um estilo jovem-conservador, mas não andava por aí com sandálias ortopédicas.

O sorriso afetado da juventude tinha sido substituído por uma expressão fixa de desgosto. Exatamente o que ela tinha antecipado — James estava observando as companhias com o olhar de um membro da realeza que está vendo os baldes de lavagem no fundo de uma estrebaria.

Por que se dar ao trabalho de aparecer, se ele achava que estava tão acima daquelas pessoas? Talvez ele quisesse reafirmar sua superioridade.

E, meu Deus, ainda estava com Laurence, aquele magrelo, o bobo da corte do rei James. O lacônico Laurence, que uma vez tinha disparado uma metralhadora de insultos para Anna. Ela sentiu o olhar dos dois. Mas, ao contrário dos demais, os olhos não passaram direto. Aliás, quando se atreveu a olhar na direção deles, Anna teve a impressão distinta de que era o tema da discussão.

Um calor de timidez começou a subir por seu pescoço, como uma rede. Será que ela foi reconhecida?...

O pensamento disparou cometas de acidez em seu estômago, fazendo suas mãos tremerem. De repente, Anna sentiu como se estivesse nua no meio de um lugar lotado, um sonho de ansiedade que se tornou realidade.

E, naquele exato momento, conseguiu ler os lábios de James com perfeição.

— *Não é isso tudo e não é meu tipo.*

Incrível. Ela mudou tanto, e James ainda achava que não era o suficiente. Só que desta vez ele podia ir para o inferno.

Ela virou sua bebida e foi em direção à porta. Foi interceptada por Laurence, que entrou em seu caminho.

— Diga que você não está indo embora — ele disse.

— Er... — Mais uma vez, Anna sentiu falta de um roteiro. — Estou.

— Acabe com a nossa agonia e pelo menos nos diga quem você é. Meu amigo e eu estamos totalmente *encantados*.

Laurence colocou uma ênfase vulgar na última palavra, deixando claro que era uma cantada.

Anna olhou para James, que não parecia nem um pouco interessado em falar com ela.

— Anna — ela respondeu, como uma boba, enquanto calculava loucamente como lidar com a situação. Sabia que o que ia acontecer se respondesse com sinceridade. Ele soltaria uma exclamação de surpresa e diria coisas condescendentes e bajuladoras sobre como ela estava fantástica.

E então chamaria os demais: "Ei, todo mundo, esta é a Aureliana! Lembram dela?" Como se Anna fosse tão estúpida que não fosse capaz de decodificar o "Meu Deus, como foi que isso aconteceu?" E ela se sentiria como um animal de zoológico. Eles sempre a trataram como uma espécie diferente. Ela não devia ter ido.

— Anna? Anna...? — Laurence balançou a cabeça e esperou um sobrenome.

Num golpe de misericórdia, magicamente, as letras em fonte Comic Sans surgiram em sua cabeça.

— ...Eu deveria estar na despedida de Beth, aqui ao lado. Eu não tinha certeza se estava no lugar certo, não conheço os convidados. Estava tentando terminar meu drink e sair antes que alguém notasse.

Um sorriso predatório tomou conta do rosto de Laurence, e Anna podia ver a satisfação dele de ter algo para começar uma conversa.

— A palavras Reencontro de Rise Park não foram suficientes?

— Eu... hum. Eu uso óculos, as palavras estavam fora de foco.

— Bom, você resolveu uma aposta entre mim e meu amigo — Laurence comentou, para em seguida anunciar: — Você tinha razão! Ela não estudou em Rise Park. Nós concordamos que era impossível não lembrarmos de você.

E antes que Anna pudesse impedi-lo, ele chamou James Fraser.

9

— James, esta é Anna. Anna, James.

— Olá.

James estendeu a mão para apertar a dela. Estava fria e um pouco úmida. Ela lançou um olhar ao mesmo tempo intenso e ilegível.

— A Anna na verdade deveria estar na despedida de Beth na sala ao lado. Mas, para nossa sorte, ela veio parar aqui por engano.

Anna parecia desconfortável, e James tentou deixar claro com seus olhos que não encorajava nem aprovava o fato de Loz estar dando em cima dela.

— Quem é Beth e por que ela está indo embora? — Laurence perguntou.

— Hum. Ela é minha prima — Anna respondeu.

— E... — Laurence fez um gesto circular com a mão que queria dizer "fale mais".

— E... — O olhar de Anna percorreu o bar, como se procurando uma saída. — E trabalha na ótica Specsavers. Ela vai fazer uma viagem pela Austrália. Está indo para Perth.

Era evidente que a pobre Anna estava louca para ser liberada e ir até o karaokecídio na festa de Beth, da Specsavers. James desejou muito ter alertado Laurence que ir até uma estranha atraente e se apresentar raramente dava certo. Não que isso o impedisse.

— Espere, espere. Você está dizendo que veio aqui sem óculos, mas literalmente deveria ter ido para a Specsavers? — Laurence brincou.

Anna esperou ele terminar de rir. James revirou os olhos, o que esperava que parecesse um pedido de desculpas implícito.

— De todo jeito, a Austrália! — Laurence continuou. — Sempre quis conhecer o Outback. James diz que "Oz" é a escolha de animais bebedores de cerveja chatos e incultos, mas eu discordo.

"Oh, meu Deus, estamos brincando de 'policial bom, policial mau' agora? Seu completo..." James ia ter uma conversa com Laurence quando eles fossem embora, uma conversa não apropriada para menores.

— Não exatamente — James disse. Anna olhou para ele com uma hostilidade crescente.

— James trabalha em uma agência digital, muitos clientes grandes e impressionantes. E eu trabalho com vendas. Vendas farmacêuticas. Então se seu Anusol acabar, é só falar comigo.

— Loz, que tal deixarmos Anna ir para a festa certa? — James sugeriu, tentando se redimir e interromper a conversa sobre hemorroidas.

Anna olhou feio, como se James estivesse tentando se livrar dela.

— Tive uma ideia melhor. Considerando que este reencontro tem a animação de uma festa Quaker para fazer colchas, que tal você nos ajudar a entrar na despedida de Beth, e nós pagamos sua bebida como forma de agradecimento?

— Loz! — James disse, sério, morrendo de vergonha.

— Acho que Beth não ia gostar — Anna respondeu.

— Não. Pelo jeito, tem um karaokê lá, não tem? Eu canto uma bela versão de "Summer of '69". Vamos! Você não acha que seria divertido?

— Não — Anna respondeu, sorrindo. — Tchau.

Ela deslizou pela porta, e Loz assobiou.

— Foi um toco e tanto.

— Você não pode encher uma mulher que nunca viu na vida para que ela tome um drink com você sem que ela exerça o livre arbítrio e mande você para o inferno — James comentou, balançando a cabeça.

Laurence olhou para a porta, como se Anna pudesse voltar.

— Você acha que foi um sinal para irmos atrás dela?

— Não, Loz. Podemos ir embora?

Laurence deu de ombros, percorreu o salão com os olhos e tomou o resto de seu *pint* de cerveja.

Minutos depois, decidindo sobre "mais cerveja ou *kebabs*" na calçada, Laurence cutucou o braço de James. E gesticulou com urgência para o fim da rua.

Ali, a alguns metros de distância, estava a misteriosa Anna, entrando em um táxi.

— Dá para acreditar? A mentirosa...

— Haha! — James tinha gostado do estilo dela.

— Se ela não estava indo para a tal despedida, por que estava na nossa festa?

— Ela ficou tão deprimida por causa do encontro com você que não foi capaz de enfrentar mais uma confraternização. — James respondeu.

— Não. Isso é oficialmente estranho. Talvez ela tenha estudado com a gente, mas não quis dizer.

Os dois ficaram olhando o táxi virar a esquina no frio cortante, com os queixos voltados para dentro da gola do casaco.

— Você se lembra de alguma garota com aparência hispânica na nossa escola? — James perguntou.

— Não. Sabe, a história dela era toda estranha. Como ela poderia não conseguir ler uma faixa tão grande? Só se você fosse o Stevie Wonder.

— Certo, que tal esta explicação? Alguém na nossa escola é suspeito de terrorismo, e ela é uma espiã do MI5. O suspeito sumiu, e o reencontro era uma armadilha criada pelo serviço secreto britânico para atrair o alvo. Essa Anna é a agente top deles, transferida temporariamente de Barcelona. Mas, algo crucial, esqueceram que para se passar por um ex-aluno da Rise Park, é preciso ter a aparência de quem vive à base de hambúrgueres de frango do KFC.

James virou para Laurence e começou a rir.

— O quê? — Loz quis saber.

— Ah, só o fato de você estar realmente considerando que isso é mais provável do que uma mulher atraente não querer conversar com você.

10

— E então? Como foi o reencontro? — Patrick perguntou, enquanto Anna colocava uma xícara de chá sobre a mesa dele.

O escritório de Patrick era tão meticulosamente arrumado quanto as roupas dele e, ao contrário de Anna, ele não usava cadeiras como receptáculos para o que não cabia nas prateleiras.

— Foi... peculiar.

Anna considerou contar que ninguém a reconheceu, mas se deu conta de que isso envolveria tirar muitos esqueletos do armário.

— Você encontrou alguma quedinha antiga?

Patrick era um solteiro "de carteirinha", isto é, resignado. Seu pavor de que Anna traísse o clube dos solteiros quando finalmente encontrasse alguém só se comparava à absoluta certeza que ela tinha de que isso nunca ia acontecer. Anna tomou um gole de seu próprio chá e ficou por ali.

— Você só pode estar brincando. Nenhuma quedinha antiga em Rise Park, mais fácil antigos monstros do abismo. — Ela tentou mudar de assunto. — Como vai a guilda?

— Bem, obrigado. Passei o fim de semana tentando ensinar bruxos dinamarqueses adolescentes e fazendo a progressão das raides atuais com *facerolls*.

— Parecido com o meu então. Você ainda é um panda?

Patrick sabia que podia falar com Anna sobre seu hobby sem se preocupar em ser julgado. Ela podia não se interessar por games, mas possuía solidariedade geek.

— Em *Pandaria*. É apenas temporário. Eu costumava ser uma orquisa. Uma xamã.

— Ah.

Patrick gostava dos, pelo que Anna tinha aprendido, "jogos imersivos", como *World of Warcraft*. E sempre tentava convencê-la a experimentar, mas ela tinha dúvidas, especialmente quando descobriu que seu amigo usava um headset com microfone.

— Mesmo assim, você ficou feliz de ter ido, considerando tudo? — ele perguntou.

Anna parou para pensar. Ela tinha ficado mais perplexa com a noite do que qualquer coisa.

— Vamos dizer que foi um bom lembrete de tudo e todos que não tenho mais que aguentar. Como uma vacina terapêutica contra aversão no traseiro. Depois disso, me sinto grata por cada coisinha do meu trabalho atual.

Ela sorriu, e Patrick sorriu de volta, em perfeita sintonia.

— Inferno, tenho um primeiro ano às dez da manhã. Eu desafio você a ser grata por isso — disse ele. — Acho que essa turma é a pior que já tive.

— A gente fala isso todo ano.

— Eu sei, eu sei... Já fomos ruins assim?

— Nós nos tornamos professores universitários malucos, então não se pode dizer que éramos alunos típicos.

— Acho que não — Patrick tomou o resto de seu chá. Teve um na semana passada que disse: "Henry VII era brilhante, simplesmente brilhante." Como se você pudesse ignorar a bibliografia e pegar seus pompons de chefe de torcida. Perguntei: "Brilhante como?", e ele respondeu — Patrick imitou uma expressão vazia de drogado — "Apenas... brilhante". Saia da frente, Simon Schama, temos alguém novo na cidade. Outro achou que "parcimônia" tinha alguma coisa a ver com a renda de pastinacas. Deviam fazer um programa de televisão, *Bill e Ted — Uma Aventura Histórica Fantástica*.

Anna riu.

— Infelizmente não posso dizer o mesmo. Meus alunos de primeiro ano são muito interessados. Além disso, a Operação Exposição da Teodora começa nesta semana.

— Muito bem! Mal posso esperar. Um belo feito, com todo o veneno da Challis.

— Espero que sim.

Victoria Challis era a chefe do departamento deles. Ela não tinha um comportamento caloroso e acolhedor, o que é frequentemente perceptível. Mas abria portas para os fundos de pesquisa e as promoções.

— Almoço mais tarde? — Patrick sugeriu.

— Sim! Eu pago. Vai tirar minha cabeça de ter de fazer compras para o casamento com minha irmã mais tarde.

Anna pegou uma pasta do arquivo de Patrick e bateu de leve na própria testa.

— Ah. Escolher flores, experimentar diferentes sabores de bolo e coisas assim?

— Ela está procurando o vestido de noiva... não, NADA de melodrama — Anna levantou o dedo quando Patrick fez uma expressão sentimental. — Sem "ouuunn" nem "argh". Se Aggy encontrar "o" vestido, e vai ser enorme, vou ter de seguir a temática extravagante como madrinha. Vai ser seda laranja ou amarelo-canário com barra de zebra, algo saído de uma gravação de *Santa Baby*. O gosto da minha irmã é bem "Miami". Ela até disse aquela frase de embrulhar o estômago: "vi uma coisa no casamento de Ashley e Cheryl Cole..." Considerando que eles se divorciaram, é capaz da coisa até estar à venda no eBay.

— Ah. Bem, tenho certeza de que você ficaria maravilhosa até num saco de lixo.

Anna fez a milésima cara de gratidão.

— Obrigada. Nos vemos mais tarde.

Patrick sorriu, acenando de leve quando ela saiu.

Quando voltou para sua sala e sentou diante do computador, Anna viu um nome que não reconheceu em seus e-mails e se deu conta de que era Neil, da sexta-feira. Pela prévia da mensagem, dava para ver que era mais do que ela estava esperando. Havia o termo "amantes". E um emoticon. Meu Deus.

Ela abriu a mensagem e leu, sentindo seu sangue ferver.

Querida Anna,
Sinto muito que você tenha achado que nosso encontro não tenha tido a "faísca" necessária. Eu gostei muito. Se você me der um pouco de feedback, for mais aberta, talvez você encontre essa "faísca" perdida. Para mim foi difícil fazer você se envolver em uma conversa real, e nossos tópicos raramente saíram da superficialidade. Aliás, fiquei com a impressão de que você considera a honestidade intimidante. Eu preciso de um pouco mais de confiança em minhas amantes. E, de modo geral, estou cansado de mulheres com mais de trinta que dizem que querem encontrar um homem disponível, mas depois brincam de "pique-pega" quando veem que ele está interessado. Essa complicação não é para nós, que não estamos mais na flor da idade. ☺

No entanto, com isto, estou preparado para tentar um segundo encontro caso você me convença de que vale a pena.

Atenciosamente,
Neil

Anna tentou conter a tentação de escrever uma resposta ácida. Ela precisava resistir. Ah, dane-se. Ela clicou em Responder.

Caro Neil,
Não estou fazendo nenhum jogo. Estou apenas dizendo "não, obrigada" para um novo convite de encontro. Talvez você tivesse mais sorte se não fizesse julgamentos presunçosos e egoístas como esse sobre mulheres que você não conhece. Ou se não fizesse comentários grosseiros sobre a idade delas. Nem as interrogasse sobre suas preferências sexuais depois de meia hora de conversa.

Atenciosamente,
Anna

Clicou em Enviar e tomou um gole raivoso de seu chá frio.

Encontros on-line podiam transformar até o romântico mais adorável em um cínico escaldado. A internet não deveria inaugurar uma nova era de facilidade e democracia para essas questões? Em vez disso, ela tornava a separação das ligas, os vencedores e os perdedores do jogo, ainda mais visíveis.

A dura realidade: ver que a pessoa que não respondeu à sua mensagem de dias tinha ficado on-line horas atrás. Ou notar que o empresário promissor que disse que estava se mudando para Amsterdã e, portanto, não estava disponível para um encontro, parecia estar ainda no Reino Unido e disponível para outras mulheres.

Ver isso em meio a todas as declarações de "quero conversas fascinantes", os mais populares dos dois sexos nos sites sempre eram visivelmente os mais belos. Na verdade, era um "Eu Sou Atraente Ou Não", com algumas bobagens sobre como você gostava de manteiga de amendoim crocante e a parte mais fria do travesseiro.

Ah, e os homens ainda tinham a tendência de se relacionar com mulheres cinco anos mais novas do que eles.

Algumas pessoas imaginavam que Anna estava fazendo audições grandiosas, gostando de testar seu valor de mercado. Ou perambulando por aí como em um filme de Nora Ephron, o mundo cheio de pretendentes em potencial em que você esbarraria enquanto carregava um saco de papel com uma baguete aparecendo.

Não, Anna estava em busca de uma alma gêmea que provavelmente não existia, em um lugar onde ele quase com certeza não estava.

Tipos bem-intencionados diriam: "Você é a última pessoa que eu imaginaria estar solteira! O mundo enlouqueceu!"

Mas Anna tinha de discordar. Para ela, o mundo foi sempre assim.

11

Na verdade, não havia uma fraseologia convencional para descrever o que havia acontecido com Anna, em termos de transformação física. Se fizesse um eufemismo do tipo "eu pesava mais", "eu fiquei mais bonita depois da faculdade" ou "eu era um patinho feio", as pessoas meneariam a cabeça e diriam "ah, eu também, só me encontrei quando cheguei à casa dos vinte" ou algo do gênero.

Mas se tornar uma pessoa totalmente diferente, alguém que veio de outro código genético? Essa jornada era tão rara que só aparecia em filmes melosos com montagens de transformações. *Supermodels* em tamanho bonsai "disfarçadas" com macacões jeans, prontas para tirar os óculos, e soltar os cachos brilhantes do tamanho de latas de coca-cola das presilhas.

Anna não tinha sido uma criança comum. Comum significava regular, mediana, que passa despercebida com facilidade. Ela era bem notável. Uma combinação de tamanho considerável, pele oleosa, aparelho ortodôntico, penteado de vocalista de banda de heavy metal em um cabelo preto, cacheado e rebelde e roupas em tamanho grande feitas em casa (Deus é testemunha, Anna passou a odiar a máquina de costura Singer de sua mãe) a fazia se destacar.

Ver qualquer potencial de glamour em seu futuro teria sido considerado otimismo cego, com ênfase no cego. Anna era, como seu colegas na Rise Park costumavam lembrá-la, gorda e feia.

Ela perdeu o peso aos 22. "O peso" e não "peso" parecia ser a expressão correta, uma vez que seus quilos tinham se tornado uma questão, uma entidade. Porque Anna era uma "garota gorda". O fato a perseguiu e a definiu. Era um fardo que pesava uns 25kg na balança.

O processo de mudança foi iniciado por um pensamento simples, após voltar para casa aos prantos pelo fato de a chamarem de "Ozzy Osbourne depois de comer todos os morcegos", fala vinda de uma van branca pouco tempo depois de ela ter começado o doutorado.

Anna era inteligente e capaz, e cuidava de todas as outras partes da vida com racionalidade e sucesso. Então por que ajustar o índice de "calorias ingeridas/calorias gastas" para um IMC médio a derrotaria?

Como muita gente que esteve acima do peso na infância, quando Anna despertou totalmente para o fato de que era maior do que todas as outras meninas, parecia algo irrefutável.

Sua irmã mais nova, Aggy, era magra como um cão da raça galgo e cheia de energia como sua mãe. Anna, todos diziam, tinha puxado o pai. Seu pai, Oliviero, era um gordo bonachão da agência Central Casting, de origem italiana, com um grande bigode em forma de vassoura; publicitários o empregavam para vender azeite de oliva. A mãe de Anna preparava pratos da culinária de seu país de origem em quantidades dignas de um batalhão como um pedido de desculpas por seu pai não estar em sua ensolarada terra natal, ainda que ele tivesse ido embora por conta própria em 1973. E ainda que amasse a Toscana e muitas vezes reclamasse de Londres, ele nunca manifestava qualquer desejo sério de voltar.

Ela estendia a política de indulgência para Anna e sua irmã, que conseguia combinar os elementos mais engordativos das duas cozinhas. Queijo, massa, *ragu* em homenagem às origens italianas, *nuggets* enormes de frango e batatas chips preparadas no forno em homenagem à Barking. Além de sorvete napolitano para combinar os dois.

Anna pesava 63,5kg aos dez anos.

Emagrecer foi, ao mesmo tempo, impressionantemente simples e psicologicamente complicado. Anna se deu conta de que terminar um *tiramisù* enorme de uma vez não era sua recompensa por ser exilada do mundo das pessoas de peso normal, era o que a mantinha ali. Ela trocou os pesados carboidratos por peixes e saladas, e começou a correr, percorrendo as ruas com calças de moletom velhas.

E Anna entrou para os Vigilantes do Peso. Ela não o fez esperando resultados, e sim no espírito de testar a teoria de que tinha nascido para ser gorda. Se não funcionasse, ela podia riscar "Ser magra" da lista.

Conforme perdia quilos, em quantidades cada vez maiores, sua antiga identidade se diluiu e algo estranho aconteceu. Ela descobriu que era bonita. A possibilidade nunca lhe havia ocorrido. Tampouco, ela tinha certeza, ocorrera a alguém.

Antes, seus olhos escuros e expressivos, seu belo nariz e sua boca sardônica que lembrava o arco do Cupido se perdiam completamente no rosto fofo, como uvas-passas e fruta descascada em uma massa. Mas conforme seus ossos se acentuaram, traços indistintos foram revelados como os daqueles considerados convencionalmente atraentes.

— Aureliana parece uma atriz! — celebrou sua tia, no primeiro dia depois no Natal em que Anna não participou do "desafio da batata assada" com seu tio Ted. Pela primeira vez na vida, quando Anna abriu um sorriso tímido, para depois sair correndo e chorar, foi de felicidade.

No início, as maravilhas não acabavam. Anna descobriu que havia todo um mundo secreto de olhares furtivos e tratamento especial por parte do sexo oposto que ela não sabia que existia antes. Era como entrar para a maçonaria, com beliscões na bunda em vez de apertos de mão.

Mesmo agora, dez anos depois, quando um aluno estava um pouco perto demais enquanto ela folheava um trabalho, ou quando seu cartão de fidelidade ficava cheio de carimbos depois de um café, Anna precisava se lembrar: *estão flertando com você.*

Alguns gordos nunca se adaptavam a ser magros, e continuavam pegando calças gigantescas e indo até a metade de caminho até o caixa antes de se dar conta de que não eram mais do tamanho da porta da loja. Anna tinha o mesmo problema de percepção. Ela não conseguia se acostumar a ser atraente.

— Linda e insegura, o sonho machista — Michelle dizia.

Imaginando que sua única opção seria o tipo de jovens sérios com quem ela tinha se relacionado em Cambridge, com QI alto, expressão soturna e camisas bem-passadas, de repente, as portas de um mundo de escolhas tinham se escancarado.

Então quem ela queria? No fim das contas, Anna não sabia.

No início, devido a uma ideia de lealdade à sua tribo e a certo grau de confusão, Anna se relacionou com o mesmo tipo de homens quietos e estudiosos de antes, quando era gorda. Esses experimentos fracassados tinham um padrão. No começo, ela era adorada como uma deusa, como se eles não conseguissem acreditar na própria sorte. Até que eles decidiam que definitivamente não acreditavam naquilo, e a relação acabava, erodida pela suspeita corrosiva e desabando sob a pressão de uma possessividade extrema.

Anna estava totalmente comprometida com o inteligente Joseph, seu único namorado de longa data até o momento, que entendia de propulsão a jato, mas não entendia que Anna podia passar uma noite fora sem caçar um sucessor.

Quanto a homens atraentes e seguros que buscavam uma mulher semelhante para chamar de sua: ela era sarcástica demais, ciente demais das táticas deles para ser considerada uma parceira potencial. Anna ficava arrepiada diante de qualquer possibilidade de que fosse sua aparência, e não sua inteligência, que tivesse atraído o interesse deles, e isso se manifestava na forma de uma irritabilidade defensiva.

E havia algumas consequências negativas com as mulheres também. Havia regras quando se era "bonita" que ela tinha demorado muito para aprender.

Anna não reconhecia os sinais de ciúme quando aconteciam, a fim de correr para extingui-los com baldes de autodepreciação. Ou não se misturava quando as mulheres estavam entusiasmadamente listando seus defeitos, o que de vez em quando era visto como se ela achasse que não tinha defeito nenhum. Anna nunca tinha precisado listar suas falhas, porque outros sempre faziam isso por ela.

E nunca achava que *se encaixava* em algum lugar, assim como no passado. Ela era incomum, atípica, uma esquisitice desajeitada, logo, encontrar o que as pessoas chamavam de "outra metade", alguém que se encaixasse, parecia impossível.

Não era coincidência que seus melhores amigos fossem Michelle e Daniel, duas pessoas que acreditavam que imagem significava pouca coisa.

E por mais desesperadamente que não quisesse ser definida por aqueles primeiros anos terríveis, Anna ainda se sentia muito mais como a garota que era chamada de fera peluda do que como a mulher que era alvo de fiu-fius.

12

James sabia que o dia do acerto de contas chegaria em algum momento, e chegou, às 11 da manhã, depois que os maiores sucessos do Spandau Ballet o tinham deixado com sentimento de desamparo.

— Gente, só para confirmar que todo mundo vai participar da grande festa de comemoração do aniversário de cinco anos da empresa. Vou mandar o itinerário por e-mail logo mais — Harris tinha dito para a sala toda. Ele estava usando uma camiseta irônica que dizia BOB MARLEY sob uma imagem de Jimi Hendrix e calça xadrez. — Tudo certo?

James já havia pesado suas opções. Ele podia seguir o fluxo por enquanto e dizer apenas que sim, ele e Eva iam participar.

Mas o depósito era de cem libras. Ele ia precisar de um motivo para a ausência de Eva. Alguma coisa gástrica ou uma crise familiar. James contaria o tipo de mentira que envolve, amarra suas pernas e faz você tropeçar e cair de cabeça em uma superfície dura.

Até o momento, não contar que ele e Eva tinham se separado havia sido uma mentira por omissão, navegar por uma trilha semântica quando alguém perguntava como tinha sido o fim de semana.

Isso ia requerer inverdades ativas — consulta médica, voos não alteráveis para Estocolmo — e lembrar quem tinha feito o quê, e para quem ele tinha dito. E quando a verdade sobre a ausência dela finalmente fosse revelada, eles veriam os fatos de trás para a frente e deduziriam tudo. Ele podia imaginar Harris, usando uma de suas regatas de cor forte, levantando a mão e dizendo: "Meu Deus do céu, gente! Foi por *isso* que ela não foi à festa de cinco anos? Sempre achei que o sobrinho com câncer era uma mentira lavada."

A piedade seria ainda maior, misturada com desprezo. Era ruim o bastante que eles precisassem saber; James não podia suportar a ideia de que eles soubessem que ele se importava que soubessem.

— Uh. Na verdade, cancele minha acompanhante. Eva e eu nos separamos.

Harris arregalou os olhos para ele. O queixo de Ramona quase foi parar na altura de seu colar que dizia "MONA". Um silêncio tomou conta da sala, um silêncio entrecortado pelo barulho de meia dúzia de pessoas virando a cadeira ao mesmo tempo. Lexie, a bela editora nova, arfou de susto. Charlie, o único outro membro casado da equipe, que ainda se vestia como se frequentasse pistas de skate, murmurou um "sinto muito, cara."

— Sério? — Ramona perguntou, sempre pronta para dizer a coisa errada.

"Não, ela saiu dançando usando sapatos de palhaço e apertando uma bisnaga de creme."

— Sério.

— Por quê...?

James reuniu toda indiferença que não possuía.

— Não estava dando certo. Foi bem amigável, está tudo bem.

Ele sentiu o desespero de Ramona para perguntar quem chutou quem, mas até o grau de vulgaridade dela se absteve disso. Por enquanto.

— Certo... bem, vou deixar um convite para você então? — Harris perguntou.

James resistiu ao estigma de *perdedor divorciado*. Resistiu apenas por alguns segundos.

— Na verdade, eu pretendia levar outra pessoa. Se não for um problema.

O queixo de Ramona caiu de novo.

— Alguém...? Você já tem alguém novo? Oh. Foi por isso...

James se sentiu completamente justificado em não ter contado a verdade. Aquilo era uma tortura.

— Não ajudou — ele respondeu, de um jeito brusco e devastador.

James voltou para sua tela e se felicitou por um trabalho feito, talvez um trabalho bem-feito. E não teve pressa em comer seu sanduíche de almoço para que o estudo do caso já tivesse terminado quando voltasse.

Então tudo de que precisava para a festa de aniversário era uma namorada de uma noite. Parecia o tipo de coisa com a qual Laurence podia ajudar.

13

— Bem-vinda à Bela Adormecida. Eu sou Sue e posso fazer seus sonhos de contos de fadas se realizarem! — a dona da loja cantarolou, o que Anna considerou uma afirmação bem absurda. A Bela Adormecida não passou um século em um constante estado vegetativo?

Sue parecia um membro júnior do parlamento britânico de tailleur, saia e colar de pérolas, e Anna imaginou que suas técnicas de vendas seriam ágeis, apesar do exagero superficial ao redor.

Os olhos de Aggy e de sua mãe brilharam diante daquelas palavras, e Anna soube que ela e seu cinismo estavam isolados no reino das fiéis. Era uma gruta encantada para quem queria subir ao altar parecendo uma indicada ao Oscar de melhor atriz.

O espaço estava suavemente iluminado por lâmpadas delicadas. Havia um tapete creme impecável, papel de parede lavanda com estampa de libélulas e espelhos ovais em estilo rococó nos provadores — do tipo que rainhas más consultavam.

O ar estava carregado com um perfume doce de frésia, como um tipo de gás sedativo do amor. Michael Bublé cantava em caixas de som escondidas, sem dúvida usando técnicas de hipnose subliminares.

Prometa seu coração, me dê sua mão... e o número comprido na frente... agora a data de validade, *yeah, baby*.

Havia fileiras de vestidos enormes, duros e extravagantes com organza, anquinhas, *corsets* de renda e um quê de "aristocracia pré-Revolução Francesa" para chamar atenção.

A Bela Adormecida podia se chamar *Vem com Tudo ou Vai Embora*. Era um grande estímulo pavloviano das fantasias da Disney, em um mundo em que um toque da varinha mágica era uma passada do cartão Visa.

Futuras noivas desapareciam em um provador que ficava atrás de cortinas cobertas de cristais, para reaparecer transformadas. Anna tentou se imaginar pronunciando as palavras "alguma coisa simples" no local e não conseguiu.

— Você deve ser minha noiva — Sue disse para Aggy. — Posso dizer que tudo vai ficar bem em você. Algumas mulheres de aparência jovial simplesmente são noivas naturais. E tamanho 38; não há limites quando o assunto é escolher um estilo.

Anna ficou com vontade de dizer:

— E o que acontece com as noivas mais velhas? Você não enche elas de coisas?

Aggy quase engasgou diante dos elogios. Fisicamente, ela era uma versão mais angular e baixa da irmã, mas o que lhe faltava em largura e altura era compensado em barulho.

Aggy trabalhava com relações públicas, com especialização em administração de eventos, e era extremamente boa em seu trabalho. Ela organizava coisas à sua maneira desde que era muito pequena, e seu poder de persuasão era incomparável. Ninguém confundiria Aggy com uma acadêmica: hoje ela estava usando um casaco matelassado, botas de salto alto e uma bolsa Alexa da Mulberry. Ela vivia a vida em caps lock. VOU ME CASAR, HAHA!

Havia dois anos entre as irmãs e, em alguns aspectos, um mundo de diferenças.

— Esta deve ser a linda mãe da linda noiva — disse Sue, falando com a mãe deles como se estivesse servindo um ovo quente com a gema mole em uma clínica de saúde. — E esta é a lindíssima irmã e madrinha.

— Judy.

— Anna — as duas se apresentaram, enquanto Sue segurava as mãos e olhava para elas com uma expressão de "encanto completo'.

Aggy tinha marcado uma sessão de uma hora e, enquanto Anna detestava a presença constante da vendedora, sua irmã se deliciava com a atenção recebida.

Anna tirou seu casaco de lã cinza. Sua família a caracterizava como um moleque, em contraste com o estilo ultrafeminino da irmã, mas ela considerava aquilo uma simplificação. Ela gostava de *algumas* coisas femininas. Romance — na arte, se não na vida, até o momento –, vestido, sapatos e espumante.

Só não gostava mesmo do combo completo de coisas consideradas femininas que Aggy apreciava. Como passar noites no sofá com a revista *Vogue*, separadores de dedos do pé, esmalte Essie, a colher mergulhada num pote de sorvete Ben & Jerry's sabor manteiga de amendoim, e o iPhone branco preso à orelha para ouvir as últimas fofocas. Em vez da carruagem de abóbora da Cinderela, Aggy se deslocava em um Fiat 500 com cílios de borracha nos faróis e um adesivo no parachoque que anunciava para os barões sauditas do petróleo de seu combustível era *pó de fada*.

Anna estava feliz por gostar do noivo da irmã. Aggy poderia ser capaz de se casar com muitos homens de que Anna não gostaria, mas por sorte tinha escolhido Chris, o pintor-decorador simpático e másculo de Hornsey. Ele amava Aggy de verdade, mas também sabia quando dizer "você está falando merda, Ags".

Os dois iam se casar no esplendoroso salão de baile do Langham Hilton no Natal.

Desde o jantar de família em que Aggy chegou com um anel de diamante do tamanho de uma pastilha de vidro e sua irmã e sua mãe soltaram vários gritos, Anna estava um pouco nervosa.

A única coisa que Aggy não administrava com sucesso eram as próprias expectativas. Anna tinha certeza de que a maneira como o casamento estava sendo organizado era assim: sua irmã escolhendo exatamente o que queria (e que em geral tinha os preços mais altos) e procurando uma maneira de pagar depois.

Chris parecia cada vez mais esgotado cada vez que Anna o via. Ele teria ficado feliz com um bufê de salgadinhos congelados num lugar simples, e de chegar lá na van da empresa, um gorro de pele na cabeça com as orelhas soltas e, cantando alto ao som da Smooth Radio.

Àquela altura, Anna estava com medo de que a irmã acabasse ajustando suas prioridades tarde demais e não evitasse um dano sério à sanidade, ao relacionamento e a seu crédito.

— Espumante antes de mais nada! — Sue anunciou, apontando para uma bandeja prateada com três taças e uma garrafa sobre uma mesa de centro com tampo de mármore, ao lado de uma pilha de revistas de noiva brilhantes e uma tigela d'água com velas de flor de lótus flutuando.

Aggy tinha acabado de tomar um gole quando Sue gritou:

— Vamos experimentar o primeiro vestido!

Aggy e Sue desapareceram pela cortina bordada, enquanto Anna e sua mãe trocaram sorrisos e bateram de leve o pé no chão.

— Você acha que Aggy vai longe? — Anna perguntou finalmente, percorrendo as fileiras de saias de abajur.

— Claro que sim, Aureliana! Até que a morte os separe.

— Não, o que quero dizer é...

— Tantararaaaan! — Sue cantarolou, abrindo a cortina para Aggy reaparecer, cambaleando do alto dos saltos da loja.

Ela usava um vestido frente-única com uma saia A simples e um monte de cristais Swarovski.

— Ah, que linda! — disse Judy.

— Anna? — Aggy perguntou, em dúvida.

— Seu colo ficou bonito. Mas não estou convencida do strass. Podia ser pior. De cinco sapatinhos de cristal, dou três — Anna respondeu. — É bem... decotado na lateral dos seios também.

— Está na moda revelar um pouco mais — disse Sue, com um sorriso tenso. Em seguida, num tom reconfortante para a mãe: — Nada vulgar. Apenas insinuando o que está ali.

Anna inclinou a cabeça para o lado.

— Hum. Estou vendo bastante da lateral dos seus peitos, com a promessa de uma teta inteira se ela abaixar para beijar uma das daminhas.

— Ah, não, não quero um vigário velho e despudorado falando sobre "pegar nas bênçãos".

Aggy fez um movimento com o quadril digno do *Rocky Horror Picture Show*.

— Agata, o vigário não vai ser despudorado! — Judy exclamou. — Pare com isso!

— Podemos apertar um pouco — Sue interveio, lançando para Anna um olhar que sugeria que alguma coisa já estava sendo apertada.

— Deus é mais! — Essa era a nova expressão de Aggy. — Já contei o que aconteceu com Clare, do meu trabalho? Vestido tomara que caia, uma madrinha pisou no véu enquanto caminhava até o altar e puxou ele para baixo — Aggy indicou a altura da cintura. — Mas Clare disse que não se importou porque tinha gastado cinco mil em implantes salinos na República Tcheca. — Ela fez: — Aggy apontou para o próprio peito com os dois indicadores. — Aproveitem, tem para todos.

— Com certeza um vestido bem-ajustado não desceria tanto — Judy comentou. — É um problema de estrutura.

Anna e Aggy se entreolharam.

— Talvez, como Aggy disse, ela fosse uma exibicionista. Talvez tenha sido um plano de res*peito* — Anna comentou, falando um movimento de quem gira uma manivela e um zumbido.

— Pode ser, ela ficava bem vulgar e escandalosa quando bebia. Marianne dizia que Clare com vinho era igual a um Gremlin com água — Aggy respondeu. — Ela costumava mostrar para os clientes uma tatuagem que ficava na marca do biquíni dizendo "mamãe para sempre" em sânscrito, e nosso chefe teve que pedir para ela parar porque alguns clientes mais velhos não estavam familiarizados com enfeites de vagina e podiam ficar incomodados.

— O que "mamãe para sempre" significa? — Anna perguntou.

— A mãe dela morreu de um aneurisma em Bluewater. Era uma homenagem.

— Uma homenagem escrita na xoxota? Quem quer isso? Mãe, você gostaria que eu tatuasse "Descanse em paz, Judy" lá embaixo? — disse Anna.

— Não posso dizer como me sentiria se eu tivesse morrido — a mãe delas respondeu. — Acho que prefiro uma figueira em minha memória na igreja de St. Andrew.

— Então este vestido não? — Sue entrou na conversa em desespero.

Anna sentiu uma pontada de remorso por Judy não estar sentada ao lado de alguém que soltaria fogos de artifício e exclamações de "ooh!" e "ahh!" para os vestidos, mas, em alguma medida, você desempenha o papel que recebe da família. Não havia dúvida de que o de Anna era ser *a voz da razão.*

As pessoas muitas vezes reagiam com descrédito ao saber que Judy era mãe delas, primeiro por causa da aparência jovial e das caras mechas loiras para seus cinquenta e tantos anos. E, em segundo lugar, somado à vinda de Surbiton, por não parecer nada italiana. Ela tinha um orgulho incomum da herança continental das filhas e fazia questão de usar o nome inteiro delas. O engraçado era que seu pai era menos fã e pronunciava Aureliana e Agata com o sotaque "não tradicional".

— Sua mãe vai e registra esses nomes bobos pelas minhas costas, dizendo que foram os hormônios! Ela fez isso duas vezes! Dá para acreditar?

Anna conseguia acreditar, sim. Também era bem típico de seu pai fazer as vontades de sua mãe.

— Mãe. Como Aggy vai pagar isso tudo? — Anna perguntou em voz baixa.

— Ela ganha bem. E tem dinheiro guardado. E Chris tem dinheiro.

— Não tanto dinheiro. Você não acha que isso está ficando fora de controle?

— Você só se casa uma vez. Sei que não é seu tipo de coisa, mas este é o dia especial dela.

Anna mordeu a língua. Ia ter uma conversa em particular com o pai. A família tinha duas facções distintas: a sobriedade mais contida de Anna e do pai e a frivolidade da mãe e da irmã. Enquanto Aggy se trocava mais uma vez, Anna teve medo de que a Bela Adormecida fosse o começo de uma longa jornada pelas lojas mais caras de Londres.

Um grito alto veio dos provadores.

— A perna artificial dela caiu? — Anna perguntou.

Sue apareceu, colocando só a cabeça para fora da cortina de brocados, envolta num drama teatral.

— Temos algo bem especial aqui — o que Anna entendeu como "acho que ela vai ficar com este, então aguentem firme, migas."

Aggy saiu com um sorriso encabulado vestida no que, obviamente, era O Vestido. Tinha uma saia volumosa em estilo Tinkerbell com camadas brilhantes de tule recortado, e um corpete estreito tomara que caia, no qual Anna não teria conseguido fazer suas costelas entrarem de jeito nenhum.

Aggy parecia pronta para subir ao palco de um balé, estava maravilhosa.

— Oh, Agata! — Judy exclamou, caindo no choro e levantando de um salto para abraçá-la.

— É incrível, mãe — Aggy fungou. — Eu me sinto uma princesa.

Anna ficou onde estava e deixou o ataque de sua mãe diminuir enquanto servia as últimas gotas de cava na própria taça.

— Você não gostou? — Aggy chamou Anna.

— Gostei. Estou brindando a um trabalho bem-feito. Você realmente parece que vai se casar usando esse vestido. E é só o segundo. Muito bem. Sinceramente, você está linda. É um "bolo de casamento", mas é de bom gosto.

Aggy rodopiou e afofou as camadas da saia, deixando-as cair de novo.

— Sabe como dizer que você sabe quando encontra A Pessoa? Acabei de encontrar O Vestido.

Depois de gritos, suspiros e olhares suficientes, e de Sue sair satisfeita em busca da papelada, Anna perguntou quanto custava.

— Três — Aggy respondeu.

A boca de Anna fez um O.

— E meio — sua irmã acrescentou. — Mais 250. São 3.750 libras. O véu não está incluído.

— Ave Maria, Aggy! Quatro mil em uma coisa que você só vai usar uma vez?

— Você não gostou? — Aggy fez um bico.

— Acho que você está maravilhosa, mas acho que você ficaria maravilhosa gastando metade disso. Uma grande parte do maravilhosa é você. Como disse a Sue, você ficaria linda na maioria dos vestidos.

— Hummm — Aggy rodopiou mais uma vez. — Mãe?

— Você parece a Audrey Hepburn! Ou Darcey Bussell em *O Quebra-Nozes*!

— Logo você vai precisar quebrar o cofrinho.

Aggy riu.

Anna estava numa posição difícil. Se insistisse mais que o vestido era caro, simplesmente iam começar a questionar suar motivações. Ela seria acusada de deixar sua ira de solteirona frustrada arruinar a felicidade de Aggy. Mesmo assim, Anna não estava sentindo nenhuma inveja não fraternal, de verdade. Ela precisaria querer se casar com alguém antes de poder cobiçar de verdade um casamento. Não dava para colocar o vestido antes do noivo.

— Vou cuidar para que tenham homens solteiros no casamento. Para você — disse Aggy, como se sua mente estivesse pensando mais ou menos na mesma coisa.

— Isso. Você deveria sair e conhecer pessoas, Aureliana — a mãe delas disse, como se esse finalmente fosse o momento de abordar a agorafobia da filha mais velha.

— Eu conheço pessoas! — Anna se defendeu.

Aggy estava torcendo o cabelo em um coque e fazendo um bico na direção do espelho. Judy saiu para confabular com Sue.

— Fui a um reencontro de escola — Anna revelou.

— Foi?! — Aggy exclamou, com a mão saindo do cabelo e o queixo caindo, seu próprio reflexo momentaneamente esquecido. — Por quê?

— Pensei em enfrentar meu medo. No fim das contas, foi inútil, o medo não me reconheceu. Sério, Ags, nenhum deles sabia quem eu era. Não sei se fico feliz ou não. Michelle disse que é uma prova de que deixei tudo para trás para sempre.

— Você viu... algum deles? — Aggy perguntou.

— É...hum... James Fraser. — Anna respondeu, com uma risada sem graça.

— James Fraser?! O que ele disse?

— Nada. Ele também não sabia quem eu era. Mas ainda é tão cheio de si que é inacreditável. Fiquei com vontade de dizer para ele: "Sabia que você só era um herói com 16 anos? Agora você não é ninguém."

Anna ficou surpresa com a veemência em sua voz.

— Belo discurso. Ele ainda é supergostoso?

— Depende se você gosta de cardigãs e câncer de personalidade.

— Oh, ele parece o Hortelino Troca-Letra agora? Não acredito! — Aggy colocou uma mão no quadril e virou, com dificuldade, em seu vestido dos sonhos.

Anna sorriu.

— Ele continua desagradável e arrogante, mas também atraente, é o que importa, obviamente.

— Eu só preciso de um depósito — Sue anunciou, reaparecendo triunfante, com a mãe delas a tiracolo. Aggy pediu que ela pegasse sua bolsa.

As três foram embora, imersas no amor de Sue, e Anna sentia um leve desconforto diante do esbanjamento da irmã.

Depois das despedidas apressadas do lado de fora sob um clima horrível, sua mãe saiu apressada para pegar o ônibus para Barking, e Anna tentou conversar com Aggy.

— Você pode pedir para uma costureira copiar aquele modelo por muito menos, sabe.

— Marianne fez isso, e nunca fica tão bom, para falar a verdade. Você passa o dia todo pensando no outro vestido.

— Se você passa o dia todo pensando em um vestido, tem alguma coisa errada.

Aggy ignorava comentários desse tipo.

— Seu vestido é o próximo, Anna! Vamos tirar um dia para fazer isso, sair para almoçar.

— Certo. Nada ridículo, prometa para mim.

— Ridículo uma ova! Você vai ficar mais linda do que já esteve na sua vida.

— Você está colocando o parâmetro lá embaixo — Anna sorriu.

Aggy parecia estar hesitando para dizer alguma coisa, o que era raro.

— Eu não sabia o que eles iam fazer, sabe. No Mock Rock. Eu disse para deixarem você em paz.

— Meu Deus, eu sei. Não se preocupe.

Anna sentiu uma pontada intensa e familiar de dor e vergonha. Não importava quantas vezes ela jurasse que não culpava a irmã por estar na plateia, isso sempre vinha à tona.

Os olhos de Aggy ficaram marejados, e Anna bateu de leve no ombro dela. Era típico que Aggy tentasse consolar a irmã mais velha, e Anna acabasse consolando-a.

— E quando o sr. Towers nos fez limpar os doces — ela disse, as lágrimas escorrendo sem parar. — Não comi nada por uma *questão de princípio*.

14

James tomou banho e vestiu sua roupa de corrida uma hora antes da visita marcada com Eva na casa que eles dividiram. Ele queria mostrar que estava ativo, viril e nem um pouco magoado ou deprimido.

Por mais que uma parte dele quisesse fazer o drama das embalagens de delivery de comida, olheiras, hálito de uísque, ele temia que parecesse derrotista. James pensou que, mostrando que foi uma idiotice deixá-lo, conseguiria que Eva voltasse. Ela nunca amaria um homem fracassado.

Mesmo assim, era um teatro humilhante e, enquanto amarrava o cadarço dos tênis com mais força do que era necessário, James tentou não pensar muito no assunto.

Fazia dois meses que Eva tinha jogado a bomba dizendo que ia embora, depois de apenas dez meses de casados e praticamente nenhum sinal de descontentamento que James pudesse identificar, além do fato de que ela parecia um pouco distraída. Foi como se, assim que eles terminaram de decorar a casa, Eva não tivesse mais nada com que se ocupar.

Agora James estava até o pescoço com a hipoteca do sobrado de pedra, a porta da frente pintada com tinta cara na terra de Bugaboo e Babyccino, onde achou que eles iam constituir uma família.

Eva ia passar para "pegar algumas coisas" de novo. Ela ia de um lado para o outro, abrindo os armários, como se a vida estivesse normal. Como se não tivesse acabado de sentar com ele em uma manhã de sábado, golpeado a cavidade de seu peito, arrancado seu coração ainda batendo e o moído até transformá-lo em ração de gato.

Falando nisso, havia outra responsabilidade cara e inconveniente que James herdara.

Luther era um Persa Azul, uma dessas raças com pedigree que parecia tanto um brinquedo que podia ser vendido na Hamleys. Uma bola peluda e cinza com olhos amarelos vivos e assustadores e uma carranca permanente, ou o cenho de um criminoso — James não conseguia decidir qual dos dois. Eva tinha levado o criador muito a sério quando ele disse que não era seguro deixar o gato sair, então o bicho era mantido em cativeiro.

O nome Luther veio da primeira música que eles dançaram, "Never Too Much", de Luther Vandross. Uma bela ironia, considerando que um ano seria demais. Considerando que o gato tinha sido uma compra motivada totalmente por Eva, James ficou chocado — e mais do que um pouco irritado — quando descobriu que ela queria deixá-lo para trás na separação. "Luther conhece esta casa, não tenho espaço para ele na casa de Sara por enquanto, seria egoísmo meu ficar com ele."

Mas, até aí, se Eva podia abandonar um marido, James achava que um gato era peixe pequeno.

A campainha tocou. James tentou cumprimentá-la com uma expressão que não fosse hostilidade completa, mas também não fosse um sorriso falso.

Ele não sabia como Eva conseguia fazer aquilo — fazia três anos que os dois se conheciam —, mas toda vez que a via, ele ficava impressionado com como era linda, em carne e osso. Era como se o impacto total da beleza dela simplesmente precisasse ser visto para se tornar crível. Era uma sensação física e uma apreciação intelectual de proporção e simetria.

O rosto em forma de coração, a boca generosa que ele tinha achado larga demais a princípio e, segundos depois, se dado conta de que era a melhor boca que já tinha visto. Os olhos oblíquos, as covinhas e o cabelo, um loiro platinado natural e impressionante.

Quando queria alguma coisa e acionava seu charme, ela o deixava cair sobre o rosto, para em seguida delicadamente pegar uma mecha entre o polegar e o indicador e colocá-la atrás da orelha enquanto mantinha os olhos fixos em você, os lábios entreabertos.

No começo do flerte, James achou que Eva não fazia ideia de quão loucamente sedutora era. Depois, durante férias curtas, eles acabaram com uma conta gigantesca em um restaurante em Paris. Os preços já eram proibitivos, e os dois se confundiram com a conversão para libras da carta de vinhos. James quase desmaiou com o valor final.

— Eu explico — disse Eva, chamando o chefe dos garçons e falando um francês misturado, apesar de ser fluente, e usando aquele olhar, enquanto James observava impressionado a estratégia de sua então namorada.

Com olhos ágeis, aquele homem, que era nada menos do que um parisiense esnobe, entrou em transe e por nenhuma outra razão além de ela ter pedido, concordou em diminuir metade do valor de uma garrafa antiga de *Château D'Oh Meu Deus Eu Não Consigo Contar os Zeros.*

Se Eva não fosse professora de arte, negociadora de reféns ou modelo de xampu teriam sido carreiras igualmente plausíveis.

Ali, parada na porta, ela parecia ter o frescor de uma margarida e a aparência de uma sílfide de 25 anos usando uma capa cinza com cinto e calça jeans skinny e escura. Por mais ressentido que estivesse, James desejou ardentemente que ela dissesse "O que foi aquilo? Eu sou uma idiota!" e se jogasse de novo em seus braços.

— Oi. Você está de saída?

James olhou para as próprias roupas, esquecendo o que tinha vestido.

— Ah, não. Na verdade, sim. Quando você for embora.

— Você pode me deixar sozinha aqui, James, não vou roubar seu aparelho de DVD. Você está de barba? Você vai mantê-la?

A mão dele foi parar no queixo.

— Talvez. Por quê?

James estava pronto para ser ríspido — *não é mais da sua conta* —, mas ela não estava mais prestando atenção.

— Ownnn! Olá, coisinha.

Ótimo. Uma animação louca ao ver um felino doméstico, depois de cumprimentar seu marido com uma afetuosidade que poderia ser medida com uma trena.

Eva dançou ao redor de James até onde Luther estava parado na escada, pegando-o no colo e afagando seu rosto de aparência confusa e raivosa.

— Oh! E como vai meu bebê mais peludo e contente?

James estava começando a odiar de verdade o bebê mais peludo e contente.

— Contente? Como você sabe, quando está lidando com algo que parece um ditador rechonchudo usando pijama de angorá?

— E como você está? — ela perguntou, como se fosse um pensamento secundário.

Ele odiava que Eva perguntasse isso. Ela sabia perfeitamente que a resposta honesta era mais do que seu orgulho aguentaria, e as opções aliviavam as coisas.

— Tudo igual. E você?

— Bem, obrigada. A turma deste ano parece bem adorável. Eles se comportam muito bem comigo.

— Não tenho dúvida.

Eva trabalhava em uma escola particular em Bayswater, e seu controle milagroso dos grupos não estava dissociado de seu apelo estético.

De vez em sempre, ela voltava para casa com o desenho feito por algum aluno apaixonado de uma loira de lábios carnudos, talvez flutuando na água como uma Ofélia. Em geral era uma bela desculpa para pintar a professora nua. James ficava irritado por ela esperar que ele olhasse para o objeto de devoção febril pendurado na geladeira.

— Este é o remédio para o ouvido do Luther — ela soltou a bolsa na mesa e procurou o pacote. — Duas vezes por dia, e um pouco de secreção marrom é normal.

— Fantástico. Mal posso esperar.

— Vou pegar mais algumas roupas do quarto de hóspedes.

— Divirta-se.

— Você não precisa falar em um tom tão... depreciativo o tempo todo.

James revirou os olhos.

Eva subiu a escada, e Luther foi para a cozinha, com um movimento do rabo para expressar seu desgosto diante da inaptidão de James de manter-se com uma mulher.

Depois de ser revirada em busca do remédio, a bolsa marrom clara de Eva ficou tentadoramente aberta diante dele. James viu um pedaço de papel dobrado e leu um nome "Finn Hutchinson, 2013" com muitos beijos. Os alunos já estavam pintando Eva? Ele olhou mais de perto. Qualquer semelhança com um amante abandonado e ciumento não era coincidência.

Ouvindo ela se mover no andar de cima, James pegou o desenho. Era um pedaço de papelão grosso e texturizado, do tipo que se compra em lojas de suprimentos de arte.

Ele o abriu e viu uma silhueta em carvão de sua esposa nua, as pernas sobre o braço de um sofá, os braços para trás, olhando para ele com impertinência sob pálpebras pesadas, os cabelo formando serpentes atrás da cabeça.

Claro, podia ser outro tributo a Eva. No entanto, alguma coisa disse a James que aquilo tinha sido feito na vida real, considerando a precisão dos detalhes.

Desde que ele a conhecia, Eva sempre preferiu uma depilação íntima que deixava apenas uma linha vertical grossa de pelos. A pequena linha borrada entre as coxas era um sinal claro de que o artista tinha sido agraciado com uma visão em primeira mão e incontestável de seus pelos pubianos.

Deixando o desenho aberto sobre a mesa e encostando na parede, James expirou e cruzou os braços.

Sentindo-se enjoado, com um frio mortal e, mesmo assim, em controle, ele contou cada minuto que Eva passou no andar superior como uma eternidade.

15

Quando Eva voltou, James teve um prazer animalesco no momento de silêncio aterrorizante enquanto ela montava as peças daquela cena.

— Você mexeu nas minhas coisas? — ela disparou.

Pronto. Se restava alguma dúvida de que aquilo era um presente de seu novo homem, aquela reação deixava tudo claro.

— Você deixou sua bolsa aberta. O que é isso? — ele perguntou, impassível.

— Um desenho. Você já viu esse tipo de coisa antes.

— Você vai mentir para mim? Mesmo diante disso?

— Por que eu estou mentindo?

— Porque isso não veio da imaginação de ninguém, Eva, é você. Você acha que eu não reconheço minha própria mulher?

Uma pausa. O rosto desabou, os ombros ofegavam, e ela começou a chorar. Numa reação frustrante, James sentiu uma culpa automática por fazê-la chorar. Ele sabia que estava sendo manipulado, e sua fúria veio à tona.

— Não, não chore! Você não tem o direito de chorar. Você fez isso comigo, com a gente! Como você acha que eu me sinto, porra? Você acha que eu mereço descobrir que você está tendo um caso através de um desenho dos seus peitos?

— Eu não estou tendo um caso! — ela disse, em meio ao choro.

— Qual é a palavra que você prefere?

— Eu sabia que você ia transformar isso numa questão sobre o Finn, mas não é.

— Ah, eu acho que é um pouco sobre o Finn agora que você está transando com ele, não é? Já faz quanto tempo?

Quando eles se separaram, James perguntou se havia outra pessoa, e a resposta foi *não, não, não — de jeito nenhum.*

Eva balançou a cabeça.

— Nada aconteceu até a gente se separar.

— Aham. Certo. Você obviamente terminou nosso casamento para começar isso. Obrigado selo Bill Clinton de honestidade.

Ela balançou a cabeça com mais força.

— Não.

— Isso é direto demais para você? Arruinar nosso casamento precisa ser sobre necessidades espirituais mais elevadas do que você estar interessada em outra pessoa? Isso seria tão *comum*, não seria? E você seria a parte errada. Deus nos livre de chamar essa merda de algo tão simples como TRAIÇÃO.

James tinha começado a gritar, e Eva estava secando o rosto, de cabeça baixa, o cabelo sobre os olhos. Não era remorso, era uma tática para torná-lo o vilão da história, e ele não ia cair nessa.

— Quem é ele?

— Ele posou para umas aulas. Nós nos aproximamos nos últimos tempos...

— Se aproximaram quanto? Esse tanto? — James gesticulou separando as mãos. — Não, me deixe adivinhar. Esse tanto — ele juntou as mãos.

Ela balançou a cabeça e fungou.

Espere um pouco. Finn. Que posou para aulas. Eva tinha falado dele. Eles se conheceram em uma inauguração, com aquela amiga que faz relações públicas para restaurante, Hatty. Ele tinha se oferecido para posar para os alunos, e ela tinha dito que não podia pagar.

Então, algumas semanas depois, veio uma história cercada de risos, supostamente sobre esse sujeito que "parecia um modelo da Abercrombie & Fitch" que tinha aparecido na escola para posar, abrindo o roupão e flertando e fazendo as alunas do nível avançado ruborizar.

James se lembrava de ter dito:

— Como assim? Ele flertou enquanto estava com tudo de fora? Admiro a confiança desse sujeito.

Eva falou alguma coisa sobre toalhas estrategicamente posicionadas e comentou que ele era um modelo emergente que tinha acabado de assinar contrato com uma grande agência.

James se deu conta de que Finn em sua petulância tinha feito um gesto bem grandioso em trabalhar de graça.

Eva tinha animadamente se perguntado qual de suas alunas estava tendo um caso com ele. James agora notava o truque, olhando em retrospecto: era Eva que ele encontrava, antes de posar na aula. Era um gesto para impressioná-la.

— Quantos anos ele tem, Eva?

— Vinte e três.

James colocou a mão na testa.

— Vinte e três? Que diabos... Agora você gosta de garotos? *Ensina-me a viver?*

— Ah, isso mesmo, comece a andar por aí fazendo suas piadas típicas. Deixemos de discutir isso de um jeito maduro.

— Como você espera que eu me comporte? Você acha que eu ficaria calmo e seria razoável ao descobrir que você está dormindo com outro?

Ele quase perguntou "como você se sentiria no meu lugar", mas se deu conta de que a pergunta não surtiria efeito.

Eva balançou a cabeça de uma forma condescendente, como se James que tivesse algo de que se envergonhar.

Foi nesse momento que Luther decidiu interromper, o saco de pelo traidor fazendo barulhos de incômodo aos pés de Eva. Ela pegou o gato e fez sons exagerados para acalmá-lo, como se James estivesse destruindo um lar feliz e partindo o coração do bicho.

— Eu não estou fazendo sexo com ele — Eva disse, sem muita convicção, sobre o enorme rabo de espanador de Luther.

James balançou a cabeça incrédulo.

— Você pode soltar essa coisa?

Eva abaixou e o soltou.

— Nós nos encontramos para tomar um café. Só fui uma vez ao apartamento dele. Para posar. Ele se interessa por arte.

— O quê...? Você espera que eu acredite que depois você colocou a calcinha de novo, e dividiram um iogurte? E, a propósito, fale para ele não largar o emprego. Você parece o Richard Branson nesse desenho.

— Posar não significa nada para mim. Isso é um tabu britânico, nudez sexualizada.

— E Finn é escandinavo, por acaso? Não. É inglês, homem e heterossexual. Certo. Então você está me dizendo que nada aconteceu depois disso?

— Não... eu falei para você.

A hesitação dela sobre como categorizar suas atividades foi pior para James do que uma confissão objetiva do conhecimento bíblico. Teria sido a mesma coisa que Eva pegar uma faca, cortar um pedaço da barriga dele e colocar de volta com uma colher gelada.

— Se você fez coisas com ele pelas quais seria presa se vocês estivessem em público, Eva, você está dormindo com ele. Sinto muito se estou sendo antiquado. Estou só sendo seu marido, eu me apego terrivelmente a detalhes.

Houve uma pausa em que Eva não fez objeções.

— É sério?

— Eu não sei.

— Tudo isso por "eu não sei" — James colocou a mão na cabeça. — Eu preferia que você me dissesse "sim, ele é o homem da minha vida, precisava acontecer".

Não preferia. James estava imaginando os olhos, as mãos e possivelmente a língua desse Finn em Eva e tentando não chorar, vomitar nem dar um soco na parede.

— Talvez sua incapacidade de compreender que isso não é por causa de outra pessoa seja o tipo de atitude que criou uma distância entre nós.

— Que merda você quer dizer com *isso*?

— Quero dizer que o fato de eu sentir alguma coisa pelo Finn mostra que alguma coisa não estava bem entre nós.

James engoliu com dificuldade. O pomo-de-Adão dele parecia inchado.

— Acho que você está vendo isso de trás para a frente — ele disse, lutando para manter a voz calma. — O grande ponto em se casar é resistir à tentação de outra pessoa.

Eva pegou a bolsa, os olhos baixos.

— Desde que a gente se casou, as coisas não foram as mesmas. Mais rotina, talvez. Não sei explicar.

— Existe um pouco de rotina num casamento, é assim que funciona. Nós temos uma casa, e empregos.

Ela olhou para James com desdém, como quem diz "é isso"? É só isso que você tem para me oferecer?

— Você acha que vou ficar esperando, enquanto você decide se vai embora de vez ou não? — ele perguntou, ainda que com menos fúria do que antes.

— Não estou pedindo nada para você, James.

Ela tinha se recomposto, o remorso tinha acabado. Essa era Eva. Enlouquecedora, de uma autoconfiança extrema, por quem ele estava inconveniente e desesperadamente apaixonado.

James não sabia o que mais dizer, ou o que fazer. Qualquer ameaça seria um blefe. Quando alguém cagava na sua cabeça desse jeito, ou a pessoa perdia você, ou descobria que tinha todo o poder.

— Quando você se acalmar, a gente conversa.

Ela foi embora, e James desabou no sofá.

Era verdade? Ele havia capturado Eva como um garoto que coloca uma borboleta em um vidro e a vê definhar? Não, isso era ridículo. Eva não era uma criatura flutuante e indefesa, e North London tinha bastante oxigênio.

Eva tinha falado como se a vida dos dois juntos fosse algo que ele tinha criado, e ela tivesse sido presa lá dentro. Os dois quiseram aquilo, não? Olhando para a casa, Eva estava em todos os detalhes, com exceção do PlayStation 4.

Mas ele era entediante. A vida com ele era entediante. Como se conserta isso? Como você torna sua essência interessante para alguém de novo? Ele queria consertar as coisas.

Apesar de odiá-la naquele momento, e de Eva o ter deixado totalmente infeliz, ele se sentia mais viciado nela do que nunca.

Quando tinha oito anos, e seus pais se sentaram com ele para contar que iam se separar, James não entendeu por que seu pai não podia continuar ali parte do tempo. Sem dúvida, ir de morar juntos para nada não fazia sentido. Fique nos fins de semana, ele dissera. Ou nas quartas-feiras.

Quarta era um bom dia, as *Tartarugas Ninjas* passavam na TV, e eles comiam *farfale* com molho de tomate.

Os dois abriram um sorriso condescendente. Agora lá estava ele com seu próprio casamento ruindo e, apesar de entender por que a relação não podia ser salva diminuindo a quantidade de horas, também não entendia melhor as coisas.

E, mais uma vez, Eva não tinha mencionado a palavra com "D". Conhecendo a esposa, Eva tocaria no assunto por mensagem de texto. *Comprei remédio para a tosse de Luther. P.S. Os papéis do divórcio estão a caminho.*

James tentou afastar o pensamento ruim, o pior pensamento, pior ainda do que ela estar dando para um idiota com chapéu de Smurf e calça jeans sem cinto. "Se Eva voltasse, como você confiaria nela de novo?"

Ele fechou os olhos. Quando os abriu de novo, Luther estava na sua frente sobre o tapete, olhando com um quê acusatório e ameaçador, respirando como Darth Vader.

— Venha aqui, seu merdinha rabugento.

James pegou o gato e o levou até o rosto, deixando os pelos longos absorverem as lágrimas enquanto soluçava. Luther tinha o perfume dela.

16

Quando tinha oito anos, em uma viagem para visitar os parentes na Itália, o pai de Anna a tinha levado para ver os mosaicos de Ravena. Enquanto sua mãe, levando Aggy como aprendiz de consumista, fizera a ronda nas butiques, Anna ficou, com torcicolo, no silêncio sagrado da Basílica de San Vitale. Seu pai contou um fragmento da história do imperador bizantino Justiniano e de sua consorte, Teodora.

Foi o suficiente para deixá-la vidrada. Anna mergulhou totalmente na história da filha do tratador de ursos do hipódromo de Constantinopla que se tornou atriz, prostituta — seu pai preferiu dizer "ela ganhava dinheiro com suas aventuras", mas Anna não era idiota — e imperatriz do Império Romano. Ela olhou para a beleza majestosa retratada nos pequenos ladrilhos brilhantes e sentiu como se aqueles olhos escuros e brilhantes como lâmpadas a estivessem encarando diretamente, se comunicando pela distância de séculos.

Foi o mais perto que Anna chegou de uma experiência religiosa; a sensação de encontrar algo que se está procurando, de ser transformada em um instante. Sua família não era religiosa, mas, de algumas formas, Teodora se tornou uma deidade para Anna. Lá estava uma mulher inspiradora que viajara de muito longe com seus pertences, que demonstrava que o ponto de partida não definia você. Ela era uma heroína, um modelo a ser seguido. Bom, ocorreram algumas peripécias bem selvagens no processo de fazer um nome para si, que envolveram todos os orifícios, e Anna não iria experimentar isso. Mas, de modo geral, era um bom exemplo.

Seus pais tentaram saciar sua sede de conhecimento recém-descoberta comprando aquelas enciclopédias históricas de capa dura, com montes de imagens.

Anna as devorou por dias e quis mais. No fim das contas, sua mãe a deixou ficar com um cartão passe livre da biblioteca, e ela conseguiu chegar à parte boa, a uma biografia detalhada e sórdida.

Os livros mostravam outros universos e prometiam que havia um mundo enorme para além da Rise Park. Não era exagero dizer que os livros salvaram a vida dela. Anna nunca entendeu por que alguns de seus amigos achavam História chato e insosso. A jovem Teodora estava sambando na cara da sociedade e vivendo uma vida mais colorida no ano 500 d.C., mais do que qualquer um deles fizera no século XX, não importando o que Jennifer Pritchard dissesse que estava acontecendo no Mayesbrook Park.

Alguns começavam a dar aulas porque amavam compartilhar conhecimento ou, o que era mais comum, mandar nas pessoas. Quando superou o medo de ficar diante de uma multidão — graças à terapia, à prática e, nos primeiros dias, a uma garrafa pequena de gim — Anna passou a gostar bastante das aulas e dos seminários. Mas, para ela, o prazer maior estava na pesquisa.

Eram os momentos de "eureca" — em que se sentia como o primeiro detetive que chega à cena do crime e encontra a pista principal. Então, ela não estava apenas consumindo um fato histórico, estava fazendo contribuições a eles.

Foi como a conclusão de um ciclo, a alegria que faz alguém dar um soco no ar, quando o adorável John Herbert, curador de arte bizantina do British Museum, entrou em contato e perguntou se ela gostaria de ajudá-lo a montar a exposição sobre Teodora. Sua criança interior, que ficou olhando para aquela abóbada dourada e foi transportada para outra época, fez uma dança da vitória.

Anna estava traduzindo textos e ajudando a escolher as peças e fazer as legendas para a exposição. E não conseguia pensar em nada mais maravilhoso do que mexer em peças do passado, meio que fazer reviver, de forma mínima, os mortos. Ela só havia auxiliado em alguns aspectos menores de exposições antes, uma boa desculpa para xeretar o British Museum.

Era a primeira vez que estava nos bastidores movendo a força criativa. Ela trabalhara até tarde durante meses para se preparar, de bom grado.

A caminho da primeira reunião da Operação Teodora, ela aproveitou cada segundo da caminhada por Bloomsbury, chegando a rir como uma boba para os transeuntes. Essa era a parte bonita da cidade, a Londres dos filmes e da TV. Pacífica, vias largas, a área verde da Russell Square, cabines telefônicas vermelhas que se tornaram monumentos históricos, existindo apenas para as fotos dos turistas, pedidos de resgate e para exibir os cartões de casas de massagem.

Anna chegou à entrada dos fundos do museu, como uma VIP. Ela se registrou, com um aceno de familiaridade para o balcão da recepção, e foi até a sala de reunião. O espaço era branco, brilhante e moderno, com mesas dispostas em ferradura, como se estivessem organizadas para a leitura de uma peça. Anna teria preferido um lugar cheio de madeira e couro com sinais de uso, amontoado e reconfortante, com partículas de poeira dançando da luz amarelo-cidra do outono. Ordem e lâmpadas fluorescentes lembravam demais as salas de aula.

John abriu um sorriso benevolente quando a viu.

— Ah, a mulher do momento. Pessoal, esta é Anna Alessi, da UCL. Ela é nosso vínculo com a academia e a especialista residente. Vocês podem achar que eu sou o especialista residente. No entanto, eu não passo de um vendedor de loja vangloriado. É ela que obtém os produtos, confere o que cumpre o propósito para venda, como se fosse...

Enquanto ele falava, Anna percorreu a sala com os olhos, sorrindo e meneando a cabeça em forma de cumprimento, até seus olhos encontrarem os de James Fraser.

Ela quase reagiu fisicamente à surpresa e não soube dizer ao certo se fez algum barulho.

Sua alegria cheia de entusiasmo cessou tão de repente que quase mereceu um efeito sonoro. Ela sabia que seu rosto se tornara uma máscara de repulsa, mas era tarde demais para mudar alguma coisa. *What the fuuuuuck?...*

James parecia bastante desconcertado, se não tão atordoado quanto ela.

John continuava falando:

— ... Então, este é James, um dos nossos ajudantes digitais da Parlez. James é o líder do projeto, e seu colega, que cuida do design e do desenvolvimento técnico, Parker...

Anna murmurou um cumprimento vago para um sujeito magro na casa dos vinte com cabelo assimétrico, e desabou em sua cadeira fazendo barulho.

Ela demorou para pegar as anotações que estavam em sua bolsa para não ter de fazer contato visual com os demais. Seu coração fazia um barulho abafado. Ela podia ouvir as válvulas trabalhando, como se estivessem amplificadas.

Como diabos aquilo aconteceu? Que tipo de piada grotesca era aquela?

17

Conforme a conversa avançava e John delineava os temas da exposição, Anna ligou os pontos; John fazendo piada sobre a necessidade de trazer "os sujeitos do digital" além do pessoal do marketing e da comunicação para o primeiro encontro para discutir a exposição.

No reencontro, Laurence falando de James "...agência digital, com muitos clientes grandes e impressionantes".

Era uma reviravolta terrível. E não escapou a Anna que, se ela tinha fugido do reencontro, a vantagem ainda era sua. James ainda não fazia ideia de quem ela era.

Tanto esforço para reavivar as ideias de enfrentar seus demônios. Quanto tempo isso tinha demorado para se voltar contra ela? Aqueles demônios não deveriam se manifestar em cardigãs azul-marinho durante interações profissionais. Só que desta vez, ao contrário do reencontro, ela tinha sido apresentada com sobrenome. Ele se daria conta de sua identidade?

Meu Deus, ela esperava que não. Era impossível saber se James tinha se dado conta de alguma coisa. Tudo o que Anna podia fazer era tentar parecer indiferente, manter a dignidade e o controle gélido.

A reunião avançou, com John conduzindo a maior parte da conversa. Até ele concluir:

— E agora passo a palavra para James, que vai nos mostrar os projetos para as estratégias de multicanais da exposição...

Os acadêmicos na sala olhavam impassivelmente, mas com educação, enquanto Parker levava as duas mãos ao cabelo e fazia um topete.

— Hum... é... obrigado... — James disse, pigarreando. — Obviamente, o principal elemento que vamos desenvolver é o aplicativo oficial para dispositivos iOS, Android, e assim por diante. Isso é fundamental para dar à exposição mais visibilidade e vai ajudar com a cobertura da mídia.

Ele olhou para a sala, e Anna pensou com um quê de amargura: "Basicamente não existe motivo para este *pitch* quando você já foi contratado." E notou que James estava nervoso, mas não teve nenhum interesse em se solidarizar.

— O aplicativo vai incluir muitas imagens da exposição, e os textos dos senhores. Em vez de simplesmente reproduzir o material, queremos que o app tenha um valor único, com conteúdo original. Estamos pensando em usar *talking heads*...

— No caso, modelos renderizados de cabeças de experts explicando coisas na tela, não Talking Heads, a velha banda — Parker interveio, colocando a caneta atrás da orelha e abrindo um sorriso largo.

— Velha — John Herbert riu.

— Sim. Obrigado, Parker — James disse, apertando os olhos. — E queremos criar uma interface de realidade aumentada para a exposição, com versões digitais dos artefatos que não temos ou que não podemos transportar para cá. O que pensamos em fazer é pegar a personalidade dos mosaicos e usar atores com roupas de época para filmar recriações de interações. Podemos deixá-los andando pelo espaço. Uma Teodora e um Justiniano virtuais e assim por diante.

Os nervos de Anna tomaram conta, e ela se manifestou antes que pudesse se conter.

— Não vai ser só a cabeça das pessoas em versão 3D giratória, tipo "nossa, uma cabeça" — Ela fez um gesto com as mãos, pensando: "Também não faço ideia do que estou falando, mas pareço um pouco brava, então ninguém vai ser atrever a rir." — E vocês irão inserir textos, certo?

Em geral havia uma certa tensão entre acadêmicos e designers sobre esse tipo de questão; Anna iria criar uma ainda maior.

— Vamos ter espaço para legenda em cada artefato. Criada por vocês — disse James, com uma expressão profissional que dizia "estou levando você muito a sério".

— Quantas palavras?

— Cento e cinquenta, mais ou menos.

— Não é muito.

— Acho que as pessoas têm um limite de quanta informação conseguem absorver por artefato.

— Estávamos pensando que a exposição poderia atrair alguns "leitores" — Anna disse, em tom cáustico.

— Nossa pesquisa sugere que as pessoas começam a ler superficialmente depois de 150 palavras — James explicou, batendo a caneta no bloco.

— Bem, o que atores zanzando de um lado para o outro acrescentam? O público precisa de lembrete de como as pessoas são? Não evoluímos significativamente desde Teodora e de Justiniano. Eles não tinham características preênseis.

James piscou com os dois olhos.

— É uma forma de dar mais vida aos artefatos. A ênfase do que fazemos é o experiencial.

Experiencial. Essa gente sempre trazia suas palavras inventadas.

— Não, quero dizer que isso vai atrapalhar a visão dos mosaicos, que é o objetivo da coisa toda, não? — disse Anna. — Não parece que os visitantes vão passar o tempo todo jogando videogame, em vez de olhar para as peças?

James colocou a cabeça para o lado e fez uma expressão de quem estava procurando uma maneira respeitosa de responder uma pergunta que considerava idiota.

— É uma questão de "além de", e não "em vez de". Ajudar o público a visualizar o mundo e dar vida à cena. Vamos criar *tags* para os vídeos nos objetos para que as pessoas possam escolher e assistir as sequências se tiverem interesse. — James fez uma pausa. — É uma forma moderna de envolver os visitantes.

— Ah, esse é o problema da história. *Ela não é moderna.*

— Mas as pessoas que vão ver isso são. Você vai abrir mão da eletricidade também?

James formulou a frase em tom irônico e sério ao mesmo tempo, e a coluna de todos os presentes endireitou. Com exceção da de Parker.

— O objetivo do aplicativo é ser algo diferente da exposição em si, alguma coisa para complementar — James continuou, tentando dar um tom conclusivo.

— Não entendo por que a ênfase é recriar coisas que não estão lá, distrair o público do que de fato está presente. É como se os artefatos não fossem interessantes o suficiente por conta própria.

— É uma questão de narrativa. As pessoas vão se interessar principalmente pela figura da Teodora, certo? Ela é o foco da exposição. Junto com Justiniano. Eles são a história. — O vigor de James estava à altura do de Anna nesse momento.

Era o tipo de polidez sucinta que esticava sua coleira ao máximo para irromper em grosseria completa.

— Sim, mas a ideia não é transformar a exposição num reality show de David e Victoria Beckham da Idade Antiga.

— Justiniano Bieber — Parker brincou, rindo.

Todo mundo o encarou com desaprovação.

— Estamos olhando para isso de ângulos diferentes, mas nosso objetivo é o mesmo — John interveio. — Espere só até você ver, Anna. O app dos manuscritos vai ficar incrível. Vou pedir para o James mostrá-los para você.

James assentiu. Anna ardeu de raiva.

— Estamos levantando algumas questões sobre os temas da exposição, para nos ajudar a alinhar o desenvolvimento do nosso lado com a sua visão da mensagem-chave do projeto.

Mensagem-chave! Como se fosse uma campanha publicitária. *Liquidação Bizantina!*

Isso definia todos esses idiotas digitais, Anna pensou. Publicitários, com um verniz brilhante de mídia social. Eles podiam também vender os couros de *chamois* como artefatos do século VI. James Fraser parecia Don Draper, de *Mad Men*.

James limpou a garganta.

— Estamos brincando com um tema de "ostentação medieval" para a presença digital pré-lançamento...

— *Ostentação?* — Anna repetiu, com sua entonação mantendo a palavra a distância, com um tom de desprezo.

— Sim... — disse James, mas desta vez ele teve a decência de parecer constrangido.

— Sabe, ostentação, como joias, sucesso, estilo, *swag*... — Parker começou a enunciar.

— Pensamos que seria uma maneira acessível de representar a riqueza do período — James interrompeu, desesperadamente. — Obviamente, podemos trabalhar nisso alinhados com você

— A abordagem da "puta" é forte e chama atenção, mas causa problemas com o público mais jovem, que está na escola — Parker explicou, em um tom solene que fazia parecer que estava citando outra pessoa.

Escola. A garganta de Anna ficou apertada.

— Estamos atirando ideias, nada é definitivo — James explicou.

— Não tenho certeza sobre o uso da palavra "puta" — John disse com gentileza. — É um grande juízo de valor sobre uma mulher.

— Exato. Ninguém daria a uma exposição o nome *Genghis Khan: Déspota Mongol, Tremendo Garanhão* — disse Anna.

Parker parecia pronto para tentar responder uma pergunta retórica.

— Queremos enfatizar que Teodora era uma mulher incrível e ambiciosa. Não uma... prostituta que deu sorte com o marido certo — ela continuou. — Era mais uma dançarina burlesca. Ela era uma artista de entretenimento...

Nesse ponto Anna forçou a barra. A vida sexual de Teodora tinha sido bem rococó. Mas Anna não ia deixar sua amada heroína ser desmoralizada casualmente por um homem usando um brinco de Smiley, cujo nome veio de um personagem de *Thunderbirds*.

— Certo. Eu estava me baseando na página dela da Wikipédia, e tinha alguma coisa sobre um truque com cevada na... lá embaixo, e gansos comendo? Bem intenso — Parker explicou.

James esfregou os olhos de um jeito que poderia ser uma tentativa de esconder o rosto nas mãos.

— Bom, eu me curvo ao conhecimento de alguém que entrou na Wikipédia — Anna disse para Parker.

A tensão na sala chegou ao limite.

— Se pudermos nos reunir para filmar um "Perguntas e Respostas" logo mais, seria útil — James retomou a palavra, com expressão impassível e uma ênfase quase sarcástica em "ajudar".

— Sim, acho que pode ajudar, Anna, se você e James tomarem um café juntos — John propôs, nervoso. — Certifiquem-se de que todos fiquem felizes com o rumo que for tomado. Tenho a sensação de que essa vai ser uma colaboração muito frutífera.

Anna lançou para James um olhar que dizia que ela preferia tomar veneno, e a reunião acabou.

18

Anna voltou voando para a UCL, como se o vento levasse seus pés. Só que desta vez não estava flutuando de alegria, mas sendo carregada pela energia cinética do ultraje.

Será que James Fraser a tinha reconhecido? Era impossível saber. Os instintos dela diziam que não — não houve nenhum sinal de iluminação estampado no rosto dele em nenhum momento. Mas isso não significava muito.

Agora ele sabia o sobrenome *e* a tinha visto no reencontro. Se a ficha não tinha caído ainda, ia cair logo. Ela estava balançando, oscilando, prestes a cair. Alessi. Ela podia ser Anna, não Aureliana, mas o nome completo era incomum. Era uma aliteração, era memorável. Sem dúvida, a lâmpada acenderia em breve.

Ele teria uma expressão maligna e triunfante no rosto no próximo encontro e terminaria dizendo: "Eu me dei conta, eu conheço você, *sim*..."

Tecnicamente, claro, não importava. Não era como se ele pudesse usar essa informação de qualquer forma que a prejudicasse profissionalmente, além de fazer fofocas constrangedoras para a equipe da exposição. Era difícil explicar por que parecia tão catastrófico.

Ela tratou o trauma da escola tocando a vida e nunca mais olhando para trás. Tinha encaixotado todos os diários, constrangedoramente intitulados "*Forever Friends*" e banido todos os lembretes. Tinha mudado seu primeiro nome. E, finalmente, mudado sua aparência.

Anna entrara no reencontro da escola sabendo que podia sair a qualquer momento que quisesse. E nunca imaginou que ele estaria lá.

Essa mudança nos acontecimentos parecia uma provocação lá de cima diante de sua audácia. Era Deus dizendo: "Se você quer bagunçar a ordem das coisas, vou bagunçar com você em retorno."

Ver o monstro rasgar a tela de papel desse jeito, alguém que sabia quem ela tinha sido — e James, entre todas as pessoas — trabalhando com Anna no presente? Era uma fusão de realidades que ela nunca, nunca achou que teria de enfrentar. Suas lágrimas estavam quase escorrendo de pensar em sua má sorte tão improvável. "De todos os bares de gim do mundo..."

— Mais rápido que uma bala! — Patrick disse depois que Anna passou pela recepção.

Ela se sentiu patética e absurdamente grata ao vê-lo. Alguém que nunca a julgaria, nunca bisbilhotaria, nunca a trairia nem a ridicularizaria. Esse era *seu* tipo de pessoa. Esse era seu porto seguro, onde você só era julgado pela capacidade de seu cérebro. Apenas seus artigos eram avaliados. Não sua circunferência, sua renda, seu estilo ou suas roupas.

— A reunião foi boa? Está louca para explorar com a Dora?

— Patrick, foi um pesadelo completo — ela respondeu, tentando não soar frágil, mas não conseguindo.

— Você está bem? — ele perguntou, imediatamente preocupado, a mão no braço dela.

Anna olhou para Jan, a recepcionista, que tinha orelhas do tamanho de folhas de repolho para fofocas.

— Você tem tempo para um café rápido? Uma volta pela Russell Square?

Patrick olhou seu relógio de pulso.

— Para você, todo tempo do mundo.

— Muito obrigada — Anna respondeu, e Patrick ficou feliz com a demonstração extravagante de emoção por causa de um café com leite. — Não quis soar tão dramática.

Quando eles se acomodaram num banco da praça com os copos de café para viagem, Anna começou.

— Lembra que eu contei que minha vida na escola era ruim? Adivinha quem é líder da equipe da empresa digital que vai cuidar da exposição da Teodora? Justamente um escroto completo que fazia *bullying* comigo.

Ele fazia *bullying* com você? — Patrick perguntou, mexendo na embalagem de açúcar.

— Fazia. Eu o vi no reencontro. Foi pior... ele me tratou pior do que antes. No passado, quero dizer.

— Nossa, Anna. Ele...? Você era...? — Patrick evitou olhar nos olhos dela. Anna se deu conta de que ele podia interpretar errado o que ela ia revelar.

— Ah, não, eu saí da escola aos 16 anos. Eu não... Eu era...

Anna se sentiu ruborizar, e Patrick assentiu, aliviado, e colocou a mão no braço dela.

— Eu era diferente na escola — ela continuou, respirando fundo. — Eu era... muito maior.

O rosto de Patrick revelava uma preocupação extrema. Ela tinha esquecido a tendência superprotetora do amigo. Uma tendência ao infinito, como uma rodovia reta e longa.

— Esse homem foi especialmente cruel comigo. E me convenceu a subir ao palco com ele, e então metade da escola atirou doces em mim e me xingou.

— Meu Deus! — Patrick exclamou.

— Ele não me reconheceu no reencontro. Mas agora sabe meu sobrenome. Patrick, estou apavorada em ter de encontrá-lo de novo. Ele vai tocar no assunto, e eu vou acabar chorando. E o trabalho sempre foi um lugar seguro em que eu não precisava lidar com essas coisas, sabe. Não quero ser dramática demais sobre ter uma nova identidade, mas... eu me sinto como alguém no programa de proteção à testemunha que viu os mafiosos novamente.

— Isso é horrível — Patrick fez uma pausa. — E o *timing* é muito estranho. Você acha que tem alguma coisa a ver com o reencontro?

— Ah, não. É uma coincidência completa. Imagine. Que golpe duplo. Eu não precisei ver esse idiota por 16 anos, e então duas vezes em duas semanas. — Anna fez barulho de incômodo e tomou um gole de café. — Parte de mim acha que devo me retirar da exposição. Mas quero tanto fazer parte disso e não consigo pensar em uma desculpa plausível.

— Ah, você *precisa* trabalhar nela, Anna. Você me disse que era o maior momento da sua carreira até agora. Você não pode deixar esse imbecil arruinar isso. E, como nós conversamos, ela pode fazer muito bem para você aqui.

Uma pausa.

— Por que não excluí-lo do projeto? — Patrick perguntou.

— Eu não posso exatamente ir até o John Herbert e dizer: "Ele me maltratou na escola."

— E se ele maltratar você agora?

— Como assim?

— Você acha que ele pode dizer alguma coisa no próximo encontro de vocês?

— Acho. Acho que ele é ofensivo por natureza e eu não consegui me conter e o irritei na reunião.

— Então encoraje isso. Faça com que ele provoque você. Daí, você vai até o John e diz que não pode trabalhar com ele por motivos pessoais, e que outra pessoa da agência precisa assumir.

— Oh. Uau. Sim, *acho* que pode funcionar... dependendo do que ele disser.

— Pense nisso como um seguro. Se ele não disser nada muito terrível, então você dá conta. Se ele provocar você, está assinando a própria sentença.

Anna pensou no assunto. A ideia de assumir a dianteira e dar trabalho para James a encorajou. Uma camada psicológica da armadura.

— Obrigada! Foi um conselho genial.

— Este fica feliz em ser útil — Patrick bateu de leve no braço dela de novo.

— Você é meu herói peludo de Pandaria — Anna disse, sorrindo.

Patrick ficou radiante.

Anna não tinha uma natureza confrontadora. Enquanto Patrick de vez em quando tinha seus conflitos com um ou outro aluno, Anna sempre tentava o caminho da empatia. Nunca se sabia a história inteira de ninguém. Ela jogava o jogo do "e se?". *E se ele tiver problemas de dinheiro... e se tiver uma doença?* ("Tipo preguiça?", Patrick perguntou.)

Mas ser desagradável com James Fraser? Ela achou que dava conta.

19

Ao final de uma longa semana, Anna, seu casaco, sua bolsa e sua taça de vinho tinto foram parar em uma cadeira no café-bar subterrâneo do cinema Soho Curzon. Ela não queria arregalar os olhos para todo homem que entrasse e esperava que Grant a reconhecesse.

Ele chegou 25 minutos atrasado, mas Anna não se importou. Ela sabia que algumas mulheres ficavam muito preocupadas com o respeito implícito na pontualidade, em puxar cadeiras e naquela pegada Walter Raleigh, mas não era o seu caso. Contanto que ele parecesse respeitoso e não a xingasse por pegar todas as bebidas, Anna ficava tranquila. Encontros já eram difíceis o bastante sem se preocupar com cada detalhe.

Ela gostava do lugar e costumava frequentá-lo, mesmo quando não ia ver um filme, para observar as pessoas enquanto tomava um chocolate quente. Era um pequeno oásis de calma cerebral quando a cidade lá em cima parecia frenética.

Ao contrário de Anna, Michelle não era de Londres e tinha se mudado de South West para fazer faculdade de gastronomia, então via a cidade com os olhos de uma forasteira. Ela dizia que Londres era um dos piores lugares para ter um dia ruim e um dos melhores para ter um dia bom.

Anna sabia o que ela queria dizer. Ela tinha ido para a reunião no British Museum com uma trilha sonora dos Beach Boys na cabeça e voltado embalada por Joy Division.

Quando vivia um momento especialmente terrível na universidade, Anna costumava levar um livro para o Mayesbrook Park, caminhar, ler e caminhar mais um pouco. Ela aprendeu que ficar sentada em seu quarto, remoendo o que o dia seguinte traria, não era saudável.

Então ela pretendia esperar mais depois do incidente do Encantador de Xixi para encarar outro desses encontros, mas reconheceu sua necessidade de não enrolar. Além do mais, Grant mandou uma mensagem de texto expressando seu profundo entusiasmo. Todo mundo que estava nos sites de namoro só ficava disponível por um período limitado. Se você os rejeitasse, eles procuravam a próxima pessoa da lista, alguém que podia tirá-los de circulação.

Anna podia perder o amor de sua vida se ficasse enrolando. Grant podia ser seu homem ideal, e ela ia deixar Neil, o entusiasta de BDSM, e *James Fraser* estragarem tudo? Imagine! Sim, era a lógica da loteria de novo. E quais eram as chances de ganhar a acumulada e acabar em uma mansão e dois mastins chamados Pucci e Gucci?

Sua avó Maude dizia que qualquer solteiro depois dos trinta tinha um "problema". Cabia a você descobrir qual. "E se você não vir qual é o problema de início", ela dizia, fazendo uma pausa de efeito, "vai descobrir em pouco tempo."

Aggy inspirou o antraz que era a sabedoria da avó com os olhos arregalados. Anna, com sua adolescência tardia e seus Doc Martens com o símbolo da paz feito com corretivo e uma mecha laranja no cabelo, começara a questionar a geração mais velha.

— E se você é viúva, e por isso que está solteira? E se o problema for esse?

— Pois é. E quem vai querer alguém que quis outra pessoa e não pode tê-la? Você vai ser sempre a segunda opção.

Em todo caso, qual era o problema de Anna? A vovó Maude estava morta, então, provavelmente, jamais ouviria sua opinião, o que era um alívio.

— Olá, Anna?

Ela estava imersa nos próprios pensamentos, folheando a programação dos próximos eventos do Curzon.

— Olá! Grant?

— Que tal um drink?

— Sim, obrigada — Anna respondeu.

— Certo, só um segundo... — ele respondeu, tirando o trenchcoat e deixando a bolsa perto das pernas da cadeira.

Uau. Espere um pouco. Ele era bem bonito. Cabelo loiro médio atrás das orelhas, um nariz imponente, alto, ombros largos, parecia capaz de vencer um campeonato de remo ou conseguir um papel pequeno como um mulherengo com suíças de velcro em *Downton Abbey*.

Anna o tinha achado atraente nas fotos, mas, como sempre, tinha contido sua empolgação até o encontro frente a frente. Grant tinha um emprego impressionante, diretor de comunicação de uma grande instituição de caridade. Anna sentiu um calafrio de ansiedade e ajustou a saia sobre as coxas cobertas por meias de lã. Depois do comentário "nada lisonjeiro" de Neil, ela tinha prendido o cabelo num coque de trança, colocado mais maquiagem e comprado um vestido mais justo que o comum. Não era difícil — tudo na Topshop parecia um torniquete.

Grant colocou um *pint* de Kronenbourg diante dela.

— Desculpe o atraso, jogaram uma bomba em mim quando eu estava saindo do trabalho.

— Ah, eu sei como é. — Pausa. — Você gosta? Do seu trabalho, digo. — Anna perguntou.

— Em geral, sim. Agora minha última gerente, Ruth, saiu. Ela era a chefe mais dura que você já viu, sinceramente. No fim das contas, alguns colegas fizeram uma reclamação formal. Ela não saiu, mas houve uma medida disciplinar, e depois ela ficou ainda pior. Nós perguntamos, vale a pena fazer uma reclamação? Para que serve o RH? Ruth não fazia ideia de como nos avaliar, ela nunca tinha feito o trabalho e era tudo... — Grant fez duas pinças falantes com as mãos, como se fossem dois avestruzes — "Blá, blá, faça isso." E a gente ficou, tipo, "Ok, legal". Ela está em Doncaster agora.

— Uau — Anna comentou, se perguntando por que Ruth merecia tanta audiência? Talvez a lembrança ainda estivesse fresca. — Como você se envolveu com comunicação?

— Comunicação? Boa pergunta, eu estudei farmacologia na faculdade. Na Newcastle. Era o curso certo para mim na época, minha classificação foi boa, e eu fiquei, tipo, "eu quero continuar com isso?" É uma boa área, estou dizendo, não me entenda mal, mas na essência, eu sou um comunicador, gosto de falar com as pessoas.

PARA AS PESSOAS, Anna pensou, e depois tentou silenciar sua voz interior rebelde.

— Então quando me mudei para Londres e, no começo, meu irmão trabalhava com TI, eu fiquei, tipo, TI é para mim? Fiz um estágio no escritório dele e foi, sabe, ok, e ele disse "Você é bom nisso, o emprego é seu", e eu fiquei, tipo, hummm. Talvez exista algo mais para mim, sabe? Então eu fui para a Indonésia com minha namorada... (risos), minha ex-namorada, eu deveria dizer...

Grant se aproximou e apertou o braço de Anna num gesto reconfortante e, alguns diriam, excessivamente confiante.

— Isso mudou minha perspectiva. Que lugar incrível. Você já foi lá?

Anna balançou a cabeça, mordendo a parte interna das bochechas, quando se deu conta de que eles estavam prestes a passar um ano na Indonésia dependendo da resposta. Grant de fato embarcou para a Indonésia, a topografia, os costumes, a culinária. Os... SAPATOS? O tipo de *sapato* que as pessoas usavam? Meu Deus.

A cabeça de Anna ia explodir. Qualquer que fosse o tópico apresentado, Grant não tinha nenhum filtro. Era como abrir uma torneira. Era só fazer uma pergunta a ele que começava uma enxurrada de informação, até o bar estar cheio até o tornozelo e você precisar chamar o encanador.

No começo foi incômodo, depois enfurecedor, até se transformar em humor negro e, finalmente, muito, muito chato.

Uma hora depois, Anna não sabia mais que expressão fazer com o rosto para não parecer que estava olhando pela janela de um avião em queda.

Ela podia ter embarcado em seus próprios monólogos como forma de retaliação, mas para quê? Grant não estava suficientemente interessado para fazer nenhuma pergunta, e Anna tinha certeza de que, a menos que ele tivesse documentos que comprovassem um distúrbio de fala incessante, e ela fosse legalmente obrigada a sair de novo com ele, nunca mais veria esse sujeito.

Grant agora estava falando dos orangotangos-de-sumatra que corriam sério risco de extinção e o ataque que sofreu com seus dedos longos. Era um tópico com potencial para ser interessante, exceto pelo fato de eles estarem revivendo a história de trás para frente, cobrindo cada centímetro dos preparativos da viagem para colocá-lo cara a cara com os primatas. Dos folhados de queijo e cebola Greggs para o aeroporto Gatwick em diante.

Anna soltou a âncora e ficou à deriva. Enquanto ele narrava sua aventura pela selva, ela estava fazendo sua lista mental de supermercado e redigindo dois e-mails de trabalho.

— Mais um? — ele perguntou, quando terminou o segundo drink.

Fazia muito tempo que Anna tinha desejado que os últimos cinco centímetros da cerveja dele desaparecessem.

— Não, desculpe — Anna olhou para seu relógio de pulso. — Preciso ir encontrar uns amigos.

— Ah — Grant disse, claramente pensando: "Você vai me convidar?"

Anna se sentiu mal por ele e se odiou por ser tão fraca que se sentia mal por todo mundo, o tempo todo, mesmo quando o grau de sensibilidade da pessoa era "couro de rinoceronte ameaçado de extinção".

A despedida do lado de fora envolveu Anna manter uma distância cuidadosa. Ela não imaginava que aquilo tinha ido bem o bastante para merecer um beijo, mas não entendia muitas coisas sobre Grant.

— A gente devia sair de novo — ele disse.

— Hum...

Anna estendeu a mão para Grant. Ele a apertou, um pouco chocado.

— Obrigada. Foi uma noite ótima. Mas acho que minha odisseia de encontros vai continuar.

— Oh. Hum. Ok... — Grant arrumou o cabelo. — Isso significa "não quero sair com você de novo"?

— Acho que não houve química entre nós — ela respondeu.

A coisa da química de novo. Uma palavra que encobria mil pecados.

— O que isso significa? — ele perguntou.

— A... conexão — Anna explicou, gesticulando com a palma da mão no peito, para depois mover no ar entre eles — entre nós.

— Achei que a conversa fluiu.

Conversa. Se fosse a uma palestra sobre mudança climática, você sairia de lá achando que teve uma conversa ótima com Al Gore? Anna pesou gentileza *versus* crueldade, e a frustração e o vinho tinto barato pesaram para o lado da "crueldade".

—Você falou muito mais do que eu.

Enquanto falava isso, ela sentiu como aquilo era triste e indigno, ficar parada na rua, dizendo que alguém não estava à altura de ser sua companhia.

—Você fez muitas perguntas — Grant devolveu, franzindo o cenho.

— Acho que fiz mesmo — ela respondeu, desejando desesperadamente ir embora, torcendo para Michelle ligar para informar o lugar do encontro em vez de mandar mensagem, a salvá-la daquele *post mortem*. — Eu sinto muito.

Não havia maneira delicada, nem motivo, para dizer: "Não estamos na mesma sintonia e nunca vamos estar, e o fato de que você não vê isso prova a questão da sintonia para além de qualquer dúvida."

O celular dela tocou.

Anna amava Michelle de todo jeito, mas, naquele momento, ela amou a amiga mais que a luz do sol, que bolo, que Hércules, o orangotango que deu um tapa na testa de Grant.

20

Na luz púrpura do começo da noite, Anna distinguiu Michelle, arrastando os pés na rua do lado de fora do Gelupo, fumando um cigarro eletrônico que parecia um aplicador de absorvente interno.

—Você não pode fumar esses lá dentro? —Anna perguntou, quando alcançou a amiga.

— Penny está aqui — Michelle anunciou, com uma careta.

—Ah.

—Já tivemos uma discussão. Ela fez um drama sobre dar uma nota de cinco para um sujeito que estava na entrada, depois começou a falar que não entende gente que só dá uma libra e como sempre dá o suficiente para um prato quente. Eu falei: "Um prato quente de HEROÍNA" e então ela começou um discurso sobre "estereotipar os pobres, mi, mi, mi" — Michelle fez o barulho de um roedor que usava para imitar Penny. — Eu não me importaria com a hipocrisia se ela fosse uma humanitária que corre o risco de morrer numa explosão, mas o dinheiro é do Daniel. Por que os hippies de coração mole são sempre as pessoas mais egoístas que você encontra?

Anna riu. Ela conhecia bem as opiniões de Michelle sobre Penny.

— Não me faça voltar para lá — Michelle encostou a cabeça no ombro de Anna.

— Mas e o sorvete?

Michelle murchou.

— Conte os segundos que ela demora para dizer alguma coisa rude ou se vangloriar. Apenas conte.

Dentro da iluminação aconchegante do Gelupo, com sua decoração naval azul e branca, Anna pediu chocolate com flocos de café, e Michelle se sentiu culpada diante dos acenos entusiasmados de Penny do outro lado do salão. Havia casquinhas do tamanho de chapéus de feiticeiro no balcão, mas Anna preferiu o sorvete no copinho; a calculadora de calorias dela nunca desligava totalmente.

— Como foi o encontro? — Penny perguntou, tirando seu cabelo comprido e liso de perto de seu sorvete rosa, quando elas sentaram. Ela tinha um rosto em forma de lua, uma franja cheia que parecia começar na parte de trás da cabeça e uma voz tilintante. Como Daniel, dava a entender que era inofensiva. Mas, ao contrário de Daniel, podia não ser.

— Cataclísmico. Tão chato que parecia que eu conseguiria alterar o tempo e o espaço e ver o futuro.

— Você tem tanto azar nos seus encontros. Eu me pergunto por quê.

Michelle olhou para o relógio de um jeito visível para Anna.

— Não é fácil de encontrar alguém para você, como diz aquela música — Daniel respondeu, tirando a colher da boca.

— Já ocorreu que talvez você seja muito exigente? — Penny perguntou, com a cabeça inclinada para o lado.

Do outro lado da mesa, Michelle levantou um dedo no ar para marcar um ponto imaginário.

— Toda vez que alguém fica solteiro por um tempo as pessoas dizem isso. Não fico lá sentada sendo difícil por causa de coisas pequenas, eu juro. É mais por causa de coisas enormes — Anna respondeu.

— Pois é, além do mais, esse é o tipo de análise que só os solteiros ouvem. Ninguém nunca diz para um casal: "Você não acha que devia ser mais exigente?" — Michelle comentou, abrindo um sorriso largo.

— Assim, quanto se pode saber com base em apenas um encontro? — Penny continuou. — Com quem você saiu hoje? — ela insistiu.

— Grant.

— Certo. Talvez neste momento ele esteja pensando: "Minha nossa!" — Anna tinha esquecido que Penny gostava de usar a linguagem e os maneirismos de uma senhora dos anos 1920. — "Eu certamente adoraria me encontrar de novo com Anna, mas estraguei tudo."

Penny estalou os dedos e girou a mão. Anna olhou para ela, sem expressão.

— Mas talvez se você saísse com ele uma segunda vez, fosse mágico! — ela disse, estalando os dedos das duas mãos com uma risada entusiasmada.

Em geral era Michelle que perdia a paciência com Penny, mas naquela noite foi a vez de Anna.

— Eu não tenho tempo de sair duas vezes com todo mundo que não gosto enquanto procuro alguém que gosto. E talvez isso signifique que eu perca meu príncipe encantado. Para ser sincera, existe uma grande chance, se ele existiu, de que eu o tenha perdido anos atrás. Estávamos esperando lado a lado o mesmo trem noturno em 2002 na King's Cross e, no último minuto, ele foi para o outro lado da plataforma, e nós nunca nos falamos. Agora ele está em Kuala Lumpur com sua noiva, e eu estou só procurando alguém disponível para passar o tempo. Mas não entendo como isso me condena a desperdiçar noites da minha vida com o sr. Trip Advisor para provar que não estou sendo exigente. Talvez pareça uma aventura romântica da perspectiva de uma relação, mas é um esforço. Um esforço que deixa você triste. Você começa pensando "podia ser o homem para mim" a cada encontro e logo se dá conta de que nunca vai ser. Você tem sorte se encontra um "mais ou menos decente" ou um que "não é maluco".

— Uhhh! Se acalme — disse Penny, batendo de leve no braço de Anna, que olhava feio para a mesa e tentava não bater nela.

— Puta merda, muito bem colocado — disse Michelle. — E é por isso que eu não me relaciono.

— Vou parar por um tempo — Anna concordou, desanimada.

— Tomem cuidado para vocês duas não terminarem como duas velhas ranzinzas! Vocês parecem as irmãs da Marge Simpson! — Penny riu, enquanto Anna e Michelle trocavam um olhar de incredulidade.

Pessoas que se consideravam "leais" era realmente perigosas.

Daniel, terminando o resto de seu sorvete, parecia alheio ao mau comportamento de Penny.

— Se vocês não se importarem de dividir — ele disse, — posso bancar o mórmon, se quiserem, e salvar todas vocês.

Michelle soltou uma de suas risadas roucas, e a paz foi restaurada.

— Tenho um pouco mais de loucura para compartilhar — Anna anunciou. — Adivinhe quem estava na minha primeira reunião no British Museum. O Maligno James Fraser, da escola, que vi no reencontro.

— O quê? Aquele que... — Michelle deixou a frase no ar, ciente de que Anna não queria ficar exposta na frente de Penny. — Como assim?

— Ele faz parte da equipe digital que vai desenvolver o aplicativo etc. Ênfase no etc.

— Ele sabe quem você é agora? Ele se desculpou?

— Acho que não e não. Decidi partir para a ofensiva e, se ele tentar me provocar, vou dispensá-lo do projeto.

Anna ficou com medo que Penny perguntasse mais sobre como era possível que alguém dos tempos da escola não a reconhecesse. Ela ficou feliz quando Michelle possivelmente encerrou o tópico dizendo:

— Mais surpresas no quesito identidade: lembra do sujeito que mostrou o pau e as bolas na outra noite? Ele voltou e se apresentou porque montou uma van de hambúrgueres do outro lado da rua. Agora, qual é a única coisa que você não diria que ele é?

— Tímido? — Daniel sugeriu.

— Elegante! Elegante! "Guy"! Se desculpando pela cena como se fosse o Hugh Grant depois da prostituta num programa de entrevistas. "Tínhamos bebido... as brincadeiras saíram do controle...bobagens... mau comportamento. Foi uma loucura."

— Achou que o pedido de desculpas foi uma gentileza?

— Acho que ele não queria que eu chamasse a polícia e estragasse seu food truck irregular. Chamaram de "Belas Carnes". O hambúrguer se chama "Biffy, o Caça-Fome". Não há nenhum item no cardápio sem uma quantidade enorme de presunção como ingrediente principal. Eu dou um mês.

— Eu experimentei um. É uma delícia — disse Daniel.

— Dan! Que tal um pouco de lealdade? Meu chefe de salão dando dinheiro para a concorrência?

— A gente precisava conhecer. Na verdade, foi uma cortesia dele.

— Oh, que maravilha. Agora você está em dívida com o sujeito.

— Na verdade, ele perguntou muito sobre você.

— Aposto que perguntou. Por que não mostrar nossa contabilidade? Da próxima vez que você colocar aquela carne traidora na boca, pense nas partes íntimas do Guy à mostra e prensadas contra minha janela e tenha um pouco de respeito.

— Se algum dia eu colocar as partes íntimas dele na boca, preciso pensar nos hambúrgueres? — Daniel perguntou.

Michelle gargalhou, e Penny deu um grito.

Anna riu e comeu o resto de seu sorvete. Tratando-se das experiências ruins nos encontros, o que ela faria sem seus amigos para tirar o gosto ruim? Mesmo que Penny viesse como um acompanhamento indesejado.

— Vocês duas vão ao meu show? — Penny perguntou, franzindo a testa. — Sabiam que The Unsaids vão se apresentar?

Penny disse isso não como se fosse a primeira menção ao assunto, mas como se (a) o convite para o show já tivesse sido feito e aceito e (b) Anna e Michelle a estivessem decepcionando com uma recusa. Era típico de Penny.

— Eu provavelmente tenho coisas para fazer no restaurante — Michelle respondeu, terminando seu sorvete.

— Ah, não, eu fiz questão de que o restaurante estivesse fechado para Dan poder vir. Anna, você vai estar livre?

Anna abriu a boca.

— Posso confirmar que ela vai estar — Michelle interrompeu.

21

— Odeio dizer, meu amigo, mas não estou nem um pouco surpreso — Laurence disse, mas seu tom não sugeria ódio nenhum.

— Por quê? — James perguntou, sem querer saber.

Os dois ficaram em silêncio por um momento enquanto a garçonete colocava dois copos diante deles, abria uma lata de cerveja Dixie e servia cinco centímetros em cada copo.

— Eu volto já para ver o que vocês querem comer — ela disse. — O Arroz Vermelho é muito bom.

— Muito bom? — James repetiu, quando ela foi embora. — Se Londres gosta tanto dos Estados Unidos, por que não vai morar lá?

Laurence e James tinham a rotina de se encontrarem uma vez por semana para jantar fora. A regra era nunca ir ao mesmo lugar duas vezes, com exceção do Tayyabs, que era obrigatório na ressaca.

Em geral era Laurence que escolhia o lugar, e desta vez era um restaurante que servia autênticos *po-boys* de Nova Orleans. Com bebidas autênticas da Louisiana. No Soho. O importante é que era um lugar do qual todo mundo estava falando no momento, e agora eles podiam falar também.

Laurence serviu o líquido e o cheirou com cuidado.

— Era isso ou *root beer*, que tem gosto de enxaguante bucal de dentista — ele disse, bebericando. — Saúde. Não estou surpreso que Eva esteja saindo com outro, porque sempre tem outro. Poucas pessoas se dão ao trabalho de sair de uma relação sólida para nada. Uma Lei da Vida, postulada por Laurence. Ela não fez isso porque amava a vista do quarto de hóspedes de Sara, não é?

— Por que você não falou nada?

— "Sinto muito que você esteja arrasado porque sua esposa o deixou, aposto que tem um pau no meio disso?" Ah, claro, seria ótimo.

— Hummm — James leu os pratos principais. — "Completamente cobertos com toda a boia acompanhante." Meu Deus, você não odeia quando os cardápios tentam soar informais? Espero que não tenha ketchup.

A garçonete voltou, e os dois pediram sanduíches enormes com molho de carne. Apesar da gama impressionante de proteínas que poderiam ser colocadas dentro daqueles pães monstruosos, James tinha uma forte suspeita de que todos tinham o mesmo gosto quando "cobertos" com a "boia acompanhante". Cobertos. Ele pensou em Eva naquele desenho, e seu apetite sumiu.

— O que eu não consigo superar é a frieza de me deixar encontrar aquele desenho. Imagine, Loz.

— Eu não teria de imaginar se você tivesse tido a grande ideia de tirar uma foto — ele disse, e James riu, uma risada vazia.

— Ver aquilo, e pensar nos dois pombinhos desenhando, como aquela cena do *Titanic*. Só não é pior que encontrar nudes. Ele desenha como uma criança de cinco anos... — James balançou a cabeça, como se o talento artístico de Finn fosse a pior parte.

— Ele é praticamente uma criança. Vinte e três. Cara — Laurence disse —, eu saí com uma garota de 24 ano passado. A música favorita dela era "Skronk." Ela nunca ouviu falar em John Major. Eu perguntei: "Quem você acha que estava governando o país entre Margaret Thatcher e Tony Blair?" E ela respondeu, "Michael Parkinson?" Nesse momento eu sabia que era o fim. Uma pena, porque na cama nós éramos como dois gatos se afogando.

James apertou os olhos.

— Oh, agora estou me sentindo melhor. Saúde, parceiro!

— Ah, é. Desculpe. Mas você não disse que eles não estão dormindo juntos?

— Supostamente.

Mais uma vez, James foi forçado a contemplar o que esse garoto fizera com sua mulher — ou melhor, o que estava planejando fazer com sua mulher. "Não estão dormindo juntos." Essa definição podia ser aplicada com precisão hoje em dia?

Foi incrivelmente cruel da parte de Eva tê-lo deixado descobrir daquele jeito. Quando ela pretendia contar? Com exceção de Loz, James não compartilharia isso com nenhum de seus amigos nem sua família, se pudesse evitar. Ele não queria que pensassem nada de ruim sobre Eva. Esse era o lance dos relacionamentos, a pessoa podia despedir você, e você continuava sendo seu relações públicas.

A essa altura, James tinha perdido totalmente o apetite.

E, bem naquele instante, os *po-boys* chegaram, cortados ao meio e cercados por acompanhamentos fritos desnecessários. A garçonete realizou a cerimônia de despejar molho de carne sobre cada um e se despediu dizendo:

— Aproveitem, rapazes!

— Sabe. A coisa da idade. O fato de que esse Finn é mais novo significa que ele é mais novo. Isso é bom.

— É? — James pegou um *onion ring* maltratado. Ele precisaria desmontar o sanduíche e fazer uma sujeira tão grande que ia parecer que tinha comido. Em seu passado distante, ele saiu com mulheres que faziam isso. — É humilhante.

— Pois é. Ela não vai deixar você por causa do Derek Zoolander. Eva quer ter filhos, não é? Ela tem o quê, 33? É só um caso.

— Acho que sim — James disse. — Mas quem diabos sabe o que Eva pensa? Eu não sei.

— Posso dar um conselho? Bom, eu tenho o conselho da classe executiva, que você não vai aceitar, então tenho a versão classe econômica premium.

— Que é?

— Vingança. Tenha um caso. Nada como experimentar seu próprio veneno para você se dar conta de que não gosta disso. E disse Martin Luther King.

— Hum. Não tenho certeza.

— Por que não? Você não percebe como tem sorte? Você pode pegar alguém sem o menor estresse. Ninguém culparia você, muito menos sua esposa.

— Com quem?

— Ah, não me venha com essa. Eu não vou dizer que você poderia conseguir a mulher que quisesse. Você está me dizendo que se Eva aparecesse e você estivesse dando uns amassos com uma garota de 24, não seria um motivo para ela refletir?

— Ela não tem mais a chave da casa.

— Não se faça de idiota.

James não tinha tanta certeza sobre a reação de Eva. Não queria causar mais feridas. Ele queria endireitar as coisas de novo, não destruir tudo de vez.

— Eu não arrastaria uma pobre mulher de 24 anos sem culpa no cartório para esta confusão só para descobrir.

— E nisso nós discordamos. Você não vai arrastar ninguém para confusão nenhuma se não deixar as emoções misturarem as coisas. É só um agrado. Um agrado tão bom e indulgente que seria prejudicial à saúde se feito com muita frequência. Maldição, como se come essas coisas?

Laurence desistiu de tentar colocar um sanduíche do tamanho de uma aeronave com molho na boca e recorreu ao garfo e à faca.

— Obrigado, mas isso não me atrai neste momento.

— Outra Lei da Vida, por Laurence O'Grady: a concorrência faz sua cabeça pensar se você quer alguma coisa ou não.

— Ou *não* — disse James. — É um jogo de azar.

— Como anda a estratégia de "não fazer nada"? Está dando à Eva uma chance de chupar os Huckleberries de Finn?

James levantou uma mão para dizer "chega", e Laurence assentiu.

— Desculpe. Deve ser uma merda.

Laurence encheu os copos de novo, e James notou que, apesar de todos os esforços dos dois, a mesa ainda estava cheia de comida.

— Meu Deus, esqueci de contar. Você nunca vai adivinhar quem estava na minha reunião outro dia. Aquela mulher que você estava caçando no reencontro. Ela é uma professora na UCL. E está trabalhando em uma exposição no British Museum, para a qual estamos fazendo o app.

— Não acredito! Caramba, isso é incrível. Primeiro ela entra no lugar errado. Agora isso. Essa espanhola tem alguma coisa de especial — Laurence comentou.

— Italiana, na verdade.

— *Bella Italia*! E professora universitária, hein? Eu daria uma chance a ela. Mais de uma.

— Cara, é sério isso? Ela dispensou você. E foi uma mala de novo na reunião. Ficou o tempo todo falando: "Para que vocês servem?", e eu fiquei com vontade de dizer: "Você nos contratou, lembra?" Ela não parece ser seu tipo, nem na personalidade, nem na aparência — James disse, com um movimento das mãos.

— Por que não?

— Muito… austera. Não usa maquiagem demais. Coberta demais em outros aspectos.

— É aí que você se engana. Estou ficando cansado dessas garotas. Estou pronto para uma mulher. Você vai ter que nos aproximar.

— Sendo que eu preciso trabalhar com ela? Essa mulher provavelmente está me dando trabalho porque você deu em cima dela. De jeito nenhum.

— Então quando você terminar?

— Hum. Talvez. Espere. Qual era o conselho da classe executiva? — James perguntou.

— O quê?

— Você disse que eu não aceitaria seu melhor conselho.

— Ah, isso — Laurence limpou a espuma da cerveja da boca. — Você devia terminar sua relação.

— Eu amo a Eva — ele disse, dando de ombros.

— Eu disse que você não ia aceitar.

— Você não insistiria, se tivesse casado com a pessoa?

— Se algum dia eu me casar, eu descubro. — Laurence sempre dizia que só se casaria por dinheiro. — Por que assinar um contrato que só tem o potencial de fazer você perder dinheiro?

Fazia tempo que James sentia uma mistura de admiração e repulsa pelo niilismo de Laurence. Naquele momento, ele com certeza o invejava.

— Seu problema é… — Laurence assobiou. — Tenho o direito de dar minha opinião sem retaliação aqui?

James disse que sim, pensando: "Como se você não planejasse fazer isso de qualquer jeito."

— Ela não fez isso por nenhum motivo que eu possa imaginar. Como você vai confiar que ela não faça de novo?

Exatamente o que James estava pensando.

— Ela vai saber que, se fizer de novo, acabou, para sempre — James respondeu, tentando parecer decidido, sabendo que soava fraco.

Laurence fez uma careta.

— É a receita para muita paranoia e dor, se você quer saber o que eu acho. Pense nisso como um alpinista que cortou a própria mão com um canivete quando ficou preso por uma pedra. Terminar um relacionamento é assim. É feio e dói muito no curto prazo, mas você precisa fazer para recuperar sua vida.

— Haha. Então o casamento é uma pedra? Eu deveria estar correndo montanha abaixo, com sangue escorrendo do toco do braço, aguardando ansiosamente por uma vida na qual comerei nachos com uma garra igual àquelas máquinas de brinquedo?

— Imagine-se acariciando o traseiro da sua nova mulher com aquela garra! Que divertido.

Ambos riram. Por mais vulgar que Loz sempre fosse, James ficou feliz por tê-lo escolhido para contar do desenho.

Qualquer um que dissesse *coitadinho* só o teria feito se sentir pior. Ele precisava rir desesperadamente, por mais vazio que fosse o riso. Era mesquinho, mas a ideia de conseguir Eva de volta, para ter Eva de volta, o fez ter uma ideia.

22

Como sempre, Anna acordou vinte minutos depois da hora em que precisava estar de pé e na ativa, e desejou mais dez, se deliciando com o calor de sua cama. Ela viu a hora no celular e grunhiu. Ter um compromisso no domingo ia contra todas as coisas boas.

Ela saiu de baixo de sua colcha de patchwork. Assim como algumas pessoas alcançam seus óculos por força do hábito, a primeira coisa que ela fazia era pegar um elástico para fazer um enorme coque bagunçado. Experiências da juventude tinham ensinado que se ela o cortasse mais curto, seu cabelo se tornava uma bagunça, um dente-de-leão, acabava parecendo um esfregão, como uma versão antiquada da órfã Annie.

Anna não gostava de se levantar e amava profundamente sua enorme cama com dossel feita de latão. Ela ignorara o que a fita métrica dizia e agora não tinha uma cama no apartamento, tinha um apartamento ao redor da cama.

— E sua cama é para uma pessoa só! — sua irmã tinha dito, com o tato de sempre.

Seu salário de professora não conseguira pagar por muito espaço em Stoke Newington, com muito eufemismo. Ela teve de fazer escolhas difíceis. E preferia uma cama a uma banheira, e sua cozinha de navio apertada, mas charmosa, que dava para um jardim pequeno e agradável, no fim foi considerada mais atraente do que ter um segundo quarto.

Com bom humor, o corretor chamou o banheiro adjacente ao quarto de "suíte", mas o que todo mundo dizia era: "Por que você tem um chuveiro no guarda-roupa? Puta merda. Esse É o banheiro."

Anna se encolheu para entrar nele e depois para sair, vestiu as roupas do dia anterior e colocou as botas.

O trajeto até a casa dos pais em Barking era uma viagem ao passado. Não era totalmente agradável, e ela sentia um pouco de alívio quando voltava para casa. Anna se sentia mal em relação à família por se sentir assim. Mas também não era sua culpa que a infância guardasse tantas conotações negativas.

Anna foi até a estação, pegou a District Line e se sentou. Ela, habilmente, como alguém segurando a tocha olímpica, impediu que o café derramasse de sua embalagem para viagem pelo orifício do tamanho de uma traqueostomia.

O trem saiu do túnel subterrâneo para a rua de novo. Ah, ver a barreira mística entre o velho e o novo, Anna e Aureliana — a linha North Circular. Ela estava de volta ao cenário de sua juventude.

Colocando o capuz para se proteger da garoa do fim do outono, ela passou correndo pelo shopping e pelas ruas familiares, que estavam cobertas por casas geminadas com acabamento de pedra dos anos 1930, com antenas parabólicas no telhado que pareciam chapéus de festa. E então ela estava em casa. Enquanto seus pais estivessem vivos, seria sempre sua casa.

Era um clichê, Anna sabia, mas a casa sempre parecia um pouco menor do que em suas lembranças.

Ela tocou a campainha e bateu os pés. Sua mãe atendeu usando seu avental de vinil que tinha o corpo de uma stripper com borlas estampado, um presente de aniversário de muitos anos atrás que deixou de ser engraçado menos de trinta segundos depois de Aggy entregá-lo.

— Aureliana! Eu disse meio-dia e meia!

— Desculpe, estavam fazendo manutenção no metrô — Anna mentiu com facilidade.

— Não fiquei sabendo — disse Aggy, surgindo no corredor com um cálice de Prosecco. Todos os copos e todas as taças de seus pais tinham a aparência dos anos 1970, do tipo que deveria servir vinho Blue Nun.

— Seria porque Chris trouxe você de carro? — Anna respondeu. — Oi, Chris! — ela chamou.

—Hola! — ele gritou da sala de estar.

— Ou porque você é uma mentirosa, e seu nariz vai ficar enorme — Aggy devolveu. — A mamãe e eu estamos fazendo a organização dos lugares, quer dar uma olhada?

— Vou pegar alguma coisa para beber antes — Anna respondeu, indo para a cozinha.

A casa estava com um cheiro delicioso, de carne de porco assada com alecrim. Sua mãe cozinhava na maior parte das vezes, mas os almoços italianos de domingo eram responsabilidade de seu pai. Era um serviço completo: *antipasti*, *primo*, *secondi*, salada, queijo, *grappa*. Chris sempre ia embora dizendo que seu fígado tinha se transformado em patê.

— Oi, pai — Anna cumprimentou quando o encontrou cortando alface para a salada.

— *La mia adorata figlia maggiore!* — ele disse, beijando o rosto de Anna. — O vinho está ali.

— Anna se serviu de uma bela taça de Prosecco.

— Como foi sua reunião com o pessoal do museu?

O pai de Anna tinha muito orgulho do trabalho da filha. Ao contrário da mãe, ele tentava prestar atenção aos detalhes.

— Ah, foi bem, sim — Anna respondeu, encostando-se à geladeira.

Ela sabia que se não fosse pela chateação infernal de James Fraser, estaria falando animadamente sobre isso. E sentiu o peso do ressentimento.

— A coisa está ganhando corpo.

— Vamos adorar ver o resultado final.

No fim do corredor, ela podia ouvir a risada satisfeita de sua mãe quando Chris contou uma história com sua voz grave.

Anna suspeitava que seria a única chance de falar com seu pai a sós. Fechando a porta da cozinha, ela baixou a voz:

— Pai. Eles estão... — ela meneou a cabeça para indicar que se referia ao casal — bem de dinheiro?

Ele arrumou o pano de prato no ombro e começou a cortar as cenouras em tiras na salada.

— Eu falei para o Chris vir falar comigo se precisar, e ele disse que estava tudo bem.

Anna devia ter se sentido segura com isso, mas não aconteceu. Seus pais viviam com a pensão de seu pai e o que sua mãe herdara. Era suficiente, apesar de não ser muito. E não era Chris quem estava dando as cartas desse casamento.

— Aggy escolheu um vestido que custou *quatro mil* outro dia — ela sussurrou o valor.

Anna esperava que seu pai parecesse surpreso. Ele deu de ombros.

— Você conhece a sua irmã, ela gosta...— era raro o inglês de seu pai falhar, depois de quatro décadas — de fufu?

— Pai! Não! — Anna gritou.

— O quê? Fufu. De coisas fofas — Seu pai afofou uma saia rodada imaginária, apertou os lábios sob o bigode e fez uma dancinha, o descascador de batatas solto na mão.

— Fufu parece um palavrão. Diga coisas fofas. Ou frufru, sei lá. Nunca fufu.

— Ah, são tão parecidas. O que fufu parece?

— Hum... algo íntimo em uma dama. Deixe para lá.

— Sua irmã vai saber o preço das coisas quando ainda estiver pagando por elas um ano depois. Você sabe como ela é, não se pode dizer nada. Ela precisa aprender por conta própria.

— Acho que sim.

Anna tomou um gole de sua bebida e pensou que tinha feito tudo o que podia. E desejou ter a mesma complacência tranquila de seu pai sobre esse tópico.

— Quer ajuda com alguma coisa?

— Está tudo bem. — Ele colocou a salada nas mãos da filha. — Leve isso para a mesa e vá cumprimentá-los. Eles querem falar com você sobre o casamento.

— Não acredito! Eu já estava me perguntando quando Aggy ia trazer o assunto à tona — disse Anna, revirando os olhos ao pegar a tigela; e seu pai sorriu.

Quando entrou na sala de estar, Aggy disse:

— Posso confirmar que você não vai trazer ninguém?

— Pode — Anna suspirou. — Embora eu deva lembrá-los de que todos nós morremos sozinhos.

Chris estava no sofá com uma cerveja. Aggy e sua mãe estavam agachadas sobre folhas de papel espalhadas sobre o carpete, cobertas com círculos feitos desenhados usando um copo d'água. Anna segurou a taça de Prosecco contra o peito e olhou as anotações na folha: "TIA BEV: LONGE DO PAPAI OU DO TIO MARTIN???!!"

— A tia Bev não pode sentar perto de ninguém que fez muito sucesso.

— Veja o tema, futura cunhada — Chris piscou para Anna.

Anna tirou as mechas de cabelo do caminho e leu os títulos em voz alta:

— Havana... Manzanillo... Santa Clara...

— Como nós ficamos noivos em Cuba... — Aggy explicou, olhando para cima.

Anna olhou para Chris, sem jeito.

— Que bom...?

— Continue lendo — ele disse.

— Aggy! — Anna gritou. — Guantánamo?!

Chris explodiu numa gargalhada. Era bem típico dele não contar para Aggy, para fazer a piada durar mais.

— É uma cidade em Cuba!

— É uma cidade em Cuba meio que inseparavelmente ligada a uma enorme prisão militar americana ligada à tortura.

— Não é culpa de Cuba! — disse Aggy. — Por que tudo precisa estar relacionado à política hoje em dia?

E riscou Guantánamo irritada, enquanto sua mãe esfregava suas costas para reconfortá-la.

— Eu acho que a gente devia apostar tudo e escolher uma prisão famosa como tema — Chris anunciou. — Abu Ghraib. Barlinnie. Broadmoor.

— Uma para manter a tia Bev longe, chamada Alcatraz — disse Anna.

— Deve haver outros lugares em Cuba — Aggy começou a digitar em seu iPhone. Parou. — Alguma coisa aconteceu na Baía dos Porcos?

23

O entusiasmo de Aggy sobre os planos do casamento conduziu a família pelos frios, azeitonas e *bruschetta*, ravióli de cogumelo *porcini*, a carne de porco assada com batatas, a salada, e ameaçava continuar até os queijos. Anna jamais soube que um casamento tinha tanta coisa para ser discutida.

Ou que a lista de presentes podia incluir algo tão inútil quanto colheres para queijo Stilton feitas de prata maciça, da Tiffany. A frase "Você por acaso tem uma colher específica para esse queijo cheio de mofo azul?" nunca foi dita por ninguém. Jamais.

— Por que black tie? — perguntou o pai delas. Eu não tenho um smoking.

— Parece tão glamoroso e elegante. Sem isso, todo mundo usa o que quer — disse Aggy.

— Imagine só, as pessoas vestindo o que quiserem — Anna comentou. — Smokings alugados têm cheiro de queijo de cabra, de acordo com colegas meus que já participaram de eventos da Royal Society.

—Vamos comprar um —Judy anunciou para Oliviero, acrescentando: —Você tinha de comprar um terno novo mesmo.

— Quando vou usar isso de novo? — o pai delas resmungou.

— No casamento de Anna — Aggy respondeu.

— Até eu me casar, as pessoas não vão mais precisar de roupas. Elas vão flutuar nuas e sem cabelo em pequenas camas de soro fisiológico e vão fazer o download de sua consciência para a cerimônia virtual — disse Anna.

— Pare. Você precisa parar de bancar a esperta com homens e ser você mesma — a mãe delas disse, o que fez todo mundo rir.

— Não seja esperta, seja você mesma — Chris repetiu, apontando a faca e depois cortando mais um naco de Grana Padano.

— Minha filha é a garota mais esperta de Londres — o pai de Anna anunciou, levantando a taça em homenagem a ela.

— Sim, mas os homens não gostam disso, eles gostam de relaxar — Judy respondeu.

— Você não conhece todos os homens, mãe — Anna suspirou.

Conversar com sua mãe e com Aggy às vezes a fazia sentir que o movimento feminista tinha sido um grande esforço desperdiçado.

— Agora que vocês terminaram de comer, temos uma surpresa — Aggy declarou. — Chris e eu estamos escrevendo nossos votos. E queremos testá-los com vocês. Uma prévia exclusiva das próximas atrações.

Anna colocou a taça na mesa fazendo barulho.

— Vocês não deveriam dizê-los um para o outro pela primeira vez no dia?

— Não vou correr riscos! E se os dele forem ruins? — disse Aggy.

— Na alegria e na tristeza — Anna comentou.

Tarde demais, Aggy estava tirando um bloco da bolsa. Anna grunhiu.

— Chris, não se deixe intimidar pela minha irmã maluca. Nós não precisamos ouvir os votos.

— Você está brincando? Fiquei acordado até uma da madrugada escrevendo isso, sob ordens da sua irmã. Vocês vão ouvir! — Chris respondeu.

— Certo. Eu primeiro — disse Aggy.

Anna olhou em volta da mesa cheia. Sua mãe parecia feliz e cheia de expectativa, seu pai, neutro. Anna queria que o piso de ladrilhos cor de pistache a engolisse. Às vezes, apesar de suas semelhanças físicas óbvias com Aggy, ela se sentia uma criança achada por essa família.

— Christopher. Quando conheci você, fiquei com medo. Eu estava apavorada...

— Hahahahahaha! — Anna soltou uma gargalhada. — Não é a letra de "I Will Survive?"

— Mãe! — disse Aggy, batendo o pé. — Me ajude!

— Aureliana, nem tudo precisa ser uma piada, sabe — a mãe delas a repreendeu.

Algumas páginas foram reviradas, em meio a tosses e bicos, e Aggy voltou para suas anotações.

— ...de abrir meu coração de novo para o amor. Você me ensinou o que é amar. Você enxerga dentro dos lugares especiais e secretos dentro de mim...

— Hahahaha! — Anna começou a rir de novo, e a mesa explodiu; a mãe repreendendo, Aggy gritando, e Chris e o pai rindo com relutância. — Ele vê o quê?! Lembre que crianças vão estar presentes.

— Mãe, fale com ela! — Aggy pediu, com uma indignação fingida e real.

— Aureliana. Mais uma palavra e vou mandar você para a sala de estar.

— Por favor, por favor, me mande sair da mesa!

Aggy se recompôs.

— Você é meu herói, minha alma gêmea, meu príncipe. Eu prometo sempre preparar seu calzone favorito com linguiça e parar de reclamar do *Sky Sports*, especialmente, como você diz, porque ele faz parte do pacote de TV que escolhemos juntos — Aggy olhou para a mesa. — O site que ensina a escrever os próprios votos disse para fazer promessas específicas — ela explicou.

Anna cobriu a boca com o guardanapo, ofegando em silêncio.

— Quando você estiver doente, eu prometo cortar suas unhas do pé...

— O quê?! — Anna exclamou, tirando o guardanapo da boca. — Desde quando alguém corta as unhas de uma pessoa doente? Isso não existe.

— Lembra quando Chris quebrou a perna jogando futebol e teve que usar um gesso? Os pés dele estavam ficando iguais ao do *hobgoblin* de *Catweazle*.

— Eu não mencionaria unhas do pé em votos de casamento. É a parte menos romântica do corpo.

— Não para quem tem fetiche por pés — disse Chris. — Coloque o nome de qualquer atriz no Google, qualquer uma, e o texto se autocompleta com "pés". Gente louca.

—Você coloca o nome de muitas atrizes no Google, Chris? —Anna perguntou, e ele jogou um pedaço de *grissini* nela.

— Mãe! Agora Anna está nos fazendo falar sobre o fetiche dos pés das celebridades! —Aggy gritou.

— Aureliana, quieta! —Judy disse, sua própria frase automática.

Aggy voltou para o papel.

— Eu prometo honrar você, estimar e obedecer você...

— Agora estamos falando sério! — Chris exclamou, batendo a palma das mãos na mesa.

— Obedecer?! —Anna exclamou. — Estamos no século XIX?

— Quais as chances de sua irmã fazer isso? — Oliviero comentou, e Anna foi obrigada a concordar.

— Deste dia em diante, vou amar você para sempre. Meu homem especial... meu gatão Chris... meu melhor amigo.

Aggy olhou em volta da mesa, os olhos brilhando.

— Oh, Agata! — a mãe delas exclamou, enxugando os olhos.

Anna compartilhou um sorriso com o pai.

— Então, Chris. Sua vez! — Aggy gritou e colocou os braços em volta do próprio corpo.

Chris limpou a boca com o guardanapo e abriu um papel que estava em seu bolso.

— Agata. Você está tão linda hoje, como um sonho... — ele parou de falar. — Não hoje, claro. Quando eu a vir, no dia. — Aggy revirou os olhos. Anna bateu palmas. Quando pedi você em casamento, eu não tinha certeza se você ia dizer sim. Com certeza você pode encontrar alguém melhor. Mas estou tão feliz por você ter dito sim. E agora aqui estamos nós.

Houve uma pausa. Chris dobrou o papel de novo.

— O quê?! É isso? — Aggy gritou.

Chris parecia confuso.

— É?

— Obrigado por aparecer, valeu, falou?

Anna não podia acreditar que sua irmã tinha querido ler os votos. Aquilo era muito divertido.

— Posso escrever mais! — Chris respondendo, parecendo magoado.

— Acho bom mesmo.

— Aggy, são votos pessoais. Pessoais. A escolha do Príncipe Gatão Chris — Anna explicou.

— Sim, e é melhor ele escolher algo mais pessoal — disse Aggy.

Quando a mesa do almoço foi retirada, Chris ofereceu uma carona para Anna. Ele e Aggy moravam em Tottenham e muitas vezes deixavam Anna em casa.

Naquele fim de semana, Anna viu uma oportunidade e decidiu exumar a bomba antiga de seus diários dos tempos de escola do sótão. O reencontro a tinha feito pensar em uma limpeza. Ela sempre teve medo que fossem abertos por outra pessoa algum dia. Estava na hora de jogá-los fora de uma vez por todas. Anna leria o que estava escrito? Ela não tinha certeza se ia aguentar. Porque sabia o final.

Enquanto estavam colocando a caixa em um saco de tranqueiras na parte de trás da van, Anna teve alguns segundos para falar com Chris longe da irmã.

— Não se deixe levar por ela, sabe. Este casamento também é seu. Seus votos estão ótimos.

— Oh, esses não são os meus votos. Eu fiz isso para irritar Aggy. Até parece que vou ler meus votos agora. Vai ser uma surpresa — ele piscou, e Anna riu.

Aggy estava gastando o que chamava de "pilhas de *cash*" nesse casamento, Anna pensou, e Chris já era dela, o que tornava esse gasto ainda mais desnecessário. E torceu para que a irmã soubesse a diferença das coisas que valem ouro das colheres de prata maciça.

24

James encontrou a sala na UCL no plano da universidade com facilidade, abrindo as portas do auditório vazio com uma sensação ruim que não aparecia desde os exames finais de sua própria faculdade. (Psicologia, em Exeter — tão útil quanto Luther em uma rinha de cachorros em Lambeth.)

Anna, sentada na parte da frente, levantou a mão como forma de cumprimento. Ela o cumprimentou sem sorrir, e James meneou a cabeça, com um movimento sutil da boca, que não era muito, mas era melhor do que nada.

Ele ajustou o peso de sua bolsa de carteiro enquanto descia os degraus e sentiu um peso na barriga por precisar passar uma hora com essa mulher. Pelo amor de Deus, por que algumas pessoas precisavam ser tão difíceis no trabalho?

Não era culpa dele que ela e o namorado tivessem brigado ou que um supervisor a estivesse provocando, ou que a reforma da cozinha tivesse estourado o orçamento. Apenas seja educado, sabe?

— Olá. Estou vendo que o equipamento está todo pronto — ele disse, fazendo um gesto para o tripé da câmera de vídeo virada para o púlpito e para o microfone preso ao vestido de Anna. Considerando que ia ser filmada, ela não parecia muito arrumada.

Seu volumoso cabelo enrolado estava preso com um elástico, formando um coque que parecia prestes a desabar. Ela estava usando um macacão preto de tecido fino com fios prateados entrelaçados, o tipo de peça sem forma que devia custar uma fortuna no catálogo da Toast. Eva às vezes usava as "roupas desleixadas de domingo" de lá.

Por que acadêmicos pareciam sempre tão desarrumados e amarrotados? Era para deixar claro que sua mente estava ocupada com coisas mais elevadas do que alfaiataria e passar roupa?

Bom. Para o próprio funeral. Era para isso que ela estava vestida.

— Meu colega Patrick entende dessa coisa audiovisual — Anna explicou, apontando para a cabine de vidro no fundo do auditório, onde uma figura estava escondida.

Os olhos de James se moveram para o prato que ela estava colocando diante do corpo. Estava coberto com os vestígios de alguma coisa estranha feita com ovo e coberta com um molho marrom escuro.

— O que é *isso*? — ele deixou escapar antes de conseguir se conter.

— Omelete no pão de hambúrguer. É a especialidade do refeitório daqui.

— Ah — James respondeu, sem querer ofender. Ainda bem que ele já tinha comido.

— Sua titulação é "doutora", confere? — ele perguntou. — Dra. Anna Alessi?

— Sim, isso mesmo — ela respondeu, tensa.

Havia alguma coisa familiar naquele nome, que o estava incomodando. James finalmente se deu conta, Alessi era uma marca famosa de produtos para casa. Ele tinha um abridor de garrafa da Alessi em algum lugar.

Era melhor não perguntar se ela fazia parte da dinastia dos produtos de plástico para cozinha Alessi e ouvi-la gritar alguma coisa sobre racismo e oportunidades iguais, acusando-o de trivializar suas origens étnicas.

— Então, vou fazer perguntas prontas, e você fala quaisquer tópicos de interesse. Estamos em busca de trechos de um ou dois minutos para o app.

Anna assentiu e tomou um gole da caneca na qual um saquinho de chá rosado estava pendurado. *Claro* que ela tomava chá de ervas.

— Além disso — James tirou os olhos da tela mais uma vez, — eu queria aproveitar para pedir desculpas se nós começamos com o pé esquerdo quando você foi parar naquele reencontro horrível. Meu amigo Laurence não se contém quando se trata de dar em cima de mulheres. Eu falei para ele não incomodar você, mas... — ele deu de ombros. — Ele é assim mesmo.

— Claro, não se preocupe — Anna respondeu, sem hesitar.

James esperava algo mais — um sermão, talvez, mas, em vez disso, houve apenas um silêncio ansioso.

— Hum. Certo. Os designers têm uma questão específica que querem que eu faça a você, antes de mais nada — ele abriu uma imagem na tela de seu laptop. — Eles querem muito tornar a reconstrução do adorno na cabeça da Teodora um destaque e querem saber se podem conferir os detalhes com você.

Anna colocou a cabeça para o lado.

— A coroa? Posso descrever os fragmentos dos originais, mas íamos precisar usar a imaginação para uma reconstrução em tamanho real, e eu fico relutante em inventar coisas. É um tabu na minha área, sabe, alguém aparece e contradiz você. Eu ia preferir usar artefatos em que sabemos exatamente as características, se vocês não se importarem.

— Como, por exemplo? — James estava suspirando por dentro. Nada ia ser fácil.

— A cinta que o Met de Nova York vai nos emprestar é incrível. É de ouro puro e muito pesada. Ela era usada em cerimônias oficiais e eventos, e é tão importante quanto qualquer coroa.

— Ok. Humm. Antecipando o que eles vão dizer... acho que a coroa tem um fato de familiaridade. As pessoas sabem para o que estão olhando. Uma cinta é um pouco mais estranha para ser usada como figura definidora.

— Mas a cinta tem o fato "ser fascinante e um artefato histórico completo que não estamos fazendo de qualquer jeito".

"Pelo amor de Deus."

— Os designers estavam muito empolgados com a ideia da coroa.

— Os designers não são especialistas históricos. Imagino que eles só queiram que fique bonito. Você está pedindo minha opinião, e eu a estou dando para você.

"Está. Está mesmo", James pensou.

— Vou levar essa sugestão até eles, e talvez possam falar direto com você.

"Sorte a deles."

— Então, se você puder olhar para um ponto por aqui enquanto estiver falando — James instruiu, levantando e parando ao lado de Anna.

— Não direto para a câmera?

— Isso ficaria um pouco autoritário. Pense em algo que pareça uma conversa. Não é uma aula. Posso ficar aqui, se for ajudar.

— Acho que consigo lembrar para qual direção voltar meus olhos.

"Meu Deus." James desabou em um dos assentos.

— Imagine que vimos uma imagem de Justiniano e de Teodora no mosaico. Quanto sabemos sobre como e onde eles se conheceram? Repita a pergunta antes da resposta para contextualizar. "Sabemos que quando eles se conheceram... etc."

Anna estava um pouco nervosa no começo, mas conforme as perguntas avançaram, seu entusiasmo natural pelo tema tomou conta, e ela ficou animada, de um jeito quase contagiante.

Era bem interessante, James precisava admitir. Aquilo era a verdadeira história do *Game of Thrones*, não cerâmica quebrada e impostos feudais. Ao final da sessão, ele sabia que tinham conseguido um bom material. Mesmo que não tivessem se divertido.

— Posso mostrar alguns exemplos no nosso site de outros apps, se você quiser. Pode dar uma ideia melhor de como vamos usar isso — ele disse, esperando convencê-la.

Anna assentiu, e James abriu o laptop, virando a tela para ela ver a página da Parlez. Navegando pelo site, ele acidentalmente abriu a seção "Quem Somos".

— O que são essas imagens, ao lado do nome de vocês? — Anna apertou os olhos diante dos links.

James quase se encolheu.

— Ah. Comida.

— Comida?

— Pois é, sabe. O prato favorito de todo mundo.

Anna o encarou como se ele tivesse dito que todo mundo falava como piratas às terças-feiras.

— O que e isso? — ela apontou para a foto de Harris.

— Hum. Uma sobremesa... Bananas Foster.

James apertou os olhos, e pensou que contar a Anna que o resto do escritório tinha uma piada nada politicamente correta sobre Harris amar Bananas Foster provavelmente não ajudaria.

— Qual é o seu? — ela perguntou, percorrendo a tela.

James clicou, murmurando:

— Um *Lahmacun*. É uma espécie de pizza turca.

— Sim, eu sei o que é — Anna disparou.

— E você? Você come omelete no pão de hambúrguer.

— Não está no meu perfil no site da UCL. Esta é a Anna, ela é especialista em história bizantina. E também gosta de omelete no pão de hambúrguer.

— É para ser um pouco divertido — ele disparou. Oh, não. Ele usou a expressão "um pouco divertido". Erro crasso.

— É um mundo diferente, acho.

— É? — James respondeu, sem se dar ao trabalho de esconder sua exasperação. — Nem tudo precisa ser tão sério, precisa?

— Eu sei. Mas "prato favorito"? Isso me faz lembrar as antigas entrevistas da revista *Smash Hits*. "Qual é sua cor favorita, Kylie?"

Ela abriu um sorriso afetado, e James sentiu uma pontada de vergonha e irritação por ter sido colocado nesse papel de bobo.

— Espero que seu colega Parker, o fã de macarrão com queijo da firma, não continue usando o Google para nós — ela comentou.

James sabia qual era a resposta do profissional ali. Reconhecer o ocorrido, uma piada autodepreciativa, um meio pedido de desculpas. Mas que se dane. Ela estava alfinetando desnecessariamente.

— Parker estava falando sem pensar. Estamos aqui para apresentar o conteúdo, não para criá-lo — ele respondeu, a voz tensa.

— Não é o que parece quando preciso apresentar meus argumentos para os designers?

— Você está sendo um pouco melindrosa.

— Talvez seja minha mania de ser "tão séria" de novo. Quer que eu fale qual é minha sobremesa favorita, para aliviar o clima?

Naquele momento, James odiou tudo. Odiou seu trabalho, essa mulher superior, e se odiou. Odiou omeletes no pão de hambúrguer, mesmo sem nunca ter experimentado. Odiou que sua esposa o tivesse deixado e estivesse meio que dormindo com um homem chamado Finn. E odiou que alguém estivesse rindo dele por algo que não era nem sua culpa.

Ele bufou.

— Certo. Escute. Gostando ou não, precisamos trabalhar juntos durante semanas nisto. Não entendo por que precisa ser um pesadelo. Você não dá a mínima para o que eu faço, tudo bem. Eu entendo. É um monte de baboseira digital que não existia cinco minutos atrás, e agora vendemos para você como se fosse algo essencial, porque, infelizmente para você, é. Mas todo mundo tem smartphones e a concentração do Faustão depois de tomar uma anfetamina com Red Bull, até mesmo pessoas que vão a museus. Mas isso paga as minhas contas, e eu sou razoável nesse trabalho, então é o que eu faço. Nem todo mundo tem uma paixão pelo que faz como você...

E continou:

— E você acha que meus colegas são imbecis? Adivinhe só? Eu também, com uma ou duas exceções. E todos eles parecem ter sobrenomes no lugar do nome. Mas em vez de ficar aqui sentada tentando me irritar a cada dois minutos e deixar claro como você acha tudo isso ridículo, por que não tentamos trabalhar juntos? Assim, podemos acabar o projeto com o mínimo de dor possível e logo vamos desaparecer da vida um do outro. E graças a Deus, por isso.

Silêncio. Choque. Choque mútuo. James nunca tinha perdido a paciência com um cliente antes. E não com um cliente antigo qualquer — ele tinha mandado uma inteligente professora universitária ir à merda.

Ela ia fazer uma reclamação oficial, e ele ia ser removido do projeto. Ou pior, a Parlez ia perder o contrato por causa disso. A informação ia chegar a outras universidades, a empresa ia entrar na lista negra, e ele ia ter problemas sérios.

Anna parecia chocada, mas não falou nada. James cogitou se desculpar e pensou que isso não ia trazer nada de bom.

Então ela falou, sem nenhuma emoção na voz.

— Você conseguiu o suficiente de mim?

— Mais do que o suficiente, obrigado — ele respondeu, fechando o laptop.

25

Depois que ela terminou um seminário à tarde, Patrick colocou a cabeça para dentro da porta.

— Como foi com o seu arqui-inimigo? — ele perguntou. — Ele provou ser uma babaquara irrecuperável? — Patrick tinha seu próprio vocabulário, que só podia ter nascido de muito tempo assistindo *Red Dwarf*. — Eu sumi quando tudo estava montado, mas pelo que ouvi no começo você estava impressionante.

— Obrigada. Foi estranho, mas, a menos que esteja disfarçando muito bem, acho que ele não se lembra de mim dos tempos da escola mesmo. Estranho, não é? Até então ele estava tão longe de mim. Os seres maiores não se lembram dos menores, não é? Mesmo quando os menores eram grandes.

— Acho muito difícil alguém esquecer você — Patrick respondeu. — Desconfio que você esteja sendo dura consigo mesmo e que você era só... voluptuosa.

Anna não conseguiu conter o sorriso.

— Ah, não, acredite em mim, não estou sendo modesta. Eu era enorme. Com um cabelo igual ao do Slash, do Guns n' Roses, e um vestido com avental do tamanho de um guarda-roupa.

— Bem, fico feliz que não tenha havido nenhum conflito com ele.

— Houve um *pouco* de conflito... Fiz uma piada sobre a empresa, e ele deu um grande sermão exaltado sobre eu achar que o trabalho dele era idiota e como ele também achava. Me pegou de surpresa. Especialmente porque ele agiu como o poser superior que não se afeta com nada.

— É mesmo? — Patrick arregalou os olhos, distribuiu o peso no batente da porta e coçou o queixo.

— Mas eu penso que, se ele não se lembra de mim, eu consigo dar conta.

— Eu mando o arquivo para você e para essa tal de Parlez?

— Na verdade, mande só para eles — Anna disse, tendo um estalo de timidez. — Não preciso me ver tagarelando.

James Fraser sem dúvida ia morrer de rir com seus colegas metidos a superiores. Ele que risse.

Patrick assentiu e foi embora, mas segundo depois que a porta se fechou, veio um "oh, não, isso é terrível." Ele bateu de novo, e Anna abriu a porta mais uma vez.

— Acho que alguém mexeu.

Anna seguiu o olhar de Patrick para a placa com seu nome, que tinha sido modificada com algumas letras trocadas e uma palavra acrescentada.

MAND NUDE

Dra., ~~ANN~~A ~~ALE~~SS~~I~~

— "Dra., Manda Nudes?" — Anna leu em voz alta.

— É ultrajante que você tenha sido desrespeitada. Objetificada — Patrick comentou, e sua pele branca ficou rosada de raiva nos cantos, como um pedaço de *kani*. — Algumas pessoas ainda não sabem lidar com uma mulher inteligente. Como eles se atrevem a... fazer esse *comentário* — a ira de Patrick era mais engraçada que o ato de vandalismo — sobre o seu... seu...

— Meu belo corpo.

— Vou pedir para trocarem — ele continuou, retirando a placa.

— Obrigada — disse Anna.

Ela aprendera que Patrick fazia suas performances com um cavalheirismo exagerado.

— Acho que imagino quem fez isso — Patrick comentou. — Uma dupla de Beavis e Buttheads do segundo ano que compartilharam uma apreciação pela sua forma física e me perguntaram se eu estava... — ele fez aspas no ar — ... *pegando*. Sabe, francamente. Que terminologia mais agressiva.

Ele ficou ainda mais corado, e Anna começou a ruborizar.

— Podia ser pior, imagino eu. Podiam ter escrito "Dra. Manda Nada" — ela disse.

Houve um pausa.

Patrick piscou com os dois olhos.

—Vou mandar trocarem isso.

— Sim, obrigada — disse Anna, voltando para sua sala.

Ela voltou para sua mesa e abriu os e-mails.

Olá, Anna,

Obrigado pela ajuda, estou ansioso para ver a filmagem.

Sobre os artefatos: os designers concordaram em usar a cinta. Você acha que seria útil olhar os outros juntos no British Museum? Assim, você pode selecionar aqueles de que gostar mais.

Atenciosamente,

James

Uma bandeira branca. Anna parou para pensar se ia aceitá-la. Ser desagradável com ele era um ataque como forma de defesa, porque ela achou que ele partiria para a ofensiva. Se ele não estava fazendo isso... Hum...

Ela decidiu que contanto que James Fraser não mencionasse o Mock Rock, eles podiam baixar as armas. Parecia inacreditável que ele continuasse sem reconhecê-la. Seria possível que ele lembrasse e estivesse apenas ignorando o assunto. Era possível, mas improvável. Anna não tinha visto nenhuma diferença no comportamento dele em relação à maneira como ele e Laurence a abordaram no reencontro.

Ela nunca perdoaria, nunca esqueceria. Mas considerando que não tinha escolha além de estar na companhia dele, podia respirar fundo e não criar antagonismos. De todo jeito, indiferença era tudo o que ele merecia.

Outro e-mail apitou em sua caixa de entrada. Neil, entusiasta do BDSM, de novo. Fantástico.

Cara Anna,
É interessante que você caracterize minhas observações como presunçosas ou egocêntricas — não foi nada além de um retorno honesto.

Então o que isso diz sobre sua capacidade de dar e receber, honestamente? Se me permite, está bem óbvio que você sentiu alguma atração por mim durante nosso encontro. Seu contato visual e a maneira como você brincou com seu cabelo foram sinais clássicos. No entanto, desconfio que essa argumentação seja um estratagema para me deixar ainda mais interessado em sair com você de novo... Eu preciso admitir — está funcionando. ☺

Atenciosamente,
Neil

Anna clicou em Responder com a força de alguém golpeando uma piñata.

Caro Neil,
Estou sem palavras. Obviamente é arriscado ter olhos e cabelo perto de um homem hoje em dia. Eu deveria ter tomado o cuidado de ser careca e cega.

A resposta para um segundo encontro é um NÃO definitivo, obrigada. Se você continuar insistindo que estou me fazendo de difícil, então, por favor, marque alguma coisa comigo para o pós-vida. Aliás, faça uma orgia — convide Marilyn Monroe, Calígula e Rod Hull. Boa sorte em seus projetos futuros!

Anna

26

Anna estava cinco minutos adiantada e jogando uma moeda de duas libras no chapéu de um músico de rua do lado de fora da estação de metrô Russell Square, quando se deu conta de que James também tinha chegado cedo.

— Grande fã de xilofone? — ele comentou, quando Anna o alcançou.

— Isso se chama filantropia — Anna respondeu, irritada.

— Ah. Achei que fosse "Love Me Do."

Ela olhou feio para James antes de notar que ele estava sorrindo.

Eles percorrerem o caminho curto até o British Museum, falando sobre banalidades, sobre a entrevista. Mais uma vez, Anna estava alerta para qualquer sinal de que ele havia se lembrado, mas não houve nenhum. Ou ele fazia a melhor *poker face* de todos os tempos.

— Precisamos usar essas luvas. — Anna entregou um par de luvas de algodão de uma caixa azul e branca depois que os dois se registraram. — Ou você sabe disso, se já veio aqui antes.

— Ah. Não vim — ele respondeu, aceitando as luvas.

Anna não podia conter o fato de que, mesmo com uma companhia tão desagradável, não controlava a empolgação que sentia de estar nas salas do acervo do museu. Era seu lugar favorito no mundo todo.

E só fez a pergunta das luvas para entender quanto poderia se render aos arroubos, com a desculpa de mostrar o lugar a James.

— É como o final de *Os Caçadores da Arca Perdida*, não é? — Anna comentou, quando os dois pararam diante de um galpão vasto e moderno, com estantes, cheio de envelopes de papel pardo idênticos, com algumas escadas baixas de quatro rodinhas.

Cheirava a papel — o perfume de mofo delicado e evocativo de coisas muito velhas interagindo com oxigênio. Era incrível pensar que eles estavam bem ali no meio da confusão e da agitação de Londres, naquela caverna silenciosa cheia de tesouros inestimáveis.

— Então tomara que você não destampe a arca. O rosto daqueles nazistas derreteu completamente — James comentou.

— Você ficaria bem se fechasse os olhos.

— Pois é. Nunca entendi qual era a ciência daquilo — ele sorriu de leve.

Não, parecia não haver nem o mais leve vestígio de que James se lembrava dela. Anna estava sentindo a leveza espiritual de escapar de algo desagradável. A onda de alívio a fez relaxar um pouco em relação a ele.

— Então, a Teodora fica aqui — ela disse, conduzindo-o pelos corredores.

— Também me faz lembrar da tentativa de encontrar algum jogo de mesas que você compra na Ikea — James comentou.

— É mais divertido que a Ikea.

— Haha. Sou uma dessas pessoas que acha que qualquer coisa é mais divertida do que ficar andando pelos corredores de móveis do mundo infeliz que é a Ikea, mas, você tem razão.

Eles chegaram ao corredor certo, e Anna colocou as luvas, abrindo as primeiras gavetas rasas, cujo conteúdo estava acomodado em um forro de tecido escuro.

— Estão todos selecionados para a exposição. Fico feliz de usar qualquer um. Fique à vontade para mergulhar, veja se encontra alguma coisa de que você gosta em especial, então eu vejo se encontro alguma coisa interessante para falar sobre a peça. É uma coleção maravilhosa.

James começou a revirar os artefatos. Havia braceletes com filigranas delicados, pulseiras com pedras preciosas incrustadas, anéis, camafeus. Anna tentou controlar o impulso de tagarelar como uma fã. E não conseguiu.

— A coisa com a Teodora é tentar escolher qual parte da vida dela destacar — disse Anna, em voz baixa. — Tem tanta coisa. Quero dizer, você pode usar a história tradicional da miséria à riqueza. O que é mais interessante do que o dinheiro e o poder foi o que ela fez com sua posição. Ela criou abrigos para prostitutas e baniu cafetões. Ela batalhou pelos direitos da mulher no casamento, por uma legislação antiestupro. As leis dela expulsaram os donos de bordel de Constantinopla. É possível dizer que ela foi uma das primeiras feministas de que se tem registro.

— E em boa forma, também — James comentou, tirando os olhos de um broche, com um sorriso.

Se estava se arriscando a fazer piadas assim, ele devia achar que Anna tinha algo parecido com um senso de humor. Mas era tão implacável e *irreverente*, ela pensou. Nada importava nunca, a menos que James estivesse sendo bombardeado.

— Com certeza. A Elizabeth Taylor grega — Anna concordou. — E inteligente, espirituosa, corajosa e todas essas coisas menos importantes também. O Justiniano também não era nenhum preguiçoso, de acordo com as imagens.

— Se bem que esses eram tempos em que você podia ser executado por um retrato pouco lisonjeiro — disse James, olhando para a frente.

— Verdade.

— Se pelo menos a gente tivesse esses direitos com pessoas que nos marcam em fotos ruins no Facebook — ele continuou, sorrindo.

Parecia que os dois estavam felizes em não brigar.

— Mas, se você tentar transformá-la em uma heroína despudorada, ela é escorregadia demais para isso. Teodora podia ser totalmente implacável e sedenta por sangue em relação a suas rivais. Acho que era preciso ser assim, ou ser devorada viva. Hollywood devia fazer um filme.

— Pois é... eles provavelmente escalariam Mila Kunis e Ashton Kutcher e fariam uma conversa escatológica.

Anna riu.

— Só espero que a exposição vá bem. Tenho uma fantasia de que a história dela vá inspirar uma onda de novos entusiastas da Teodora. — Ela fez uma pausa. — A história posterior, não os espetáculos pornográficos, claro.

James riu.

— Espere um pouco, achei que você tivesse ficado escandalizada quando Parker chamou a história das origens dela de indecente.

— Bom, sabe como é. Eu não a estou julgando...

— Tudo bem. É um sinal de que você vai aprovar nosso título: *Teodora, a Putona.*

Foi a vez de Anna rir. Ele era rápido e esperto nas réplicas no tempo da escola. Um senso de humor que podia levar a piadas hilárias.

— Não acho que vamos ter nada com que nos preocupar com a exposição, vai fazer muito sucesso — ele continuou, educadamente, ainda que Anna não soubesse ao certo se James estava sendo sincero ou dizendo isso para agradá-la. — Isso ficaria fantástico no aplicativo, na verdade — disse James, virando um broche dourado de *cloisonné* esmaltado com sua mão enluvada e branca, como um mágico fazendo um truque com uma moeda. — A gente pode ampliá-lo para as pessoas verem os detalhes nas ilustrações.

Ele se inclinou, e Anna se pegou olhando para seu cabelo escuro. Apesar de todos os seus esforços, na realidade tranquila e suspensa daquela sala, ela fraquejou e o admirou.

Mesmo que James não fosse seu tipo, seria contraditório fingir que ele não era bonito, de um jeito atemporal.

Algumas belezas eram a tendência de sua era. A mãe dela achava que Ryan Gosling parecia "o resultado de casamento de primos, ele me lembra aquele Nicholas Lyndhurst", por exemplo. Mas Judy — diabos, até a vovó Maude no auge do glaucoma — declararia que James Fraser era um *gato.*

O rosto dele combinava com as regras, medidas e fórmulas antigas de beleza, tanto que você poderia colocá-lo em qualquer outra era e obter o mesmo sucesso. Se ao menos fosse assim.

E sua estrutura óssea era destacada pela pele, que tinha aquele brilho etéreo e pálido... Meu Deus, o que ela estava *fazendo*? O que a tinha possuído para fazê-la admirar essa pilha de vilania em forma de homem com essa barba fajuta?

Anna lembrou que costumava escrever sobre o rosto dele em seus diários, preenchendo páginas e páginas com uma adulação fervorosa sobre o que o exterior dele podia fazer com o interior dela. Até que veio o dia em que Anna jamais escreveria novamente em um diário. Pois é — era isso que acontecia com James. Se havia algo positivo, logo era seguido por algo negativo.

— Peças extravagantes não costumam ser meu estilo, mas preciso concordar que é lindo. Estou achando difícil parar de admirar — James disse com sinceridade, olhando sob seu cenho de astro de cinema, causando um choque de constrangimento em Anna em ressonância com seus próprios pensamentos. Ou alguns deles.

27

— Só podemos encaixar você durante o horário comercial esta semana, infelizmente — disse a voz feminina desalmada, no tom de "morra enquanto eu presto atenção nas minhas unhas", do outro lado da linha.

— Adivinhe onde eu estou no horário comercial? — disse James. — A dica está na pergunta.

— Sinto muito, é só o que temos. Você quer o horário de quinta?

— Na verdade, acho que vou ver o que a Foxtons pode fazer por mim. Obrigado — respondeu com acidez e desligou.

Ele estava pagando por seu orgulho: tinha que fazer essas ligações para corretores de imóvel pelo celular, para que os intrometidos do escritório não ouvissem. Depois de mais alguns telefonemas, a mão que segurava o telefone se transformava em um bloco de gelo, e era óbvio que o fim da tarde era o melhor que ele conseguiria. James cedeu e confirmou o mesmo horário no mesmo dia que rejeitara a dois telefonemas.

Humm, claro. Era sempre bom passar tempo fora do escritório. Ele podia dizer que estava mandando consertar a máquina de lavar ou algo assim. Não queria interrogatórios sobre sua nova casa.

Já era bem tosco o fato de ele estar meramente dando um susto em Eva para fazê-la voltar. James estava tentando ignorar a indagação que borbulhava por dentro: "Se ela voltar porque não quer perder a casa, que tipo de vitória é essa?"

Ele lembrou como a exaustiva busca pela casa surpreendentemente tinha mobilizado muitas emoções e se sentia mal por trazer outras pessoas para se imaginarem instaladas nesse endereço, quando havia pouca chance de isso se tornar realidade.

No entanto, se Laurence estivesse certo, e o que ele precisava fazer era algo provocador, metaforicamente mostrar os músculos para chamar a atenção de Eva, então o castelo Crouch End era essa coisa. James imaginou que era ou a casa, ou o gato, ou ele. E não queria fazer Luther de refém, nem queria ir para a cama com alguém só por ir, como Laurence tinha aconselhado.

Afinal, nada matava a paixão tanto quanto sua nova esposa deixar você. Era como se Eva tivesse machucado a cabeça, o peito e o estômago dele, comprometendo certas funções na parte de baixo. A ideia desse caso imaginário, de usar outro ser humano como uma boneca para praticar técnicas de ressuscitação cardiopulmonar, o deixava levemente enjoado e triste.

Voltando às atividades dos seus vinte anos, como um pobre futuro divorciado, quem poderia chorar a perda de sua esposa depois de enfiar uma garota qualquer em um táxi? Não, obrigado. Esse tipo de desgraça vem sozinha.

James guardou o celular no bolso, voltou para sua mesa e abriu sua agenda. Ele ia precisar encobrir isso com uma reunião. O que ele podia fazer para conseguir uma reunião em casa? Não muito, no fim das contas.

Ele precisaria de uma boa desculpa, porque Harris estava em pé de guerra, procurando coisas de que reclamar.

Harris não era um funcionário sênior propriamente dito, mas estava nas graças dos donos da Parlez, um casal podre de rico na casa dos cinquenta, Jez e Fi (nunca Jeremy ou Fiona), que no momento estava reformando uma casa sustentável na Umbria, que aparecera na revista *Grandes Designs*. E considerando que o orçamento estivesse muito estourado e que os moradores locais quisessem matá-los, *Grandes Tolices* fazia mais sentido.

Harris era o Olho de Thundera do casal, e provavelmente faria seu relatório mensal logo mais. "Os morcegos e os engraçadinhos" obviamente iam ocupar uma parte considerável do relatório, e ele já estava na lista porque Harris sabia que James não o suportava.

Ah, espere um pouco. O projeto Teodora. Ele rabiscou uma nota dizendo que precisava passar os itens selecionados para o aplicativo junto com Anna na UCL.

Ele queria Anna em sua casa? Na verdade, não... mas só ia levar uma hora, duas no máximo. E ela tinha sido legal da última vez no British Museum.

James decidiu criar coragem e mandar um e-mail, fazendo um pedido pesaroso para que Anna transferisse o encontro para a casa dele devido a problemas no encanamento.

— O que você pode nos dizer sobre sua nova mulher, Jay Fray? — Harris perguntou, atrás dele, e ajustou seu chapéu fedora azul elétrico, completo, com uma pena na faixa. Era apenas o terceiro pior chapéu de Harris.

— Hum? — James respondeu, fingindo estar imerso no trabalho.

— A humana que você vai trazer para o aniversário de cinco anos.

— Ah. Hum. É recente.

— Qual é, você pode contar alguma coisa...

Harris realmente era um idiota. Ele estava insistindo por nenhuma razão além do fato de pressentir que James não queria que esse assunto em particular fosse investigado.

— Você vai conhecê-la sem noções pré-concebidas! — James tentou fingir um comportamento amigável.

— Como ela se chama? Como você a conheceu?

VAZA, REI DOS CUZÕES.

— Amiga de amigos.

Enquanto James pensava em como diabos escapar de ter uma namorada imaginária, os olhos de Harris brilharam por causa de algo na tela de Parker, e ele soltou um grito de fazer gelar o sangue.

— Parker, você está no Google Plus?! Quem está no Google Plus? Você deve estar falando sozinho porque você é a ÚNICA PESSOA NO GOOGLE PLUS.

— Não, sua mãe também está — Parker respondeu.

— Hahaha, *sua* mãe usa o Google Plus — disse Harris. — Crie um Google *hangout* para a sua MÃE. Sua mãe tem um círculo, e você está no círculo dela.

— Sua mãe usa o Outlook Express nos fins de semana — Parker disparou.

— Sua mãe usa Pegasus Mail! — Harris devolveu.

— Sua mãe tem um FAX e manda faxes para as pessoas...

A satisfação na voz dos dois entregava que eles achavam que aquilo era um número em dupla de comédia que podia entrar para a história.

James colocou seus fones de ouvido.

Imagine como seria trabalhar com adultos, ele pensou. *Imagine.* A cabeça dele voltou a pensar sobre aquelas antiguidades com Anna no British Museum. Considerando como ela reagiu às brincadeiras no site, ele não podia nem começar a imaginar o desprezo dela se tivesse que passar uma tarde nesse cercadinho.

A parte irritante era que, como havia ficado claro em sua explosão de agressividade, James concordava com ela.

28

Anna usou a aldrava para bater na porta preta e brilhante e sentiu uma pontada de curiosidade sobre as acomodações de James Fraser. Era uma rua limpa e tranquila com casas em estilo vitoriano com beirais brancos, cercadas por cercas vivas bem aparadas. As propriedades ali eram caras demais para não serem bem-cuidadas. A casa geminada de James tinha as persianas brancas obrigatórias, as da porta-balcão que ficavam na frente estavam meio abertas, e a varanda coberta de telhas tinha reproduções de antigas lâmpadas a gás.

Ele atendeu a porta com uma camisa de manga comprida azul escura, felizmente sem o cardigã. James parecia menos defensivo e mais acessível do que antes, o que era inevitável em seu próprio território, ela pensou.

— Obrigado por vir até aqui — ele disse. — Muito obrigado mesmo.

— Sem problema. Não é longe da minha casa. Eu moro em Stoke Newington. Espero que a máquina de lavar roupa esteja consertada.

— Ah, sim.

Anna o acompanhou até a sala de jantar no fim do corredor. Na cozinha estreita mais adiante, ela viu rapidamente uma geladeira preta, um fogão e muito metal cromado impecável. Uau. James nunca ia poder ir à casa dela. Anna ouviu uma voz interior dizendo: "fechado."

— Xícara de chá? Café?

— Eu adoraria um chá, obrigada.

— Você toma chá de framboesa, não é? Acho que eu tenho aqui.

— Sim, obrigada — ela disse, pensando que este fora um comentário mais observador que imaginaria.

Uma manta peluda e esfarrapada que estava sobre uma poltrona de couro com tachas gemeu, se desenrolou, sentou e piscou.

— Argh! — Anna gritou, antes que pudesse se conter.

James riu.

— Anna, Luther; Luther, Anna.

— Isso é um gato? Ele é enorme.

— Pois é. Ele é bem grande, não é? Se bem que eu acho que, se você raspar todos os pelos, vai encontrar o Gollum.

— Por que ele está olhando para nós desse jeito?

— De que jeito?

— Como… se estivesse planejando matar todos nós.

Anna ficou aliviada que James tivesse sorrido.

— Ele parece *mesmo* estar planejando um assassinato em massa, não parece? Faz anos que estou tentando decifrar essa expressão, muito bem. Esqueça a Coreia do Norte; quando o cogumelo de fumaça da bomba nuclear subir ao céu, haverá uma pata cinza no botão vermelho.

— É Luthor de Lex Luthor?

— Haha! Infelizmente, não. É Luther de Luther Vandross.

Anna não sabia se a regra era tocar o gato ou não.

— Não sou uma pessoa de gatos — ela anunciou, como um pedido de desculpas.

— De fato, você não parece com o Doutor Dolittle — James comentou, cruzando os braços e ainda sorrindo. — Prefere cachorros?

— Não, nada de animais. Oh, além do hamster de quando eu era adolescente — ela se corrigiu às pressas. — Cerefólio.

— Cerefólio? A erva?

— Sim. O nome… combinava com ele. Tinha bochechas grandes. Um Cerefólio Chechudinho.

— Bizarro. Se você escolhesse Manjericão... É um tempero, mas pelo menos é mais másculo — disse James, com um sorriso.

— Bom… obrigado pelo conselho. Ele morreu.

— De *vergonha* — James emendou, e Anna riu sem conseguir se conter. — Luther tem muitos problemas, mas pelo menos não lhe batizamos de Sálvia.

James se inclinou para acariciar o gato, que se afastou.

— Oh, Luther, a gente estava só brincando! — James chamou, enquanto o gato saltava a poltrona e corria para a cozinha. — Era o gato da minha esposa.

— Ah.

Anna notou que ele tinha falado no passado, e James notou que ela tinha notado.

— Eva e eu nos separamos alguns meses atrás.

— Eu sinto muito — disse Anna.

Não era o que ela tinha imaginado. James Fraser solteiro parecia improvável. Com certeza ele tinha comido uma amiga interessante dela no banheiro enquanto estava louco de cocaína no Cargo, em Hoxton. Ou qualquer coisa que hipsters de meia-idade sem coração fizessem hoje em dia. Ele não estava usando aliança, ela notou.

James foi atrás de Luther na cozinha, pegou as xícaras e acendeu o fogo.

— Vou pegar os arquivos — ele disse, quando voltou, enquanto Anna se levantava, desajeitada. — Quer que eu pendure seu casaco?

— Oh... obrigada... — Anna entregou seu casaco de lã cinza.

Ele subiu os degraus, ruidosamente, até o andar superior.

Sem James ali, ela conseguiu dar uma boa olhada no entorno. Anna nunca estivera em uma casa como essa antes, com cômodos que tinham saído das páginas de uma sessão de fotos da *Living Etc.*

As tábuas do piso de madeira eram escuras como melado, o sofá Chesterfield, forrado com um veludo rosa, o tom delicado de rosa-mamilo de uma pintura de Rosetti. Havia luminárias de chão de vidro prateado, e peças antigas coloridas espalhadas aqui e ali, como a poltrona de couro. Uma mesa de centro veneziana espelhada refletia a luz em outro espelho enorme na cornija, acima da lareira original. De modo geral, muitas superfícies refletoras.

Ele não precisava dizer que não tinha filhos. Anna podia imaginar uma criança correndo por ali com um pedaço de vidro pontiagudo enfiado na cabeça.

Uma cômoda surrada na sala de jantar exibia fotos em porta-retratos prateados. Como esperado, eram uma homenagem à beleza dos moradores e a férias caras.

Os cenários de fundo iam de ruas de pedras europeias, folhagem tropical, sacadas em Manhattan, até uma em que a esposa em fuga estava mergulhada até a cintura em água quente, vestindo um sutiã de biquíni branco em forma de triângulo. Anna jamais poria uma foto "vejam meus peitos" exposta em uma sala para visitas, mas ela, por enquanto, não tinha um corpo como o daquela mulher. Eva era linda, claro, absurdamente linda. Espetacular, mas também com a aparência saudável de um comercial de pasta de dente, o tipo de mulher que aviva os espíritos e os pênis.

Uma foto em especial chamou a atenção dela, e Anna se aproximou para olhar mais de perto. James estava olhando para a lente, sorrindo, com uma enorme xícara de café em uma mesa de bistrô na calçada. Ele estava bem na foto. Não bem-bonito, isso era fácil quando se nascia com a carne e os ossos certos. Era a expressão dele. Anna nunca o tinha visto daquele jeito: discreto, afetuoso e com um entusiasmo irônico. Parecia um pouco com alguém que praticou coito.

Aquela era a maneira de olhar para quem você estava apaixonado, alguém que pode fazer suas entranhas virarem papa. Por um instante, Anna foi parar no lugar da pessoa atrás da lente. Isso a fez sentir uma pontada da lembrança da paixão adolescente, como uma sombra passando. Ela afastou a sensação.

Uma foto de casamento posicionada no centro de todas mostrava os noivos em uma tempestade de confete nos degraus do cartório, rindo escandalosamente por serem fabulosos e estarem apaixonados.

James, que usava um terno azul escuro com uma gravata de estampa floral, olhava para os próprios pés, sorrindo, com os traços esculpidos de seu rosto muito fotogênicos. Sua esposa olhava para a direita, para algum convidado que não estava visível. Seu vestido de noiva era simples, justo, de renda, desenhado para revelar seus ombros estreitos e seu pescoço fino. O cabelo estava preso em uma tiara fina com pedras preciosas, seus olhos tinham um toque de delineador liquido, e havia brincos de pérolas em suas orelhas. Seu estilo era todo retrô supersofisticado — *Elvis está vivo, e se sasa com Grace Kelly*. Eles eram perfeitos.

O que um casal como esse faria se tivesse um bebê feio? Tentar voltar no tempo? Anna se encolheu diante do próprio pensamento hostil —

até onde ela sabia, os dois tinham se separado por causa de algo relacionado a filhos.

Um barulho de algo sendo arranhado, como ratos dentro do rodapé, veio da cozinha. Indo investigar, Anna encontrou Luther perto da porta dos fundos, suplicante.

— Miau! — Ele colocou uma pata peluda na porta e bateu diversas vezes para deixar seu desejo claro. Em seguida miou de uma forma ainda mais suplicante: — *Miau!*

— Oh, você quer sair? — Anna perguntou, feliz por conseguir compensar seus pensamentos pouco generosos com uma pequena tarefa doméstica.

Havia uma chave com uma borla dourada em um gancho acima da bancada. Anna a colocou na fechadura, virou a chave, e a porta se abriu.

— Pronto.

Depois de gemer para sair, o gato parecia incerto, enrolando e olhando para ela com olhos confusos e bigodes do tamanho dos espinhos de um porco-espinho. Anna abaixou e o empurrou de leve. Era como se a bola de pelos nunca tivesse visto seu próprio quintal antes.

29

Eles estavam no meio do processo de folhear fotos enormes, Anna fazendo anotações na parte de trás, um rádio tocando a Classic FM em volume baixo ao fundo, quando olhou duas vezes na direção da janela da sala de estar.

— Uau. Que estranho. O lado lá fora parece… — O olhar de James percorreu o piso. — Luther! Luther?

Anna olhou a tempo de ver um raio de pelos cinza passar pelo vidro.

— Em geral ele não consegue ir do jardim para o quintal?

— O quê? — James disse, distraído, enquanto se levantava. — Luther?

Ele foi até a porta-balcão e se inclinou sobre o batente da janela para olhar para fora.

— Ahhh… o gato fugiu. Estou ficando louco? Aquele era igualzinho a ele…

— Ele está bem? — Anna perguntou, surpresa com a reação dele.

James foi para a cozinha e voltou, parecendo perturbado.

— Luther não está lá… talvez esteja no andar de cima. Ele não pode ter saído…

Anna levantou, seu estômago pareceu desabar.

— Uh. Eu o deixei sair.

James virou para ela, os olhos arregalados.

— *O quê?*

Uma pausa, e ele virou e saiu correndo pela entrada; Anna foi atrás.

— Luther ... Luther! — James chamou, enquanto eles saíam pela porta.

— Ele não sabe se virar lá fora? — Anna perguntou, seguindo James pelo jardim da frente, se sentindo muito boba e mais do que um pouco apreensiva.

— Luther mal sabe se virar aqui dentro — ele respondeu, empurrando uma lixeira e procurando atrás dela. — Por que você deixou o gato sair? — James perguntou, contendo o grau de irritação perplexa em sua voz de um jeito resoluto, enquanto olhava para a frente. — Ele não sai.

— Ele estava arranhando a porta. Eu só achei... Eu sinto muito, muito mesmo — Anna explicou.

— Esse porquinho estava testando os limites. Não é sua culpa. Gatos normais saem — disse James, com muito mais gentileza do que ela esperava. Nesse exato momento ele teria todo direito de querer matá-la com um lança-chamas.

— Luther!

James subiu no muro baixo entre sua casa e a do vizinho e, depois de se certificar de que o gato não estava lá, saiu para a rua pelo seu próprio portão. Inutilmente, Anna olhou em volta do jardim mais uma vez e foi com ele.

— Tenho certeza de que ele estava indo naquela direção — James comentou.

Era horário de trânsito pesado e, apesar de ser uma rua residencial, carros passavam com regularidade.

— Não é um jogo muito bom de tentar encontrá-lo antes que ele encontre a rua.

— Ele não sabe atravessar?

James olhou para ela.

— Luther nunca fez isso antes. Ele parece o tipo de gato que tem um certificado do Green Cross Code? Ele é burro como uma porta, sinto em dizer.

O estômago de Anna ficou ainda mais apertado diante dessas palavras. Ela estava prestes a ver um gato se transformar em uma *frittata* peluda embaixo das rodas de um veículo e sabia que era tudo culpa sua. Meus Deus, isso era terrível...

— Se eu for para esse lado, você pode ir para o outro? — ele perguntou.

Anna assentiu enfaticamente e foi na direção oposta, imitando James e olhando embaixo dos carros estacionados e sobre as cercas vivas, chamando o nome de Luther pelo caminho.

À luz desse desdobramento, sua interferência com a porta parecia-se menos com uma iniciativa charmosa, e mais com uma intromissão inoportuna.

Anna pensou em como James devia estar olhando para ela, pela primeira vez. Considerando que parecia não se lembrar dela dos tempos da escola, ou sabendo como havia depreciado sua aparência no reencontro, James estava considerando apenas as interações diretas mais recentes. A julgar por essa última, ele tinha sido bastante educado, e Anna imaginou que tinha parecido uma megera grosseira. E estava prestes a assassinar o gato dele.

De repente, ela viu uma bola de pelos cinzenta de relance emergindo das rodas traseiras de um carro estacionado do outro lado da rua. Com uma inevitabilidade repugnante, o barulho do motor de um carro veio se aproximando pela esquerda de Anna.

— Luther! — ela chamou, olhando na direção de James, torcendo para que ele visse aquilo e cuidasse da situação, mas, por um instante, não o encontrou.

O gato parecia estar agachado, não sentando — decidindo quando sair em disparada, embriagado pela empolgação de sua liberdade recém-adquirida.

— Luther, não! — ela gritou, como se pudesse transformá-lo em um cachorro pequeno e obediente que falava inglês. Incerto, Luther se moveu mais alguns centímetros na direção da rua.

A garganta de Anna se abriu, e sua boca ficou seca. Ela não era nenhum especialista em comportamento felino, mas imaginou que as chances de o animal ter uma colisão com o carro que se aproximava eram 50%. Era como se Luther estivesse usando essa pequena oportunidade para pesar suas opções e fosse se mover *quando* o carro estivesse bem perto.

Seu andar gingado avançou mais um pouco e começou a balançar para a frente e para trás, se preparando para dar um salto. Seu próximo movimento o colocaria na rua.

Anna entrou em pânico e saiu correndo na frente de um carro que estava a apenas uns noventa metros de distância, levantando as duas mãos, a palma virada para fora.

— *Pare!*

De olhos arregalados, a motorista de meia-idade pisou no freio. Pareceu que o carro demorou uma eternidade para frear, parando bem perto dela.

Quando Anna olhou para baixo em busca de Luther, surpreendentemente, ele estava perto de seus pés. Maldição, esse gato era burro. Nem o barulho dos pneus tinha servido para assustá-lo. Ela abaixou e o agarrou, sem nenhuma hesitação nos movimentos. Tinha sido um curso rápido em como lidar com gatos, por sorte sem acidentes.

Anna acenou em sinal de agradecimento para a motorista, sua mão embaixo do corpo de Luther. A expressão horrorizada da mulher se dissolveu em algo parecido com compreensão, e ela levantou a mão num gesto conciliatório que comunicava: "Ah, entendi. Ufa."

Quando voltou para a segurança da calçada, ela viu que James estava na rua a uma curta distância, que devia ter visto o resgate.

— Luther — Anna disse sem razão quando o alcançou, segurando firme o animal que não parava de se mexer.

— Que diabos você estava fazendo? Você podia ter sido atropelada!

James estava com uma mão na cabeça e visivelmente pálido. Anna ficou surpresa com a ideia de que o risco que ela correu pudesse tê-lo afligido, para além do incômodo do sangue e da papelada.

— Eu me senti culpada.

— *Você* se sentiu culpada? Meu gato... sua vida. Não se compara. Meu Deus do céu, Anna, imaginei você a caminho da UTI, e eu ligando para os seus pais e dizendo que você ia morrer por causa de uma capa de almofada com gênio mau. Não sei se devo agradecer ou gritar com você — ele disse, colocando as mãos no rosto e movimentando-as de novo para poder falar. — Eu não fiz você se sentir tão mal assim por tê-lo deixado sair, fiz? Você não tinha como saber.

— Meu Deus, não! Eu não estava pensando.

Anna apenas vira uma solução e se jogara, literalmente. Tinha sido bem idiota, em retrospecto, colocar todas as fichas nas pastilhas de freio de um Nissan Micra.

Entregando Luther, sua mão se encostou no peito de James por um instante enquanto Anna se certificava de que ele estava segurando firme o gato. A carinha furiosa do bicho se enrugou, e ele começou a gritar de irritação que sua aventura, a "Operação Morte Certeira", tivesse sido interrompida.

— Isso significa obrigado — disse James, abaixando a cabeça de leve na direção do gato. Anna pressentiu que ele não quisesse fazer nada pouco másculo, como roçar o rosto no animal, na sua frente.

Ela se sentiu estranha. Estava tomada pela adrenalina, depois de arrancar sua vitória confusa de uma derrota violenta. Esse homem que ela odiava estava se comportando com um jeito humano e decente que o tornava difícil de odiar. Mas James era uma figura odiosa, ela se obrigou a lembrar.

— Tirando o elemento suicida, isso foi bem legal. *Pare!* — James levantou a mão para imitá-la, acomodando Luther na curva de seu cotovelo por um momento. Ele sorriu e ajudou o gato, que continuava se mexendo, em seu colo.

— Venha, parceiro. Vamos ligar o *National Geographic*. Você pode fingir que está fazendo uma caminhada pelos Andes.

Anna sorriu, e eles voltaram para dentro de casa. Quando Luther e sua irritação foram acalmados por um pires de leite, James disse:

— Ele tem um drinque para acalmar seus nervos, não vejo motivo para não fazermos o mesmo. Uísque.

— Mil vezes, sim — Anna respondeu, mesmo sem nunca ter bebido uísque.

— Acho que isso conclui qualquer tipo de trabalho — James comentou, olhando para os papéis espalhados sobre a mesa de jantar. — Por que não sentamos em um lugar mais confortável? — Ele indicou o sofá.

Anna se empoleirou no impecável Chesterfield rosa. Depois de se plantar diante de um armário de bebidas na parte de trás da sala de jantar, James voltou com dois copos baixos contendo uma dose de um líquido cor de âmbar. Por um instante, ela não teve certeza, mas pareceu que a mão dele tremeu ao entregar a bebida para ela.

— Laphroaig, tudo bem?

— Ah, é? Então nem vou me dar ao trabalho.

O rosto de James desabou.

— Brincadeira! — disse ela. — Pelo que entendo de uísque, podia ser Irn Bru.

James segurou o copo por um instante.

— Oh? Não estou desperdiçando, em todo caso.

Ele sorriu e entregou o copo para Anna.

Eles estavam brincando? Eram piadas ruins, mas mesmo assim. Era um belo avanço.

— Obrigado. De verdade — ele disse, batendo os dois copos num brinde.

Anna murmurou um "de nada".

O uísque tinha gosto de turfa, fogo e deixou sua boca quente, de um jeito particularmente bom.

— Você costuma fazer gestos de morte ou glória para gatos, considerando que não gosta deles?

— Foi instinto. Foi só *nããããão*...

— Você confirmou para si mesma que seus instintos são incrivelmente nobres e altruístas, ainda que malucos.

James sorriu com uma ternura genuína. Anna se obrigou a lembrar que essa ternura vinha da gratidão por ele não ter metade de um gato com expressão surpresa em uma caixa de sapatos ensanguentada e uma ligação desconfortável para fazer à esposa.

— Sua mulher não quis levá-lo junto? — Anna perguntou, torcendo para não ser uma pergunta muito inoportuna.

— Você imaginaria que sim, não é? — ele respondeu, sentando na poltrona de couro. — Ela está no apartamento de uma amiga no momento, e não tem muito espaço. Acho que quando encontrar um lugar para morar, ela vai vir buscá-lo. Ou não. Essa é a Eva, senhoras e senhores. — James pareceu constrangido por sua amargura evidente. — Não, ela é... ela é uma peça. Uma força da natureza, como dizem. Se você se casa com alguém acima do seu nível, é de se esperar ter um pouco de trabalho.

— Ela está acima do seu nível? — Anna perguntou, com cuidado.

— Eva é uma *dessas* pessoas. Sabe, ela respira um ar diferente.

Que estranho, Anna pensou. Era o que eu achava de você, muito tempo atrás.

—Você está com alguém, está numa relação? — James perguntou.

— Estou solteira, e usando sites de encontro — Anna se encolheu.

— Uau, é mesmo? Acho que vou seguir seu conselho em algum momento. — James esfregou o pescoço. —Você tem tido sorte?

— Sabe quando embalsamam as pessoas e drenam todo o líquido do corpo primeiro? É assim, mas com esperança. Mas você consegue conhecer muitos restaurantes recomendados pela *Time Out*.

— Ah, não. Posso imaginar.

Anna abriu um sorriso contido e meneou a cabeça, sabendo que ele estava sendo gentil, ainda que não fosse de um jeito condescendente, para variar.

Como se alguém como ele fosse acabar caçando pela internet. A ideia sem dúvida atrairia toda uma rede social de agentes femininas que ele nem sabia que conhecia. *Mobilize a agente Muswell Hill, James Fraser precisa sair.*

— De onde você é, supondo que não cresceu em Stoke Newington? — ele perguntou.

— Ah, hum. Não de muito longe daqui...

Ela estava sendo desmascarada aos poucos, sentia dedos levantando sua balaclava, e o nível de ansiedade aumentando.

—Você se importa se eu usar seu banheiro antes de ir embora? — Anna perguntou desesperadamente, terminando o resto de seu uísque e precisando sair rápido dessa conversa.

— Oh. Claro que não — James respondeu, parecendo um pouco surpreso diante do comportamento ab-rupto dela. — Subindo a escada, bem na sua frente.

Anna subiu os degraus e encontrou mais uma zona de perfeição. Tudo era branco e impressionante, paredes cobertas de azulejos como um hospital. Com exceção da cozinha, tudo era, como Anna havia notado, muito feminino na casa.

Havia uma vela com cheiro de amora silvestre queimada até a metade com uma embalagem de papel na caixa da descarga, e um armário com portas espelhadas, cheio de toalhas brancas e com pequenas lanternas de papel penduradas.

Uma foto do tamanho de uma capa de revista sobre o peitoril da janela mostrava uma mulher jovem dormindo de bruços, a parte superior de suas costas nuas à vista. Era um retrato íntimo de uma lua de mel, e Anna começou a pensar que a dona da casa devia ser um pouco vaidosa.

E enquanto essa ficha caía, outra também se manifestou. A mulher de James o tinha deixado, e ele, o gato e a casa estavam em estado de suspensão. Estavam esperando que ela voltasse.

30

Aggy anunciou que Anna tinha liberdade para escolher seu próprio vestido de madrinha do casamento.

— Está nas suas mãos, do que você gosta e com o que se sente confortável.

Anna insistiu que queria alguma coisa urbana.

Então Aggy entrou em uma loja da Monsoon perto de Oxford Circus e começou a pegar vestidos e colocá-los sobre o braço de um jeito autoritário, passando a usar o braço da irmã quando o seu ficou cheio.

— Hum... a escolha é minha...? — Anna comentou.

— Só para ter um ponto de partida — Aggy respondeu.

— Claro.

Anna conteve um sorriso. Podia ser muito pior. Aggy podia ter uma falange de madrinhas, mas sua BFF, Marianne, teve a irmã como madrinha de casamento, para economizar dinheiro para seu próprio vestido de noiva. Liberada da obrigação de ter Marianne como madrinha, Aggy fez o mesmo.

Em um provador que não acomodava nem uma doninha. Anna vestiu e tirou várias opções. Ela tinha esquecido que experimentar roupas podia ser muito trabalhoso. E envolvia se olhar em espelhos e contemplar o próprio corpo muito mais do que gostava de fazer. Ela ficou com cada vez mais calor e mais desgrenhada, as etiquetas de papelão batendo em partes delicadas de seu corpo, seu cabelo ainda mais selvagem do que de costume. Como acessório, Aggy selecionou um par de sapatos com saltos que pareciam dois hashis que deixaram os pés de Anna doendo e cansados antes mesmo que ela tivesse andado com eles. De tempos em tempos, ela abria a cortina para mostrar os resultados e apresentar o veredito.

Vestido míni de renda azul metálico: "Paola Bracho londrina."

Vestido de mil camadas com estampa floral e laço lavanda: "Só falta uma tiara para eu ser a *Virgem de quarenta anos.*"

Rosa claro com saia tulipa, com detalhes em prata: "Tenho bonecos da Sylvanian Families no batente da janela e dou um beijo de boa-noite em cada membro família toupeira antes de dormir."

Toda vez que ela fazia isso, Aggy murmurava "Hummm" e assentia, concordando com relutância.

Quando Anna tirou com dificuldade o vestido número seis e colocou o número sete, a irmã falou pela cortina:

— Ah, eu encontrei alguém para você levar ao meu casamento. Você pode me agradecer depois.

Anna parou de subir o zíper.

— *Agradecer*? Eu falei que queria que você me arranjasse um par para o casamento?

— Você vai querer esse.

— Aggy, sério, você tem feito o marketing da "pobre irmã mais velha solteira"? Isso me deixa com coceira, para usar a expressão de Michelle.

— Você não está interessada?

— Não. Eu gosto de escolher meus pares eu mesma.

— E isso tem ido TÃO bem. Quanto tempo faz que você está nesses encontros pela internet? E encontrou alguém? Quando foi a última vez que você se envolveu com alguém? Um relacionamento?

Anna se contorceu de leve.

— Eras — Aggy continuou, pela cortina de poliéster. — Por que não me deixar escolher para variar? Se não gostar dele, não tem problema.

— Não, não há nenhuma pressão quando é o seu casamento! — Anna revirou os olhos para si mesma pelo espelho. — Quem é?

— Então, você se lembra do nosso primo Matteo?

— Oh. Hum... lembro — ela respondeu. — O que fez aquela dança de girar o quadril e levantar os indicadores em *When You're in Love with a Beautiful Woman* nas bodas de cinquenta anos do papai e da mamãe? E que usa coletes com decote de nadador nas costas? E aí, é nosso primo? Não vai ser melhor que isso?

— Bom, é um amigo do Matteo. O nome dele é Primo. Se você disser sim, vou dizer para o Matteo trazê-lo como acompanhante. Para você.

— Que ótimo, outro refugiado da Califórnia. Por que ele gostaria de mim? Você já viu namoradas italianas perfeitas? Homens italianos gostam de mulheres que cozinham como a Nonna, não como eu, que comem ovos poché em tigelas de massa pronta.

— Isso é um estereótipo preguiçoso — Anna respondeu.

O braço de Aggy surgiu de repente pela cortina, segurando seu celular, o que fez Anna gritar de susto.

— *O Primo.*

Um rapaz italiano ridiculamente bonito e juvenil encantou Anna pela tela do iPhone. Ele tinha cabelo castanho encaracolado, e olhos que pareciam confeitos de chocolate. Anna estava tirando um vestido de crochê, o sutiã areia sem alça esmagava seus peitos como bexigas d'água sob uma placa de concreto, e quase ruborizou.

— E por que ele ia querer ser meu par? Ele parece ter vinte anos e ser um membro do One Direction ou algo assim. Melhor, do *Una Direzione*.

— Ele tem 33 e é arquiteto.

— Uau. Certo, mas meu argumento prevalece. Por que eu?

Aggy suspirou e recolheu seu braço.

— Você já cogitou que é porque você age como uma velha feia e solitária que as pessoas tratam você assim?

— Claro, é isso, é o que eu fico em casa pensando. "Talvez seja porque eu me comporto como uma velha feia e solitária..."

— Estou falando sério! Sua primeira reação é que ninguém bom se interessaria por você. Você precisa ler aquele manual de autoestima da Oprah. Fiquei amiga do Primo para ele poder ver suas fotos no Facebook, sendo "amigo de amigo". Ele achou você bonita e disse que está interessado.

— Maravilha, Aggy. Talvez você queira me oferecer como noiva por correspondência para Florença e acabar com isso de uma vez.

— Você está dizendo não? Vou dar um não para ele, que pena.

Meu Deus, Aggy era um adversária de peso quando queria ser. Não era à toa que Chris não tinha nenhuma chance quando se tratava do planejamento do Grande e Gordo Casamento Italinglês.

— Vou pensar no assunto.

— Pense rápido! Primos não aparecem todo dia.

Anna fechou o zíper na lateral de um vestido acinturado com saia lápis de crepe preto com uma sobreposição de renda. Depois de um momento desagradável em que ela achou que o zíper não passaria pela cintura, de repente os dentes de metal se fecharam, e a peça se ajeitou em seu corpo. Humm. Nada... nada mal, na verdade. Anna virou e se olhou de costas, ajustando o tecido sobre o quadril. E abriu a cortina.

— Semana do tango argentino em *Dança dos Famosos*. Uma ex-prostituta que tem dificuldade de confiar nas pessoas é arrebatada por um andarilho de chapéu fedora em um bar de Buenos Aires.

— Você está linda!

— Esse aqui é madrinhento o suficiente?

— Isso não interessa, o que me importa é minha irmã ficar gostosa como uma batata frita.

— Gostosa como uma batata frita?

— Ouvi essa expressão em *The Only Way Is Essex*.

Anna olhou para o vestido justo na parte de trás mais uma vez.

— Amor de irmã.

— Quando o Primo vir você com esse vestido, não vai ter conversa.

Por que Anna tinha a sensação de que não importava se ela concordasse ou não com a presença do Primo, pois o convite já tinha sido enviado?

Aggy mexeu no cabelo da irmã.

— Uma presilha de flor aqui... Linda. Sim. Vamos levar esse.

— Eu vou levar este — Anna corrigiu.

— O quê? Você vai comprar? Por quê?

— Porque você já gastou o bastante, e é uma peça que vou usar de novo.

— Anna, você é a irmã mais velha. — Aggy abraçou a irmã. Em seguida, fez uma pausa. — Eu ia comprar o sapato também.

Anna mostrou a língua pelo canto da boca.

— Maravilha. O sapato também.

Anna se escondeu atrás da cortina para recolocar suas próprias roupas e, felizmente, seus sapatos sem salto.

— Sabia que somente os primogênitos são chamados de Primo? — ela perguntou para Aggy. — Seria como chamar seu primeiro filho de algo como "Primeiro".

— Pois é, não fale coisas assim quando o conhecer. Como diz a mamãe, maneire na personalidade.

31

Anna tinha acabado de concluir um seminário com um grupo de terceiranistas formais. Todos ficaram visivelmente sérios, se não agitados, com a perspectivas das provas finais. Ela se lembrou da aceleração do tempo na graduação. Você achava que três anos eram uma eternidade, depois descobre que não era nada.

— Sintam-se à vontade para fazer perguntas se tiverem dificuldade com a redação — ela anunciou animadamente, enquanto os alunos saíam da sala.

Anna voltou sua atenção para a caixa de entrada, a fera engolidora do tempo que nunca era alimentada. Na fileira clássica de ícones de envelope, havia um de James Fraser. No assunto: *Você está em boa companhia, outros resgates famosos de Luther...*

Um sorriso repuxou os cantos da boca de Anna. Quando abriu o e-mail, ela riu alto ao ver três stills de filmes alterados com Photoshop.

Richard Gere apertava Luther, com sua expressão rabugenta, em sua farda da academia naval em *A força do destino*, Ralph Fiennes atravessava o deserto usando uma roupa cáqui com Luther em *O paciente inglês*, e Patrick Swayze levantava o gato na cena final de *Dirty Dancing*. De algum jeito, o fato de ele ter usado a mesma imagem de Luther toda vez, a cabeça virada para a câmera, o rosto numa careta, o rabo levantado como um desentupidor de vaso sanitário, tornava aquilo ainda mais engraçado.

A mensagem dizia:

Obrigado mais uma vez por demonstrar uma coragem impressionante diante de uma fatalidade quase certa envolvendo pedigree na semana passada. Descobri que a Parlez tem um monte de ingressos de cortesia para aquela peça no Donmar Warehouse amanhã, Friction Burns. Dylan Kelly está no elenco. As mulheres parecem gostar dele. Eu mesmo não entendo por quê, ele mal chega a 1,60m usando salto. Você teria duas amigas que gostariam de ir com você? Se sim, por favor, aceite como um sinal de agradecimento.

Bj,
James.

Um beijo eletrônico? Ele realmente gostava daquele gato. Anna tamborilou os dedos na mesa e hesitou antes de responder. Por um lado, ela não gostava de aceitar favores quando havia uma relação profissional. Além do mais, era James Fraser. Por outro, o contato por causa de Teodora estava basicamente concluído, e ela precisava admitir que, pelo que tinha visto, o aplicativo tinha ficado ótimo. Sobre o bicho peludo, ele estava sendo excessivamente galante sobre o fato de Anna ter resolvido um problema que ela mesma tinha criado.

Ela ainda não confiava nele. Nunca ia confiar.

Mas Aggy a mataria se soubesse que Anna tinha ingressos para essa peça e não dissesse nada. Ela estava obcecada com Dylan Kelly, *Friction Burns* tinha esgotado os ingressos em pouco tempo fazia meses. Ela podia mandar Aggy e não ir. Mas, afinal, aceitar favores em nome de um parente seria menos comprometedor para Anna?

Era o Donmar Warehouse. Ela sempre quis ir lá. O que estava na sua agenda para a noite do dia seguinte além disso? Sopa requentada no micro-ondas e um DVD inteiro de um box de uma série.

Ela escreveu um e-mail para Aggy e Michelle, contou que tinha ganhado os ingressos e perguntou se havia interesse.

Duas respostas definitivas chegaram em menos de vinte minutos.

MEU DEUS, JURA? MEU DEUS, VOU TER UM ATAQUE. EU AMO DYLAN KELLY 4EVER. QUE ROUPA VOU USAR?!! Bjs.

Aggy, o teatro funciona assim: você consegue vê-lo, mas ele não consegue ver você. Pelo jeito, a resposta é sim.

Com amor,
Sua irmã mais sensata e arrogante
Bj

E de Michelle:

Claro! Vou controlar meu *sous chef* pelo palm. Ele não vai dizer não porque o peguei comendo nossa última assistente de cozinha depois do serviço no Natal. A câmera de segurança não perdoa (e eu também não).

Bjs,
M
Enviado do meu iXana

Michelle gostava de mudar a assinatura do iPhone todo dia.

Anna gostava de fazer suas amigas felizes e mandou um e-mail em resposta para James, aceitando os ingressos. Ele respondeu em minutos, dizendo que também ia, e que levaria seu amigo Laurence, dizendo: "Espero que não se incomode."

Ah. Meu Deus. Estupidamente, Anna não tinha considerado a possibilidade de James ir. Fazia diferença? Ele veria Aggy, e vice-versa. E Laurence? Seria mais uma oportunidade para descobrir quem ela era. Era um risco desnecessário.

Mas a razão insistia que, aparentemente, se James ainda não tinha ligado os pontos ao longo de uma série de encontros em plena luz do dia, depois de ouvir o sobrenome dela, as chances de Laurence resolver o quebra-cabeça em duas horas no escuro eram mínimas. Anna começou a achar que nunca seria identificada, algo que era um alívio e desconcertava ao mesmo tempo. E ela, por consideração, precisava revelar à Aggy e à Michelle essa informação, em especial para sua irmã.

Ela escreveu um e-mail para as duas dizendo:

James Fraser e Laurence também vão. Tudo bem por vocês? Ele ainda não sabe quem eu sou, e estamos sendo educados um com o outro.

Se está bom para vocês, para mim também está. Desculpe, sei que ele é do mal, mas até homens maus podem ser bonitos. Tipo Johnny Depp interpretando Sweeney Todd. Bjs, Aggy.

Faço das palavras dela as minhas, Bjs, Michelle

Anna respondeu que tudo bem, em seguida relembrou sua irmã de que, se qualquer pergunta sobre suas origens surgisse, ela devia desviar e dizer Tottenham.

Patrick bateu na porta e colocou a cabeça para dentro.

— Permissão para entrar no quartel-general dos Vingadores.

— Permissão concedida.

— Que tal uma xícara de chá?

— Claro, por favor — Anna respondeu, os olhos meio na tela.

Com a resposta de James aberta, ela viu as fotos de Luther de novo e riu.

— O que foi? — Patrick perguntou. — Mais respostas idiotas de alunos dignas do *Dumb Britain*? Compartilhe, estou pensando em fazer uma compilação. Outro dia, um aluno do Roger escreveu "Savana" e "Rola" em vez de "Savonarola". Supostamente, era uma grande máquina com rodas que ele usava para destruir textos hereges.

— Ah, não. Uma besteira de Photoshop. Lembra do James da Parlez?

— O vilão do colégio?

— Sim. Eu salvei o gato dele de ser atropelado. E ele me mandou um e-mail engraçado sobre isso.

— Oh — Patrick levantou uma sobrancelha.

Uma brisa fria e muito leve entrou na sala.

— E ele derreteu você?

— Um pouco. Bem pouco.

— Lembre-se que quando pessoas como ele são charmosas, geralmente o fazem perseguindo um benefício próprio. Benefícios próprios que só se tornam claros para você bem mais tarde.

A cabeça de Patrick desapareceu da sala de repente.

O sorriso de Anna desapareceu, e ela foi deixada com um leve desconforto de pensar que o cinismo de seu amigo podia ser justificado tranquilamente.

Um e-mail apitou. Neil, do BDSM. Perseverança é a chave do sucesso, pelo visto.

Cara Anna,
Dou minha palavra — mais humor sarcástico, sua arma favorita no ataque como forma de defesa. Você tem uma miríade de problemas em relação ao sexo oposto, Anna, e um pavor da honestidade maior do que imaginei. Vou fazer uma previsão: você ainda vai estar on-line daqui alguns meses. E pode se pegar desejando ter aceitado meu convite para um segundo encontro... Nos vemos lá. Se eu ainda estiver solteiro, claro. ☺

Bjs,
Neil

32

— Obrigado por fazer isso, cara — disse Laurence, enquanto ele tomava suas cervejas lager no ambiente apertado do bar do Donmar, pints que com certeza encheriam a bexiga dos dois cinco minutos depois que a cortina se levantasse.

— Sem problema, estou bem interessado em ver isso — James deu de ombros. Ele não tinha certeza se era sensato fazer o trabalho de cupido para Loz.

— Seu mentiroso. Até parece. Você está no jogo de novo, e eu, na verdade, fico feliz. Quem ela vai trazer? — Laurence perguntou.

— Não tenho certeza — James respondeu e sentiu um calafrio de apreensão sobre como Laurence ia se comportar.

— Na verdade, Loz estava meio certo.

Desconsiderando o frenesi da mídia e a escalação do elenco, James achava que *Friction Burns* parecia uma perda de tempo incrivelmente pretensiosa. E era sobre a impossibilidade das relações românticas, um tópico cuja exploração ele podia evitar por enquanto.

Mas os ingressos estavam intocados, e ninguém com mais de trinta anos estava disponível, ou entendia a razão para assistir alguma coisa sem 3D, imagens voadoras geradas por computador ou o Jason Statham.

James reclamava que não usar os ingressos para *Friction Burns* era ingratidão e eles deveriam pelo menos devolvê-los para o Donmar, quando um plano que atendia a vários propósitos se formou. Em primeiro lugar, fazer com que *James, o abandonado, não ficasse em casa sentindo pena de si mesmo.*

E ele estava em débito com Anna por causa do fiasco com Luther. Foi só quando os dois estavam procurando o bicho que ele se deu conta de que a morte do gato teria simbolizado o fim de tudo com Eva. Talvez literal e simbolicamente. Ela teria ficado *louca*.

Ele meio que queria ter alertado Anna de que Laurence estava à caça, mas decidiu não fazer isso, considerando que teria sido um pouco condescendente. Ela era uma mulher na casa dos trinta, não uma adolescente, e Laurence basicamente não tinha disfarçado seu interesse no reencontro da escola. Ela era mais do que capaz de cuidar de si mesma, deduziu ele, a partir dos encontros que teve com ela.

Sentiu um tapinha em seu ombro. Anna, com seu cabelo preto, seus olhos brilhantes e blazer cinza, uma bela visão depois de uma hora das insinuações de Laurence e das fofocas do escritório.

Ela estava acompanhada por uma amiga que foi apresentada como Michelle e por sua irmã Aggy. Michelle tinha formas generosas, seios igualmente generosos, e cabelo curto em um tom carmim. Sua expressão a fazia parecer sempre pronta para dizer algo belicoso. De alguma forma, Michelle não era o que James esperava de uma amiga de Anna.

A irmã era menos bonita que a mais velha, na opinião de James, ainda que mais arrumada e maquiada. Ela era repleta daquela energia tagarela e animada que alguns homens consideravam encantadora e cheia de vida, e outros consideravam extremamente irritante. James pertencia ao segundo grupo.

Teria sido imaginação ou as duas lhe olharam com uma leve hostilidade?

Laurence arregalou os olhos quando elas viraram para ir para o bar, e os músculos na barriga de James se contraíram. "Por favor, não seja escroto."

— A irmã também é um alvo potencial. Não tenho certeza sobre a outra. Limite de bagagem. Que bela comissão de frente. Mas e essa cor de cabelo? Parece a Tonks do Harry Potter quando está feliz — Laurence sussurrou.

— Loz — James disse entredentes, com o rosto esquentando.

Laurence riu, claramente interpretando sua objeção como medo de que elas ouvissem, e não como uma raiva constrangida pelo que ele tinha dito.

— Tenho uma pergunta para você — Laurence disse para Anna, quando o grupo se reuniu. — A despedida da sua prima Beth. Como foi?

— Ah. É... — Anna parecia perplexa.

Sua irmã franziu o cenho, e James podia jurar que ela murmurou "Quem é Beth?"

— Você não foi! Você nos dispensou e foi embora!

Anna ainda parecia chocada enquanto Laurence continuou falando:

— Mas o destino nos uniu de novo.

— Ou o James — Anna disse, quando reencontrou a voz.

— Bom, o destino uniu vocês no trabalho, então, na verdade, ele é o intermediário do destino — disse Laurence. — Ele administra as coisas para o destino. É o lacaio do destino.

James abriu um sorriso tenso e pensou que Laurence não tinha exatamente o Destino em mente.

Oh, meu Deus, a peça era horrível. Simplesmente horrível. James afundava mais em seu assento a cada minuto. Aliás, sentar no gargarejo tinha ganhando uma nova conotação, considerando que James queria vomitar.

Não era à toa que tão pouca gente ia ao teatro. Ele cogitou ligar para o Conselho de Arte e reclamar.

O pior de tudo foi que, por ter conseguido os ingressos, ele de alguma forma se sentia totalmente responsável pelo conteúdo. Como se tivesse gritado: "Ei, gente, prestem atenção nisso aqui!"

Nossa, e a nudez constrangedora e constante? Ele gostaria de ter recebido um aviso de que o pequeno Dylan Kelly (o menor ainda) faria mais do que uma aparição. James tentou olhar para o palco com uma expressão impassível enquanto Dylan andava de um lado para o outro com tudo de fora, para não parecer um puritano que odiava arte.

Ele tentou dar uma olhada na fileira a seu lado. A irmã de Anna parecia alheia aos horrores da peça e estava imersa, os lábios entreabertos, os olhos arregalados, absorta em cada palavra dita no palco. A amiga parecia indiferente, a mão enfiada num saco de balas de goma. Laurence estava fazendo sua careta falsa de intelectual concentrado, a mão no queixo. E Anna estava... Anna estava sorrindo? Ela devia ter sentido os olhos de James, porque virou para ele. James sorriu de volta e fez uma mímica discreta de dar um tiro na própria boca. O sorriso de Anna se abriu ainda mais. Ele voltou os olhos para o palco, se sentindo muito melhor.

— Que verdade existe no amor? — Dylan Kelly foi em direção ao holofote, se voltando para o público, enquanto a peça se encaminhava para a assombrosa conclusão de que tudo e todos na vida eram um lixo. — O amor é uma droga. É um opiáceo, um analgésico para aliviar a solidão da condição humana. E, como todos os remédios para dor, ele anestesia os sentidos. O amor é o nome que damos quando encontramos alguém, e nos perdemos.

"Ah, cale a porra da boca e vá colocar uma calça."

33

— Foi muito instigante — Laurence comentou.

— Sim, me instigou a pensar que foi uma merda — James respondeu.

Anna sabia que James tinha uma inteligência impiedosa, mas precisava admitir que ele tinha razão.

— Você não gostou? — Laurence perguntou, com o que pareceu uma versão telefônica de sua voz real.

— A última vez que senti tanto ressentimento pelo mal que os irlandeses trouxeram à humanidade foi quando viajei de Ryanair.

Michelle gargalhou, e James sorriu para ela. Anna ficou feliz que eles tivessem se dado bem. Mas o nervosismo de Aggy parecia tê-la tornado mais tonta do que de costume, e sua irmã tinha dito algumas coisas que deixaram James sem expressão.

Laurence sugeriu um drinque pós-peça, e o grupo foi parar em um pub em Covent Garden para turistas — janelas com grade, tinta vermelha dos ônibus londrinos, e medalhas polidas — com copos de bebida quente na mão.

— Vou dizer o que aprendi. Dylan Kelly pode alcançar seus rins — Michelle anunciou.

James e Laurence fizeram uma careta.

— Está quente aqui — Laurence murmurou.

— Ele estava tão maravilhoso — disse Aggy, abanando o rosto com o programa da peça.

— É mesmo? Você achou? — James perguntou sem ironia.

Normalmente, Aggy responderia uma pergunta como essa, sobre esse tema, com um gritinho. Em vez disso, ela murmurou, ficou quieta e meneou a cabeça. Anna pensou que era incrível que os poderes de James pudessem silenciar sua irmã. Mas o resultado foi uma pausa um tanto desconfortável.

— Para mim, ele parecia um telhadista pervertido com ego inflado que flertaria com a sua mulher e comeria todos os seus biscoitos.

Anna riu, mas sentiu um calafrio diante da superioridade de James. Telhadista? Seu futuro cunhado era um decorador. Nem todo trabalho honesto eram feito em laptops, sabia? "Vocês, com seus Macbook Airs e suas gracinhas." Michelle perguntou se Aggy queria sair para fumar, deixando Anna levemente aliviada.

— O que você achou? — Laurence perguntou, olhando para ela por sobre a borda do copo, e Anna teve impressão clara de que era uma armadilha.

— Hum — ela inclinou a cabeça para o lado. — Foi um pouco... Acho que a peça tentou abordar todas essas grandes verdades reveladoras, mas não conseguiu. Quero dizer, por que ele acabou voltando para aquela mulher, Eloise, dona da galeria de arte, que o tinha tratado como lixo?

— Porque todos nós amamos ser punidos? — Laurence respondeu, com uma risada triste.

— Mas ela não tinha nada. Eloise era tão fria.

— Às vezes, é daqueles que nos tratam pior que mais gostamos.

— Pois é, isso quando você tem 22. Mas esse personagem devia estar na casa dos trinta. Não acho que seja possível continuar preso a uma geleira usando sutiã com enchimento sem que isso revele algo sobre você.

Ela olhou para James, que olhava fixamente na direção da jukebox. Anna pensou depois que ele talvez estivesse fazendo uma ligação com sua própria situação. Mas ela não conhecia a ex-mulher dele, então não podia ser pessoal.

— Sabe. Chega um momento em que pessoas desagradáveis que fazem muito sexo são só pessoas desagradáveis que fazem muito sexo. Não sei bem por que eu deveria me importar com elas — Anna concluiu.

— Concordo plenamente — disse James.

— Eu adoraria escrever algo assim, só que melhor — Laurence comentou.

— Hahaha — James se animou. — Sobre pegar muitas mulheres? *O Pegador*? Da mente de Laurence O'Grady.

Laurence não sorriu e pareceu irritado.

— Seria como aquele vigarista que escreveu *O Jogo*. Versão litoral britânico.

— Não precisa me fazer parecer tão superficial. Eu olho para dentro de vez em quando.

— Claro, mas isso deveria significar que você está olhando para dentro de *si* mesmo — disse James, e Anna riu, ainda que Laurence não parecesse muito feliz.

O telefone de James tocou, e Anna tentou se concentrar no que Laurence estava dizendo em vez de prestar atenção no que obviamente era uma conversa tensa.

Bom, minha mãe não tinha como saber... é sério, Eva, agora? Sei que o bicho é burro, mas não acho que ele vá cometer suicídio antes que eu chegue em casa... oh, pelo amor de... certo, The Lamb & Flag. Certo, tchau.

Ele desligou, provocando uma pausa na conversa entre Anna e Laurence.

— Hum. Eva leu alguma coisa sobre o pólen de lírio ser venenoso para gatos e quer ir tirar uma planta que minha mãe comprou. Pelo jeito, ela não pode esperar duas horas. Ela está vindo pegar a chave.

Anna sentiu um calafrio de curiosidade para conhecer a ex-mulher. Se é que de fato ela era uma ex — até onde Anna sabia, James e Eva podiam ter uma daquelas relações tempestuosas em que as pessoas terminam e voltam todo mês só para manter as coisas apimentadas.

— Ela realmente usa aquele Ewok para amarrar as suas bolas, não usa? — disse Laurence. — Amarrar as suas bolas... bola de pelo... entendeu? Haha.

James fez uma careta.

— Espere um pouco — Laurence continuou. — Quando você contou para ela que colocou a casa à venda?

Os olhos de James se voltaram para os de Anna, que sabia que ele não estava confortável em falar sobre isso na frente dela.

— Hoje? — Laurence insistiu.

Anna sentiu que Laurence meio que gostava de não ser o alvo do constrangimento. James assentiu.

— Você sabe o que ela está fazendo, não sabe? Ela vem ver com quem você está hoje à noite, e vai para a casa de vocês ver se há algum sinal de *vida*, se é que você me entende. No quarto.

James, que parecia profundamente desconfortável, deu de ombros. Anna desviou os olhos. E imaginou que Laurence estivesse se referindo a seu amigo estar saindo com alguém específico. Não combinava com o leve ar de melancolia que ela notava em James, mas, até aí, talvez ele conseguisse cuidar de seu coração partido e ter uma agenda sexual cheia ao mesmo tempo.

Quando Eva passou pelas portas do pub, pareceu que Debbie Harry no auge estava fazendo figuração em um reality show. Ela tinha cabelo muito loiro, maçãs do rosto pronunciadas, olhos de gato, um corpo pequeno e firme, e pernas que pareciam ossos da sorte de frango em jeans escuro.

— Eva, como você está? — Laurence avançou para dar um beijo no rosto dela.

— Olá, Laurence — ela cumprimentou, sem sorrir.

A voz de Eva tinha a dureza de um diamante e um quê sexy que vinha de seu inglês com sotaque escandinavo.

James fez as apresentações.

— Eva, esta é Anna, a irmã dela, Aggy, e Michelle.

A expressão de Eva fazia parecer que ele tinha apresentado Crystal, Rio e Candy-Blush, da casa de strip-tease Stringfellows. E sobre a inspeção visual, foi impressão dele ou ela se demorou mais em Anna?

— É um prazer conhecer vocês — disse Eva, com uma voz sem nenhuma emoção.

Todo mundo retomou a conversa e Anna fingia prestar atenção quando, na verdade, estava tentando ouvir James e Eva durante a entrega das chaves.

— Você pode deixar na planta azul quando sair.

— Vou colocar as flores no lixo e tirar o lixo.

— Como quiser — disse James. —Vou falar para minha mãe nunca mais fazer algo tão descuidado.

Anna virou. Eva estava olhando para James, como se não conseguisse decidir se devia revidar ou não.

— Isso pode matar o Luther.

— Sim. Eu entendi.

Anna ficou chocada com o descaso de Eva ao invadir esta ocasião social. Ela virou o corpo de modo a bloquear James do resto do grupo, com tom irritadiço. Ele parecia emburrado.

— Foi um prazer — ela disse de novo antes de ir embora, mas havia um tom claro de desafio aos ouvidos de Anna. Como um policial desejando um bom dia quando, na verdade, estava dizendo "não cometa nenhum crime".

Não era por acaso que James levara o comentário *preso a uma geleira usando sutiã de enchimento* para o lado pessoal, com essa esposa fria. Aposto que eles combinam, Anna pensou, tomando um gole de sua taça de *sauvignon blanc.*

No metrô a caminho de casa, tanto Michelle quanto Aggy falaram mal de James Fraser em sinal de lealdade. Até que ele não era tão mal-educado, as duas disseram. E, sim, ele era terrivelmente bonito. Mas era muito cheio de si. Ambas tinhas preferido o tagarela Laurence que, com exceção das tentativas exageradas de dar em cima de Anna, fizera o esforço de ser charmoso.

De sua parte, Anna sentia que James olhava através dela, e que Laurence olhava demais para ela.

34

James demorou um tempo para perceber que Parker estava gritando com ele, por sobre a canção alta do Duran Duran. Ele estava selecionando a filmagem de Anna para o aplicativo. Ela tinha razão, o material era tão envolvente que a escolha era sobre o que deixar de fora. Enquanto assistia, ele se deu conta de que Anna parecia um pouco com a própria imperatriz Teodora. As duas tinham os mesmos olhos escuros e expressivos.

— Vi você ontem à noite — Parker comentou, quando o volume da música foi diminuído.

— É? — James exclamou, sentindo uma leve coceira no pescoço.

— Com sua namorada. Andando em Covent Garden.

Lexie começou a prestar atenção.

— Ah — James respondeu.

Ele ficou agitado. Era um erro simples, que ele deveria corrigir. Mas era conveniente. "Ela não é minha namorada" podia despertar mais perguntas sobre essa namorada imaginária, cuja biografia ele ainda precisava inventar. Explorar a confusão era muito tentador. Mas quem exatamente Parker tinha visto...?

— Você não falou nada quando nos reunimos com ela no museu!

Ah.

— Hum. Não. Estou separando prazer e negócios, sabe como é.

Argh, *o que ele estava fazendo?* Isso era ruim.

— Ela atacou a gente! — Parker gargalhou.

— Pois é. Ela é boa em separar as coisas — James comentou.

— Vocês já estavam juntos nessa época?

— Uh. Mais ou menos...

"Oh, que teia emaranhada tecemos, quando decidimos engendrar mentiras!" Ou, em outras palavras, mentir é uma ideia muito má.

Que confusão.

Se James tivesse simplesmente enfrentado essa onda forte de piedade curiosa depois que contou sobre Eva, não estaria nessa situação. Ele tinha sido fraco. Mentiu, a mentira foi aceita, e estava pagando o preço. Era uma linda bola de neve.

— O que é isso? — Harris perguntou, de um dos lados da mesa de futebol de botão. — Você realmente viu a namorada misteriosa, Parker?

Parker assentiu.

— Muito bem, muito bem — continuou Harris, que estava jogando futebol de botão com um chapéu coco xadrez e uma camiseta de lanchonete que dizia *In'N'Out, Lar do Double Double.* — A gente estava começando a achar que sua namorada era uma abóbora com um rosto desenhado com um marcador.

— Ei, eu nunca sairia com alguém da sua família de abóboras pelas suas costas, sei o quanto elas significam para você — James respondeu, sem expressão, para uma onda de risadas.

Ele odiava esses jogos, mas não sabia de que outro jeito lidar com Harris sem partir para a hostilidade escancarada. Era como estar na escola de novo.

— Ela trabalha na exposição do British Museum — Parker acrescentou.

Parker não era venenoso, mas era ingênuo, então, como informante de Harris, ele podia causar danos sem saber.

— É mesmo? — Harris perguntou, movendo as alavancas, obviamente procurando uma maneira de usar isso para criar caso. — Então você está trabalhando no museu enquanto visita o museu dela?

— Meu Deus, Harris! — James exclamou.

— Desculpe, PAI — Harris respondeu, gritando em seguida: — Gooooooool! Mona, eu sou o rei do futebol de gente minúscula! Sou o *Lord of the Dance*!

Ele fez uma dança giratória repulsiva, deixando James enjoado de tanto desgosto.

Ramona aumentou o volume da música, e Harris começou a contar sua história sobre dar uma voadora em um flamingo de plástico perto do Kensington Roof Gardens na frente de Nick Grimshaw de novo, o que interrompia o sofrimento de James. Por enquanto.

Ele voltou para seu laptop e se recompôs. Parker veria Anna de novo na festa de abertura da exposição. Ele tinha duas opções pouco atraentes: esperar um momento discreto e admitir para Parker que tinha inventado essa coisa da namorada e implorar para ele não dissesse nada para Anna. Talvez dizer que estava tomando antidepressivos que o deixavam meio confuso, ou algo assim.

No entanto, Parker era, com toda sua boa vontade, um idiota. Ele deixaria escapar, ou contaria para Harris, um micróbio que come carne humana, em confidência. James imaginava que as piadas sobre *namoradas feitas de vegetais* iam continuar a pleno vapor até 2020. Não contar para Parker seria como contar para todo mundo.

O que transformava a segunda opção em uma concorrente forte na escala das apostas pouco atraentes. Manter Parker e Anna longe um do outro na festa de abertura e torcer para que ela nunca ficasse sabendo disso.

Sim. James ia ter de ficar com a complicada Opção Dois.

35

Parecia que Laurence estava certo, o que nunca era uma coisa confortável de admitir. Suas próprias investigações quando James chegou em casa sugeriam que Eva estava fazendo algum tipo de inspeção doméstica repentina.

Ele tinha visto o círculo pálido deixado pelo vaso de planta no peitoril da janela, mas, para comer a folhagem em um mergulho para a morte em terracota, Luther teria de se atirar sobre as flores e arrastá-las para o chão com os dentes.

Feitos inacreditáveis de habilidade atlética não eram associados de maneira clássica ao gato. Luther muitas vezes parecia surpreso com seu próprio rabo. James também tinha a impressão de ter deixado a porta do quarto entreaberta, não fechada, como a encontrou, mesmo que Eva tenha entrado para pegar algumas de suas coisas.

Mas Eva mandou uma mensagem de texto no dia seguinte para sugerir que eles se encontrassem em Heath para andar e bater papo naquela noite. Era a primeira vez que ela tinha demonstrado algum interesse em uma possível reconciliação com James desde que foi embora. Então parecia que a ameaça de "colocar a casa à venda" tinha começado a surtir efeito. Que vitória vazia.

O clima da noite estava ameno para aquela época e, quando viu Eva esperando por ele, com o cabelo repartido em dois coques pequenos e lindos na nuca como uma estudante universitária, James se sentiu com o coração, braços e pernas pesados, e muito velho. Eva foi direto ao assunto, com os braços firmemente cruzados enquanto os dois caminhavam pelo parque, em uma velocidade que indicava que estavam indo a algum lugar.

— Você não acha que devia me perguntar antes de colocar a casa à venda?

— Eu perguntei. Contei que ia mandar avaliar.

— Não achei que tivéssemos tomado a decisão de vender.

— Você foi embora. Não preciso de uma casa desse tamanho só para mim.

— Você está tentando me pressionar a tomar uma decisão?

James fez um esforço para manter seu temperamento sob controle. "Homem histérico no parque" não era o papel que ele queria interpretar naquela noite.

— Pressionar você? O acordo é que eu fique sentando que nem um idiota, esperando você e Finn terminarem a "Série do Sofá" em carvão? Para depois começar a versão aquarela na hidromassagem? Você me deixou, Eva. Você não sabe o que isso significa?

James inspirou um ar tão frio que machucou sua garganta e seus pulmões, e esperou Eva dizer que estava tudo acabado com Finn, que tinha sido um erro, que não queria vender a casa. Por que outro motivo ela estaria ali se não isso?

Eva não disse nada.

— Sara deve estar sentindo falta de espaço. O namorado dela não se importa?

Ele olhou de soslaio. Eva virou para o chão.

James teve um sobressalto, como se estivesse em um Mini Cooper velho com suspensão ruim que acabou de passar por uma lombada.

— Você não está morando com a Sara?

Ela apertou os lábios e balançou a cabeça.

De repente, as costelas de James ficaram pequenas demais para os órgãos lá dentro. Ele queria perguntar se *era isso então* de um jeito robusto, mas suas vias respiratórias pareciam ter sido esmagadas.

Eles continuaram andando.

— Não estão dormindo juntos, hein? Que reviravolta chocante — James disse depois de um tempo, ouvindo a tristeza em sua voz. Não havia pontos a computar. Ele fora derrotado. — Me perdoe por duvidar do que você chamou de arte, e eu chamei de preliminares, considerando que estou certo e tal.

— É isso, James. Tudo o que importa para você é se a gente fez sexo. Você não está interessado nas minhas razões para ir embora.

— Tudo o que você disse foi que estava entediada. Não sei o que você esperava que o casamento fosse. Nós já estávamos morando juntos. Casamento é uma festa, uma viagem e depois mais do mesmo. Você vai experimentar a vida selvagem com Finn então? Como vai ser quando ele estiver passando a noite em festas e você estiver chegando aos quarenta?

— Finn fala comigo de igual para igual. Não como uma dona de casa cujas opiniões ele considera ridículas.

— Meu Deus, Eva. Até parece. De repente, você virou a Betty Draper com uma espingarda?

— Vou te dizer a hora que eu soube que precisava ir embora, James. Naquela noite em que Jack e Caron foram em casa.

— O quê? Meu tajine não estava tão ruim.

— Você passou a noite toda conversando com Caron.

— A funcionária pública?

— E ficou fascinado com tudo o que ela tinha a dizer, rindo sem parar. Você nunca deu a mínima para o que eu tenho a dizer. Você me acha trivial.

— Claro que eu estava interessado no que ela tinha a dizer, eu precisava estar. Isso é ser educado, imagino.

— E então ela disse que o ensino privado não deveria ser caridade, e você concordou com ela!

— A argumentação dela foi boa. Além do mais, achei que você concordasse.

— Eu estaria desempregada!

James tinha uma lembrança de um encontro no começo da relação em um pub em Clapham e uma conversa sobre como ela só estava trabalhando para guardar dinheiro para se estabelecer como professora particular. Depois, ela ia selecionar alunos com talento gratuitamente, junto com clientes ricos, e tornar o mundo mais justo. Ele se lembrava de pensar que Eva era muito generosa, além de ser a única pessoa que ficava linda de bege.

— E os meus amigos. Do que você os chamou? O capitão Pinto e a Chatice com luzes.

Argh, eles eram horríveis mesmo. Aquele amigo de Eva, o cabeleireiro promíscuo chamado Wolfram era o tipo de figura que falaria mal da mãe moribunda por não estar com o cabelo cortado e escovado. E as harpias que se encontravam no salão dele e se autointitulavam "talentos emergentes" eram simplesmente assustadoras. Velociraptors com roupas da Kurt Geiger. James tinha quase certeza de que tinham tentado provocá-lo naquele piquenique em Kew. Sem dúvida, deviam estar encorajando a relação com Finn.

— Com quem você estava no pub aquela noite? — Eva continuou, como se fosse uma continuação lógica para a conversa.

— Eu estava com diversas pessoas.

— A mulher de cabelo comprido que ficou me encarando.

A esperança surgiu. Considerando que não podia ser verdade, Eva estaria projetando alguma rivalidade?

— Anna? Uma mulher com quem estou trabalhando.

— Você está saindo com ela?

James não sabia como responder. Seria hora de admitir para Eva que ela não tinha o menor motivo para sentir ciúmes? Ele partiu para uma brava evasiva.

— Faria diferença se eu estivesse?

— Você faz o que quiser, James, você é um homem livre. Você está saindo com ela?

— Então é não, você não se importa.

Os dois passaram por outro casal na trilha. E sorriam para eles como se fossem todos membros do Clube dos Casais Felizes.

James observou uma criança empinando uma pipa mais ou menos perto dali, rindo animada enquanto a rabiola ondulava.

Eva parou para olhá-lo, com o nariz e o rosto quase cor-de-rosa de frio. A maioria das pessoas estaria parecendo um pedaço de presunto cozido, mas ela parecia apenas um doce açucarado.

Estava na hora de tomar a frente.

— Estou colocando a casa à venda. Não sei o que está acontecendo entre você e o tal Finn, mas vou seguir em frente — James anunciou.

— Você está saindo com aquela mulher?

James hesitou. Era um bom sinal que ela quisesse saber. Não minta, mas não acabe com todas as dúvidas.

— Somos apenas amigos.

Quando chegou em casa, James criou coragem para procurar o perfil de modelo de Finn Hutchinson na internet e encontrou um site inteiro. Descobriu que ele era um "aspirante a músico" — *claro* que era — que também era "um surfista ávido que estava sempre em busca de boas ondas." Por favor, faça isso, vá procurar no penhasco de Beachy Head.

James se pegou abrindo as fotos do portfólio, emburrado enquanto clicava em "próxima" como um macaco com um martelo para doces.

Uma mostrava Finn de smoking, com a gravata desamarrada, as pernas abertas em uma pose de macho alfa em uma poltrona com uma propaganda dos anos 1970 de brandy ou de Dunhill.

— Bela foto. Essa coisa meio Rat Pack, smoking clássico.

Em outra ele estava fazendo aquela pose de falsa modéstia de coçar a nuca e sorrir discretamente, se aproximando da lente, com o cabelo espetado repartido no meio, uma camiseta de gola V e dog-tags.

— As pessoas usam expressões como garanhão, mas parece um idiota.

Na seguinte, estava de chapéu de caubói e camisa de cambraia, com um palito de dente na boca. A legenda dizia: *Esse é o meu verdadeiro eu, alguém que gosta de estar ao ar livre.* Claro, porque obviamente você cuida de um rancho de gado em Dalston.

Todas as fotos só o faziam lembrar de uma coisa: Eva. Uma vez, quando James fez algum comentário meloso sobre como ela estava sempre bem-vestida para cada ocasião, Eva disse que era como uma atriz. Que amava interpretar papéis. James se perguntou se não tinha deixado passar um monte de sinais.

Como isso tinha acontecido? Ele sabia que teria de enfrentar rivais com Eva, mas não achou que a perderia enquanto ainda estavam tirando o arroz do cabelo.

James suspeitou que a resposta estava nas mesmas qualidades que ele tinha considerado tão irresistíveis no começo, aquele velho clichê de passar a odiar o que você tinha amado de início. Eva era como um tubarão, só sabia nadar para a frente. Ou como o ônibus de *Velocidade Máxima*, que explodiria se sua velocidade ficasse abaixo de 80km/h. James a considerava assustadoramente estimulante. E cometeu o erro de tentar uma vida com algo assustador e estimulante.

Agora estava só assustado. Em uma crise, parecia não haver coisas em comum para eles encontrarem uma linguagem para discutir uma maneira de sair daquela situação.

Seria possível...? Nem pense, James. Tente não pensar nisso.

Ele viu uma foto de Finn encostado sem camisa em uma moto com um trapo cheio de graxa sobre o ombro, uma mancha de óleo falsa no rosto, de calça jeans larga. *Minha filosofia de vida? Gosto de ser aquele que cria momentos "Incríveis".*

Contemplando essas pessoas bonitas, James não conseguiu impedir a formação da pergunta cabal.

Seria possível que ele estivesse apaixonado por uma pessoa da qual não gostava?

36

— Olá! Você está vestida, dra. Alessi?

— Quase pronta, Patrick! — Anna gritou, pensando: "Por favor, não me imagine pelada."

Ela conferiu uma última vez o cabelo e a maquiagem no espelho manchado e ajustou o vestido de lã azul na barriga.

Anna tentaria ficar de casaco pelo máximo de tempo possível até ter tomado um drinque. O vestido não era decotado, mas era mais justo do que ela estava acostumada.

Como não era uma compradora profissional, deixou pra última hora, tendo de ir à loja gastar 200 libras para resolver o problema "o que vestir no lançamento de Teodora".

— A Victoria vai com a gente — Patrick avisou com aquele tom tenso de *estamos no ar, não fale palavrão* que as pessoas usam quando querem alertar um colega de que a chefe está por perto.

— Ótimo! Estou pronta! — disse Anna, abrindo a porta.

Os elogios de Patrick sobre como ela estava bonita foram interrompidos pela expressão mal-humorada de Victoria atrás deles.

Victoria Challis não era apenas uma ótima chefe de departamento, sua aparência também era incrível. Ela media um metro e meio e tinha um cabelo grisalho com corte de tigela que, de alguma forma, acomodava costeletas retas. Caso você não tivesse entendido que seu estilo não era "fofo", ela também usava ternos com camisa, gravata e calça masculina. Anna teria admirado seu desprezo flagrante pelas regras de moda da sociedade se não estivesse sempre ocupada morrendo de medo de sua chefe.

Com base em estereótipos, era possível supor que Victoria era lésbica, mas seu marido de trinta anos, Frank, trabalhava no departamento de matemática.

"Ela se parece mais com o marido do que ele mesmo", um colega pouco cavalheiro comentara.

Não era uma longa caminhada da UCL até o museu, mas parecia muito mais demorada pelo fato de Victoria disparar perguntas para Anna sobre a exposição. O tom era intimidante, mesmo que não fosse nada com que ela não pudesse lidar.

À moda dos espetáculos de contorcionismo sexual de sua heroína, Anna conhecia Teodora de trás para a frente, de ponta-cabeça, com cevada salpicada em lugares surpreendentes. No entanto, Patrick, que estava visivelmente preocupado caso ela não conseguisse responder alguma coisa, ficou enchendo Victoria com declarações como:

— Você disse que John Herbert adorou seu trabalho, Anna? — de uma forma nada sutil.

Challis Venenosa parecia cada vez mais irritada e acabou disparando:

— A mulher tem suas próprias cordas vocais, dr. Price!

Conversar com Victoria era como abrir a porta de uma fornalha. Isso foi no momento em que os três estavam deixando os pertences na chapelaria para funcionários do British Museum, o que fez Anna esquecer que ficaria de casaco.

Patrick ficou visivelmente surpreso quando Anna tirou o casaco. E ela começou a se arrepender da escolha do vestido. Anna prezava sua interação platônica com Patrick e não tinha nenhum desejo de mudar isso desfilando com uma peça justa que evidenciava que ela era mulher.

— Anna, se me permite dizer, você está *sensacional!* — Patrick exclamou, e Victoria revirou os olhos.

Anna ficou feliz que o espaço oferecesse outras coisas muito mais sensacionais para serem apreciadas. O Great Court do British Museum estava maravilhosamente estonteante naquela noite. A peça central era a sala de leitura cilíndrica, com seu perímetro iluminado por luzes brancas e adornado com faixas anunciando a exposição da Teodora. O céu noturno estava recortado em forma de diamantes no telhado abobadado. Anna sentiu o coração cheio e uma pontada de animação.

O burburinho dos convidados conversando ecoava no salão de pedra e dos garçons carregando bandejas com taças de champanhe e canapés espetados em palitos, stands com o catálogo da exposição e estações para fazer o download do aplicativo oficial, além de tours pela exposição em si... bom. Como Aggy diria, *Deus é mais*. Estavam todos ali por causa da Teodora. Se nunca tivesse filhos, Anna imaginava que isso era o mais perto que ia chegar da sensação de vê-los se formar ou se casar.

Ela respirou fundo e tentou fazer o que seu pai havia dito: encontrar uma forma de se controlar e saborear o momento em silêncio, em meio a uma multidão. Uma habilidade bastante valiosa quando se vivia com Judy e Aggy.

Enquanto respirava fundo, pela segunda vez em sua memória recente em espaços lotados, Anna se sentiu observada por um par de olhos, que pertenciam a James Fraser. Ele a estava olhando com uma expressão de curiosidade e satisfação. Anna pensou: "Aposto que James está pensando que um vestido glamoroso em mim é uma justaposição engraçada, como uma pintura de cachorros jogando pôquer." Ela inclinou a cabeça como forma de cumprimento, e James levantou sua taça de champanhe.

— Dra. Alessi, bem-vinda, bem-vinda! Deixamos nossa garota orgulhosa, você não diria?

Anna virou e encontrou o gentil John Herbert efusivo a seu lado.

— John, acho que é o melhor dia da minha vida! — ela não conseguiu conter a emoção.

— Vamos cumprimentar algumas pessoas e contar para todo mundo sobre o trabalho maravilhoso que você fez?

Depois de circular, conversar e se certificar de que o ego dos patrocinadores corporativos estavam devidamente inflados, os jornalistas de arte propriamente informados e de ouvir um discurso do diretor do museu, Anna estava bêbada e absurdamente orgulhosa.

Um toque em seu ombro, e Parker surgiu atrás dela com uma camisa interessante... o tie-dye realmente tinha *guizos* pendurados?

— O que você achou do aplicativo?

— Ficou maravilhoso — Anna respondeu. — Obrigada.

Depois de ter massacrado a Parlez naquela reunião, Anna apostava que tinha sido a única a chorar de leve em sua mesa ao ver o clipe dos atores.

Ela estava morrendo de medo de ver Teodora interpretada com descuido, mas a mulher com nariz aquilino, semblante sereno e olhos da cor de grãos de café apresentava uma semelhança assustadora.

— Sabe a parte da moda, chamada *Vestida para Governar?* Foi ideia minha.

Anna sorriu.

— Trocadilho excelente.

— Então vocês podem namorar abertamente, agora que o projeto acabou? — Parker perguntou.

— Oi?

— Tudo bem — ele disse, em voz baixa. — Eu vi vocês. Eu sei.

— Vocês quem?

— Você e James. No teatro. Eu sei de vocês dois... sabe...

Parker sorriu e fez o gesto menos elegante do mundo; um punho e um dedo entrando e saindo dele.

James apareceu entre eles parecendo profundamente agitado, olhando para as mãos de Parker e para a expressão confusa de Anna.

— Ah, não, Parker, o que foi que você fez?

— Eu estava dizendo que a Anna e você não precisam mais manter as coisas embaixo dos panos agora! James disse que vocês estavam mantendo a vida pessoal e profissional separadas, e agora pode ser só pessoal. Hahahaha. — Parker rebolou de leve de um lado para o outro.

James esfregou os olhos e parecia querer evaporar.

— Você acha que estamos saindo juntos? — Anna perguntou para ele, e para James.

— Ele disse que vocês estavam. — Parker respondeu, olhando para James.

— Hum... eu. Ele nos viu e... — James estava suando visivelmente e com uma expressão péssima, e Anna descobriu que adorava aquilo. Verdade seja dita, era impressionante que James não tivesse gritado: "Ela? Argh! Não!" James Fraser, se sentindo ridículo na frente dela. Sonhos doces são feitos disso.

— Não era para você contar para ninguém — ela disse.

Os olhos de James se arregalaram. Veio uma longa pausa.

— Pois é, desculpe.

— Francamente. Você tenta ter um caso bem discreto. Sem literalmente *ninguém ficar sabendo*... — ela continuou, encarando James.

Anna estava sorrindo, e James mal conseguia acreditar.

— Não deviam ter ido para Covent Garden — disse Parker. — Deviam ter ido a algum lugar de merda que ninguém conhece. Como Shoreditch, hahaha. Você vai à festa de cinco anos?

— Hum...? — Anna olhou para James sem saber o que dizer.

Ele abriu a boca e falou, gaguejando um pouco.

— Oh, uh... pois é. Eu provavelmente devia ter avisado...

— Escute, se você não ia me convidar... — ela fingiu um momento de draminha para dar a James um momento para se recompor. Ele sorriu.

Um sorriso que iluminou seu rosto com gratidão e alegria. Anna derreteu um pouco. Obviamente os efeitos de estar bêbada de champanhe e boa vontade. E... talvez também tivesse a ver com aquele rosto. Mas com certeza James devia repensar sobre aquela barba; parecia o capitão Haddock.

— Não, não, não. Você está totalmente convidada — ele respondeu.

— Gente, vou embora — Parker anunciou.

— Sim, seu trabalho aqui está feito — James murmurou, com um olhar irônico que Anna, sem conseguir se conter, achou engraçado e charmoso.

37

Você deixa Parker sozinho por UM MINUTO... literalmente, não podia ter sido mais do que isso, e ele desliza para o lado de Anna como uma cobra de patins. Claro, ele precisava abrir a boca. James lamentou. (E por que o garoto, sabendo que era um evento black tie, usava uma roupa que só poderia ser resumida como "Trajes de Bobo Esquelético da Rave"?)

Era especialmente irritante, pois James pensou que teria sido mais fácil reapresentar Eva se seus colegas de trabalho nunca tivessem conhecido a "namorada". Se bem que, agora que ela estava morando com Finn, não fazia mais sentido.

— Vá lá e dê uma surra nele — foi a análise de especialista de Laurence sobre o desenrolar da história. — E não esqueça de rasgar sua camisa da Thomas Pink. Mulheres amam uma briga.

— Eu e um modelo? Seria um ataque de tapas afeminado.

— Ainda melhor quando são dois homens na água. Veja *Bridget Jones*.

Em vez disso, Parker começou a falar, e James ficou parecendo o maior idiota do mundo e teria concordado em suicidar-se com uma injeção letal naquele instante. E, no entanto — Anna o tinha tirado de Saigon de helicóptero. Tinha sido bem impressionante.

Ela era bem incrível.

Anna estava usando um vestido azul escuro que revelava que havia um belo corpo sob aquelas roupas desajeitadas. O cabelo dela estava preso em um rabo de cavalo frouxo na nuca. Seus traços tinham sido enfatizados pelos olhos marcados pela maquiagem e pelo batom escuro.

James a observara percorrendo o salão; os homens a encaravam fascinados, com o indicador nos lábios enquanto ela falava e imitavam o meneio de cabeça de um acadêmico inteligente. E não conseguira conter o pensamento: "Ah, você é um anjo, Anna, achando que todos estão se aproximando de você por causa de seu papel fundamental como pesquisadora. Mas, não. São seus peitos."

— Imagino que você esteja esperando uma dessas explicações e desculpas sofisticadas de que todo mundo quer hoje em dia — ele disse, pegando duas taças de champanhe de uma bandeja.

James precisaria usar o nível plutônio de seu charme para consertar isso, e deixá-la *radiante*.

— Como você ouviu, Parker entendeu tudo errado quando nos viu e achou que você fosse minha nova namorada...

— A mulher com quem você está saindo de fato não vai ficar brava?

— Não estou saindo com ninguém. Eu disse a eles que estava para evitar o horror de estar solteiro na festa da empresa e as intermináveis tentativas de me apresentarem alguém.

— Quem você ia levar?

— Nem comecei a pensar nisso.

— Certo.

Meu Deus, havia alguma coisa em Anna, alguma coisa no jeito dela, que o fazia correr riscos loucos com a verdade.

— Eu estava pensando em dizer que terminei com você.

O queixo de Anna caiu e, por um segundo, James achou que finalmente tinha abusado da sorte.

— Só para você não precisar ir! — ele emendou, com urgência.

— E para você sair por cima! Por que não poderia ter chutado você?

— É um argumento muito bom e mais plausível. Só que eu não contei a eles que foi a Eva que me deixou, então, mais uma vez, pensei em tentar parecer um pouco menos patético do que sou.

— Inacreditável — Anna comentou, dentro de sua taça, sem rancor.

— Argh, eu sei. Eu penso que saí da escola, mas aí acontece isso, e eu vejo que não, se é que você me entende.

Desta vez, ela não disse nada.

— A festa de cinco anos é tipo um evento surpresa em South Bank, depois um jogo de boliche. Hum. Como eles acham que você vai... você *gostaria* de ir comigo? — James ficou surpreso com a própria audácia. — Eu entendo totalmente se essa farsa ridícula for demais, então não se preocupe se não quiser ir. Só se você achar que estará totalmente entediada nessa noite. O que provavelmente não deve ser o caso.

Uau, impressionante, James.

Anna tomou um gole de champanhe e inclinou a cabeça para o lado.

— Você quer dizer... com você?

James se contorceu.

— Sim. Não estou convidando só para encobrir essa palhaçada. A coisa toda pode ficar melhor se tiver uma companhia inteligente. Mas, como eu disse, fique à vontade para jogar sua bebida no meu rosto. É o que eu faria se fosse você.

— Então nós não "terminamos"? Eu não dispensei você?

James se encolheu.

— Não, a menos que você queira. Ou eu posso abrir o jogo totalmente e confessar que sou um fracasso para eles.

Ela levantou uma sobrancelha.

— E como eu saberia que você fez isso de verdade?

— Eu posso pedir para alguém filmar com o meu celular.

— Haha. Até parece.

— A bola está com você — disse James. — Eu faria vestido de mulher, se você insistisse.

— Hummm. Acho que um encontro de mentira ridículo pode ser mais divertido que meus encontros de verdade.

Mcsmo?

Anna deu de ombros.

— Mesmo.

Uau. Ele realmente devia um favor enorme para ela.

James bateu sua taça na dela.

— Bom, ótimo. E parabéns pela exposição. Depois de um começo complicado, fico feliz de ter obtido a sua aprovação para o trabalho.

— Não achei que você precisasse da minha aprovação. O museu adorou.

— Sua aprovação é a mais difícil de obter, então a satisfação é maior.

Ela pareceu surpresa diante disso.

— Oh, não — Anna comentou distraída, mudando de lugar discretamente para ficar mais na frente de James. — Acho que Tim McGovern me viu olhando para ele.

— Quem é?

— Tim McGovern? Da TV. Tenho uma queda por ele.

James olhou para um homem alto, magro, bem-vestido e tenso, com uma jaqueta da Paul Smith arrumadinha, exibindo uma careca completa e brilhante e óculos de armação preta estilo anos 1960. Que encarou James e Anna e tomou um gole protocolar de sua bebida. James decodificou o olhar intenso de interesse libidinoso de um jeito bastante simples: "Como eu faço para desgrudar você dela?"

O rosto dele pareceu familiar.

— Ah, ele é o historiador que faz os documentários da BBC4? — James perguntou.

— Ele mesmo.

— As quedas na Livrolândia devem ser diferentes das do mundo real. Ele parece um babaca pervertido para mim. Que escolha *ruim*.

Anna riu. Ela estava bem bêbada, James pensou. Sempre acontecia nesses eventos em que se vai direto do trabalho; champanhe, quase nenhuma comida, mais chapado que um gambá às nove da noite. Ele já tinha acordado com alguns colegas com quem não devia estar, no passado, e a culpa era sempre do espumante. Era como se a bebida sugasse a umidade dos seus olhos. E a cautela do seu corpo.

— Nããããão. Ele é incrível. Ele saca muito das coisas.

— Sim, mas. Ele está usando um mocassim de pele de zebra. Poder é um afrodisíaco, não uma droga.

— Eu poderia ouvi-lo falar por horas.

— Parece que ele também poderia se ouvir falar por horas, vocês dois têm isso em comum.

Eles riram ao mesmo tempo, e James se deu conta de que rir conspiratoriamente com alguém do sexo oposto era bem íntimo. A maneira como o contato visual se mantinha, perder o controle ao mesmo tempo, por causa de uma confissão compartilhada. James olhou. TV Tim ainda estava lançando olhares predatórios na direção deles.

— Ele está interessado *com certeza*. Quer fisgá-lo? — ele perguntou.

— Como eu faço isso?

— Ah, assim. Em um instante, vou sussurrar alguma coisa no seu ouvido esquerdo. Chegue perto enquanto eu estiver falando, sorrindo, como se soubesse que estou tentando dar em cima de você. Você está gostando, mas não cedeu completamente. Depois dê risada, de um jeito provocador, como se eu tivesse feito uma piada sexual. Entendeu?

— Você está falando sério?

— Estou. Faça direito, e ele vai estar aqui se apresentando em uma questão de minutos.

— Por quê?

— Porque se ele achar que estou dando em cima de você para valer, vai ter uma razão para fazer o mesmo.

— E se ele só achar que nós estamos juntos?

— Homens não fazem isso com quem já estão saindo. Você consegue distinguir qualquer casal de um "homem mais uma conquista em potencial" pela linguagem corporal. Olha, sou amigo do Laurence, ele sai muito à caça. Confie em mim. Pronta?

— Pronta — Anna respondeu, tentando compor sua expressão, com um meio sorriso no rosto.

James se aproximou. Podia sentir o perfume dela, ao mesmo tempo floral e salgado do contato com a pele. Ele afastou o cabelo de Anna da orelha, o que não tinha planejado fazer, mas aumentou o efeito dramático.

E sussurrou:

— Passei a noite toda querendo dizer isso para você, mas... Luther está com prisão de ventre. Dei o remédio para ele, mas Eva teve um ataque sobre o gato só poder tomar remédios naturais e sobre como eu deveria colocar abóbora enlatada na comida dele. Então eu comprei uma lata, mas ele não comeu. No fim das contas, eu comprei recheio de abóbora por acidente. Tive que comprar uma abóbora, cozinhar e amassar. Luther comeu tudo e desapareceu. Adivinhe onde o encontrei, com as patas mergulhadas em uma diarreia laranja? Na minha gaveta de cuecas, que eu tinha deixado meio aberta. Então posso dizer literalmente que um gato cagou nas minhas calças.

Anna jogou a cabeça para trás com a mão sobre a boca, tremendo de tanto rir.

— Pobre Luther!

— Depois ele fugiu com o que parecia ser uma cenoura pendurada no traseiro. — James se inclinou e concluiu com a voz rouca: — Mas a cueca que estou usando hoje está lavada, *baby*. Vamos falar sobre a cenoura depois.

Anna tremeu mais um pouco, e James sorriu e pensou: "Eu posso ser charmoso quando quero." Por um instante, ele ficou ocupado demais aproveitando aquele momento, a expressão de Anna ao registrar aquilo tinha sido um sucesso absoluto, e TV Tim estava em sua cola.

— Olá, peço desculpas por interromper. Você é a dra. Alessi?

— Sou! Olá — Anna cumprimentou, levemente chocada, se recompondo e apertando a mão dele.

— E você...? — Tim disse para James, com uma insinuação clara de NINGUÉM.

— A caminho do banheiro, então, se vocês me dão licença — ele respondeu, abrindo um sorriso para Anna ao ir embora.

Quando James voltou, os dois ainda estavam conversando. Tim olhou para ele, e James pensou: "Tá, tá, você venceu. Só porque eu não estava tentando."

A caminho da porta, ele levou um esbarrão de um sujeito muito pálido e ruivo.

— Desculpe — James disse, por reflexo.

Não houve um pedido de desculpas recíproco. O homem o estava encarando com uma expressão de ódio irrestrito. Era tão intenso, e tão *escancarado*, que James recriou a clássica cena de comédia e olhou para trás para confirmar que o homem estava olhando para ele.

Estranho. Ainda mais estranho... Uma mulher baixa e roliça estava ao lado do ruivo. Ela estava vestida de homem? Os dois pareciam figurantes de *O Hobbit*.

Havia tantos malucos aqui quanto na Parlez, James se deu conta. Era a Parlez com PhD.

James fez suas despedidas e saiu para o ar frio da noite, tentando imaginar se a noite de Anna ia terminar como a dele já terminou um dia.

Uma hora depois, ele recebeu uma resposta inesperada quando deitou no sofá com uma embalagem de mandiopã sabor camarão aberta sobre o peito. Seu iPhone apitou a chegada de uma mensagem de texto: Anna.

Seria ela agradecendo? Ele esperava que não. A terrível confirmação era dispensável. Isso o faria se sentir solitário. James levantou o celular, correu o dedo para a direita para destravá-lo, digitou a senha e leu.

VOCÊ SABIA? Sabia, não sabia?

O mandiopã caiu no chão enquanto ele digitou:

Hã? Do quê?

(vibração)
Sobre o Tim.

Dá uma dica, Anna. Tô confuso...

(vibração)

Tim é gay. Ele se aproximou porque estava interessado em você.

Ah, não. Desculpe. Haha. Os sapatos eram uma boa pista, acho.
Bj, J.
P.S. Você me passa o telefone dele?

38

— Parabéns, *Au-re-li-an-na* — disse Patrick, fazendo uma mesura típica do seriado *Blackadder* ao entrar na sala dela. Não pronunciara o nome dela direito, foi algo como *Au-rei-lia-na*, mas Anna não o corrigiu. — Como estamos esta manhã? Envoltos em glória? Banhados em lambeção de saco?

— Sofrendo — Anna respondeu. — Mas por uma boa causa.

Ela estava nas nuvens. Teodora não poderia ter ido melhor, e ela podia imaginar os visitantes naquele momento passando pelas portas. Anna ia voltar para ver junto com o público muito em breve. Ah, ela estava no céu *e* sentindo que precisava de uma transfusão de sangue completa. *Blaaaaarght*... champanhe descia como o toque de uma borboleta, mas doía como uma picada de abelha.

— Você gostou? — ela perguntou.

— Ah, sim. Mas precisei sair cedo. Coisas da guilda — Patrick respondeu.

Anna meneou a cabeça, dando sinal de que entendia, ainda que pela primeira vez ela não tivesse certeza se acreditava nele. Patrick não gostava de multidões nem de grandes eventos. A menos que fossem feitos de pixels.

— Você foi a rainha da noite — ele disse, causando desconforto.

— Ah, Deus, eu não estava bêbada e acenando que nem quando estava discutindo aquele artigo de teologia sobre o "pênis de Deus e a sexualidade divina" no evento de história?

— Não, não, não. Sociável! Radiante!

Mesmo assim, Anna sentiu que Patrick estava criando coragem para dizer alguma coisa.

— Tim McGovern parecia muito interessado no seu trabalho — ele continuou. — Vi vocês dois imersos em uma conversa por meia hora. Espero que ele não vá levar você embora para transformá-la em uma glamorosa coapresentadora. Nós sentiríamos a sua falta na University College, sabe.

— Não se preocupe, sem dúvida, meu trabalho era a única coisa em que ele estava interessado — Anna respondeu, com uma risada tensa.

— Vocês... trocaram telefones?

Ela ficou um pouco chocada com a aspereza da pergunta. Anna acreditava que ela e James tinham feito uma bela performance em nome das aparências, antes de Tim aparecer. Todos os tipos de conclusões erradas podiam ser tiradas pelos espectadores.

— Ha. Não — ela respondeu.

— Acho que ele foi embora com outra mulher, então... que mulherengo.

Anna soltou uma risada ruidosa.

— Patrick, ele é fruta, como diz Michelle. Mona. *Ele joga no outro time*.

— O quê?

— Ele é gay. E se aproximou porque estava interessado em James Fraser da Parlez. Assim que James foi embora, ele começou a me encher de perguntas sobre quem era aquele *lindo sósia de Brandon Routh*, e me fez sentir uma boba.

— Oh, aquele sujeito arrogante da agência digital foi *péssimo* — Patrick disparou.

— Por quê? Ele foi grosseiro com você? — Anna perguntou, um pouco chocada. Ela havia mudado de opinião sobre os modos de James e achava que ele não andava por aí sendo rude. Pelo menos, não diretamente. Não mais.

— Vi que ele estava com *você* — Patrick comentou, ajustando os óculos, com os olhos claros fervendo por trás deles. — Os sussurros e o flerte, e os suspiros.

Anna riu, ainda que com delicadeza, e os músculos envolvidos doeram.

— Ah! Não era o que parecia. Mas obviamente ele fez uma boa cena.

— Como assim, Anna? Como um ser humano com cromossomos XY, posso dizer que era exatamente o que parecia.

— Eu juro, ele estava fingindo flertar comigo para me ajudar a chamar a atenção do Tim. E deu certo. Infelizmente, um pouco para a esquerda de onde eu estava.

— E qual seria a motivação dele em ajudar você?

— Pela graça? Porque ele me deve?

— Tenho certeza de que ele pagou. Na verdade, proteja sua guarda. Não esqueci quão horrorizada você ficou de trabalhar com ele.

Hummmm, agora ele acertou o alvo.

— Esse trabalho está no fim agora. Patrick, às vezes eu acho que você beira a paranoia em se tratando de astúcia masculina.

Anna massageou suas têmporas, que estavam latejando. Meu Deus, por que ela não aprendia aquele truque de alternar bebida e água?

— Aham. Se ele não está de olho em você, eu estou.

— Victoria! — Anna exclamou, quando a Challis Venenosa surgiu atrás de Patrick.

Victoria conseguiu colocar um fim à visita de Patrick e, ainda que sua própria aparição supostamente tivesse o objetivo de dar os parabéns pela exposição da Teodora, Anna acabou se sentindo como houvesse uma leve crítica.

Assim que sua chefe saiu, ela viu as veias vermelhas em seus olhos pelo espelho portátil e pegou o telefone.

— Michelle, não posso ir ao show de Penny hoje à noite — ela gemeu. — Estou totalmente estragada.

— Oh, hoho, você vai vir, sim. Tome dois analgésicos com um café fraco, coma um croissant de presunto e queijo e bote a cara no sol. Não vou suportar essa merda sem você.

39

Penny, namorada de Daniel, tinha poucos dons, de acordo com Michelle, mas até mesmo ela concordou que a menina sabia cantar.

A banda, The Unsaid Things, era a quarta no *line-up* em um espaço nos fundos de um pub em North London especializado em música ao vivo e banheiros que fediam como os gases do demônio.

Anna estava bebericando uma coca-cola e tentando parecer interessada em uma banda jovem de rock que estava tocando antes dos The Unsaids e era composta por adolescentes de 13 anos usando camisas xadrez desabotoadas sobre camisetas de banda que tinham se separado antes de eles nascerem.

— A próxima música é sobre uma garota da escola... quero dizer, do preparatório... que mente o tempo todo e acha que isso faz dela uma pessoa interessante, mas não, isso faz dela uma mentirosa — disse o vocalista, com o rosto coberto por uma franja. — A música se chama "Sarah's Lies." Esperamos que vocês gostem. A menos que, hum, você seja a Sarah.

— Acho que *alguém* ficou chateado por ter sua impotência divulgada durante a aula de geografia. A próxima vai se chamar "I Didn't Ask to Be Born"? — Michelle comentou. Anna riu, mas fez um gesto nervoso na direção de um grupo de pais orgulhosos ali perto que, assustadoramente, não eram muito mais velhos do que eles. Por sorte, o vocalista gostava da técnica vocal chamada gritar, e o comentário de Michelle não foi ouvido sobre os gemidos de guitarra e a letra furiosa e chorosa. *Vá se foder, Sarah, você é uma vaca/ Você diz que é emo, você compra roupas na Jack*

Wills/ Seu namorado não tem vinte, ele tem 19 anos/ vá se foder, Sarah, não me interessa onde você esteve...

— Acho que gostei dessa Sarah — disse Michelle. — Vamos ver se Dan quer companhia?

As duas o encontraram em um banco atrás de uma mesa de cavaletes cheia de camisetas com estampas ruins lendo as memórias de Peter Cook. Entre as atrações cujos produtos ele estava divulgando estavam Head Office e The Pungency. Não havia muita consistência no *line-up* — rock, depois *thrash*, seguido do que quer que The Unsaids fossem. Michelle os chamava de *folk-pop*, mas Anna imaginava que não era como a banda se descrevia.

— As vendas estão indo devagar? — Michelle perguntou.

— Pode-se dizer que sim, Michelle, ou talvez a confusão comece quando a música tiver acabado.

— Você é um bom namorado por fazer isso na sua noite de folga, sabia? — ela comentou.

— Ah, bem. Ela cozinha para mim nas suas noites de folga — disse Daniel, dando sua piscada típica.

— Quer que a gente pegue uma cerveja para você? — Michelle ofereceu, e Daniel apontou para meia dose de *bitter* a seus pés.

— Grite se quiser mais uma — ela disse, e então falou para Anna de canto de boca: — Folga do quê?

— Lembre-se, "Sarah's Lies" mencionou uma verdade universal: todo mundo conhece alguém que mente MUITO. — Ela continuou quando as duas se acomodaram. — Um garoto na minha escola chamado Gary Penco disse que tinha um falcão-peregrino e uma Ferrari Testarossa guardados em um depósito. E, por falar em escola, agora que o trabalho na exposição acabou, você nunca mais precisa ver o James de novo, certo? Você deve estar respirando aliviada.

— Na verdade... — Anna fez uma pausa. Era bem inacreditável, pensou, enquanto contava para Michelle. — Eu vou a uma festa do trabalho dele. Como sua namorada de mentira.

Michelle tossiu dentro de sua cerveja, soprando espuma na manga da blusa de Anna.

— Desculpe, acho que você falou alguma coisa em italiano. Você vai aonde com ele o quê?

— Os colegas dele nos viram juntos. Sabe, na peça? E acharam que eu era a namorada e ia com ele a essa tal festa. Como um favor para ele, em vez de explicar a confusão, eu disse que ia. É uma festa de escritório.

Michelle franziu a testa.

— Por que você está ajudando James?

Anna deu de ombros. Era uma boa pergunta.

— Sabe que eu pensei que vê-lo ia ser a pior coisa do mundo? Bom, na verdade foi legal. Prova para mim que ele não tem mais a vantagem. As coisas são diferentes agora.

— Ele continua sem saber quem você é?

— Sim.

— E você vai contar para ele?

— Não...

— Por que não?

— Não tenho interesse em desenterrar essa história.

— Então que tipo de recomeço é esse? Você está achando que ele ia agir como um imbecil se soubesse?

— Não...

Outra boa pergunta. Ela imaginava que James sentiria uma leve culpa e muita pena. Em que proporção, Anna não tinha certeza. E ela não queria ser objeto de pena.

— Escute — ela disse, forçada a uma posição de fingir que tinha certeza de alguma coisa sem ter. — Estou seguindo meu instinto. Este é o novo capítulo de que você estava falando quando me disse para ir ao reencontro.

— Isso envolvia ser você mesma. Acho que fingir ser a namorada dele soa estranho e inútil. E ele não merece merda nenhuma de você.

— Mesmo que seja idiotice, é só por uma noite. Depois, acabou.

— Humm. Oficialmente, esse é meu veredito no caso, Anna. Humm.

The Unsaids era composta de dois homens e Penny, que estava usando um vestido de lã anos 1960 e botas de cano médio. A voz dela era simplesmente linda, clara como um sino e melódica de um jeito natural.

Era uma pena que as músicas soassem, segundo Michelle, como jingles péssimos que costumavam ser usados para vender carros pequenos para mulheres, ou fazer todo mundo sentir uma afinidade marcante com o fato de uma loja de departamento estar aberta para vender coisas no Natal.

Quando Penny sacou as sinetas e fez uma dancinha pelo palco enquanto cantava sobre gostar de café quente nas manhãs frias, Michelle não aguentou.

— A *coisa não dita* é que você pode pegar diabetes tipo 2? — ela sussurrou no ouvido de Anna, que fez um gesto para ela ficar quieta; Michelle riu.

— Nossa próxima música é um cover que vocês provavelmente conhecem como uma faixa do Nirvana — Penny anunciou, olhando para o público sob seus cílios.

A banda começou a tocar alguma coisa de que Anna lembrava do *MTV: Unplugged* como algo especialmente profundo e triste. Infelizmente, The Unsaid Things tinha feito uma versão que a transformava em boba e sem sentido.

— Ah, isso não está acontecendo — Michelle disse num suspiro rouco para Anna. — Eles não estão transformando "Where Did You Sleep Last Night?" em *folk-pop*. Vai ser "Rape Me" depois. Mas com um problema de dicção. *Wape meeeee*...

— Michelle! — Anna sibilou, e Dan apareceu ao lado das duas.

Anna fez a expressão simpática e animada de alguém que precisa ir ao banheiro, na esperança de parecer entretida pelo show.

— Parece estar indo bem, não parece?

A banda começou uma música acústica tranquila e trepidante.

Em geral, Anna não era muito boa em identificar letras. Mas a voz de Penny tornava cada palavra distinguível.

Enquanto segurava sua coca-cola, concentrada em manter uma expressão neutra de apreciação, Anna prestou atenção na letra sobre *conhecer um homem/atendendo mesas*. E quase acenou para Daniel, se não fosse pelo tom angustiado da música. E o refrão parecia ser um jogo de palavras com "atender", "estar disponível", "esperar em vão". De modo geral, era uma balada cujo contexto parecia ser *eu devia deixar você*. Houve alguns aplausos esparsos no fim, e nem Michelle nem Anna conseguiram olhar Daniel nos olhos. Quando Michelle sugeriu outra cerveja, Daniel disse que ia ajudar Penny a desmontar as coisas e saiu andando.

Michelle estava menos contida a caminho do metrô.

— Meeeeeerda. Essa última era sobre o que eu acho que era? — Anna comentou. Michelle balançou a cabeça.

— Essa menina é uma peça, estou dizendo.

— Por que Dan tolera isso?

— Uma terrível ausência de autoestima quando se trata de mulheres. Lá no fundo, Dan deve achar que não merece nada melhor do que Penny. Isso me deixa furiosa.

— Você acha que ele sabia que ela cantaria isso? — Anna perguntou.

— Não. Eu acho que ela é uma aberração. Sabe que eu nunca contei para Dan na época, mas acho que ela embolsava as gorjetas?

— Como assim?

— Quando Penny trabalhava no The Pantry. Todo mundo sempre juntava e dividia as gorjetas. Quando recebia uma gorjeta alta, ela a embolsava. Não posso provar, mas estou nessa área há tempo suficiente para saber quando alguém não vai deixar os 10%, e Penny parecia ter uma quantidade estranhamente alta de mesas que não deixavam nada.

— E você não contou para o Dan?

— Não achei que eu precisasse contar, acabei despedindo ela no final. Penny era péssima. E então, eles estavam namorando. Não vou cometer esse erro de novo. Quando amigos começarem a sair com algum idiota da próxima vez, vou ser a primeira a dizer isso. Vou exercer meus direitos de iniciativa. Esteja avisada, caso decida que o seu vilão da escola é um candidato viável.

— Haha, até parece! A pessoa mais improvável do mundo.

— Não existe nada pior do que perder alguém bom para um imbecil — disse Michelle quando chegaram à estação. — No dia em que Dan me contou que estava com ela, eu pensei: "Homem abatido."

40

Enquanto se aproximava do pequeno grupo de pessoas na moda parado sob a garoa fina em South Bank, Anna se sentiu desconfortável e deslocada. E *estava* deslocada em uma festa da Parlez, como a acompanhante que estava ali por causa de uma confusão.

Ela estava meio arrependida de ter aceitado o convite. Aquele maldito porre de Moët e Teodora deixaram-na generosa de um jeito imprudente. Michelle tinha razão, Anna não podia esquecer que não devia nada a James Fraser. Ou melhor, o que devia a ele era um olho roxo. Ela podia simplesmente dar um perdido, como uma espécie de vingança.

O que estava fazendo ali? Protegendo a dignidade dele? Logo a de James, que destruíra a dela de uma forma tão brutal, quase uma vida atrás?

Curiosidade, ela supôs. Mesmo depois da humilhação e da indignação, Anna não conseguia resistir a essa chance de estar disfarçada e fazer uma exploração. Assim como no reencontro da escola, seria uma única vez. Aparecer e desaparecer, à sua vontade. Ela achava que ver James de novo no trabalho era uma provocação de Deus, mas e se fosse um empurrão? Vá. Veja essa criatura e perceba que, na verdade, ele e seus amigos não são isso tudo.

A uns vinte metros de distância, o cheiro de ousadia fashionista era forte. Anna sofreu para encontrar uma roupa que tivesse estilo suficiente para não parecer apagada, mas não tivesse estilo suficiente para deixar qualquer impressão, e decidiu usar mais um vestido preto clichê. Ela não conseguia fazer as pazes com a ideia de ser considerada adequada para ser o par de James. *Namorada* dele? Sim, falsa, mas namorada dele, mesmo assim. Seu eu mais jovem estava observando, espantada. Talvez furiosa.

A equipe da Parlez era composta por topetes com os lados da cabeça raspados, cortes militares e cabelo de tigela, piercings incomuns, roupas de inverno extravagantes e saltos grossos de designers conhecidos. Um homem tinha um bigode espesso de acrobata da era vitoriana. Uma mulher tinha um penteado que não era um coque, mas também não era um *beehive*, uma espécie de topete no alto da cabeça. Anna podia ouvi-la descrevendo seu tutu esfarrapado para alguém como "cortesã *Steampunk*". "Onde diabos ela tinha ido parar?" Anna passou tanto tempo da vida torcendo para sua aparência não ser notada que não conseguia imaginar alguém que quisesse chamar atenção dessa maneira.

A média de idade provavelmente era 27. Todos a olhavam com uma curiosidade distante.

— Olá! — ela cumprimentou, com a voz de uma professora substituta esquisita.

Anna levantou a mão em uma espécie de aceno e ficou aliviada que James a tivesse visto e se afastado do grupo.

Ele estava usando um casaco de pescador com abotoamento duplo, o que a fez dar um suspiro de alívio por moda exagerada não ser sua preferência, a menos que se tratasse do estilo avô chique de Clive Dunn.

O frio tinha deixado a pele dele pálida e os olhos brilhantes, e seu cabelo era penteado pelo vento. James se aproximou para um beijo no rosto.

O estômago infantil e traidor de Anna ficou apertado, o que era ainda mais patético considerando que era um beijo falso de aparências. Quando os dois fizeram contato visual de novo, houve um momento compartilhado de compreensão de como a situação era desconfortável.

— Esta é a Anna. Anna, este é... o pessoal. Vamos dar nomes mais tarde.

Houve uma onda aleatória de cumprimentos. Todos voltaram para suas conversas, com exceção de uma garota miúda com um corte chanel longo e um rosto infantil e aberto. Ela continuou virada para Anna com um fascínio atento, mas não hostil, com seus olhos azuis claros de coruja. Anna pensou: "Aha. Eu reconheço esse olhar. Você tem uma queda óbvia por James. Sempre tem alguém."

James esfregou as mãos juntas e soprou dentro delas, dizendo:

— Ainda não sabemos por que estamos aqui. A maioria apostou que nosso chefe Jez aprendeu a engolir fogo e andar em um monociclo ao mesmo tempo. Eu ficaria feliz de vê-lo tentar.

— Atenção, por favor, gente! — chamou um homem de cabelo grisalho na altura da nuca e casaco, parado ao lado de uma mulher de cabelo loiro ruivo com um casaco longo e rodado e uma gola de pele grossa. Os dois irradiavam uma satisfação endinheirada como um brilho isolante.

— Está na hora de Fi e eu revelarmos como vamos começar a noite. Uma volta regada a champanhe na London Eye!

— A roda-gigante? — James murmurou com incredulidade. — Santo Deus. Vamos ser as primeiras pessoas de Londres a andar na London Eye.

Ele lançou um olhar pesaroso para Anna, que devolveu uma careta de boca entreaberta, seu estômago agitado, uma agitação que não tinha nada a ver com a aparição de James em seu momento ídolo adolescente. Ela não tinha nem cogitado a possibilidade de eles andarem na London Eye. Por que não tinha pensado nisso?

Rindo, conversando e com mãos enluvadas se cumprimentando, o grupo seguiu para o South Bank. Ao chegar, o casal rico foi conversar com os funcionários da roda-gigante.

— Provavelmente isso está relacionado com ganhar uma cortesia de um cliente. Que mãos de vaca — James disse para Anna, tentando puxar conversa.

Ela apenas meneou a cabeça e abriu um sorriso tenso, tentando controlar o pânico. Ela estava se sentindo encurralada. Se dissesse: "Não posso ir", daria um vexame diante de todas essas pessoas assustadoras. Enquanto oscilava, o homem de casaco pediu a atenção de novo.

— Certo, certo, temos duas cápsulas! Foi dito que esses passeios à noite são muito românticos. Então em vez de dividir vocês em dois grupos, por que não deixamos um casal ir sozinho? Quem se habilita?

A reação foi mais murmúrio e nenhum voluntário. A mulher de cabelo loiro ruivo sussurrou alguma coisa no ouvido do homem de casaco, que, ao levantar os olhos, os fixou em James.

— James. Que tal você e sua garota?

O grupo virou para eles.

— Oh. Tudo bem.

Ela olhou para Anna em busca de apoio, que fez um meneio de cabeça tenso para indicar que concordava. "Ah, meu Deus, ah, meu Deus, ah, meu Deus..." Não havia mais como fugir.

Muda, ela entrou com James na cápsula futurística. E se transformou em uma boneca de palitos dentro de uma bolha, prestes a irromper pelo ar com o sopro de um gigante. "Não vomite, não vomite, não vomite..." Ela chegou até o banco de madeira no centro e tentou se concentrar na sensação do móvel sob seus dedos. A porta se fechou e travou. Para Anna, era como a tranca de um carcereiro. Não que ela quisesse aquilo aberto. Quanto tempo isso ia durar? Uma eternidade.

— Ai, meu Deus. Uma roda-gigante para turistas. Desculpe por isso. Pelo menos, temos bebida — disse James, pegando a garrafa de champanhe de um balde de gelo. — Quer uma taça?

Anna, que conseguiu responder por um breve momento, balançou a cabeça.

— Você está bem?

Ela assentiu, mas era claro que não estava, e James continuou olhando.

— Tenho medo de altura — ela explicou com uma voz mínima, e se encolheu quando veio o solavanco que os colocou em movimento.

— É mesmo? Por que você não falou nada? No mínimo, seria uma boa desculpa para escapar disto.

— Eu não quis fazer um escândalo... quero dizer, não achei que tivéssemos incluído medo de altura nesta personagem que estou interpretando.

James parecia sem jeito, mas grato.

— Reconheço seu heroísmo. — Ele a observou. — Você não vai vomitar em tudo, vai?

41

Anna manteve os olhos fechados enquanto sentia o leve movimento ascendente e obrigava o conteúdo de seu estômago e continuar onde estava. Quando os abriu de novo, James estava bebendo de uma taça cheia, parecendo preocupado.

— Estou me sentindo tão mal, Anna. Você devia ter falado.

— Olhe para a vista, não se preocupe. Eu vou ficar bem — ela gemeu, balançando o braço.

Anna ficou observando enquanto ele levou sua taça para a janela curva. Os dois ficaram quietos por um tempo.

— Você realmente não consegue olhar para fora? — James perguntou, finalmente. — Sei que eu estava cínico, mas é bem impressionante. Talvez o champanhe já tenha feito efeito.

— Eu gostaria de poder, mas não — Anna respondeu, olhando para as articulações acinzentadas dos dedos.

— Ajuda se eu falar? Ou é melhor ficar quieto?

— Falar, com certeza.

— Quando você começou a ter medo de altura?

— Oh, me faça esquecer, obrigada!

Os dois riram.

— Foi subindo a Torre de Pisa na infância.

Houve uma pausa.

— Sério? Você é tão irônica às vezes, que não sei quando você está brincando.

— Sério. Soa muito italiano, não soa? Algo como "fiquei cega quando fui atingida no olho por uma grande pizza." Na época em que era permitido subir e não havia parapeito do lado de fora. Isso foi bem antes da era das regulações de segurança e dos processos por danos físicos, claro. Meu pai estava me deixando subir os degraus na frente dele. Quando chegamos perto do topo, saí correndo até uma das sacadas e quase caí. Foi só porque eu tinha cabelo comprido que meu pai conseguiu me segurar e me puxar de volta. Ainda me lembro da sensação de "Ah, NÃO!" quando cheguei ao limite e estava prestes a cair. E eu sabia que ia morrer se caísse. Pelo menos, até onde você consegue aos seis anos ou coisa assim. Não é uma idade em que você deveria confrontar a mortalidade. Não consigo lidar com alturas desde então. É como um estresse pós-traumático constante que faz a memória voltar.

— É louco como uma experiência ruim pode reverberar por anos desse jeito, não é? — James comentou. Foi tão dolorosamente adequado que Anna achou que ele *sabia*, mas James acrescentou: — Como quando minha antiga firma me convenceu a experimentar as pílulas que dissolvem gordura de um cliente. O que sai de você parece queijo de uma pizza margherita. As do Papa John's nunca mais foram as mesmas.

Anna riu. Outro lapso na conversa.

— Como vão os encontros on-line? — James perguntou, depois de um tempo.

— Tão inúteis quanto sempre.

— Será que seu perfil precisa de outro olhar?

— Oh, uau, obrigada! *Será que a culpa* é *sua?!*

— Não! — James exclamou, embora tivesse um sorriso largo. Anna pensou que poucas mulheres deviam pegar no pé dele e gostou da ideia. — Claro que não. Na verdade, minha linha de raciocínio foi que *só* podia ser algo assim. Ei, que tal eu dar uma olhada no seu perfil? Eu trabalho com internet, faço um pouco de edição de texto. Também escuto as análises de Laurence com muita frequência. Pode ser útil ter uma perspectiva do outro lado.

— Agora?

— Para distrair sua mente da altura — disse James, pegando seu celular e fazendo uma expressão de "faça isso por mim".

— Você vai me constranger? — Anna perguntou, sentindo um aperto nos músculos do que se devia tanto à altura quando à história deles.

— Prometo que não. Vamos lá, o que pode ser mais constrangedor do que aquele absurdo que contei na exposição?

Anna riu e inclinou a cabeça para o lado.

— É verdade...

Anna não gostava muito da ideia de James ler a maneira como ela se apresentava para pretendentes em potencial. Mas também queria saber o que ele achava. Tudo bem, ele era mau, mas também era inteligente e... atraente. Sim, ela queria a perspectiva do outro lado.

Ela revelou seu nome no site e esperou, tensa, enquanto James reclamava do sinal do 3G.

— Ok, aqui está você.

— Sem zoação!

— Sem zoação. A menos que você tenha escrito *carpe diem*. Aqui está. Boas fotos. Mas só três?

— Sim. — Ela ficou com vergonha de revelar sua linha de raciocínio. — Não quero nada baseado na aparência.

— Louvável, mas você precisa se relacionar neste mundo em que vivemos, não no que você gostaria que vivêssemos. Se mostre um pouco mais... "Gosto de viajar." Essa é clássica, não é? Como você não é uma nômade, na verdade, não seria "gosto de férias"?

Anna riu.

— Eu substituiria por algo mais específico... hum. "Gosto de esportes e atividades físicas." Você gosta? Não! — James levantou uma mão quando a boca de Anna formou um O em sinal de ultraje. — Porque "gosto de esportes e atividades físicas" tende a ser um eufemismo para "Gosto de coisas chatas". Ou "Vou a pé para o trabalho". A menos que você seja uma tenista profissional, eu também deixaria essa de fora. Dá para ver que você não é uma comedora compulsiva, o que interessa a qualquer um, na verdade. O que me leva de volta à questão das fotos: mais fotos.

Anna pensou em como estava sendo uma noite estranha, estar presa em uma cápsula no alto de Londres com James Fraser tentando impressionar homens por ela, como seu Cyrano de Bergerac.

— Ah. Ok. Você diz que é uma romântica incorrigível?

Nesse momento Anna sentiu o rubor surgir em seu rosto e ficou feliz com a luz baixa.

— Pois é.

— Eu não colocaria isso. Homens leem isso como "Vai me ligar chorando às três da madrugada na quarta semana".

— Quer dizer que estou procurando alguma coisa séria. Não estou... sabe... de brincadeira.

— Meu Deus, não diga "Cansada de joguinhos". É a frase mais assustadora vinda de uma mulher. A tradução é: "Você vai acordar e me encontrar lambendo a lâmina de uma faca."

"Achei que você não fosse como todos os outros, James. Você não quer acabar como todos os outros, quer, James?"

Anna riu e devolveu:

— Bom, o que eu devo escrever, espertão?

— Precisa ser a essência de Anna. Algo inconfundível sobre você. E coloque "Não gosto de gatos". É um diferencial.

— Mas assim eu vou eliminar todos os donos de gato de uma única vez.

— Seja honesta, você já conheceu um dono de gato de que você tenha gostado?

— Para ser sincera, não — Anna respondeu, e os dois sorriram.

— É mais provável que os donos de gato achem graça e fiquem intrigados. E você realmente quer algo com um cara que vê isso como critério de eliminação? Deve ser o tipo de gente que ouve Noah & The Whale, come quinoa e tem disfunções eréteis.

— Haha. Acho que não. Como você entende tanto do assunto? Você já conheceu pessoas pela internet?

— Não, mas eu costumava conhecer pessoas cara a cara, e o princípio que eu usava na caça era: alguém de que eu gosto gostaria desse lugar? A internet é a mesma coisa. Quanto mais o perfil parecer com você, mais chance você tem de encontrar seu tipo de homem. Visualize quem você está procurando e escreva só para ele.

— Hummm. Acho que não faço ideia.

— Você está solteira há um tempo? — James perguntou, guardando o celular no bolso.

Algo nestas circunstâncias estranhas fez Anna arriscar dizer a verdade. Não havia por que parecer descolada. Ela nunca seria um "cortesã *Steampunk*".

— Desde sempre. Quero dizer, não sempre... Uns sete anos.

— Uau.

— Puxa, obrigada.

— Não, quero dizer, uau, parece improvável.

Anna reconheceu isso como algo educado para se dizer, uma platitude. E deu de ombros.

— Eu namorei por um ano e meio depois da universidade. Joseph. Nós moramos juntos por um tempo. Ele era uma boa pessoa. Na universidade tive um namorado horrível chamado Mark que se recusava a me beijar antes que a gente fizesse sexo e criticava a minha aparência o tempo todo. Fico feliz de não ter mais aquela mentalidade dos meus 19 anos de "para quem não tem nada, metade é o dobro".

"Alguém deveria conduzir um estudo sobre o efeito desinibidor de conversar em uma altitude elevada", Anna pensou.

— Jesus — disse James, virando. — Ele parece... mau.

Anna pensou: "Ele nunca me enganou no palco e me chamou de elefante, James."

— Acho que nunca me apaixonei.

— Sorte sua — James comentou. — Você tem a vantagem.

— Que cinismo!

— Mas estou falando sério. — James se aproximou para se servir de mais champanhe, levantando a garrafa do balde de gelo.

— Você ainda não quer beber? Talvez ajude. Coragem líquida e tal.

— Bem pouco — Anna respondeu. Ugh, mais champanhe.

James encheu meia taça e a segurou.

— Você não vai largar esse banco, vai?

— Haha. Não.

— Faz sentido. Se esta cápsula se soltar da roda-gigante, e despencarmos no rio Tamisa, você provavelmente vai sobreviver se ficar se segurando no banco. Você pode remar até a margem nele como se fosse um bote salva-vida.

— Ah, *vá* à merda! — ela riu, e James colocou a bebida ao lado dela e a segurou, até Anna encontrar forças para se soltar e pegar a taça.

Ela gostou dessa mistura de provocação e cuidado genuíno. James voltou para a janela, e Anna conseguiu tomar um gole generoso e rápido do espumante, batendo o vidro nos dentes por causa da pressa. Mais dois goles, e a taça estava vazia.

— Quero dizer, eu já gostei de algumas pessoas... — Ah, não, essa conversa estava sendo movida pelo álcool e pela altitude. — Mas não posso dizer que já tive aquela sensação avassaladora, que toma conta do seu corpo todo, de amar alguém desesperadamente. De sentir que era alguém que esperei por minha vida toda. Alguém que me entenda, que eu entenda, e de sermos melhores amigos... que não consigam resistir um ao outro.

James virou.

— Não tenho certeza se esse tipo de amor existe fora das comédias românticas. Ou depois da primeira semana.

— Obrigada pelo encorajamento — Anna respondeu.

— Ah, desculpe. Não peça para o homem cuja esposa está sendo masturbada por outro uma opinião sobre romance.

— Ela se envolveu com outra pessoa?

— Um modelo. De 23 anos. Tenho um novo olhar sobre como a primeira esposa dos astros do rock se sentem.

— Ele é bonito?

— Não, ele é modelo de mão. E tem a cabeça igual a um bonecão de Olinda. Sim, ele é "bonito", obrigado. Me sinto melhor agora.

Os dois riram até ela sentir que James estava pensando na esposa, e a risada acabou. James Fraser se sentindo inferiorizado por outra pessoa era uma ideia interessante.

— Será que vocês vão se reconciliar? — Anna perguntou.

— Ah, não sei. Se você tivesse perguntado um tempo atrás, eu teria dito um não cauteloso. Agora eu não sei.

— Mas você quer?

— Pelo jeito, quero. Não sei bem por quê.

— Porque ama alguém desesperadamente como nas comédias românticas?

— Porque eu gosto de sofrer.

Eles ficaram em silêncio.

— Certo, então vamos recapitular o novo perfil de Anna. "Historiadora..."

— Me faz parecer que tenho 68 anos e uso um cortador de pelos de nariz movido à pilha.

"Mas não tenho 68 anos nem uso um cortador de pelos de nariz movido à pilha. Pense no tipo de mulher que investiga destemidamente o sarcófago de uma múmia amaldiçoada usando uma tocha ao lado de Indiana Jones."

— Isso não seria uma arqueóloga?

— Quieta! Termine com: "Sou gostosa. Odeio gatos. Gosto de comer omelete no pão de hambúrguer no brunch. Me ligue."

— Hahahaha! Gostosa? — "Não sou isso tudo e nem o seu tipo." — Pelo jeito, você é muito bom nisso.

— Ah, a descrença na sua voz — James respondeu, sorrindo. — Tenho muita responsabilidade, sabia? Eu cuido das contas de mídia social de todos os meus clientes. Um passo em falso no HootSuite, e pode ser a ruína das palmilhas Scholl.

E, incrivelmente, eles estavam de novo no chão.

Quando saíram pelas portas, ainda estavam rindo. Anna tinha esquecido que havia um grupo.

— Foi bom o passeio? — um homem negro com um casaco verde vivo, boina e calça com estampa *pied-de-poule* perguntou, com um sorriso sarcástico.

Ela notou uma expressão padrão no rosto dos que estavam esperando. Era algo desconhecido para Anna. Tão desconhecido que ela demorou um tempo para decifrar a emoção. *Inveja.*

Sério? Os colegas de James estavam com inveja deles e do passeio para dois? De seu novo romance falso e das piadas internas de casal?

Anna pensou em quantas vezes a inveja podia ser totalmente curada com o prosaísmo da verdade.

42

James não imaginou que fosse gostar do boliche, mas quando chegaram ao bar da rede All Star Lanes, na verdade, foi bem divertido. Apesar de uma grande hesitação de último minuto por parte de James, a presença de Anna de fato tornou a coisa muito mais agradável.

Ela era ótima com todos: tranquila, simpática, mas dura. Talvez ela tivesse começado tensa, mas, com a ajuda do álcool, tinha se tornado ela mesma. E, quando Anna instintivamente se aproximou de Lexie como a pessoa mais gentil ali, James aprovou seu bom gosto.

E imaginou como Eva estaria agindo naquele momento. Provavelmente ouvindo Harris ou Ramona com sua expressão felina levemente crítica, mas impenetrável. Para depois voltar para o lado de James e fazer comentários de menosprezo que o teriam deixado levemente nervoso, ainda que orgulhoso de estar com a garota mais interessante ali. Ele também se deu conta de que Eva nunca o tinha feito se sentir como se fosse bom o bastante.

James tentou pensar em uma qualidade elevada de Eva que não fosse o tipo de coisa superficial que impressionava durante a adolescência. Gentileza? Próxima. Consideração? Hummm. Mas, sabe, ele não precisava namorar uma assistente social nem uma voluntária da fila do sopão. Não havia por que ficar "emo" em sua autocomiseração.

Quando James ligou para sua irmã a fim de contar que Eva o tinha deixado, Grace disse: "Ela sempre pareceu ter um pouco de descaso em relação a você. Mas você gosta de pessoas assim." James perguntou: "Eu gosto?" "Gosta. Das garotas más. E dos garotos maus."

Na verdade, ele não conhecia ninguém que passaria no Teste Grace de Qualidade, mas era um teste em que valia a pena passar.

Se Eva voltasse, o que sua família acharia da segunda temporada? Não muito, James imaginava. Ah, bom: a questão não era o que eles queriam, era? *Se* ela voltasse. Era difícil pensar em outra possibilidade. Ele não tinha prática em não conseguir o que queria.

E por falar em ter prática suficiente em alguma coisa, James notou que algumas aulas de boliche seriam muito úteis para seu par. Anna era lamentavelmente ruim e explodia em uma risada engraçada toda vez que a bola tocava de leve nos pinos. Depois de um tempo, ele decidiu que não aguentava mais vê-la jogar outra bola pela canaleta.

— Posso fazer uma crítica construtiva? — James perguntou, indo até ela, assumindo o papel de namorado novo e superatencioso.

Anna afastou os cachos pretos do rosto e fez uma expressão impassiva. Ela tinha combinado um vestido fino com meia-calça estampada e sapatos de boliche ridículos, e estava adorável.

— Primeiro de tudo, por que você está usando uma bola com esse peso? Parece uma bola de canhão sólida. Deve ter a metade do *seu* peso.

Ela ficou vermelha. Anna, ultra-atrevida e esperta, ficou vermelha quando seu peso foi mencionado. As mulheres eram estranhas às vezes.

— É que… hã. Eu gostei da cor perolada.

James sorriu.

— Ceeerto. Bem, posso sugerir esta, que talvez não tenha um tom tão bonito, mas é muito melhor para a finalidade de derrubar coisas?

James pegou a bola dela e substituiu por outra, segurando-a com a palma da mão enquanto Anna encaixava os dedos nos três furos da parte de cima.

— Balance — ele instruiu, demonstrando com um movimento do braço. — Mantenha sua linha de visão fixa onde quer que a bola vá e tente não soltá-la como um cadáver em uma calha. Um movimento fluido… — Ele gesticulou. — Você me odeia por causa disso, não odeia?

— Acho você pior que Fred West e deve ter alguns dos cardigãs dele — Anna respondeu, fazendo James rir alto.

Ela balançou a bola para a frente e para trás, para depois jogá-la na pista de um altura pequena. E ficou vendo a bola desviar para o lado e derrubar três pinos antes de desaparecer.

— Melhorou — James anunciou, com uma mão na nuca. — Mas continuou um pouco "quero qualquer pino". Posso chutar? Você era péssima em esportes nos tempos de escola.

Ele sorriu de novo, e Anna abriu um sorriso educado, apesar de parecer um pouco desconcertada. James estava sendo bem abusado com ela naquela noite, era verdade. Mas só queria fazê-la rir. Se os dois trabalhassem juntos, ele teria mais prazer em ir para o escritório.

— Você se importa se eu demonstrar? Veja, você já me odeia tanto quanto um serial killer, então não pode piorar.

— É o que você *acha*, não é? — Anna devolveu. — Oh, vá em frente.

— Certo. Então, faça assim... — James se colocou atrás dela e, enquanto Anna balançava a bola e a lançava, direcionou seu braço.

Com o movimento ab-rupto do lançamento, eles foram jogados um contra o outro por um momento.

James teve um sobressalto. Uma faísca inegável de homem e mulher surgiu com os dois corpos tão perto, como uma chave sendo colocada em um painel, e todas as luzes das terminações nervosas se acendendo. *Ding*.

Ele deu um passo para trás e continuou o encorajamento a distância, pensando: "Bom, isso é uma surpresa, por que eu com certeza não estou interessado nela."

Não que houvesse algo errado com ela, Anna era ótima. Se *fosse* o seu tipo, você ficaria totalmente encantado com ela. James apostou que ela devia ter uma horda de fãs entre os cientistas com quem trabalhava. Especialmente porque muitos dos acadêmicos que ele conhecera pareciam ter sido criados por Jim Henson.

Mas mesmo que decidisse encarar aquele *projeto paralelo*, Anna definitivamente não era o tipo de mulher com quem se tinha um caso durante um "intervalo no casamento". Era importante e séria demais para isso. Se fosse fazer isso, seria com... uma Lexie, por exemplo. Não com uma Anna. Anna ele queria como amiga. Ela era a primeira pessoa que o intrigava desde muito tempo.

Por sinal, James precisava encontrar uma maneira de dizer "eu gostaria de continuar vendo você como amigo" sem que parecesse que ele queria mais, até porque James sabia que ela também não estava nem um pouco interessada. Argh, como se tira o elemento sexual da conversa sem soar como se você soubesse que ele está lá desde o início?

Depois que os dois perderam a partida de boliche, ele se perdeu de Anna na confusão e, meia hora depois, quando ela reapareceu, foi para dizer que estava indo embora.

— Lexie está mal. Ela bebeu demais. Vou colocá-la num táxi — Anna avisou.

— Ah.

O ânimo de James foi parar no chão. Anna tinha sido a única coisa boa da noite, e ele esperava que ela estivesse disposta a ir para outro bar, quando ele pretendia entretê-la contando alguns escândalos da Parlez. Se ela estava indo embora, James também iria.

— A Lexie precisa de todo esse cuidado?

— Ela vai ter todo esse cuidado — Anna respondeu, e James se perguntou se era impressão ou ela tinha se tornado ríspida.

— Vou levar você até a porta — ele disse, atrás dela. Anna já tinha se virado para sair. — Vou pegar meu casaco.

Outro bônus de ter uma namorada de mentira — todo mundo assentiu e piscou quando James disse que ia embora mais cedo.

— Está tudo bem? — ele perguntou, do lado de fora, quando Anna colocou Lexie, que estava bem indisposta em um banco enquanto esperavam o táxi.

Ela virou para encará-lo, e James viu, por sua expressão, que não estava nada bem.

— Laurence me ligou para me convidar para sair — ela respondeu, e James sentiu uma onda de profunda irritação.

"Você não consegue parar de infernizar as mulheres nem quando elas estão fingindo ser minha namorada?"

— Ele disse que pegou meu telefone com você.

Meu Deus, por que ele tinha feito isso? Por preguiça; Loz encheu o saco de James, e ele cedeu muito rápido.

— E disse que você só me chamou para ir ao teatro como um favor para ele. E que você chamou minha irmã de "um marco científico — uma doadora de cérebro viva".

O queixo de James desabou, enquanto seu estômago ficou embrulhado de vergonha.

— Obrigado, Laurence. As duas coisas foram tiradas do contexto.

— Então você *não* julga mulheres que você mal conhece de um jeito ofensivo? — Anna perguntou, parecendo tão majestosa quanto uma Teodora, como se estivesse prestes a ordenar a execução de James sem hesitar.

Ela afastou o cabelo quando o vento o soprou em seu rosto.

— Não com frequência, espero eu.

— Então devo ter entendido mal no reencontro. Posso jurar que as palavras *não é isso tudo e não é meu tipo* saíram da sua boca para se referir a mim.

James engoliu com dificuldade. O-ou. Aquela alfinetada em Laurence. Ela tinha ouvido? *Ai*...

— Eu não quis dizer... Escute, Loz está causando intriga para seduzir você.

— Enquanto você é um modelo de honestidade masculina e passou a noite com alguém que você pediu para fingir ser sua namorada esta noite?

— Eu nunca disse que era perfeito, só não sou tão ruim quanto ele — James se defendeu, de um jeito péssimo. — Você vai sair com Laurence?

Anna deu de ombros.

— Não seria uma ideia pior do que esta.

Ela estendeu o braço, e um táxi preto com luz amarela finalmente parou no meio-fio.

— Se você acha que Laurence é o melhor dos dois, é porque vive no mundo da fantasia. Acredite em mim, Anna, ele vai machucar você. Não faça isso.

— Não estou interessada em com quem você acha que eu devo me relacionar.

— Eu entendo, mas estou falando isso como amigo. Laurence não é um homem com quem você quer se envolver.

— Um amigo — Anna desdenhou.

— Achei que eu fosse um.

— Por um momento louco, eu também. Mas acho que é melhor pararmos por aqui — disse Anna.

Depois de mover os braços e as pernas de Lexie como se ela fosse um fantoche para fazê-la sentar, Anna entrou no táxi, bateu a porta e não olhou para trás quando o carro entrou em movimento.

43

Anna estava em seu apartamento, sem fazer nada, se perguntando se podia preparar um almoço com um vidro de jalapeños vermelhos, um pacote de pão de forma velho e um pedaço de queijo cheddar com manchas verde-azuladas, ou se devia fazer compras, quando viu que um e-mail de James Fraser tinha chegado em seu laptop.

Num sábado? Ela não sabia o que esperar quando abriu a mensagem, mas se preparou para ficar brava. Se fosse algum tipo de pedido de desculpas, Anna pensava que seria uma tentativa de fazê-la não contar para todo mundo na Parlez que não era a namorada de verdade.

Mesmo assim, quando o abriu, Anna viu que a mensagem era bem longa. E ficou surpresa. James Fraser não parecia alguém que precisava — ou queria — que as mulheres em sua vida dessem trabalho. Com exceção da esposa.

Ela colocou as duas mãos ao redor da xícara de chá e começou a ler:

Querida Anna,

Peço desculpas se não é uma mensagem bem-vinda, mas, até aí, você pode me marcar como spam, ou me mandar um gif de um dedo do meio em resposta. Eu queria uma oportunidade de me explicar.

Você talvez continue me odiando depois de ler isto, mas acho que pelo menos eu teria o conforto — ainda que frio — de saber que você me odeia pela verdade, não pela campanha do

Laurence. Preciso pedir para você acreditar que tudo o que estou dizendo aqui é a verdade. É um pedido grande, dadas as circunstâncias, eu sei. Fico pensando no que você deve ter achado de mim depois daquele telefonema do Laurence e... isso não é bom. Tudo o que posso dizer é que também não saio por cima na minha versão. E se eu entendi direito o comentário de despedida de ontem à noite, existe uma grande chance de eu nunca mais ver você de novo. Então por que mentir?

É verdade que, até certo ponto, eu convidei você para ir ao teatro porque Laurence me pediu para apresentar vocês de novo. Ele ficou interessado em você no reencontro da escola, como imagino que você tenha percebido. Convidar você faria Laurence sossegar e era conveniente para mim, porque gosto da sua companhia. Se eu só estivesse fazendo isso por ele, como Laurence disse, por que eu iria? Juro para você, meu comprometimento com a vida sexual de Laurence, e com o desafiador teatro moderno, não é tão profundo.

E é verdade que eu disse que achei sua irmã difícil. Sinto muito, nunca é bom ouvir alguém fazer pouco de uma pessoa que você ama. Eu não desgostei dela, mas sua irmã é um contraste tão grande em relação a você que acho que fiquei surpreso. Gostei muito da sua amiga Michelle. Correndo o risco de parecer arrogante, não acho que fiz algo tão errado ao fazer um comentário leviano. Tenho o direito de ter opiniões pouco lisonjeira sobre as pessoas, mesmo que sejam parentes de amigos. Loz só contou isso para me deixar em uma situação ruim, e o preço foi magoar você, o que, na minha opinião, diz algo sobre ele, não sobre mim.

Sobre o comentário que fiz no reencontro, falei aquilo unicamente para dissuadir Laurence de ir atrás de você. Achei que você estava lá com alguém, e eu não queria que ele criasse um problema. Minha intenção era desencorajá-lo sem um motivo real, para fazê-lo parar — foi um comentário bobo, nada sério. Não sei como consertar isso sem avançar demais para o outro extremo e parecer um imbecil. Quero dizer, é verdade que, num sentido mais amplo, você não é meu "tipo", mas tenho certeza que isso não incomoda você nem um pouco e que a recíproca é verdadeira.

De modo geral, chego ao final desta mensagem e me dou conta de que minha situação está ainda pior do que achei que estaria. Posso rastejar um pouco e dizer como acho você incrível, como você foi ótima com todo mundo ontem à noite. Mas, em vez disso, acho que vou apelar para minhas melhores fichas. Em anexo, está uma foto de Luther parecendo estar bravo enquanto vai ao banheiro. Ele tem tantos pelos que não cabe inteiro na caixa de areia, então a cabeça dele fica fora da abertura enquanto ele faz suas necessidades. Aproveite.

Um bj,
James

Anna abriu o anexo do e-mail e soltou uma risada relutante ao ver a cabeça de Luther, sem corpo e contrariado, olhando para a câmera com aqueles olhos cor-de-laranja e a expressão de quem estava lambendo urtiga.

Ela leu e releu a mensagem. Era difícil decidir o que achava desse homem. Por um lado, ele se dera ao trabalho de escrever uma confissão bastante charmosa. E merecia pontos por isso. Por outro, Anna não gostava da sua superioridade natural. Era algo tão incorporado que ele nem se dava conta quando isso se tornava aparente. Sabe, que diferença fazia se ele gostou de Michelle? Anna não buscava a aprovação dele para seus amigos nem sua família. James se dava muita importância.

E a parte sobre ela não ser seu tipo? Inacreditável! "Obrigada pelas informações, por favor, mande sua avaliação final quando estiver pronta." Era óbvio que ele achava que Anna tinha ficado com o orgulho ferido por não ser considerada atraente o bastante, e não um desgosto generalizado por homens que julgam mulheres assim.

No entanto, em geral, seu senso de justiça natural aceitava que as pessoas falavam muitas coisas sem pensar, pelas quais precisassem se retratar depois, inclusive ela.

Anna revirou as palavras dele muitas vezes e, finalmente, começou a escrever uma resposta.

Caro James,

Ainda que eu esteja preparada para aceitar que tudo o que você disse é verdade, o que não entendo é isto: se Laurence é tão babaca e tratou você desse jeito, por que ele ainda é seu melhor amigo? Essa é uma pessoa que você conhece desde o colégio? Imagino que ele tinha sido seu padrinho de casamento e tudo o mais.

Anna

A resposta chegou em menos de cinco minutos, e o ego de Anna ficou levemente inflado ao pensar que James estivesse apertando o botão "atualizar" de seu e-mail.

Boa pergunta. Não tenho uma boa resposta. Eu provavelmente deveria rever alguns conceitos. Laurence é engraçado, mas tem a capacidade de virar a chave e prejudicar você, e não se importa se você ficar sabendo.

Se bem que eu poderia argumentar que conhecê-lo há tempos me torna menos culpado por tê-lo escolhido como amigo, porque o cérebro não está totalmente formado na época da escola. Quando você percebe como alguém é de verdade, a pessoa já entrou na sua vida. Digo que "eu poderia argumentar" porque não posso ver o seu rosto para julgar o quanto você está incomodada e se eu me safaria dessa...

A propósito, Loz não foi meu padrinho de casamento. Minha irmã Grace fez as honras.

Bj,
J

Anna disparou a tréplica no mesmo instante, sabendo que, ao fazer isso, estava perdoando James. Um perdão talvez causado por ele se distanciar das escolhas feitas nos tempos de escola.

Sua irmã? Mesmo?

Bj,
A

Putz, ela mandou um beijo?! "Anna Alessi, pelo jeito você vira um capacho para um homem capaz de redigir um e-mail bonito", ela pensou. A resposta foi quase imediata.

Pois é. Tenho fotos para provar. Ela é fotografa de guerra e está em Mali no momento. É ótimo para os nervos da minha mãe. Grace é quem tem a inteligência, o instinto e o talento na minha família, é bem injusto. Ela tem 26, é superdurona e enfrenta balas perdidas e minas terrestres, enquanto eu procuro maneiras de fazer campanhas virais de bebidas compostas de iogurte probiótico.

Aliás, ela me faz lembrar você, e juro que não estou dizendo isso para tentar sair do meu poço de merda. Especialmente a disposição que ela tem para me dizer quando estou sendo um escroto. Seria ótimo se eu tivesse a oportunidade de apresentar vocês duas um dia, mesmo que os ataques à minha dignidade possam ser terríveis. Ela ia gostar muito de você.

Bj, J

Esse era James Fraser, em resumo, Anna pensou. Toda a vontade de querer que ela conhecesse alguém importante para ele, envolta na expectativa tácita de que, apesar de tê-la insultado, haveria "um dia".

Ok, desculpas aceitas. A propósito, Laurence vai me levar para patinar no gelo.

Não é o que eu esperaria dele, por algum motivo.

Bj, A

Desta vez, a resposta demorou meia hora para chegar. Anna se perguntou se James não estava feliz por ela ir a esse encontro. Ela podia entender por que — as informações que Laurence tinha compartilhado não foram boas para James.

E por que ela tinha aceitado? Laurence parecia bem execrável. A abordagem tinha sido direta e a desarmou totalmente. O celular tocou quando ela estava saindo do banheiro do All Star Lanes e, quando ela atendeu e disse onde estava, Laurence foi bem direto: "Você está num encontro *sério* com James?"

Então, quando Anna explicou que não era o caso, ele respondeu: "Certo, bom, eu nunca fiz isso antes, mas a questão é que nunca conheci ninguém por quem eu sentisse uma atração imediata como você e que quisesse conhecer melhor. E, ainda que eu imagine que nada do que você viu ou ouviu sobre mim faça você querer sair comigo, quero encontrar você. Então em vez de criar uma estratégia e um esquema, decidi ser totalmente honesto e apenas implorar por uma noite juntos. Nenhuma expectativa, nenhuma pressão. Se você disser não, prometo não perguntar de novo."

Surpreendentemente, foi difícil dizer não. E então, enquanto Anna pensava no assunto, Laurence disparou: "James está me ajudando porque sabe que estou louco por você, então não sei ao certo qual é a história de hoje à noite. Mas às vezes ele tem duas caras..."

Por curiosidade, Anna perguntou o que ele queria dizer. Foi a deixa para as revelações desagradáveis.

Anna ficou ouvindo o discurso enquanto olhava para Lexie, que estava jogada, fitando James com a atenção dos chapados. Ela contou para Anna em detalhes como James era incrivelmente gentil e correto no trabalho. Anna colocou um filtro no relato da garota, considerando a queda que Lexie tinha por ele. E esse caráter todo não significava ser honesto sobre seu status afetivo, ela notou.

Houve um momento estranho, que ela não contaria para ninguém, quando James a estava ajudando com o boliche. O corpo dele estava encostado no seu, e pareceu... por um segundo, pareceu fazer sentido. Aliás, Anna ficou repetindo mentalmente a sensação, imaginando estar nos braços de James. Meu Deus, ela estava mais solitária do que queria admitir. Anna se tornaria uma daquelas presidiárias com testosterona, que faziam tatuagens de pantera e começavam a se esfregar nas outras prisioneiras por desespero.

Laurence e James. No Mock Rock, qual dos dois tinha sido pior? James. Foi ele que a fez subir ao palco.

E Michelle — e até o próprio James — não disse que era perda de tempo aceitar somente convites desses homens medíocres e chatos?

Então Anna respondeu: "Tudo bem, Laurence. Por que não?"

Você vai mesmo sair com o Loz? Uau. Mal posso esperar para saber o que vai acontecer. Espero que você não tenha que falar da noite diante de um tribunal num depoimento filmado. (Desculpe. Mas não aceite nenhuma bebida com um gosto estranho de pó.)

Bj, J

44

Segunda de manhã, James estava se arrastando, mandando um e-mail para Grace, quando levou um susto culpado ao se dar conta de que alguém estava bem perto de seu ombro.

Ufa, era só a Lexie. Ela tinha ficado mal na sexta e, pobrezinha, seus olhos ainda estavam esbugalhados e sua pele, ressecada. Era possível que ela também tivesse saído no fim de semana, claro — Lexie não era velha como James. Por algum motivo, ele apostava que ela tinha ficado em casa. Lexie era o tipo de garota vinho rosé Blossom Hill, trufas cobertas com chocolate em pó da Thorntons, pantufas de pelúcia em forma de pata de monstro.

— Você pode agradecer a Anna por me levar para casa? — ela disse. — Estou morrendo de vergonha.

— Claro, não se preocupe. Todo mundo fica chapado quando o chefe está pagando, não se preocupe com isso.

— Eu estraguei sua noite?

— Minha noite?

— Sim...?

Ahhhh. Anna a levara para casa sozinha, não é? James estava contando com a possibilidade de Lexie ter um lapso de memória, mas estava claro que ela lembrava. *Argh.*

— Não, tudo bem. Mesmo — ele disparou. — Você estava se sentindo mal sábado de manhã?

— Eu fiquei muito mal. Minha cabeça girava que nem no *Exorcista.* Eu estava me sentindo mal antes de irmos para o boliche. Anna foi tão gentil. Eu queria ficar, a gente estava no banheiro feminino, e ela me ouviu e disse: "Eu sei que neste momento você acha que quer ficar, mas, se for para casa agora, prometo que você não vai ter nada do que se arrepender. Se continuar aqui, vai ter um daqueles lapsos em que não consegue lembrar o que disse nem o que fez, que é o pior." Foi tão *girl power*, uma coisa que só a sua melhor amiga faria.

Sim, com certeza Lexie tinha uma cama de dossel com adornos feitos de tecido com estampa floral, flores em regadores antigos e o box completo da série *True Blood*.

— Ah, que bom. Pois é, Anna é muito atenciosa, não é? Vou falar para ela, Lex.

Charles, o metido, estava ouvindo a conversa e virou sua cadeira.

— Se você me permite uma opinião, ela é um achado. Não cheguei a conhecer sua ex-mulher, mas Anna é muito... carismática. Que garota adorável. E estava me falando do trabalho, ela deve ser muito inteligente.

— É — Lexie concordou, com uma careta. — Anna é muito legal, sem dúvida.

— Nunca entendi como você e Eva *ficarram* juntos — Christabel, que veio da Alemanha, fazia a contabilidade e de vez em quando discutia sua vida sexual de uma maneira tão direta e explícita que fazia James transpirar. — Ela *erra* tipo *um* "rainha do gelo". Você sempre ficava mais *sérrio* perto dela, não o James *espirrituoso* que nós conhecemos.

Ele estranhou que seus colegas achassem que o James "verdadeiro" era o do trabalho, não o que estava com a esposa.

— Você fez o upgrade para a versão 2.0 — disse Parker. — Resolveu os bugs. Aparou as arestas. Ganhou mais acessibilidade.

Parker não irritava de propósito, mas era bom nisso.

James fez uma careta. Isso era esquisito. Ele sempre achou que, como Eva parecia a pessoa certa, todo mundo tinha ficado impressionado. Não achou que as pessoas fariam muito escândalo por causa de alguém "legal". E ficou um pouco envergonhado, até constrangido. Ele achava que as pessoas da Parlez eram triviais, mas aquilo era a prova de como ele podia ser superficial. Sua superficialidade era oculta.

— Sim, você fez bem de se livrar daquela outra — Harris entrou na conversa, aproveitando a oportunidade de dizer algo negativo, como se "aquela outra" fosse uma maneira respeitosa de se referir a um ser humano que, até bem pouco tempo atrás, você considerava digno de uma jura de lealdade. James odiaria estar de luto perto de Harris. "Você não perdeu um familiar, você fez um corte na lista de Natal."

Surgiu um coro de murmúrios que concordavam que a química com Eva era muito inferior ao que ele tinha fingido com Anna, o que deixou James com um leve desconforto.

Então sua mentira bem-sucedida tinha aberto as portas para todo mundo dizer o que realmente achava da esposa por quem ele ainda estava apaixonado? E se eles voltassem, esse anúncio provocaria um desconforto?

James voltou-se para a sua tela, olhando sem nenhuma emoção para o e-mail divertido que estava escrevendo para sua irmã e clicou em "salvar em rascunhos". Sua insolência desaparecera. Como era aquele ditado? *Mentira tem perna curta.*

Tem mesmo? Chegou um e-mail de Laurence. James não tinha saco para lidar com ele face a face, nem pelo FaceTime, e tinha mandado uma mensagem bem direta para dizer que ele foi um escroto pelo que disse à Anna.

Havia alguma coisa inquietante naquele episódio. Ele sabia que Laurence era um cretino implacável quando estava caçando, mas James não costumava ser atropelado como um espectador inocente. "Talvez porque você nunca tenha ficado no caminho antes", uma voz sussurrou.

Ele pensou nas vezes em que tinha rido com Laurence do último recado hilário de uma mulher rejeitada, ou quando cobriu seu amigo que fugia de uma boate pela saída de incêndio.

Vale tudo no amor, na guerra e no boliche, Jimmy! Sério, desculpe, achei que você não dava a mínima para ela, caso contrário eu teria pegado leve. Ela começou a tentar perguntar discretamente sobre você, e eu abri a boca sem pensar, mil perdões. Se vingue de mim recomendando minhas habilidades de fazer sexo com estranhos em lugares públicos no LinkedIn, ou algo do gênero.

Finalmente consegui o encontro. Tirei meu melhor terno do armário e vou passar minha fragrância "Consentimento Presumido", de Sean John...

Loz

45

Apesar de ser basicamente inútil em todos os esportes e quase todas as atividades físicas, com exceção de "cerâmica", Anna era razoável em patinação no gelo. Seu pai costumava levá-la para o rinque do bairro quando ela era pequena, para não precisar fazer compras com a esposa e a filha mais nova. Ele lia um livro e fazia os acenos obrigatórios toda vez que Anna completava uma volta.

O truque era estar disposta a acreditar que era capaz, deslizar os patins e dar impulso com os pés com movimentos graciosos para a frente. Ser amadora era bom, pois você não precisava ser especialmente ágil, só ter equilíbrio.

Quando eles pegaram os patins do prédio ao lado do Somerset House, apertaram os cadarços até a circulação ficar prejudicada e cambalearam até o rinque como potros recém-nascidos. Anna meio que esperava que Laurence começasse a desenhar oitos e a deslizar pelo gelo, jogando neve nos demais.

Em vez disso, ele parecia genuinamente apavorado, e seu centro de gravidade alto o tornava bastante desajeitado. Ele passou bastante tempo segurando a barra, com um expressão tensa. Anna não conseguia decidir se essa incompetência era adorável ou se o plano tinha dado errado e criado uma desvantagem. Laurence nunca tinha parecido menos seguro, e Anna nunca tinha gostado tanto dele. Depois de um aceno para que ela continuasse, Anna deu algumas voltas na pista.

— Você podia ter me avisado que era boa patinadora — Laurence disse, na terceira volta dela, durante seu progresso lento e agonizante atrás de uma grupo de garotas usando mochila da Hello Kitty.

— Haha, eu não sou boa! Faz muitos anos. Você só precisa criar confiança.

— Você é uma dessas pessoas que não precisa fazer esforço para ser brilhante em tudo e é capaz de caminhar sobre a água, não é? Ou melhor, deslizar sobre água congelada.

— Juro que não sou, mesmo.

Anna ajustou seu pesado cachecol preto feito em casa (a única peça do Ateliê de Judy Alessi que ela ainda usava) no queixo e sentiu uma satisfação infantil por causa do elogio, por mais despropositado que fosse. Espere um pouco. Ela estava se divertindo, em um encontro? Incrível. Com Laurence? Ainda mais incrível. Um homem que James tinha descrito como o demônio vestindo Hugo Boss. Algum tipo de relação, ainda que casual, seria remotamente possível?

Do ponto de vista físico, o estilo superior dele não era o tipo de Anna, mas ela podia imaginar que quem se interessava por ele se interessava muito.

Quando não estava patinando no gelo, ele tinha aquele charme inato e desagradável dos homens que têm autoconfiança demais, o tipo de confiança que você esperava adquirir tocando nele. E aquele rosto expressivo e assimétrico era, à sua própria maneira, mais cativante que a perfeição. Anna observara que as coisas que se demoravam mais para ser apreciadas eram apreciadas por mais tempo.

— Quer se segurar em mim? — ela ofereceu, curiosa para ver como a masculinidade alfa de Laurence lidaria com a sugestão.

— Não vou te derrubar?

— Vou correr o risco.

Laurence segurou o braço dela com cuidado e soltou a barra. Ele não estava patinando, era mais um caminhar com patins no gelo. Seu peso forçava o cotovelo de Anna.

Tome impulso para a frente — ela demonstrou com seus pés. — Pense que não vai cambalear e você não vai.

Laurence tentou fazer um movimento um pouco mais fluido.

— Está vendo! — Anna exclamou, ajudando-o a desviar de uma gangue de estudantes e ir para o centro do rinque. Ficar mais longe da barra, sua zona de conforto, teve um efeito psicológico nocivo, e o peso de Laurence no braço dela aumentou.

— Está tudo bem — Anna tentou acalmá-lo. — Patine...

— *Patine*, como se falar fosse fazer — Laurence comentou, fingindo estar irritado.

— É verdade, desculpe — Anna riu. — E só esquiar provavelmente não me ajudaria.

Alguns momentos se passaram, e ela achou que Laurence tinha pegado o jeito da coisa, mas então veio um puxão em seu braço.

— Espere, uou, uou, AAAAAAAH.

Sem aviso, Laurence se balançou para a frente e para trás, pareceu estar correndo sem sair do lugar, antes de cair, levando Anna para o chão junto com ele.

Ela caiu de costas, enquanto Laurence se espatifou completamente, assustando uns turistas japoneses idosos que estavam observando e que começaram a tirar fotos assim que superaram o choque.

Anna foi até o lado dele.

— Oh, não, você está bem? Laurence! Você bateu a cabeça?

Ele continuou deitado, mas olhou para Anna.

— Eu morri? Estou no céu?

Com o pânico superado, mas com a adrenalina ainda correndo, ela começou a rir: uma gargalhada completa, histérica, de doer a barriga. Anna devia saber que ia ser preciso algo mais grave para afetar a cara de pau dele.

— Considerando tudo o que eu ouvi, você não vai para o céu — ela comentou em meio ao riso.

— Tem certeza? Você parece um anjo.

— Você nunca faz uma pausa nas cantadas de pedreiro?

Laurence tentou se levantar e fez uma careta de dor.

— Vamos dar por encerrada essa aula de patinação para iniciantes — ela anunciou, segurando o braço dele, feliz que ninguém estivesse perto o bastante para patinar sobre as mãos abertas de Laurence.

— Graças ao Senhor.

— Por que você escolheu isso se não gosta de patinação no gelo?

— Achei que seria memorável — ele respondeu. — Para ser sincero, colocar lâminas nos pés e deslizar por uma superfície escorregadia é loucura.

Os dois cambalearam e deram passos desajeitados até conseguir recolocar os sapatos.

Quando começou a anoitecer, o rinque de patinação começou a fazer mais sentido como um local para encontros. A árvore de Natal monstruosa e cintilante, o brilho verde-azulado do gelo, e a iluminação majestosa do local fizeram Anna se sentir como se estivesse na cena de uma comédia romântica, inclusive com um incidente engraçado. Quando eles se acomodaram em uma das mesas para observar os patinadores, a combinação de ar gelado e cidra quente foi um bálsamo. As condições eram propícias para se apaixonar.

Seria uma pena se ela estivesse com alguém que usasse todo o seu repertório de histórias engraçadas, intercaladas com referências casuais ao próprio sucesso profissional, omitindo as outras mulheres cuidadosamente. Depois de um tempo, Anna se cansou daquela rotina, da sensação de ser a plateia em vez de uma interlocutora.

— Laurence — ela começou, com delicadeza. — Eu não preciso de uma versão de quem você acha que estou procurando. Prefiro passar um tempo com você. Esqueça que eu sou mulher por um tempo.

— Não é tão fácil — ele respondeu, com uma piscadela. — Estou fazendo de novo, não estou? — Os dois riram. — Não, eu de fato exagero um pouco quando fico nervoso, você tem razão.

— Nervoso — Anna repetiu, com ceticismo, levantando as sobrancelhas.

Houve um curto silêncio.

— Imagino que a piada sobre eu não ir para o céu vem dos relatos de James Fraser? — Laurence comentou.

— E das minhas próprias observações.

— James nem sempre é o melhor amigo.

— Ah, fala sério. Acho que não dou conta de mediar essa disputa — Anna disse, revirando os olhos.

— Não, não estou falando de nada que ele faz, mas do que ele é. As mulheres são atraídas por ele. Era assim na escola.

Anna mudou de posição no assento e virou o resto de sua bebida.

— É uma agressão para o ego ficar ao lado do Super-Homem disfarçado de Clark Kent, às vezes. Você fica invisível, ou se torna a segunda opção de todo mundo. Talvez eu tenha essa coisa de melhor amigo "com personalidade forte" para compensar. Sabe do que estou falando? Você pensa, tudo bem, já que não dá pra ser assim, vou ser assado.

— Sei como é — Anna respondeu.

— Mais um? — Laurence ofereceu, olhando para o copo dela, e Anna assentiu. Enquanto ele estava no bar, o celular de Anna apitou.

Então, como foi?
Bj, J

Ainda estou aqui. Está sendo divertido, na verdade. Acho que Laurence tem uma pouco mais de substância do que você acha...
Bj, A

AH, NÃO. NEM A PAU. Você não está caindo na esquete do "homem por trás do mito", está? Anna, esse não é nem o melhor material dele. E eu achando que você era esperta e tal. Você vai sair com ele de novo?
Bj, J

Se ela não soubesse que isso era impossível de todas as maneiras, teria dito que James estava com um pouco de ciúme.

Talvez. Bj, A

Certo. Vamos sair para tomar um drinque, e eu vou colocar um pouco de bom senso na sua cabeça. É irrelevante você querer ou não, vai ser uma intervenção e um confronto movido pelo afeto. Precisamos Falar Sobre Laurence. Bj, J

Laurence voltou e colocou as bebidas sobre a mesa.

— Então? Você já seduziu montes de mulheres com essas histórias, Laurence? — Anna perguntou, tomando um gole.

Ele sorriu.

— Não *montes*. Nunca encontrei ninguém especial, caso contrário, eu não estaria aqui.

— Viu? Você é tão engraçado — disse Anna. — Se eu fosse homem, você estaria se gabando sobre a quantidade. Mas sou mulher, e você acha que quero ouvir que "elas não significaram nada, querida."

Laurence abriu um sorriso ainda mais largo e esfregou o olho.

— Você não quer?

Anna deu de ombros.

— Se você não está arrependido, por que está tentando esconder isso? Tipo, seja você mesmo.

— Por causa das suposições que vêm na sequência. Que você é superficial, ou é mulherengo.

Ela suspeitava das duas coisas. Anna se perguntou se havia justiça nas pré-concepções sobre com quem ela deveria sair ou não. Ela estava dizendo que o histórico de Laurence não incomodava, o que não era exatamente verdade. Isso era justo?

— Na teoria, em geral, acho que, se alguém trata as pessoas como descartáveis, você tende a pensar que também vai ser descartado com facilidade — ela explicou, com cuidado.

— Hummm. Tipo, tudo em que acredito é, se você está com fome, vá jantar. Se alguém parece ser divertido, deve ser. Minha motivação e meu comportamento sempre foram bem diretos. Porém, mais cedo ou mais tarde, você é rotulado como *mulherengo*, *galinha* ou algo assim. Quando na verdade são só humanos sendo humanos.

Anna ponderou: talvez ele só seja honesto, e eu esteja sendo intransigente. Em seguida: não é exatamente assim que um arquissedutor opera? Tira você do prumo com algum tipo de relativismo moral, mistura com um pouco de autodepreciação, um perfume forte e um tanto de álcool? De repente, você não sabe mais onde está, mas está sem calcinha.

— Acho que eu também não gostaria de ser julgada pelas minhas escolhas — ela comentou.

— E quais são elas?

— Basicamente envolvem esperar por alguém que seja importante para mim.

— Eu também estou fazendo isso. Só andei mais ocupado.

— Você está? — Anna perguntou.

— Estou.

Laurence manteve o contato visual enquanto tomava sua bebida. Anna se perguntou se ele de fato seria *muito bom na coisa*, depois de tanta prática.

— Ei, veja só — ela comentou, feliz com a distração, apontando para dois patinadores na casa dos vinte, cabelo esvoaçante com botas brancas impecáveis, rodopiando no rinque. Eles estavam fazendo aquele movimento em que você olha por sobre o ombro, cruza os pés, e anda em zigue-zague para trás, quase flutuando. Os dois eram tão rápidos e habilidosos que dançavam por entre o resto das pessoas na pista. — Você achava que eu era boa. Eles que *sabem* o que estão fazendo.

— Você é muito modesta para alguém com tantos motivos para não ser modesta.

Anna teve a impressão de que ele estava seguindo o manual "faça ela sentir que é a única mulher no lugar".

— Ah, meu Deus, por favor, não faça isso.

— Está vendo? Você é péssima em aceitar elogios.

— Se você acreditar na parte boa, vai ter que levar a parte ruim a sério também.

— Isso torna você ainda melhor, acredite em mim. Você não encontra muitas mulheres bonitas que não tenham uma arrogância profunda. Ou neuroses profundas.

"Mencione a beleza dela explicitamente. Mas deixe claro que ela é muito mais do que isso." James estava certo, Laurence devia escrever uma versão de *O Jogo — A bíblia da sedução*.

Anna balançou a cabeça.

— Com certeza não é preciso ser bonita para ter neuroses enormes.

— Haha. Você não teria como saber.

Não? Anna rapidamente estava se dando conta de que era impossível ter uma conversa de verdade com ele, Laurence estava preso no próprio jogo. Cada fala era ensaiada, cada olhar era calculado com precisão.

E assim terminava o Experimento Laurence. Ele não era para Anna. Para alguns homens, ela pensou, você sempre seria uma presa. E quando a capturavam, arrancavam sua pele e... hum, comiam você. É, não era a melhor analogia. Quando terminavam, eles ficavam entediados e precisavam partir para a caça de novo. Laurence não queria conhecê-la, queria levá-la para a cama. Era inútil tentar conhecer quem ele era de verdade, e Anna duvidou que gostaria dele.

— E como a patinação no gelo se compara ao boliche? — ele perguntou.

— Não é uma disputa justa, considerando que sou péssima no boliche e minimamente competente na patinação.

— Eu estava falando do encontro — Laurence corrigiu.

— O quê? O boliche não foi um encontro.

— Eu sei, mas... entre no jogo. Reclameaqui.com.

— *O que é que há de errado* entre vocês dois?

Anna teve um flashback de James e Laurence no Mock Rock, nas coxias, se deliciando com o triunfo de sua completa humilhação. Era só mais um jogo e, mais uma vez, ela era o alvo.

E, mais uma vez, ela estava participando da armação de bom grado, ingenuamente. Quando a névoa se dissipou, Anna ficou um pouco enojada consigo mesma.

— É algum tipo de disputa, uma aposta entre vocês? A coreografia "estou convidando você para sair comigo desesperadamente"?

— Qual é, Anna, eu não falei do boliche por mal. Eu estava brincando...

— Obrigada pelos drinks. Espero que seu traseiro não esteja muito dolorido amanhã. — Ela se levantou para ir embora. — Nem o seu ego.

Apesar das desculpas extensivas de Laurence dizendo que ela tinha entendido errado um comentário bobo, Anna insistiu que estava indo embora.

— Laurence. Sua princesa está em outro castelo.

— O que isso quer dizer?

Anna hesitou.

— Não sei. Meu amigo Patrick diz isso.

46

James Fraser não tinha imediatamente cumprido a ameaça de conversar sobre Laurence. Sem dúvida, ele soube que o amigo não tinha conseguido chegar até o fim, e achava que não era mais necessário.

Já vão tarde, os dois, Anna pensou. Isso durou até ela voltar de uma aula para uma sala catatônica de segundo ano uma semana depois e encontrar um e-mail de James esperando na tela. Ela se recusou a reconhecer a onda de prazer que sentiu.

> Então, e aquele nosso drinque? Você pode correr, mas não pode se esconder. Tenho homens pela cidade toda. No sentido hétero.
> Bj, J

Ela estava cansada de jogar o jogo dessa dupla. Então ajustou o tom para "sarcasmo total" e disparou:

> Mais uma noite em que um de vocês vai me explicar por que é melhor do que o outro, quando parecem a mesma coisa? Não, obrigada. Acho que preciso desentupir minha privada.
> Bj, A

Vai ser o suficiente, ela pensou, com uma satisfação ranzinza. James esperava que as mulheres se jogassem aos pés dele, não esperava? Anna ia gostar da resposta rude e perplexa. A raiva dele não ia afetá-la, considerando que ela não tinha interesse em agradá-lo.

Uuuui! *Segurando o forninho* Bem, que péssimo para você, Alessi ranzinza. Adivinhe quem ganhou uma cópia exclusiva antecipada do documentário de Tim McGovern sobre a Teodora, relacionado a uma certa exposição? E ia propor uma sessão em casa? E oferecer a bebida? SIM. Você está prestes a melhorar seus modos em relação a mim, sem dúvida, sua monstra. Bj, J

P.S.: para desentupir a privada, jogue aquela coisa da garrafa laranja da Wilkinsons; o esgoto passa melhor que na boca de Laurence.

Anna riu alto e brincou com a caneta enquanto relia a mensagem e ria de novo. Ela ficou em dúvida sobre como responder. James, com toda sua autoestima despreocupada, decidiu que eles eram amigos. Sucumbir era fácil. Era bom. Além do mais, ela estava louca para ver esse documentário. Droga.

— Como sou um idiota arrogante e velho, calculei super mal quanto tempo minha corrida ia demorar, desculpe — disse James, tirando uma camiseta com um V de suor do corpo, depois de abrir a porta.

Anna murmurou alguma coisa educada sobre não ser um problema. Ela estava simplesmente feliz por existir um foco para a conversa. Pelo visto, eles tinham oficialmente cruzado a fronteira da obrigação para uma amizade experimental. O encontro com Laurence foi uma ocasião única, e não se definiram diretrizes.

— Você me acharia rude se eu subisse para tomar um banho rápido? — James esfregou o rosto com a manga da camiseta azul escura. O rosto dele brilhava por causa do esforço, e o cabelo estava molhado de suor. Anna podia imaginar Lexie desmaiando diante do combo Homem de Aço e cheiro de homem.

— Não, de jeito nenhum — Anna respondeu, tirando o casaco enquanto o acompanhava até a sala de visitas e deixava sua bolsa ao lado do sofá rosa.

James levou um cooler para vinho para a mesa de jantar, serviu uma taça de vinho branco e colocou na mão dela. Depois, deixou o controle da TV e do DVD ao lado de Anna.

— Vamos ao Tim, meu fã. Mas não comece até me aprontar, não quero perder nenhum berloque.

Anna se deu conta de que estava cada vez mais confortável na companhia de James. Mesmo não confiando nele de verdade, considerando a mistura de medo e desgosto que havia conhecido por sua causa, ela sentia cada vez mais que sabia como navegar por aquele senso de humor. Como não tinha irmãos homens, ela imaginou que talvez a relação fosse assim.

Anna mexeu nos controles e não conseguiu fazer a imagem aparecer na tela. Luther apareceu, observando sua intrusão impassível.

— Olá, Luther! — ela cumprimentou educadamente.

— Miaaaaaaau! — ele gemeu.

Ele se aproximou de uma almofada turquesa que parecia ser bem cara e estava sobre um pufe e a agarrou com sua pata estendida. Em seguida, virou o pescoço peludo e fez um careta para Anna, como uma criança mal-comportada desafiando a babá.

— Não sei se você deveria fazer isso...

— Bwuuuurrrrp! — Ele puxou a almofada para o chão e começou a arranhá-la com o entusiasmo de um menino desembrulhando um presente de Natal.

Anna levantou e tentou arrancá-la das garras da fera. Luther reagiu cravando as unhas com mais força. Ouviu-se um barulho horrível de algo se rasgando, e Anna parou de puxar. Será que o gato estava determinado a transformar todas as suas visitas em desastres? Será que ele estava fazendo o que sua dona queria? Luther parou de arranhar.

— Obrigada! — disse Anna.

O gato colocou o traseiro sobre a almofada e fez uma careta terrivelmente parecida com a que ela tinha visto na foto da caixa de areia.

— Oh, não. James! — ela chamou.

Anna tentou tirar o objeto de decoração delicado de baixo de Luther, mas as garras se fincaram de novo. Ela não ia ser culpada por essa criatura deixar um presentinho em algo que devia ter custado uma fortuna. Ela não sabia o protocolo antes, mas aprendeu a lição.

Não havia nenhum barulho vindo do andar de cima. Anna subiu as escadas, de um jeito ruidoso, considerando que os degraus eram de madeira oca, com apenas uma passadeira de sisal no centro.

— James? James!

Agora que tinha chegado até aquele ponto, ia continuar. Anna foi até o topo da escada e ouviu o barulho do chuveiro. Quando o som chegou aos seus ouvidos, seus olhos encontraram uma visão surpreendente no banheiro do outro lado do piso. James. De corpo inteiro. Ou tudo o que estava visível, já que ele estava de costas para ela.

A cabeça dele estava cheia de xampu, e rios de sabonete desciam pelas costas, como um comercial de perfume ao vivo.

Anna abriu a boca, e tudo o que saiu foi um gemido digno de Luther. *Mensagem urgente do* cérebro dela para os pés estranhamente pesados: ele ia virar. A qualquer momento James ia olhar para ela e, talvez, se Anna continuasse olhando por mais um instante, veria o nu frontal. E, meu Deus, sim, ele ESTAVA virando, e Anna vislumbrou uma fração de pele rosada e pelos pretos ao descer a escada correndo.

O que ela estava fazendo? James era casado. Anna tinha quase espiado um pênis que pertencia a outra mulher.

Ela voltou ao seu lugar no sofá, pegou sua taça e tentou ignorar o turbilhão interno. Sua boca estava seca quando tomou um gole de vinho. Anna precisava se recompor. Aquilo tinha sido um estímulo visual. Algo inesperado, só isso. Ela ficou esperando seu coração desacelerar, e uma sensação que precisaria ser chamada de desejo, se acalmar. Pense em Boris Casoy, com uma sunga cavada neon, e os pelos do peitos depilados para formarem um B gigante. Pronto, estava funcionando. Ela ficou mais calma. Tudo sob controle.

— Cuaaarpp! — Luther gemeu ao descer da almofada intacta e pular no colo dela. O gato se ajeitou com dificuldade, como um idoso com artrite, se acomodou e começou roncar, alto.

Anna estendeu a mão com cuidado e acariciou seus pelos.

— Prrrrrrrraaaaa — ele fez um barulho estranho de satisfação.

Era uma casa estranha. Um palacete dourado adequado para uma linda rainha de cabelos dourados que tinha abdicado do trono; um homem eroticamente enigmático que tomava banhos perigosos; e um gato que parecia uma almofada de pelos ambulante, como aqueles Tribble de *Star Trek*.

James reapareceu, com sua bunda estonteante coberta por uma calça jeans, e seu peito por uma camiseta diferente. Ele estava secando o cabelo limpo e molhado com uma toalha de mão branca.

— Adivinhe só, consegui até não fechar a porta direito, e ela se abriu. Estou me sentindo um velho pervertido de capa de chuva tentando mostrar o pênis para você em um parque.

Aaarggggghhhh, não, não, não, sério que ele tocou no assunto?! Anna não imaginou que isso pudesse acontecer e ficou completamente vermelha no mesmo instante. Era o apocalipse para os tarados por glúteos. Uma viagem ao Bundistão.

47

James estava brincando, mas a expressão chocada de Anna, a mudança na cor de sua pele e a maneira como ela começou a respirar com dificuldade em vez de falar deixou claro que ela fora descoberta.

Mesmo sabendo que Anna era uma mulher elegante e modesta, ele não achava que ela sofria de timidez *Orgulho e preconceito*, na qual a simples menção a uma porta de banheiro aberta seria o bastante para provocar uma reação dessas.

Não, ela provavelmente o espiou. James sentiu um calafrio de desconforto e vergonha, mas de outra coisa também. Ela não estava prestes a mencionar o ocorrido nem rir dele... seria possível que não tivesse odiado completamente a experiência? Agora ele de fato *era* um exibicionista velho e indecente, já que gostou da possibilidade dela ter gostado.

— Estou vendo que Luther está se apegando a você — ele comentou, para preencher o silêncio constrangedor.

— Parece que sim — Anna respondeu, com uma voz engraçada.

Meu Deus, eles precisavam conversar sobre alguma coisa, e rápido. James pegou a taça vazia e a encheu de vinho.

— Então, você sobreviveu ao encontro com Loz?

— Até parece que você não perguntou para ele como foi.

— Ele só me disse que não conseguiu convencer você de que estava sendo sincero. O que não me surpreende, considerando que ele não estava sendo sincero, e você é inteligente.

James sentou na poltrona. Seria impossível sentar no mesmo sofá tão pouco tempo depois da Gafe do Pênis. Meu Deus, ele torceu para os músculos de sua barriga estarem contraídos. Ele não tinha mais 22 anos. E apesar de achar que não tinha do que se envergonhar, James rezou para Anna não ter um ex-namorado que tivesse um do tamanho de um pepino-do-mar.

— Ele não estava sendo sincero? — Anna perguntou, com sorriso.

— Ele sinceramente quer comer você, assim como quer sinceramente comer muitas mulheres.

— Faz diferença se ele comeu muitas mulheres, se não fizer isso enquanto estiver comigo?

James tirou o cabelo molhado dos olhos e abriu um sorriso afetado.

— Meu Deus. Você acha que é a mulher que finalmente vai fazê-lo sossegar?

— Não! — Anna exclamou com tanta força que derramou um pouco de vinho em Luther, que estava distraído. — Não estou nem um pouco interessada em Laurence. Mas estou interessada em por que você acha que seu melhor amigo é um pretendente tão ruim só porque é promíscuo. Não estamos em 1951.

— Os quilômetros rodados não são um problema em si, óbvio. Você não está comprando um carro.

— Exato. O que quero dizer é — Anna começou a falar, e James teve a impressão de que ela estava um pouco nervosa — dormir com muita gente não é moralmente errado, certo?

— Não é. Na teoria. Mas ninfomaníacos patológicos como Loz costumam ser mentirosos constantes. Pelo menos os homens são. Na prática, dormir com todo mundo é algo basicamente impossível de fazer sem você abrir mão de se importar com os sentimentos dos outros e manipular as pessoas para conseguir o que quer. A verdade é a primeira vítima.

— Mas Laurence parece ser bastante franco sobre isso.

— Sim, ele costuma ser, até certo ponto. — James tomou um gole de vinho. — Isso é uma formação avançada em mentiras para mentirosos especializados. Ele faz o discurso sobre ser "um pouco imaturo", mas sem detalhes sórdidos suficientes para fazer você perder o interesse. E você pensa: "Ah, ele está admitindo coisas que não admite para as outras. Devo significar algo mais." Ele faz aquela expressão apaixonada de *talvez desta vez seja diferente*, a sensação definitiva de que o interesse dele é mais do que carnal. Na verdade, Loz não contou nenhuma mentira. Mas o método todo de abordagem faz você achar que ele baixou a guarda. Que *você* não vai parar de atender suas ligações depois de uns dois meses de empenho e hotéis de luxo de localização conveniente que ele descobre na internet. Que ele não está saindo com mais ninguém, e que vocês dois estão se apaixonando. Errado, errado e, pelo menos, 50% errado. E, como todos os bons vigaristas, quando você se dá conta de que foi um golpe, ele já conseguiu o que queria e partiu para outra.

James torceu para Anna não levar a mal e achar que era uma idiota por acreditar que Laurence podia estar interessado. Obviamente, Loz estaria se superando se a enganasse. Mas ele não merecia, e não saberia apreciá-la, para além da parte física. James não ia deixá-lo explorar a decência inata de Anna. Pessoas boas que encontram pessoas más são parecidas com um turista sem um mapa em um país estrangeiro. James pelo menos visitara alguns pontos de referência.

— É uma imagem bem nítida.

— É uma fórmula atemporal. Então, não, claro, não tem nada de errado em transar com ele se você souber o que é o quê. Eu não queria que você caísse em uma conversa. Já recebi ligações que começavam com "não consigo falar com Laurence" de algumas mulheres no passado. Eu não queria assistir de camarote e não falar nada desta vez.

Ela perguntou o que "desta vez" significava. James conhecia Anna?

— Ele disse que era um trauma de anos vivendo na sua sombra.

— Hahaha! Mentira? A culpa é *minha*! Ah, Laurence. Impressionante. "É minha dor interna, me sinto tão vulnerável em admitir isso. Faça a dor ir embora, Anna. Não, mais embaixo, bem aí, isso."

Os dois riram, e James mexeu na barra da calça.

— E, mesmo assim, ele é seu melhor amigo — Anna comentou.

— Não sei se é o melhor. É o amigo que eu mais vejo. O problema com grupos de homens de modo geral é que o maior canalha ganha. Tenho certeza de que seus amigos são uma referência muito melhor para você — James comentou. — Mais... excêntricos.

— Excêntricos?! Eles não foram escolhas baseadas em pena!

— Não!

A combinação de vinho e boa companhia estava provocando um calor que vinha do estômago de James.

— E minha irmã é burra? — Anna perguntou.

— Ah, não. Eu já pedi desculpas por isso — James respondeu. — E eu também comecei a segui-la no Twitter.

— Que gesto benevolente! Os três reis magos trouxerem ouro, incenso, mirra e disseram ao menino, somos do #TeamJesus.

James riu, riu de verdade, do fundo de seu estômago feliz. Anna era sagaz.

— Sabe, Aggy trabalha com RP de eventos...

— Que é um trabalho menos intelectual do que o seu?

— Ai. É organizar festas, sejamos honestos. Ela se intitula "rata de festa" na biografia do Twitter. É difícil deixar esse tipo de coisa passar, mas eu estou tentando. Se eu descobrir que ela gosta de indie ou algo do gênero, vou ter que zoar.

Anna revirou os olhos e sorriu, sem nenhuma fúria real.

— Vamos assistir ao Tim então? — ele propôs.

Ela apertou os botões do controle remoto seguindo as instruções de James, mas tudo o que apareceu na tela foi uma nevasca monocromática. Ele bufou e chiou sobre ela ser ruim com tecnologia, só para descobrir, quando pegou o controle, que o aparelho de DVD parecia de fato estar quebrado.

— O problema com essa tecnologia moderna simplificada é que, se o controle remoto quebra, você está perdido — ele bateu o objeto no braço do sofá. — Porcaria.

— Acho que meu cunhado tem esse modelo. Tem um botão se você olhar...

Anna engatinhou pelo tapete e se ajoelhou diante do aparelho de DVD.

James ficou olhando os tons de chocolate castanhos quase pretos do cabelo ondulado dela, que estava preso, e os cachos mais curtos na nuca.

— Pois é, você precisa sair daí, é o menu dos idiomas — ele comentou, distraído.

— Muito obrigada, eu estava tentando selecionar grego porque Teodora era cipriota.

— Está quebrado. Eu aceito a derrota — Anna declarou depois de um tempo, depois de golpear, sem sucesso, o botão com o indicador e apontar o controle remoto.

— A gente pode assistir pelo laptop, mas não seria a mesma coisa. E você? Você tem uma TV e um aparelho de DVD?

— Eu tenho duas TVs e um aparelho de DVD. Eu sou "rata de festa".

James olhou para o relógio.

— Temos bastante tempo, podemos ir de táxi para a sua casa. Se você não se importar.

Anna parecia indecisa

— A privada foi desentupida? — James perguntou, dando de ombros e virando as palmas das mãos para cima.

— Meu encanamento sempre esteve desimpedido, assim como a minha agenda. Eu estava sendo grossa com você.

— Então, EU JÁ SABIA.

48

O vinho era uma droga e tanto. Se não tivesse bebido tão rápido, talvez Anna tivesse pensado melhor nisso. Seu desconforto durante a viagem de táxi foi aumentando aos poucos. Ter James Fraser em seu apartamento não era uma boa, ainda mais considerando que eles tinham acabado de sair daquela casa que parecia vir de uma revista de decoração, e que ela não pôde arrumar nada.

Mesmo organizado, seu apartamento não era decorado para ser visto. Era um amontoado confuso de coisas de que Anna precisava e amava. Era seu coração exposto. Como ela o deixaria passar pela porta?

— Então, meu apartamento é uma zona, ao contrário do seu palácio de cristal — ela avisou, com uma falsa voz sofisticada, colocando a chave na porta descascada.

— Eu morei em república na universidade e em outros lugares, você não vai conseguir me chocar — James respondeu. — A menos que tenha suportes atléticos para rúgbi pendurados no aquecedor.

Mesmo assim, ela estava ciente de como seu corredor era apertado, de como o pé-direito parecia baixo, e de como toda a sua mobília parecia jogada e amontoada comparada com a dele.

— Eu gostei — ele comentou, satisfeito, quando Anna o levou até o sofá-cama vermelho desbotado pelo sol e colocou uma taça de vinho em sua mão.

— Haha, você está brincando.

— Não estou, não! É aconchegante.

A sala tinha paredes texturizadas da Artex e estava coberta de estantes de madeira laqueada preta. Havia um pôster da capa original art déco de *O Grande Gatsby* com uma moldura sobre uma pequena lareira antiga esmaltada, e Anna acendeu as velas que estavam ali, torcendo para que o gesto não parecesse sugestivo. A aparência de tudo ia ficar melhor com luz baixa, ela imaginou.

— Talvez eu me mude para Stokey se vender a casa. Não consigo bancar a casa de Crouch End sozinho — James comentou, e eles conversaram educadamente sobre os méritos de diversos bairros.

Logo ficou óbvio que os dois estavam bastante embriagados para se concentrarem em um documentário histórico. O apartamento dela podia ser bagunçado e mais apertado que o de James, mas também propiciava um clima mais relaxado.

Anna colocou "Rumours", do Fleetwood Mac, para tocar depois que James levantou para examinar sua fileira única de CDs e os chamou de "seleção de uma mulher de meia-idade deprimida cujos filhos foram embora e ganhou a maioria de graça junto com o *Mail on Sunday*". O insulto deveria tê-la ofendido, Anna pensou, mas ela não detectou nenhuma maldade na provocação. Quando James fazia um comentário ofensivo, ou ria às custas dela, Anna só detectava prazer genuíno e sintonia.

— Não consigo nem imaginar quanto os seus CDs devem ser incrivelmente posers e pseudocults — ela disparou.

— Não tenho mais CDs, joguei todos fora junto com a calandra de passar roupa. Faixa favorita? — ele perguntou, lendo o encarte.

— "You Make Loving Fun". É tão otimista.

— É otimista. É sobre Christine McVie ter um caso com um engenheiro de iluminação com um belo bigode à la Burt Reynolds em *Playgirl*. Não é o milagre em que eu escolheria acreditar, se começasse a acreditar em milagres.

— Humpf. Obrigada por estragá-la — disse Anna, sentando de novo.

— Posso? — James perguntou, enquanto continuava a inspeção das prateleiras, como um convidado em busca de assunto durante um jantar.

— Não tenho nada do que me envergonhar! — ela exclamou. — Bom, eu tenho, mas estou bêbada demais para sentir vergonha.

— Não acredito: Mills & Boon? — James comentou, olhando para uma fileira de lombadas vermelhas, na altura dos olhos.

— Eu adoro os livros da Mills & Boon — Anna se defendeu. — E me recuso a chamá-los de prazer secreto.

— Sim, está mais para inferno secreto — disse ele.

James escolheu um título e o virou em sua mão livre.

— *Amante do Lord. Ele podia levá-la para a cama, mas ela nunca poderia assumir o nome dele!* Aff. Puta merda!

— Esses são os romances históricos. *Puta merda* são as versões mais ousadas da série *Heat* da Mills & Boon.

— Haha. Sabe, eu não entendo. Você é inteligente e engraçada. E esses livros não são nada inteligentes.

— Mas são muito engraçados — disse Anna.

James fez uma expressão de ceticismo, colocou *Amante do Lord* de volta no lugar, deixou sua taça de vinho sobre o aparador e pegou outro livro. Em seguida, folheou algumas páginas e leu em voz alta.

— *Os olhos cruéis do lord Haselmere percorreram a forma núbil e trêmula de Tara como um ancinho com carvão incandescente.* — Santo pai, quem edita essa coisa? — *Ela agia com timidez, mas não passava de uma feiticeira! Ele queria levá-la, como um viking saqueador com sua carga. Mas essa carga era uma dama, que ele nunca poderia desposar. Não importava. Ele precisava fazer o que qualquer homem com sangue correndo nas veias faria diante de tamanho tesouro, e a pressão de seu título de nobreza e sua vasta herança* — vasta herança, tá bom — *que fossem para o inferno. Haselmere ainda era um homem, um homem com necessidades.* Por um segundo, achei que estava falando sobre ir ao banheiro. *Tire a blusa, ele disse num sussurro rouco...* — Sussurro rouco, hahaha. Como é um sussurro rouco? Vou tentar de novo. — "*Tire a blusa!*

James repetiu com o murmúrio gutural de um pervertido, e Anna riu tanto que lágrimas surgiram nos cantos de seus olhos. — Tudo bem, é engraçado. Eu concordo com você — disse James. — Mas a piada ficaria velha em pouco tempo para mim. O que é essa coisa que as mulheres têm com romances? Eva nunca gostou de flores, chocolates nem dessas coisas, mas, quando estava na TPM, ela costumava assistir a esses filmes horríveis em que algum sujeito corre atrás de um ônibus da Greyhound no pôr do sol para dizer a uma mulher que ela é a melhor metade dele ou algo parecido. Qual o problema?

— É uma pergunta genuína ou retórica?

— Genuína. Quero entender. E depois é capaz que eu queira te conseguir ajuda.

— Se você não ridicularizar… — Anna colocou uma almofada velha de veludo manchado no colo e a abraçou. — É o clímax — não, não seja vulgar — da cena do gesto grandioso. Essa é a grande cartada do romance. Na vida cotidiana, ninguém nunca declara sua paixão. Você recebe alguns sinais, enche a cara, acaba na cama e se torna um hábito. Eu amo o herói dizendo todas as coisas que uma mulher quer ouvir, mas ninguém nunca diz.

James assentiu.

— *Me abrace, está chovendo, você não pode fazer isso!* — Esse tipo de coisa?

— Sim. Ou, sabe, algo que faça sentido. Precisa ser algo sobre o motivo de ela ser tão incrivelmente especial, e finalmente descobrir que todos os seus sentimentos obsessivos são recíprocos.

Anna não podia acrescentar que, nela, esse desejo vinha do fato de ninguém nunca querer lhe dar atenção.

— Então, depois do discurso, ele a envolve em seus braços másculos, a beija e a leva para seu castelo para uma bela trepada.

— Acho que o castelo é o elemento principal nessas fantasias — James comentou. — Todas vocês querem uma mistura de Bernie Ecclestone com "O Gostosão da Semana" da MTV. Não vejo nenhum livro com o título *Possuída por um pobretão.*

— É o terceiro da direita para a esquerda — disse Anna, apontando para a prateleira. — Sim, essa doença condicionadora de gênero provavelmente é a razão pela qual nunca encontrei ninguém — ela continuou, um pouco taciturna. — Minhas expectativas são muito altas.

— Não. O motivo pelo qual você não encontrou ninguém é: a maioria dos homens é composta por babacas. Eu odiaria ser mulher ou gay… Este deveria ser meu maior momento Cara Legal e não está soando bem.

Os dois riram em sua embriaguez. Anna se perguntou se havia alguma coisa para comer na geladeira digna de ser servida.

— Hã...?

James pegou o marcador de página, um folheto sobre cirurgia plástica, no fim do título que estava segurando. E para não restar nenhuma dúvida de que era pra valer, Anna lembrou que havia rabiscado data e hora ali. Uma consulta que ela cancelaria depois.

— Ah, não! Não olhe — ela gritou.

Devia ser o maior de todos os constrangimentos e, mesmo assim, 25% dela estava constrangido e 75% estava achando graça do ridículo da situação. O fato de ela estar bêbada ajudava.

James colocou o papel dentro do livro.

— O tempo está estranho, né?

Os dois caíram na gargalhada de novo.

— Estou me lamuriando por não ter um namorado e tenho um livro da Mills & Boon com um folheto de cirurgia plástica como marcador. Meu Deus... — Anna, que estava tremendo com o fim da risada, cobriu a boca com a almofada. — Em seguida, você vai ver uma cama com 12 ursos de pelúcia.

— Você foi presa e precisa de um rosto novo para fugir da polícia?

— Eu estava pensando em remover uma marca de nascença. Uma mancha que forma as palavras "vá à merda, James, seu enxerido".

— Parece interessante. Eu iria ao *Casos de Família*, ganharia um dinheiro. "Minha marca de nascença assustava meus namorados."

Anna secou os olhos e suspirou.

— Se você quer saber e, agora, infelizmente, você quer, tive um momento de fraqueza um ano atrás em que pensei em fazer um... *lifting* de seios.

James franziu o nariz. Um nariz que estaria sempre "esgotado" se pudesse ser encomendado nos catálogos de cirurgia plástica.

— Por que você faria isso? Tenho certeza de que você está ótima do jeito que está.

— Ah, não sei, por causa de uma ressaca. Aquele namorado péssimo da faculdade disse algumas coisas horríveis. Mas ele falou coisas horríveis sobre a maior parte de mim... Então não é uma argumentação convincente.

Anna sabia que suas experiências de infância a tornavam altamente vulnerável a despejar suas inseguranças na aparência, e tentava não fazer isso. Ela desconfiava que, em parte, seu desleixo se devia a uma relutância a prestar muita atenção nisso. Mesmo assim, seu busto era a única parte de seu corpo que não tinha saído ilesa dos tempos de obesidade. Quando ela perdeu peso, eles murcharam. Ela achava que, quando vistos de lado, seus peitos fossem o que Aggy chamava de "peitos manga".

Fez-se uma pausa.

— Então você não vai fazer? — James perguntou.

— Improvável.

— Que bom. É totalmente desnecessário.

— Como você sabe?

— Se eles fossem como aqueles sacos de confeiteiro, poderia operá-los de graça em um hospital público. O fato de você estar pagando é admitir que é vaidade.

James Fraser a estava criticando por sua vaidade? A jornada da vida às vezes fazia algumas curvas engraçadas.

— E se é porque você acha que os homens vão se importar, além do idiota do seu ex, que é ao mesmo tempo um idiota e um ex, acredite em mim, eles não se importam.

— Isso é sexismo, supor que é só para a apreciação masculina. Talvez eu esteja cogitando a cirurgia por mim.

— Sim, mas não é, é? Se Ryan Gosling os aprovasse, como presidente do conselho, você não se importaria. Logo, você está fazendo isso para se adequar aos gostos de homens imaginários no futuro. E não há necessidade. Eles são totalmente imaginários.

— Ah, obrigada pela parte que me toca!

— Não! Eu me expressei mal. Quis dizer que as *preferências* são imaginárias. Homens são binários. Ou sentimos desejo por você, ou não. Não está sujeito a aprovação, como um pedido de amizade do Facebook, até completarmos nossa lista de dez.

— Quem morreu e transformou Ryan Gosling ministro do Supremo Tribunal dos seios?

— Vamos fazer o seguinte, mostre para mim.

— Você não está falando sério?

James assentiu, esfregando os olhos, cruzou os braços e se recostou.

— Valeu a tentativa! — Anna meio riu, meio gritou.

— Ei, todo mundo sai ganhando. Você ou recebe um elogio ou uma opinião totalmente imparcial de alguém desinteressado de que a plástica é o caminho. E, antes que você fale alguma coisa, não, as pessoas para quem você for pagar cinco mil para mexer nele não são desinteressadas.

— Inacreditável! — Hummm. Imparcial. Desinteressado. Ele não precisava martelar o elemento binário de ausência de atração com tanto empenho.

— Você os mostraria para um bando de estranhos em uma clínica. Não vejo a diferença.

— Profissionais da medicina anônimos. Não James, o bêbado brincalhão.

— Droga. Eu realmente achei que ia convencer você. De qualquer forma, a oferta está aberta.

Enquanto os dois riam, passou pela mente de Anna que esta noite estava envolvendo muito mais apreciação de partes do corpo do que ela previra.

James colocou o livro no lugar e desabou no sofá, os olhos percorrendo a sala.

— O que é aquilo...? Que estranho. Espere um pouco... — ele murmurou.

E inclinou o pescoço para a esquerda para olhar para o outro lado da sala, onde havia alguma coisa no canto, na base de uma velha luminária de chão da Ikea.

Ele já estava de pé e se aproximando do alvo enquanto Anna acompanhou seus olhos. Se era possível ficar sóbria em exatos quatro segundos, Anna conseguiu, devido a uma descarga de adrenalina tão grande que quase a fez levantar do sofá, tamanha a intensidade.

49

O retrato de escola em tamanho A4 estava emoldurado em uma moldura dourada barata, com um fundo de estúdio coberto de manchas que deveriam parecer nuvens no céu azul. Tinha sido tirado no auge dos anos de agonia de Aureliana.

O cabelo frisado estava puxado para trás com uma pinça de plástico no topo da cabeça, alguns cachos escapavam perto da testa e estavam bem espetados, criando uma espécie de efeito Tintin.

Ela tinha alisado a cabeleira toda com uma espécie de gel, mas o resultado fazia parecer que ela experimentara cosméticos alternativos em vez de usar xampu, e não havia surtido efeito. Era o tipo de penteado pouco lisonjeiro e desfavorável que você só tentaria com 14 anos.

Seu rosto de pão indiano era quase esférico, fazendo-a parecer uma boneca Fofolete. A testa estava salpicada com acne e uma pesada camada de corretivo em tom bege, o que criou uma curiosa paisagem lunar acima das taturanas pretas que eram suas sobrancelhas, que se encontravam entre os olhos.

O pior de tudo, possivelmente, era sua expressão. Aureliana odiava câmeras, tanto quanto elas a odiavam. Assim, ela estava olhando para a lente com a careta que se faz para um inimigo muito odiado. Menos que um sorriso, mais uma boca retorcida que costuma-se ver na cabeça decepada de um traidor, presa em uma estaca. Boca esta que exibia ligeiramente os trilhos ferroviários de um aparelho ortodôntico fixo.

Anna achava que algo tão altamente confidencial teria ido parar no lixo ou sido queimado, e uma única foto de escola sobrevivente, embrulhada em papel pardo, estaria nos fundos das gavetas do quarto de sua mãe. Anna não tivera coragem de roubar todas de Judy. Mas, de algum jeito, esse lembrete grotesco tinha escapado pela rede.

Enquanto sua respiração estava curta e entrecortada, sua mente estava acelerada: como isso tinha acontecido? Ela não tinha nenhum artefato de sua vida passada no apartamento, quanto mais à mostra.

E então veio a resposta. Estava saindo do saco de quinquilharia do sótão, que ainda não tinha sido aberto. O saco tombou para o lado, e o peso do retrato o tinha feito deslizar para fora e cair no chão. Ela tinha achado que o objeto duro e retangular era uma pasta. Sua relutância em mexer em coisas que a fariam relembrar o passado e a preguiça de arrumar a casa cobravam a conta.

— Como diabos você a conhece? — James perguntou, tirando a foto do saco, o que revelou as alças do vestido com avental que era seu uniforme e as múltiplas correntes douradas que ela gostava de usar embaixo da gola da blusa, para criar um toque de glamour.

A revelação estava a caminho, mas ainda não tinha se formado completamente na cabeça de James.

Anna ficou muda. Então o pânico e o horror a colocaram em ação.

— Pare de mexer nas minhas coisas! — ela gritou, se jogando do outro lado da sala e agarrando a foto, depois de tirá-la do saco. Para depois virá-la na direção de seu corpo, com os braços para protegê-la. — Você passou a noite revirando as minhas coisas, seu CRETINO enxerido!

— Quê? — James exclamou, surpreso com o volume e a intensidade de Anna. — Estava jogada ali. Por que você tem uma foto dessa garota da escola que... espere um pouco, ela era italiana...

Aqueles olhos azuis, aquele tom de azul arroxeado intenso do crepúsculo do pôster de *O Grande Gatsby*, se arregalaram. Olhos que, um dia, tinham feito Aureliana passar uma aula de química inteira fascinada, mesmo que ele estivesse usando aqueles ridículos óculos de proteção. James colocou a mão na boca e balançou a cabeça. A mão saiu de seu rosto, a boca ainda levemente aberta.

O peito de Anna estava ofegante.

— Você não é...? Alessi. Mas ela se chamava... Ariana? Ela é sua irmã?

— Aureliana — Anna corrigiu, ouvindo o tremor na própria voz. — Meu nome é Aureliana.

Fazer o anúncio ela mesma gerou um momento de alívio. Ela tinha se reafirmado. Então a dor voltou arrebatadora quando o rosto de James se contorceu de incredulidade, choque... e deleite?

Ele riu. Riu para valer, bufando de incredulidade.

— Oh, meu Deus. Anna? Aureliana. Você é ela? Ela era você? Não acredito.

— Você está rindo de mim?

— Estou só um pouco atordoado. Isso é a coisa mais estranha. Por que você não falou...?

— Você se lembra do que fez comigo?

James deu de ombros.

— Você não se lembra? — ela repetiu, com esforço.

A única maneira de Anna conseguir lidar com isso era continuar o ataque como defesa, converter a vergonha em fúria selvagem.

— Uh... faz tempo. Me dê um segundo enquanto eu me situo, você teve mais tempo para processar a situação do que eu. Você está tão diferente...

— Por diferente, você quer dizer menos gorda? Menos feia? Menos atormentada? Essa última talvez refresque a sua memória.

A atmosfera na sala de Anna agora não passava de confronto e perigo, e os instintos de defesa do próprio James apareceram. Ele parecia desconfortável. E agressivo.

— Desculpe, de onde veio essa maluquice? Você que andou por aí toda sorrateira, sem dizer quem você era, agindo como louca.

— Louca! — Anna gritou. — Você está me xingando mais? Que inferno, você não mudou nada, mudou?

— Por que você está gritando comigo? — James perguntou. — Se acalme.

— Não me diga para ter calma! — Anna berrou. E se encolheu ao se dar conta de como parecia estar louca, mas suas emoções estavam fora de controle. — Vou relembrar você do que fez. Você me convenceu a subir ao palco fantasiada de uma pessoa gorda e fez a escola inteira jogar coisas em mim. Enquanto você ria, você e Laurence ficaram ali parados rindo de mim. E você me chamou de elefante.

James apertou os olhos e curvou os lábios.

— Hum. Certo. Você quer que eu me desculpe por alguma coisa infantil e idiota que aconteceu quase dez anos atrás?

— Reconhecer o que você fez seria um começo.

— Você faz alguma ideia do quanto isso soa insano? Você está agindo como se outra pessoa fosse responsável por essa reviravolta nos eventos. Você estava bem comigo até agora.

— *Você é* responsável! Estou reagindo assim porque você está rindo do que fez.

— O quê? De repente, eu sou o grande inimigo? Eu fui muito pior do que todo mundo da escola, é isso?

— Você foi o pior!

— Ah. Claro.

— É verdade. Você fez a coisa mais desprezível de todas. Você sabia que eu gostava de você e usou isso contra mim. Ninguém mais teria me convencido a subir naquele palco.

— Pare de agir como uma histérica. Foi uma brincadeira idiota.

— O fato de você fazer pouco caso mostra o tipo de pessoa que você continua sendo.

— Oh, pelo amor de Deus. Não me culpe por ter sido uma aberração.

— *Aberração?* Seu filho da puta! — Anna disparou, tremendo de raiva. — Você é um filho da puta completo, perfeito e absoluto.

James parecia um pouco assustado. Em seguida o desdém tomou conta de seu rosto arrogante. O tipo de expressão pela qual ela esperava, quando sua identidade fosse revelada para ele.

— Estou indo embora. Você está totalmente pinel — disse James, pegando o casaco. — Tchau.

A porta da frente se fechou. Anna atirou a foto, com a imagem para baixo, do outro lado da sala. A moldura bateu na parede e caiu virada para cima. Ela soltou um rugido, deu um salto, agarrou a foto e a atirou de novo. Desta vez, ela atingiu uma estante, e o vidro se quebrou, lançando dúzias de minúsculos cacos brilhantes pelo tapete. As alegações de Anna sobre a loucura dela não soavam tão infundadas.

Aquele *canalha*. Como ela pôde, por um momento, acreditar que ele tinha se tornado alguém melhor do que o garoto que fez aquilo? Como podia tê-lo deixado entrar?

Anna desabou no sofá e soluçou. Soluços molhados, entrecortados, que vinham da base do abdômen e pareciam estar esvaziando sua alma pelos olhos e pelo nariz.

Foi uma perseguição longa, lenta, como a lebre e a tartaruga, mas Aureliana tinha finalmente alcançado Anna, e as duas se tornaram uma em sua infelicidade desesperada e solitária.

No aparelho de som, "You Make Loving Fun" começou a tocar.

50

— A poutéria é obrigatória, de acordo com a *GQ*, ao que parece — Laurence comentou, lendo o cardápio, enquanto eles bebiam Old Fashioneds com sabor de tabaco nos bancos de azulejos das mesas do bar subterrâneo do Spitalfields Hawksmoor.

— Poutéria? A árvore?

Laurence leu de novo.

— ...*Poutine*, eu quis dizer.Vem do Quebec. Batata frita com coalhada e soro de leite. Sabe, queijo desconstruído.

James ficou em dúvida e pediu o sanduíche de costela que vinha com uma tigela prateada de molho. O prato de Laurence estava cheio de um líquido marrom.

— Estamos no ano chinês do molho de carne — James comentou. — Este lugar é uma espécie de lanchonete gourmetizada?

— Hummmm — Laurence respondeu, com a boca cheia. — Eu gostei. Sabia que as paredes de latão foram recuperadas das portas dos elevadores da Unilever House.Art déco reciclada. — Ele esfregou a boca com um guardanapo e seu olhos acompanharam o movimento da bunda de uma mulher desfilando pelo piso de tacos. — ...Estou gostando da decoração.

— Coalhada e soro de leite — disse James. Laurence continuava não fazendo contato visual. — Não tinha isso numa música de criança? "Little Miss Muffet"?

Laurence virou.

— Sabe de uma coisa? Eu gostaria de ser a aranha que senta ao lado dela.

— Ah, não. Deixe a bunda dela em paz.

— E o resto, Jarbas?

— Você precisa de mais semancol na bebida.

James respirou fundo e se preparou para jogar a bomba. Ele praticamente não tinha pensado em outra coisa desde aquela noite e queria muito que outra pessoa dissesse que não era preciso sentir a culpa que o estava atormentando.

— Isso vai distrair você. Vou contar uma coisa sobre Anna, a italiana que ia virar sua vida do avesso e alterar suas crenças.

— É ela que eu quero virar do avesso. Espere um pouco. Você não dormiu com ela, dormiu? — Laurence perguntou. Ele parecia realmente incomodado com a ideia. Até furioso.

James ficou um pouco chocado.

— Não. Por quê? Teria feito diferença?

— Sim, teria feito diferença. Ela é minha. Eu a vi primeiro. Não encoste nela.

— E "os sentimentos de Anna são importantes", cadê? Não vi ela correndo para se jogar em você até agora.

— E ela também não está interessada em você, então a única maneira de isso ter acontecido é se você tivesse dado em cima dela. O que, sob este acordo verbal, é uma clara contravenção do código de honra dos amigos.

James apertou os olhos.

— Certo. Fico feliz que isso esteja esclarecido. De todo jeito, vou contar uma coisa que prova que ela nunca vai se interessar por nenhum dos dois. Lembra daquela menina italiana da escola, Aureliana?

Laurence franziu a testa.

— Hum...? Fale mais.

— Gorda. Cabelo preto encaracolado. Patética. Todo mundo jogou doces nela no Mock Rock. A gente a convenceu a se fantasiar de cantora de ópera, lembra? Você criou aquele *gran finale* com os doces Quality Street.

— Ah, *ela*. A balofa. Deve ter quatro filhos gordos para alimentar, e usar um daqueles aventais floridos e chinelo. Você já viu essas mulheres mediterrâneas depois que relaxam? Brrrr.

— Essa é a Anna.

— Do que você está falando?

— Anna. Aureliana. Mesma pessoa. Ela mudou de nome depois que saiu da escola. Aureliana Alessi. Tinha alguma coisa familiar em Anna Alessi que estava me incomodando fazia tempo.

Laurence soltou os talheres.

— Não acredito.

— Sério — James tomou um gole de sua bebida.

— Mas quê...?

— Bem absurdo, não é?

James pensou que tinha conhecido a irmã de Anna e, mesmo assim, não tinha percebido, mesmo que não se lembrasse de Aggy. Os alunos dos anos anteriores eram sempre invisíveis na escola, uma massa amorfa para os mais velhos.

— Como isso é possível? Você está brincando comigo?

— Não! Era por isso que ela estava no reencontro. Pense nisso. Nunca fez muito sentido aquela história de ela ter ido parar ali por engano. Você acredita que não reconhecemos quem ela era? Não era por acaso que ela estava irritada com a gente.

Não era por acaso mesmo. Quanto mais James pensava nisso do ponto de vista dela, pior ficava. Eles se aproximaram de uma mulher que tinham agredido sem hesitação, em completa ignorância, e Laurence tinha dado em cima dela. Os dois tinham sorte de não ter sido golpeados com a taça. Aos poucos, ela tinha deixado aquela história toda de lado e se tornado uma amiga. Ele teria feito o mesmo?

— Que absurdo! — Laurence gargalhou. Ele balançou a cabeça surpreso. — Não foi nossa culpa, o Diet Shake não costuma fazer efeito tão rápido. Não acredito que uma mulher nota dois, na melhor das hipóteses, se tornou uma bela nota oito ou nove. O Channel Four devia fazer um documentário sobre isso.

— Jesus, Loz. Tenha um pouco de humanidade.

— Ah, pare com isso. Você sabe que estou brincando.

Os dois ficaram em silêncio por um momento.

— Só descobri por causa de um retrato de escola que estava na casa dela — James continuou. — Ela ficou totalmente transtornada. Falei: "Uau. Era você que estava mentindo. Chega dessa merda."

A desculpa dele soou muito vazia em voz alta. James estava até falando como Laurence, um sinal claro de desmoralização. Sim, ela tinha omitido quem era. Mas, pensando no assunto, ele tinha de se perguntar se não teria feito o mesmo. Você iria querer ser definida por aquela pária da escolha, se tivesse a chance de deixá-la para trás?

Aureliana era uma daquelas pessoas muito esquisitas que toda escola tem. E tinha todas as características para ser vítima de *bullying* com exceção de um bilhete de sua mãe para os professores solicitando formalmente que impedissem os maus-tratos. Ser visto falando com ela contaminava você com o equivalente social da peste negra. Encaixá-la com a Anna do presente não fazia nenhum sentido físico. No entanto, a personalidade: James conseguia ver. Ela tinha a perspectiva mordaz de um excluído.

Até aí, isso tinha ficado no passado.

Anna não tinha o direito de ser tão perversamente desagradável com ele quando foi revelada. "Desagradável. Então qual era a palavra que você usava para xingá-la na escola?", uma voz perguntou.

Meu Deus, por que ele tinha dito "aberração" para ela? Tinha sido um mecanismo de defesa, instintivo, como levantar as mãos quando alguém ameaça bater em você. Aberração. Não era a palavra que ele costumava usar. Seu eu de 16 anos tinha voltado para assombrá-lo, a possessão de um espírito maligno.

— Espere um pouco, por que você estava na casa dela? — Laurence perguntou, secamente.

— A gente ia ver um DVD sobre a exposição em que trabalhamos juntos.

— Estou falando sério, Jimmy — disse Laurence, colocando uma garfada daquele queijo de coalhada na boca. — Eu cismei com essa mulher.

— Você estava dando uma nota de zero a dez para ela um segundo atrás!

— Sim, um belo oito. Não encoste nela. Pense que ela está cercada por aquelas fitas que isolam cenas de crime para você. Vou procurar as digitais.

James franziu a testa. Loz estava interessado de fato em Anna, naquele nível Loz de interesse. Eles estavam com 32, e Laurence nunca tivera um relacionamento longo. Talvez ele finalmente decidira que precisava de alguém semipermanente e respeitável para fazê-lo parecer plausível. "Minha namorada é uma acadêmica, na verdade... Ela é italiana." Sim, ele podia imaginar Laurence gostando de se gabar por uma escolha tão sofisticada.

— Ela não é seu tipo — James disse, de repente. — Eu já vi Anna usando sapatos sem salto. E ela não é rica.

— Fffff. Ela é uma mudança de paradigma padrão ouro, um desafio completo. Estou pronto para uma mulher com um cérebro. Talvez eu esteja me apaixonando.

— Você precisaria ter um coração para isso. — James ficou mal-humorado e revirou seu sanduíche com a faca, pensando que aquilo não estava indo como o planejado. Ele queria que Laurence ficasse do seu lado. Só que não sabia se seu lado era um lugar onde qualquer um deveria estar, e, como sempre, Loz só ficava do próprio lado.

— Uau, essa coisa da antiga menina gorda é uma notícia muito boa.

— Por quê? Não acredito que fiz uma coisa tão horrível. Somos dois escrotos, e Anna nunca mais vai falar com nenhum de nós.

— De jeito nenhum. É por isso que eu trabalho com vendas. Contratempos são oportunidades disfarçadas. É a desculpa perfeita para eu fazer outra tentativa. Estou ligando para pedir desculpas. A autoestima dela deve estar em frangalhos. É o momento do Laurence solidário oferecer um ombro para ela chorar. Entre outras partes do corpo. — Laurence apontou o garfo. — E nem pense em roubar essa ideia. É minha. Posso até dizer que a culpa do Mock Rock é toda sua, e eu estava implorando para você não fazer, se você não se importar.

— *Não se atreva* — James disparou.

— Aha! Então você QUER transar com ela! Caiu na minha armadilha. Eu sabia

— Não, com toda certeza, e provavelmente nunca mais vou vê-la de novo, mas não tenho orgulho do que nós fizemos e não quero que você a deixe mais chateada.

Laurence deu de ombros.

— Nós éramos adolescentes. Faz tanto tempo que praticamente não aconteceu.

— Ela chorou, Loz. A gente fez ela chorar.

— Vou fazer outras coisas com ela, pode apostar.

James jogou o guardanapo e desistiu. Laurence pediu licença para ir ao banheiro, e James começou a mexer no celular, se perguntando o que podia dizer ou fazer para consertar as coisas. Ele tinha humilhado Anna ainda mais transmitindo essa informação para o Laurence. Aquilo era horrível. E Laurence ia usá-la para tentar de novo com ela. James queria fazê-lo parar, mas não sabia como. E se ela estivesse tão transtornada e chateada com o que aconteceu que finalmente cedesse? Isso também ia ficar na consciência de James? *Argh.*

Isso era tudo com que ele estava preocupado, com sua responsabilidade indireta? A ideia de um encontro profano entre Laurence e Anna lhe provocou uma reação visceral que ia além da razão. Ele teve um vislumbre dos dois corpos nus juntos, se encontrando e se esfregando, se contorcendo, os dedos de Laurence no cabelo solto dela... Não, obrigado, de jeito nenhum, delete isso, cérebro. Seu estômago se contraiu. Seu instinto protetor se manifestou. Era inevitável, quando tinha sido ele quem tinha feito tudo isso com Anna, James pensou.

Laurence voltou para a mesa.

— Polly e Becca da Accenture vêm nos encontrar, a propósito. Ah, bingo. — Laurence acenou para o outro lado do salão para as mulheres magras de vestido rodado e salto fino. — Um alerta, Polly é tão sofisticada que chama Cambridge de "Cambs". Tente fazê-la falar "gastronômico", e parece que ela está com a boca cheia de balas.

— Obrigado por me perguntar antes — James murmurou entredentes.

— São amigas do trabalho, não precisa ficar *nervosinha* — Laurence respondeu, ajustando uma abotoadura enquanto James ficou pálido.

Ele abriu um sorriso desconfortável para Polly e Becca e ficou sentado inerte enquanto Loz se gabava de alguma coisa, e elas falavam sem parar, evitando os olhares tímidos e cheios de rímel.

James só conseguia pensar em alguém que não estava lá e em algumas horas de sua vida, 16 anos atrás, que até então tinha preferido esquecer.

51

Anna podia ouvir sua irmã dizendo "e se a gente tiver que arrombar a porta?" e decidiu que preferia deixar Michelle e Aggy entrarem em seu apartamento naquele momento a chamar os marceneiros no dia seguinte para instalar a porta nova. Devagar, foi na direção da entrada e a atendeu.

Michelle tirou o cigarro eletrônico da boca e inspecionou Anna.

— Uau. Talvez a gente tenha chegado tarde demais.

O rosto de Aggy apareceu, à direita de Michelle.

— Por que você está usando um macacão de bebê? — sua amiga perguntou.

— É um macacão de *Onde vivem os monstros*. É uma fantasia e uma referência cultural interessante — Anna anunciou.

— É um desastre assassino de ereções, meu amor — Michelle retrucou, entrando no apartamento com uma *ecobag*, Aggy no encalço e nenhum convite.

Depois que passaram pela porta, as duas cercaram Anna.

— Oh, céus, o que é essa coisa marrom pendurada na sua bunda? — Michelle perguntou.

— O rabo, obviamente

— Parece um cocô.

— O que você está assistindo? — Aggy quis saber, olhando para a TV, onde a imagem estava congelada em um homem com dentes de vampiro.

— *Buffy*.

Os olhos das visitas de Anna se demoraram na gigantesca embalagem plástica redonda de paella de micro-ondas e no pacote aberto, ao lado de uma bisnaga de homus. E uma fileira de sacos de confeitos da Cadbury. Tudo bem, a coisa parecia feia, mas Anna não tinha comido tudo naquele dia. Ela só não tinha jogado nada no lixo.

— Temos um caso de Síndrome de Elma Chips aqui. Você está seguindo a dieta de alguém que foi capturado pelos alemães, na melhor das hipóteses, mas isto aqui é um nível superior — Michelle comentou.

Ela se sentou em uma poltrona enquanto Aggy se empoleirou na ponta do sofá, com cuidado. Ela estava acostumada a ver sua irmã mais velha controlada, e estava claro que o caos, tanto emocional quanto doméstico, a deixava aflita. Anna sabia que, apesar das brincadeiras, as duas estavam preocupadas. Normalmente, ela as tranquilizaria. Mas naquele momento Anna não tinha essa energia: estava se sentindo no fundo do poço.

— Antes de mais nada — Michelle anunciou, revirando a sacola. Ainda que doces não sejam mais necessários, eu trouxe Percy Pigs de todos os sabores. Com exceção dos de limão, que são bem azedos. Segunda coisa, Anna, o que está acontecendo?

— Eu já disse. Pedi uma semana de licença médica no trabalho. Alguma virose estomacal.

— Claaaaro. Mas quando nós ligamos, mandamos e-mails ou mensagens, ou não recebemos respostas, ou elas foram bem curtas e nada típicas de você. Então começamos a fazer perguntas. Não citarei nomes, caso você fique brava com essa pessoa por causa disso, mas alguém se deu conta de que a última pessoa com quem você se encontrou antes d'A Doença foi aquele tal de James dos tempos de escola. E então essa pessoa ligou para ele no trabalho e ficou sabendo que houve uma espécie de... briga.

— Meu Deus, você falou com o James? Meu Deus! — Anna puxou o capuz de seu macacão sobre o rosto.

— Isso são chifres? — Aggy perguntou. — É uma fantasia de diabo?

— São orelhas — Anna murmurou, pelo tecido. E deixou o capuz voltar para o lugar.

— Estou muito inclinada a descobrir o que está acontecendo através de seu amigo, Patrick — Michelle continuou. Anna suspirou. — E salvei você de uma visita dele, veja por esse lado. Sobre o que foi a briga?

— James não contou?

— Não. "Você vai ter de perguntar para ela" foi tudo o que eu consegui.

Uma pequena centelha de respeito pela discrição de James surgiu por um segundo, antes que as outras lembranças a apagassem.

— Ele viu um retrato de escola e descobriu quem eu sou. E riu de mim. Eu surtei e gritei que ele tinha sido um cretino desgraçado. Ele me disse que eu estava louca e que não tinha culpa de eu ter sido uma aberração naquela época. Foi muita humilhação e trouxe de volta cada lembrança ruim dos tempos de escola.

— Que idiota! Ele chamou você de aberração? — Michelle perguntou.

— Isso é horrível — disse Aggy, parecendo estar prestes a chorar.

— A gente já sabia que ele era péssimo. Eu só não consigo acreditar que eu me convenci de que ele poderia ser qualquer outra coisa.

— Então. O suspeito de ser um canalha no passado confirma a continuidade de sua canalhice — Michelle declarou. — Isso é com ele. Como isso teve um efeito tão grande em você?

Era uma pergunta que precisava ser feita. Anna a estava evitando.

— Não sei. Ele riu, e, em um instante, estávamos de volta ao Mock Rock. Provou que eu sou aquela menina. Vou sempre ser aquela menina que ninguém queria conhecer.

— Eu queria conhecer você! — disse Aggy, uma lágrima escorrendo pelo rosto.

Anna se abaixou e apertou o braço da irmã.

— Obrigada. Mas você não tinha muita escolha, considerando que eu morava na sua casa. Fui muito estúpida por me relacionar com gente tão superficial e imoral. Eu sei quem essas pessoas são, por que tentei me enganar? Foram gentis comigo, e me deixei lisonjear. Foi tranquilo. Eu queria acreditar que eles tinham mudado. Queria pensar que *eu* tinha mudado. Queria finalmente ser apreciada pelos garotos legais. Isso é muito patético aos 32 anos?

— Você é. Poderia ser, você só é boa demais para isso — disse Michelle.

— Não. É como… se eu estivesse usando um disfarce. Nada nunca é real. A maneira como fui tratada naquela época, essa é a verdade do que pessoas como ele pensam de mim. E revela quem eles de fato são. Todo o resto é besteira.

— Então não se relacione com essas pessoas superficiais. Resolvido.

— Eu sei — disse Anna. — Estou esperando as emoções concordarem com o intelecto e que eu não tenho nada do que me envergonhar.

— Eu nunca sonharia que eles não saberiam quem você é — disse Michelle. — Você teve o passado todo desenterrado e nada da conclusão emocional. Me desculpe por ter feito você ir.

— Eu não culpo você — Anna ajustou sua cauda. — Fui eu que continuei me encontrando com James. Alguma parte de mim esperava que me faria bem, acho.

"Isso, e o fato de que você estava se divertindo", ela pensou.

— Mas quando você sempre diz que mudou — Michelle recolocou o cigarro eletrônico no canto da boca, — a Anna mais nova era inteligente. A Anna mais nova era gentil, interessante e divertida. Essas são as coisas que fazem as pessoas gostarem de você, e elas não surgiram na vida adulta. Sim, sua aparência está diferente de quando você era adolescente, a de todo mundo está.

— Todo mundo me odiava, Michelle — disse Anna, fazendo bastante força para não deixar a pressão em sua garganta se transformar em choro. — Eles me *desprezavam*. Não tenho certeza se você se recupera totalmente disso. A sensação de que você é, intrinsecamente… indigna de amor.

Ah. E lá estavam as lágrimas. Aggy a abraçou enquanto chorava, e Michelle levantou, a abraçou também, e as três choraram um pouco mais. Depois de um tempo, Michelle murmurou:

— Talvez fosse o caso de lavar seu macacão, acho.

Anna fungou, limpou a garganta, mas notou que estava se sentindo melhor por ter dito a terrível verdade. Quando viu o próprio rosto bobo e rechonchudo naquelas fotos, ela se sentiu tão mal por aquela menina. Ela foi para a escola disposta e ansiosa para aprender, e o que aprendeu é que não valia nada.

— Considerando que você é amada, e muito, isso simplesmente não é verdade — Michelle respondeu, se sentando de novo.

— Exceto por eu não ter tido nenhum namorado.

— Espere um pouco. Existem montes de homens que gostariam de ser seu namorado, então não me venha com esse discurso de coitadinha.

— É verdade. Eu estava com o Facebook aberto outro dia, e Phil, que trabalha comigo, disse que adoraria ter uma chance com você — disse Aggy.

Anna riu um pouco.

— Certo. Percy Pig, por favor.

Michelle abriu um pacote de Phizzy Pig Tails.

— Acho que ainda é um problema porque você não fala sobre o assunto — Aggy continuou. — E não deixa ninguém falar sobre isso. A mamãe e o papai acham que você vai ficar chateada se tocarem no assunto. Na época, você se fechava no quarto e lia, e agora você guarda tudo aí dentro e mantém as pessoas novas à distância. A gente nunca nem contou para o Chris sobre aquilo que aconteceu...

Foi um comentário incomumente sério e perspicaz para Aggy, e Anna prestou atenção. Não havia escolha. Ela podia sentir as lágrimas se formando.

— Chris e eu nos divertimos. Não quero que ele olhe para mim de um jeito diferente...

— Ele não vai olhar! Falar sobre as coisas ajuda — sua irmã continuou. — Quero dizer, uma vez, eu estraguei tudo com um cliente com quem acabei dormindo, e foi um pesadelo. Ele contou para os outros coisas que eu disse na cama, e todo mundo riu. Então eu contei a minha versão da história, e as pessoas riram, mas de um jeito bom. E foi como se, quando eu me apropriei da história, aquilo não pudesse mais me afetar. Sabe? Coloque uma foto de escola no seu perfil do Facebook ou algo assim.

Anna fez uma careta.

— Tudo bem, talvez isso não. Mas você entendeu. Transforme o Mock Rock em uma história. Uma das *suas* histórias. Você é tão engraçada, todo mundo riria com você.

Anna se inclinou a abraçou os ombros ossudos da irmã. Quando Aggy era criança, Anna costumava dizer que era como abraçar uma régua em seu estojo.

— E vou dizer uma coisa, eu não acho que esse tal de James é tão seguro de si quanto você pensa — disse Michelle. — Quando eu liguei, ele perguntou se você estava bem, várias vezes. Tive a impressão de que ele estava constrangido.

— Constrangido de me conhecer, basicamente. Ele devia ficar constrangido pelas coisas que disse, mas James não é o tipo que se culpa, posso garantir.

— Ele pode pensar no assunto e se desculpar.

— Aham. Vou esperar sentada.

Anna pensou no quanto ficou chateada por ter sido descoberta e se perguntou se, caso ela tivesse se controlado, a conversa não poderia ter sido menos agressiva.

Não. James tinha rido, negado toda a culpa e a chamado de aberração. Provou que suas suspeitas estavam certas.

— Se ele ficou bravo, então não vale nada — Michelle continuou. — Além do mais, você nunca gostou muito dele, não é?

— Não — Anna respondeu.

— Você acha que consegue voltar para o trabalho na segunda?

— Acho.

— Que bom. Não acho que solidão seja o que você precisa. Acho que lembrar quanto você ama seu trabalho é o que vai ajudar.

— Verdade. Minha avó Maude costumava dizer: "Não trabalhe demais se quiser ser feliz. Os homens gostam muito mais das divertidas do que das inteligentes. O que significa que você vai ser bem-sucedida, mas solitária" — disse Anna.

— A vovó Maude me disse que se um homem tem um caso, é porque está faltando alguma coisa em casa — Aggy completou.

— Essa avó Maude de que vocês falam. Ela era casada e feliz? — Michelle perguntou, colocando uma bala de goma na boca.

— Não exatamente. Ela estava sempre mal-humorada, e o vovô Len estava sempre com a expressão de um tamanduá assustado — Anna respondeu.

— Então eu deixaria de me preocupar com os seus conselhos sobre relacionamentos — disse Michelle, mastigando o doce borrachudo. — Ela tinha que se chamar vovó Fraude. O que é aquilo?

Anna acompanhou os olhos da amiga.

— Uma caixa de diários. Dos tempos de escola. Eu ia dar uma olhada neles.

— *Por quê*, pelo amor de Deus?

— Para lembrar...? — Anna deu de ombros sem energia. — Não sei. Depois do reencontro, pensei que, se não consegui resolver minhas questões daquele jeito, talvez eu conseguisse enfrentando todas as memórias e lendo os diários.

Só que não tive certeza se ia conseguir.

— Besteira, não fique se remoendo. Tenho uma ideia — Michelle anunciou. — Por que a gente não coloca fogo neles. Uma pira fúnebre? Isso pode ser o fechamento. Vamos dançar ao redor dela, e fazer barulhos estranhos.

Anna riu, e Aggy deu um gritinho.

Dez minutos depois, depois de jogar o conteúdo da caixa no jardim, as três ficaram paradas tremendo, meio iluminadas pela combinação da luz da cozinha e da luz de segurança da porta dos fundos.

— Você tem uma lixeira de metal ou algo parecido? Michelle perguntou, com os braços ao redor do corpo, tremendo de frio.

— As lixeiras são de plástico — Anna respondeu.

— Podíamos tentar colocar os diários no micro-ondas — Aggy sugeriu.

— Colocar papel e papelão no micro-ondas? — Michelle perguntou.

— E metal, os cadeados são de metal. — Anna disse.

— A ideia é só destruir os diários, não ir parar no hospital sem cabelo e aparecer no noticiário local, no bloco dos acidentes estúpidos — disse Michelle. E suspirou. — Se você quer algo bem assado, chame um chef. Você tem uma churrasqueira? E um acendedor?

— Espere! Tenho.

Anna saiu correndo para o porão e voltou arrastando uma churrasqueira circular com tripé, cheia de cinzas, enquanto Aggy revirava os armários da cozinha fazendo barulho.

Michelle acendeu o fogo fazendo uso farto de fósforos, e convocou o primeiro diário.

Mexeu nele com o garfo da churrasqueira, vendo o rosto do urso de pelúcia se contorcer e derreter, uma irmã Alessi de cada lado, abraçando-a.

— Quase pronto. Corte os pães e prepare o ketchup. Santo Deus, que cheiro ruim — ela comentou, tossindo quando o fecho de metal do diário começou a derreter. Mantenha o fogo longe da sua fantasia, Anna, ou ela vai queimar como papel. Certo, Aggy, estou pronta para o de 1995. Você realmente precisava escrever tanto, Anna?

Enquanto as três estavam ali de braços dados, Anna disse:

— Obrigada, vocês duas. Estou me sentindo muito melhor. Eu devia ter feito isso muito tempo atrás.

— Está na hora de você aceitar que são eles que têm algo de que se envergonhar. Não você — disse Michelle.

Olhando para o caldeirão de diários cobertos de fuligem, Anna se deu conta, pela primeira vez, do quanto isso era verdade.

52

James estava em uma reunião nos arcos de Bermondsey com Will Wembley-Hodges, um "produtor de queijo de corda artesanal" que queria levar seu produto para o mercado de massa.

Ele tinha que menear a cabeça com vontade para um executivo de chapéu fedora rosa.

— Então você está andando pela rua, comendo um pedaço de queijo de corda, mas, em vez de queijo processado, é queijo de leite de ovelha armênio com cominho-preto.

James ficou tentado a responder algo como: "Que bom que alguém resolveu o problema de 'andar pela rua com o tipo errado de queijo de corda'", mas obviamente não o fez.

Sua mente divagou durante a reunião acerca de como fazer o melhor pedido de desculpas para Anna. Ele estava quase lá. Aberração, por que ele usou essa palavra? Ele quase se encolhia de vergonha toda vez que lembrava. E depois Michelle, a amiga, ligou, e James se sentiu péssimo quando ficou claro que realmente a tinha magoado.

Quando voltou para o escritório no meio da manhã, a sala silenciosa tinha uma tensão estranha.

James estava só um pouco incomodado até Harris passar por ele com sua grande caneca de *chai* quente. A expressão em seu rosto era tão grotesca quanto ameaçadora: uma empolgação maligna, triunfal e, acima de tudo, uma ansiedade feliz.

— James, podemos conversar? — Harris o chamou, sentando em sua mesa no espaço aberto do escritório. Dava para ouvir um alfinete cair.

— Hum. Sim? — James respondeu, se sentando.

— Aqui, se você não se importar.

Ele se levantou e se juntou à mesa de Harris, que estava com a conta de e-mail do escritório aberta na tela. Harris abriu um arquivo de áudio e as ondas começaram a se mover quando começou a tocar. Uma voz surgiu em alto e bom som, em meio aos barulhos e movimentos de fundo. Era um londrino mais ou menos jovem, e James demorou um instante para se dar conta de que a voz do estranho era a sua.

...Você não dá a mínima para o que eu faço, tudo bem. Eu entendo. É um monte de baboseira digital que não existia cinco minutos atrás, e agora vendemos para você como se fosse algo essencial, porque infelizmente para você, é. Mas todo mundo tem smartphones e a concentração do Faustão depois de tomar uma anfetamina com Red Bull, até mesmo pessoas que vão a museus. Mas isso paga as minhas contas, e eu sou razoável nesse trabalho, então é o que eu faço. Nem todo mundo tem uma paixão pelo que faz como você...

Anna. Foi quando James perdeu a paciência com ela, depois da sessão de perguntas e respostas para o aplicativo. O que mais ele tinha dito? Meu Deus, o que mais ele tinha dito...

... E você acha que meus colegas são imbecis? Adivinhe só? Eu também, com uma ou duas exceções. E todos eles parecem ter sobrenomes no lugar do nome. Mas em vez de ficar aqui sentada tentando me irritar a cada dois minutos e deixar claro como você acha tudo isso ridículo...

Harris apertou o "pause".

— Que belo jeito de falar de nós, não é?

James ficou paralisado, tentando encontrar uma maneira de lidar com o fato de o escritório inteiro ter ouvido o que ele pensava dessas pessoas. Era como se alguém de quem você está falando mal aparecesse atrás de você. Só que multiplicada, muitas vezes.

— É da UCL. As coisas não estão indo bem com a namorada, por acaso?

Claro. A briga.

Tentando ganhar tempo enquanto seu cérebro funcionava, James apertou os olhos para ler os detalhes do e-mail.

— Eu já mandei para o Jez e a Fi — Harris avisou, antes que ele pudesse inventar algum tipo de explicação. Não era nenhuma surpresa. James já tinha se dado conta de que isso era uma demissão. Aquilo não passava de uma carta de demissão gravada.

O remetente era um endereço de e-mail anônimo, e a mensagem dizia apenas:

Chegou ao nosso conhecimento que um membro da sua equipe se comportou de maneira nada profissional durante um projeto recente envolvendo nossa universidade. Pensamos que vocês pudessem ter interesse em ouvir o arquivo anexo.

O campo do assunto dizia: *Urgente da UCL. Sobre: James Fraser.*

James umedeceu os lábios

— Não foi o que eu quis dizer. Ela estava sendo difícil, e eu estava me defendendo. Isso foi tirado de contexto.

— Fi está em Londres e está vindo para cá na hora do almoço para conversar com você.

— Tudo bem — James respondeu, voltando para sua mesa antes que Harris pudesse aproveitar mais sua satisfação. Depois de um ou dois minutos de um turbilhão de confusão, apreensão e fúria, ele decidiu ligar para Anna e exigir uma explicação.

James saiu do escritório e deixou um recado de voz depois de duas ligações perdidas (quase com certeza ignoradas).

Uau. Nada de pedir desculpas para ela. Anna não tinha parecido bem no último fim de semana, mas isso era uma loucura completa. James não achou que ela seria tão rancorosa. Claramente, ele não a conhecia bem.

E pensar que James tinha achado que Anna era ótima. Nossa. De agora em diante, ele ia confiar em primeiras impressões.

James voltou para sua mesa. Conforme os minutos passavam, a conversa mal saiu de um murmúrio. Finalmente, Harris não aguentou mais a sofisticada tensão de esperar pela Fi.

— Ei, James. Como você está se sentindo, sabendo que está prestes a cair como Roma — ele desdenhou. — Quem é você na fila da demissão? Estou me sentido aquele ator, o Danny DEMITO. Inclusive, acho que deveria estrelar *DEMISSÃO impossível*...

— Tá, hilário, Harris, você é o rei da piada — James respondeu. — Posso ser mais claro? Quando disse que havia uma ou duas exceções aos cretinos, eu definitivamente não estava falando de você.

Um lampejo em seu momento mais sombrio: houve uma quantidade surpreendente de risadas quando ele disse isso. Harris parecia um gnomo que sentiu cheiro de pum.

53

As pessoas muitas vezes usavam a expressão "se jogar no trabalho" como se fosse algo negativo; uma forma de evitar lidar com os problemas.

Mas, do ponto de vista de Anna, se jogar no trabalho era infinitamente melhor do que se jogar em um canal, em um babaca ou em um vidro de calmantes.

E por falar em babacas, houve uma interação surpresa com Laurence, sua nova versão solidária, que queria dizer que sentia muito pelo Mock Rock. Anna tinha bastante certeza de que seria o último contato deles, se estivesse certa sobre o único objetivo de Laurence.

Michelle tinha razão, ela adorou estar em sua persona profissional de novo.

Depois de dar uma aula bem estimulante para uma turma de terceiro ano, ela atravessou o campus se sentindo animada pela primeira vez em semanas. Colocar fogo nos diários de escola poderia ter sido ritualístico, mas serviu ao seu propósito. Junto, ela tinha conseguido queimar a efígie de James.

Na caminhada do auditório para sua sala, Anna pensou que tinha ouvido seu celular apitar na bolsa e tentou ver quem era assim que soltou suas coisas. Ela pegou o telefone e ficou surpresa ao ver o nome de James Fraser. Um recado de voz estava piscando para ela.

Isso não era bom. Michelle podia achar que James seria capaz de se desculpar, mas Anna não acreditava, nem por um segundo, que o orgulho dele ia permitir isso. E mesmo que acontecesse, ele não teria sido mobilizado a fazer isso no meio de uma manhã de segunda-feira.

Ela ativou a mensagem.

Anna. Não faço ideia de que merda você está planejando, mas esse ataque é um comportamento absurdo da mais alta escala. Você pode me ligar? E se você acha que pode me evitar não atendendo minhas ligações, vou aparecer aí e ficar sentado na sua recepção até você me receber. Parece que em breve vou ter bastante tempo para fazer isso.

Clique. Fim da mensagem.

Ataque? Alguma coisa estava muito, muito errada. Tentando criar coragem em vez de medo, ela ligou. James demorou mais para atender do que ela esperava, mas Anna se deu conta pelo barulho de trânsito no fundo que ele tinha saído para atender.

— Alô? Você queria falar comigo? — ela perguntou. — Não estou evitando...

Anna não teve a chance de terminar a frase.

— Queria, sim. Você pode me dizer porque acha que isso é uma reação proporcional a algo que eu fiz quase duas décadas atrás? Me fazer perder o emprego? Sabia que eu tenho uma coisa que não tínhamos aos 16 anos chamada hipoteca? E contas?

— Uma reação proporcional?

— O e-mail. Com a gravação.

— Não sei do que você está falando.

— Meu Deus, isso é patético, é um insulto. Você vai mesmo continuar com essa palhaçada de fingir que não foi você?

Anna afastou a cadeira e se levantou enquanto seu coração disparava como um alarme de incêndio.

— Eu honestamente não faço *nenhuma* ideia do que você está falando.

Ela falou com força suficiente para criar uma breve pausa.

— Minha empresa recebeu um arquivo com uma gravação em que estou falando mal do meu trabalho e das pessoas que trabalham comigo. É de quando fizemos aquela sessão de perguntas e respostas no auditório. Eu estava bravo e não deveria ter dito o que disse para você, mas eu não fazia ideia de que você tinha gravado a coisa toda.

Anna se sentiu perplexa, pequena e enjoada.

— Eu não sabia que isso existia. E não fui eu quem mandou.

— O quê, então outra pessoa na UCL grampeou nossa reunião, e está me perseguindo uma semana depois de termos uma briga? Existem outros suspeitos? Não acho que Poirot precisaria reunir todo mundo na sala de visitas para resolver isso.

— Não. — Anna estava andando de um lado para o outro sentindo o calor do telefone na orelha. — Achei que só tínhamos gravado a entrevista. Eu nunca nem tive esse arquivo. Você disse que foi mandado por e-mail?

— Foi. Dizia ter sido enviado da UCL, mas veio de uma conta de Gmail anônima.

— Se eu fosse mandar isso, por que esconderia que fui eu? Como você disse, todo mundo me acharia a culpada.

— Então quem foi?

— Não sei.

James expirou. Ele não parecia muito mais calmo, e Anna entendia por quê. Seus problemas não tinham diminuído, e não havia a satisfação de ter um inimigo claro.

— Espere um pouco…

— O quê?

— O áudio foi montado por um colega meu, o Patrick. Ele é a única pessoa que sabe da nossa conversa. Ele não foi exatamente com a sua cara no lançamento. É possível que ele tenha ouvido a gravação toda. Mas não sei por que ele mandaria o arquivo.

— Ele é ruivo?

— Bastante.

— Acho que me lembro dele. E ele sabia que nós íamos brigar?

— Não… não fui eu que contei para ele. Espere — Michelle disse que Patrick queria saber o que estava por trás da ausência de Anna. — Minha amiga Michelle pode ter contado.

James suspirou.

— Maravilha. Bom, estou totalmente ferrado — disse James, ainda que com menos raiva.

— É muito grave a situação?

— Minha chefe Fi está a caminho para jogar a bomba no almoço. Vou criar um perfil no Monster amanhã, sem dúvida. Se não estiver num pub, enchendo a cara.

— Se eu falar com a sua chefe, pode ajudar?

—Você pode tentar, mas não vai fazer muita diferença considerando que ela recebeu a gravação. Não é bem um "disse me disse", né... Está mais para "pego no flagra".

— Eu sinto muito, James.

— Obrigado. Eu também. A gente se vê.

Ele desligou.

54

Anna teve de se preparar antes de embarcar na curta jornada até a sala de Patrick. Ela não sabia ao certo o que estava prestes a descobrir, mas tinha quase certeza de que não ia gostar. Patrick era o responsável? Por quê? Como ele pôde fazer isso? E como ela ia acusá-lo sem... acusá-lo?

Batendo na madeira com os nós dos dedos, ela entrou direto quando Patrick gritou:

— Entre! Bom dia! Está melhor? — ele perguntou.

Era impressão ou ele parecia nervoso?

— Muito, obrigada. Quais são as novidades?

Anna se sentou, sem acomodar totalmente a bunda.

— Tudo igual.

A ausência de xícaras de chá e o silêncio que se prolongou entre eles revelou que aquilo não era uma visita matutina normal, não era um bate-papo confortável. O relógio na prateleira da lareira de Patrick batia pesado.

— Então. Acabei de receber uma ligação estranha — ela começou.

— Ah.

Na cabeça de Anna não restava dúvidas de que Patrick estava por trás do envio do arquivo para a Parlez. O "ah" não indicava curiosidade. Indicava culpa.

— Talvez eu deva dizer que sei que sua doença era psicológica, não física.

— Oi?

— Michelle me contou as coisas horríveis, horrorosas, que aquele homem disse para você. Fiquei enojado... — Patrick balançou a cabeça e moveu a caneta que estava cinco centímetros para a direita, ajustando os papéis que estavam embaixo de modo que todas as folhas ficassem alinhadas.

— Por quê? Você falou com Michelle?

— Eu disse que você tinha me contado sobre esse tal de James Fraser, e ela revelou os últimos eventos.

Anna adivinhou o que devia ter acontecido. Michelle tinha dito que Patrick a estava infernizando para saber o motivo da ausência.

Michelle não era descuidada, mas era naturalmente honesta, e sem dúvida Patrick tinha feito parecer que já sabia tudo sobre o histórico de James. Mesmo assim, ele não tinha o direito de se intrometer.

Anna sentiu a raiva aumentando pouco a pouco, como as luzes que indicam o volume de um aparelho de som.

— E eu achei que precisava tomar uma atitude. Ninguém cuida de você... e você é simplesmente altruísta demais para se cuidar direito.

Anna apenas arregalou os olhos diante dessa descrição de si mesma.

Patrick parecia tenso.

— ...eu tinha provas de como ele falou com você naquela fita e mandei para a agência digital. Deixar que aquele comportamento execrável tivesse um impacto nele, e não nos inocentes, para variar.

Anna não sabia que acesso de loucura tinha tomado conta de Patrick, mas parecia que nem ele conseguia acreditar totalmente no que tinha feito. Ela limpou a garganta.

— Você mandou a gravação secreta de uma conversa particular, sem minha permissão ou meu conhecimento, para um contato profissional, o humilhou, me envolveu e o fez perder o emprego.

Os olhos de Patrick se arregalaram.

— Ele foi demitido?

Anna perdeu o controle.

— Foi! Ou vai ser! Patrick, como você pôde fazer isso? Todo mundo acha que fui eu!

— Me desculpe. Eu estava nervoso e fui tomado por uma maldita necessidade de, pela primeira vez, fazer alguma coisa.

Patrick levantou o queixo e ficou numa pose de defensor da liberdade do Wikileaks.

— Você não podia ter me perguntado?

— Você teria considerado todas as ramificações, por ser sensata demais, e deixaria passar.

— Se o objetivo era atacar James Fraser por mim, o tiro não poderia ter saído mais pela culatra. Eu tive que pedir desculpas para ele e abdicar do troféu da moralidade no mesmo instante.

— Pedir desculpas pelo quê?! O canalha é *ele*. Me perdoe se não vou perder muito tempo pensando nas dificuldades que podem recair sobre um homem que crucificou você publicamente.

— Argh. — Anna levou as mãos ao rosto. — Mas você não acha que se alguém deveria cobrar a conta por aquilo, deveria ser eu?

— Pelo que sei, você fez isso. Ele foi tão grosso que você passou uma semana sem conseguir sair de casa.

A respiração dela estava entrecortada.

— Eu sei que você acha que está me defendendo, mas, acredite em mim, essa não era a maneira de fazer isso. Eu nunca mais queria vê-lo, e agora vou ter de ir até lá tentar resolver essa confusão para compensar o que você fez.

— Tem certeza?

— Quem mais vai fazer isso?

— Quero dizer, de que não quer vê-lo nunca mais? De fora, parece que esse homem foi de inimigo público número um para alguém com quem você parecia bem feliz em conviver.

— Eu juro, não existe nada remotamente romântico entre mim e James.

— O que ele estava fazendo na sua casa?

Anna balançou as mãos.

— Assistindo a um documentário sobre a Teodora. Não era... meu Deus, não era um *encontro sexual*. Foi por isso que você teve essa reação exagerada, porque achou que ele estava transando comigo?

— Não. Não foi por isso que eu exagerei.

Patrick engoliu em seco, revirando os papéis sobre a mesa mais uma vez, e um longo silêncio se fez entre eles.

— Eu estou apaixonado por você.

Anna levou um susto.

— Não está, não — ela disparou, em choque.

— Acho que tenho o direito de saber como me sinto — Patrick respondeu, abrindo um sorriso triste, cheio de um fastio pesaroso.

Anna se perguntou se sabia que isso aconteceria. Ela tinha noção de que, em algum nível, Patrick estava atraído por ela, claro que tinha. Um olhar mais demorado. A interesse por sua vida amorosa que parecia um pouco excessivo. Ela se culpou por não perceber que sentimentos podiam estar se formando. Mas o que dizer? Por favor, não goste de mim assim? *Por favor, não goste tanto de mim?*

Anna esfregou as mãos suadas no vestido.

— É. Não sei o que dizer.

— Não estou dizendo isso porque espero que os sentimentos sejam recíprocos — Patrick disse, ajustando os óculos. — Eu sei que não sou correspondido.

Anna ficou em silêncio, totalmente perplexa.

— Achei que nós éramos amigos — ela disse.

— Nós somos — ele respondeu. — Santo Deus, você realmente não faz nenhuma ideia do efeito que tem nos homens, faz? Eu me lembro de Roger falando sobre isso na festa de queijos e vinhos em que conheci você. Achei que ele estava brincando, você foi tão incrivelmente adorável. Mas, não. Os alunos inventam motivos para marcar reuniões fechadas com você, sabia? Não estou dizendo que suas aulas sobre a Teodora não sejam fascinantes, mas sei o que eles querem.

É por isso que não aguentei ver esse homem destratar e manipular você, Anna. Eu sempre soube que, cedo ou tarde, alguém apareceria e exploraria sua bondade e sua inocência. Não vou aceitar isso.

— Fico muito lisonjeada, mas, eu juro, você entendeu errado. Nunca houve nenhum risco de James tentar me seduzir. Ou de conseguir. Não é isso.

— Bem, se ele quiser saber por que mandei aquele arquivo, pode vir falar comigo. Diga a ele que estou na minha sala pronto para conversar.

— Patrick, não!

— Por que você está protegendo esse homem ?

— Não estou protegendo, estou tentando fazer você enxergar que não preciso que ninguém me defenda.

Anna ouviu um eco engraçado de Laurence, como se Patrick fosse a versão do bem de Laurence. Ela era o prêmio, ela estava num pedestal.

Mas queria estar no mesmo nível.

Ainda assim, ao contrário de Laurence, ela se importava com Patrick.

— Não quero que isso mude nada entre nós — ela disse, com cuidado.

— Infelizmente, tenho certeza de que não vai — Patrick sorriu.

Anna se contorceu e pensou que seria melhor um dar bastante espaço para o outro por um tempo. O suficiente para deixar o desconforto diminuir, mas não a ponto de Patrick se sentir rejeitado.

— Me prometa — ele disse, quando Anna fez menção de ir embora. — Me prometa uma coisa. Ele, não. Qualquer um, menos ele. Ele não é digno de você.

Anna suspirou.

— Não posso fazer promessas sobre quem vou namorar. Posso prometer que é esmagadoramente improvável.

— Você não vai excluí-lo.

— Só por uma questão de princípios.

Patrick balançou a cabeça.

— Você me disse tudo o que eu queria saber.

Primeiro os colegas de James, agora os dela, estavam convencidos de que eles estavam envolvidos. De maneira engraçada, completamente fora da realidade. Ela preferia chupar o cadáver de Hitler e apostava que James sentia o mesmo.

Anna fugiu do escritório de Patrick e se deparou com uma fila de alunos de primeiro ano, esperando por um seminário, que tinham ouvido tudo. Quando voltou para sua sala, seu celular tinha uma ligação perdida de sua mãe. Ia deixar para o fim do dia. Ela podia abrir mão tranquilamente de discutir a cobertura de coco e os arranjos de centro de mesa feitos com vidros de geleia naquele momento. Jogando o celular na gaveta, Anna abriu o e-mail.

Ela não podia fazer muito para resolver aquilo, mas faria algo.

55

Fi entrou na Parlez perto do meio-dia, e a essa hora James achou que a acidez em seu estômago seria suficiente para dissolver um cadáver. Ela conversou com alguns funcionários em voz baixa, folheou a correspondência e então disse:

— James, vamos tomar um café?

Ele saltou da cadeira, tenso e constrangido. Era preferível ser demitido por Skype e nunca precisar enfrentar nenhum deles de novo. Aquilo era extenuante, mas tinha que ser assim.

— Tudo bem irmos ao Carluccios? Preciso estar do outro lado da cidade às 13h — Fi propôs, e James assentiu e abriu a porta para ela.

Ele se arrependeu de escolher o assento perto da parede, já que um espelho inclinado refletia sua expressão beligerante. Olhar para si mesmo não estava sendo motivo de prazer naqueles dias.

— Nos falamos no dia dez, então, Tigs. Tchau, tchau... — Fi disse as últimas palavras num sussurro encenado, como se fosse uma personagem de *Absolutely Fabulous*. Ela costumava dizer coisas que ninguém dizia na vida real.

— ...Um abraço, minha menina favorita.

Tipo assim.

Fi colocou os óculos de sol com pedras encrustadas sobre o cabelo tingido de loiro, como uma tiara improvisada.

— Agora, estou aqui para exigir respostas.

— Hum, certo. Sei que o que eu disse foi... muito ruim. Havia um contexto...

— Eu sei qual era o contexto...

— Sabe?

— Sim. Tive uma longa conversa com a sua... ex?... namorada, e ela me contou tudo. Fiquei ainda mais horrorizada com a sua completa idiotice ao final da nossa conversa, vou dizer.

Meu Deus. Ponto para você, Anna. Ela queria ligar para Fi para afundá-lo ainda mais na lama?

— Minha principal pergunta é esta. Que DIABOS você está fazendo deixando essa donzela de pele de oliva deliciosa ir embora?

Fi deu um tapa de mentira nele, e James ficou olhando estupefato.

Espere. O quê?

Se esse era um tipo novo, avançado e brutal de demissão, em que você deixa o outro à vontade e depois parte para o ataque, ele nunca tinha ouvido falar.

— Vamos tirar as coisas chatas de trabalho do caminho primeiro. A exposição do British Museum. Recebemos uma mensagem sobre o aplicativo do museu, de uma Victoria sei lá o que da UCL. Posso dizer sem medo de errar que Jez e eu estamos muito satisfeitos com a maneira como você lidou com a coisa.

— Oh! Que ótimo! — James precisou trocar de marcha naquele momento, sem deixar escapar que estava esperando que aquela conversa fosse 100% semelhante a uma placa de município: "Bem-vindo à Demitidópolis, população: Você."

— Não preciso dizer que "baboseira digital" não é exatamente como gostaríamos de sair por aí descrevendo o seu trabalho. No entanto. Quem nunca disse alguma coisa impensada para impressionar um caso novo? Quando conheci o Jez, falei para ele que minha posição favorita era a bate-estaca! Hahaha! Você já experimentou?

James engoliu em seco e balançou a cabeça. Jesus Cristo, gente rica é esquisita.

— Bom, vou te dizer, você precisa fazer muita Yoga Bikram para ao menos pensar no assunto. E eu estava com 39 na época e não fazia muito tempo que dera India à luz, e o parto foi por ventosa. Parece que alguém coloca um desentupidor na sua xoxota. Uma loucura, querido, esse negócio de dobrar as pernas de uma mulher de meia idade tão para trás, mas eu estava apaixonada.

— Certo — James comentou com uma voz minúscula e tomou um gole de café.

— Não, me deixe falar duas coisas sobre a Anna — Fi estalou os dedos para o garçom. — Água quente? Maravilha. Você é um tesouro. Primeira, nenhum de nós nunca viu você tão relaxado como estava na festa de cinco anos.

— É mesmo? — James ficou genuinamente surpreso.

— Você é um rapaz fabuloso, James, mas às vezes é um pouco... tenso. Você fica totalmente *radiante* perto dela. Todo mundo notou. Você fica com a expressão de que mal pode esperar para saber o que ela vai dizer. A pose de James Dean é muito boa, mas rir é importante. Acredite em mim, é o ingrediente mais importante de um relacionamento, mais do que flexibilidade. Segundo, ela está totalmente apaixonada. Você ainda não a perdeu, mas seja rápido, porque uma mulher como aquela não fica solteira por muito tempo.

Apesar de Fi estar errada sobre quase todos os aspectos, James ficou intrigado.

— Você acha mesmo que ela me quer? — ele perguntou, sem saber se a pergunta era fingimento ou real. As duas coisas, ele decidiu.

— Querido — Fi colocou a mão de unhas feitas com esmalte Chanel no braço dele. — Ela está totalmente encantada. Você devia ter ouvido o que ela falou no telefone, que mandar aquele arquivo tinha sido um crime passional, e que em geral é a mulher mais controlada do mundo. Você desperta uma loucura especial nela... e não *posso* punir você pelo erro dela. Eu disse, coração, eu achei engraçado. Se todo mundo tivesse gravações de suas conversas íntimas, ninguém sairia ileso.

Ele sentiu uma gratidão profunda por Anna, por sua generosidade potencializada pelo conselho inesperado. Ela podia ter ajudado a causar esse drama, mas com certeza tinha deixado a dignidade de lado para tirá-lo de lá. Não devia ter sido fácil dizer essas coisas tão dramáticas. Anna não era uma pessoa fingida.

— E vou dizer mais uma coisa, como alguém que já viveu vinte anos a mais que você...

Mais para trinta, James pensou. Se bem que, naquele momento, ele estivesse preparado para concordar que Fi tinha a idade certa para se candidatar a animadora de torcida.

— Você não encontra muitas Annas. Com quantos anos você está? Trinta e dois, certo? Pense no seguinte: se demorou 32 anos para encontrá-la, pode facilmente levar outros 32 para encontrar outra pessoa à altura dela. Você quer esperar até estar numa vila para aposentados, com *liftings* faciais que fazem parecer que você foi atirado de um canhão, ou quer ser feliz agora?

Na verdade, tinha demorado 11 anos para encontrar Anna, mas James não trouxe isso à tona. Ocorreu que poderia ser uma boa sinalizar o retorno de Eva nesse momento. E ele se deu conta de que não estava pensando na ex-mulher com tanta frequência ultimamente. Pelo menos, podia agradecer seu drama profissional por isso.

— O problema era... — James começou — ...não está, não está tudo acabado entre mim e minha esposa.

Fi mexeu o café e assentiu.

— Imaginei que pudesse ser isso. Por que vocês se separaram?

— Eva sofreu uma desilusão espiritual e uma perda de propósito que tiveram que ser aliviadas transando com um modelo. Ah, e pelo jeito eu conversei demais sobre política com a mulher de um amigo durante um jantar.

— Longe de mim dizer a você o que fazer, querido, mas se ela fugiu e fez sexo com outro homem no ano um do casamento, não é um prognóstico muito bom para as traições dela no ano dez, não é? O ano um para uma esposa devia ser escolher qual papel de parede e fazer tanto sexo que as pernas ficariam tão arriadas que nem conseguiriam parar um porco em disparada, hahaha!

Louca. Completamente louca. James riu desconfortável.

— Ela estava fazendo muito sexo, mas não comigo. — Ele fez uma pausa. — Nós juramos “na alegria e na tristeza”.

— Sabe, isso é interessante — disse Fi, olhando para ele por sobre a espuma do café. — Eu ia fazer um discurso sobre você ser bonito demais e, sendo assim, ser afligido por um excesso de opções. No entanto, alguém que continua leal a uma ex-mulher infiel? James Fraser, você é um romântico?

— Não sei nada sobre isso — ele sorriu. — Talvez eu esteja velho e preguiçoso demais para ser poligâmico.

Foi uma onda estranha, considerando que ele tinha chegado tão perto do desastre, correr o risco de causar mais problemas.

Mesmo assim, James se pegou suspirando e disparando sem hesitar:

— Fi, eu fiz um bom trabalho com a UCL porque adorei o projeto. Enquanto isso, passei a manhã com um sujeito que quer que a gente o ajude a gastar sua herança fazendo tiras com sabor de queijo. Não estou conseguindo juntar muito entusiasmo para frivolidades atualmente. — James achou que Fi fosse lançar um olhar duro e dizer que frivolidades eram o pão com manteiga da empresa, junto com tiras de queijo. — Talvez eu devesse repensar algumas coisas em vez de resmungar de um jeito tão desagradável, acho eu. Desculpe. *Coisas para não dizer ao seu chefe.*

Ele passou as mãos pelo cabelo.

Fi parecia pensativa.

— Jez e eu andamos conversando sobre tornar o seu cargo um pouco mais focado, fazer uma pequena reestruturação. Nós sabemos que você é bom e ambicioso e não queremos que você vá parar com algum concorrente novo, uma Brand Pipe ou Stuff Hammer...

Ela começou a explicar como James podia ser promovido, escolher seus clientes, ir em busca de contas de mais prestígio como a UCL e até ter a flexibilidade de trabalhar de casa. James tentou não se debruçar sobre a mesa e abraçar Fi. Quem diria que a honestidade podia ser tão eficaz?

— Não vou entrar — Fi avisou, quando os dois pararam na porta do escritório. E se inclinou para se despedir com dois beijos aéreos. Ela colocou a mão no rosto de James, um gesto que ele considerou bastante constrangedor.

— Esta barba?

— Sim?

— Tire, querido. Funcionou para Ben Affleck em *Argo*, mas ele estava virando a noite para resolver uma crise com reféns no Irã durante os anos 1970. Queremos ver mais do seu lindo rosto.

Sentindo-se leve e aliviado, James sabia que devia um agradecimento a Anna. Sabia também que nenhum dos dois queria outra conversa. Então ele abriu seu e-mail.

O que você disse para a Fi foi inacreditável. Você salvou meu traseiro, totalmente.

Muito obrigado, sinceramente.

Bj, J

O tempo passou, e não houve resposta. Ele não ficou surpreso, considerando que as interações mais recentes foram um desfecho mais decisivo do que a última frame em um filme épico da MGM; FIM, com as letras a três metros de altura e a tela preta.

Então, enquanto sentia o peso do celular em sua mão e se perguntava se devia simplesmente ligar para Anna e agradecer direito, chegou a temida mensagem de Laurence.

Ótimas notícias! A invasão Aliada foi um sucesso, a Itália finalmente se juntou à guerra! ☺

Um gosto ruim surgiu em sua boca. James engoliu.

O plano de Laurence de ligar para Anna, se desculpar pelo Mock Rock e tentar conquistar sua... o que, num eufemismo, poderia ser chamado de "suas graças", funcionou? Esse era o tipo de linguagem que Laurence só usava quando tinha seduzido uma mulher.

De uma vez, sua felicidade se dissipou, e foi substituída por um triste turbilhão de incerteza, arrependimento e uma sensação que só poderia ser chamada de dor.

56

— Aureliana, por que você não está atendendo o celular? — sua mãe gritou.

— Oh, ele estava hum... na gaveta — Anna respondeu preocupada, porque era bastante incomum sua mãe ligar para o telefone da universidade.

— Você teve notícias da sua irmã? — Judy chiou.

— Não, por quê? Está...

— O casamento foi cancelado! Aggy e Chris terminaram!

— O quê? Calma, mãe... — disse Anna, enquanto começava a tagarelar.

Com uma sensação enfurecedora de ter pressentido que isso aconteceria, mas nenhuma satisfação de poder dizer que tinha feito alguma coisa para impedir, Anna ouviu a história toda.

Aggy estava mentindo para Chris sobre os custos do casamento, e a enorme dívida de cartão de crédito que ela estava acumulando. Chris abrira uma correspondência do VISA endereçada a Aggy por engano, e imediatamente havia ligado para o Langham e cancelado a reserva. Aggy chegou em casa, descobriu o que ele fez, e, como não era nada contida, o inferno se instalou. Ela saiu de casa, deixando Chris, sempre responsável, com a incumbência de ligar para os pais dela e dar a triste notícia.

— E agora ela não está falando comigo! Não está atendendo o celular! Veja se você consegue colocar um pouco de bom senso na cabeça dela, Aureliana!

Anna controlou o impulso de falar "eu te avisei".

— Como está o Chris?

— Muito chateado. Aggy gastou 14 mil sem contar para ele.

Anna sentiu uma leve tontura.

— *Catorze mil*? Como ela vai fazer para pagar isso?

— Chris acha que deve ser mais. E eles perderam o depósito do Langham. Seu pai foi deitar um pouco.

Anna amava o pai, mas, como sempre, ele entrava em coma em crises.

— Não estamos conseguindo encontrá-la. Ela não está atendendo nossas ligações.

— Ela não está na casa daquela amiga, Marianne? Aggy costuma ir para lá em momentos de crise. Para lá ou para o All Bar One mais próximo.

— Não! Ninguém consegue encontrá-la. Meu Deus, o que vamos falar para a família sobre o casamento...

— Mãe! — Anna finalmente disparou. — O relacionamento de Aggy e Chris não é um pouco mais importante do que ficar mal diante de gente como a tia Bev? E por mais que eu ame a minha irmã, me parece que Chris precisava parar o taxímetro.

— Mas é uma pena. Sua irmã deve estar arrasada. Ela só pensava nisso fazia meses.

Sim. Havia muitas coisas que Anna podia dizer para a mãe sobre como ela encorajou Aggy a ficar tão consumida por isso desde o primeiro dia. Mas aquele não era o momento.

Ela pegou o celular e ligou para Aggy, esperando ser ignorada. Mas, surpreendentemente, sua irmã atendeu.

— Acho que você vai dizer "eu avisei"! — ela disparou.

— Quero saber se você está bem.

— Está tudo acabado, Anna. Com Chris. Tudo acabado.

— Não diga isso. É uma briga e pode ser resolvida.

— Como? Você tem vinte mil? Você consegue convencer o Langham a voltar atrás depois que Chris *cancelou* a reserva? — Aggy chorou.

Anna não podia exonerar totalmente o cunhado, por mais que quisesse. Ele dera um basta a essa loucura destruidora, mas devia ter se interessado mais pelas decisões que estavam sendo tomadas desde o começo.

Por mais que a noiva dele tivesse criado aquele rombo financeiro, aquilo deveria ter sido uma decisão conjunta. Ia ser uma luta fazer Aggy enxergar a razão quando seu adorado "grande dia" havia sido arrancado dela.

— Me deixe ir aí. Onde você está?

Anna podia ouvir o barulho do trânsito e do movimento das ruas do outro lado da linha.

—Vou encher a cara e celebrar estar solteira de novo.

— Não fale assim, você não está solteira.Você e o Chris vão superar isso...

Anna ouviu o murmúrio de uma voz masculina.

— Quem está com você? — ela perguntou. Aggy só tinha amigas mulheres.

— Laurence — ela respondeu. — Laurence vai me levar para tomar alguns drinques. A gente se fala depois, Anna. Tchau!

— Laurence?! — Anna repetiu com um grito, mas era tarde demais, Aggy já tinha desligado.

Ela tentou ligar de novo, furiosa. *Laurence*. Como assim? Por que ele, entre todas as pessoas, ia sair com ela pela cidade? Mas Anna sabia melhor que ninguém que o interesse dele em sua irmã se concentrava basicamente na região da virilha. Como é que ele tinha o telefone de Aggy...? As palavras de James sobre os esquemas de Laurence com as mulheres encheram sua cabeça.

O número que você discou está desligado.

Pense, ela disse para si mesma. Acalme-se e pense. Anna só podia imaginar que Laurence decidiu partir para sua irmã, mas descobriu um pouco tarde demais para alertar Aggy que ele não era o tipo de homem com quem você deveria ficar totalmente bêbada quando está vulnerável.

Ah, que inferno. Depois de passar pela agitação e pela irritação, Anna estava chegando a um pânico inútil e incômodo. Também não era uma preocupação que podia ser compartilhada com seus pais. E, definitivamente, nem com Chris.

Anna andou de um lado para o outro em sua sala. Tentou ligar de novo para Aggy, e mais uma vez 15 minutos depois. Não, o celular estava desligado e, pelo jeito, ia continuar assim. Aggy não demorava muito para ficar bêbada. Ela ligou para Laurence três vezes. O celular estava ligado, mas caiu direto na caixa postal. Anna teve a nítida sensação de que ele não ia atender suas ligações aquela noite.

Só restava uma opção. Ele era a última pessoa com quem Anna queria falar, mas não havia escolha.

57

— Olá, James — ela tentou manter a voz conciliatória, neutra e profundamente digna. — Desculpe incomodar você. Duas vezes em um dia. Quanta sorte.

Ele parecia um pouco surpreso e igualmente na defensiva, ainda que educado.

Anna começou a descrever o drama do casamento e das finanças da irmã, e sua atual companhia.

— Você o conhece melhor. Ele seria capaz de algo tão baixo quanto levar minha irmã para a cama? Por favor, me diga se eu estiver sendo paranoica... — ela concluiu, desesperada.

Uma pausa.

— Hum. Acho que você sabe o que vou dizer. Eu tentei avisar como ele é.

— Como ele conseguiu o celular de Aggy?

Ela torceu para não ser sido com James.

— Laurence coleciona o telefone de mulheres atraentes como o resto de nós coleciona milhas no cartão de crédito. Ele deve conseguido com a sua irmã no dia do teatro, acho. Ou procurado on-line.

— Ah, não...

Silêncio. Anna imaginou que ele ainda devia estar bastante bravo por causa da gravação. E cerrou os dentes e xingou Aggy com todas as forças.

— Você saberia onde eles estão? — Anna perguntou. — Eu não perguntaria, mas não sei mais o que fazer e estou muito preocupada onde isso pode terminar, com essas duas personalidades complicadas.

— Aonde Laurence leva mulheres? Você não saberia tão bem quanto eu?

Anna não entendeu exatamente, em especial por causa do tom cáustico.

— Tentei ligar, mas ele não está atendendo. Laurence está com a minha irmã, com más intenções, então não vai atender. Você poderia tentar falar com ele?

— E dizer o quê?

— Qualquer coisa que o faça contar onde está.

Finalmente, depois de uma longa pausa, James disse, com a voz ríspida.

— Ok, eu ligo para você em breve.

O celular tocou segundos depois.

— Desculpe, Anna, o celular dele está desligado.

— Oh, não. Que confusão... — ela não conseguiu falar por um instante, tentando conter a bolha quente de frustração em seu estômago.

— Aggy sabe que você... hum. Saiu com Laurence também?

— Eu não mencionei. Por que isso é culpa minha. Se eu fosse uma irmã normal e tranquila que compartilha coisas, teria contado para ela que Laurence não vale nada.

Anna podia sentir que James queria encerrar a ligação, mas sua necessidade de contar com alguém falou mais alto.

— Eu sei o que vai acontecer. Aggy vai ficar absurdamente bêbada, acabar na cama com ele e estragar qualquer chance de reconciliação com Chris. Na pior das hipóteses, ela vai até se convencer de que Laurence é uma pessoa razoável com quem se envolver, antes de ele se livrar da minha irmã em não sei quantas semanas.

— Você acha mesmo que ela vai fazer isso? Aggy ainda está noiva, não está?

— Tecnicamente, ela jogou o anel em Chris e terminou tudo.

— Escute, vou tentar de novo, eles provavelmente estão no metrô.

— James — Anna disse, apertando o arco do nariz. — Eles não estão no metrô. Os dois desligaram o celular para ninguém conseguir falar com eles enquanto esta noite transcorre.

Uma pausa.

— Pois é. Combina com o *modus operandi* de Laurence.

— Deus, eu quero me bater.

— Mas isso é com Aggy, não com você. Se sua irmã não quer se casar, você não pode forçá-la.

— Ela quer muito se casar. Aggy só fala disso há meses.

— Mas você está com medo que ela transe espontaneamente com Loz na primeira noite de liberdade. Isso diz muita coisa.

— Neste momento ela está brava e não está raciocinando. Toda essa emoção vai ser misturada com uma bebida doce, e Aggy não vai pensar em nada. Então Laurence vai atacar.

Uma pausa.

— Certo, me perdoe por dizer isso, mas, plano B. Se ela de fato tiver um lapso com Loz, alguém precisa ficar sabendo?

— Minha irmã é uma péssima mentirosa. Quero dizer, por que não mandar as faturas do VISA para o trabalho? Isso também vai vir à tona, mais cedo ou mais tarde, especialmente quando Chris descobrir que nenhuma das amigas e ninguém da família sabe onde ela está hoje à noite.

Anna ficou olhando para a garrafa de leite mofada com água até a metade ao lado de Boris, a costela-de-adão.

— Foi como se eu tivesse deixado uma arma destravada e à vista.

— Alto lá, você não pode controlar toda interação humana que vê. Em geral não é preciso alertar pessoas que estão noivas sobre as cobras na grama. E mesmo que seja, as pessoas fazem suas próprias escolhas. Como você sabe.

— Nada me impede de me sentir responsável por apresentar os dois, infelizmente. Bom, então acho que vou ter uma noite divertida e inútil percorrendo os bares favoritos da minha irmã.

Eles desligaram de um jeito educado, mas tenso. Para Anna, James parecia distraído. Como se sua mente estivesse a mil por hora. Sem dúvida imaginando como essas mulheres mediterrâneas caóticas e vulgares foram parar em seu lindo mundo.

Se preocupar com coisas grandes não eliminava pepinos menores; esse era um fato da vida que enfurecia Anna. Sua irmã ter perdido um noivo maravilhoso junto com o rombo do cartão de crédito eram as maiores. A ideia de Laurence estar incluindo sua irmã mais nova na sua lista de conquistas era abominável.

Então, naquele instante, por que Anna se importava com o que James Fraser pensava dela? E por que desejava tão desesperadamente não ter que se render e pedir a ajuda dele? Não deveria fazer diferença.

58

James conhecia muito bem o procedimento de sedução de Laurence para saber que havia uma lista de meia dúzia de locais onde ele podia estar.

Mas encontrar os dois era só uma parte. Ele não tinha exatamente um plano para o que viria depois. Poderia haver certa hostilidade. Bom, Laurence com certeza seria hostil, em maior ou menor grau. Não dava para prever o que Aggy faria.

Por que ele estava fazendo isso? A resposta não era fácil.

Depois do terceiro bar, James começou se sentir um pouco frustrado. Laurence era uma agulha magrela no palheiro de Londres.

Quando ele estava inspecionando quem ocupava os sofás de veludo ferrugem sob a luz baixa do The Zetter, seu fatalismo basicamente informara que aquilo era inútil.

Em algum lugar da imensidão da vida noturna da cidade, para além dessas lindas janelas, Laurence estava sentado em algum outro bar anônimo, com um braço no encosto da cadeira de Aggy, contando a história das gêmeas idênticas em Courcheval que James tinha certeza de que não era verdade. Essa coisa de telepatia entre gêmeos não existia. Ele tinha se convencido tanto de que sua missão era uma causa perdida que ficou surpreso quando de repente viu Aggy exuberantemente bêbada. Ela estava jogada em uma poltrona de tecido adamascado, com o vestido tão levantado que dava para ver a costura de sua meia-calça. Estava sozinha, mas o outro copo do outro lado da mesa dizia que a situação não ia durar.

James endireitou os ombros e partiu para a batalha.

Aggy endiretou o corpo em sobressalto ao vê-lo.

— James! O que você está fazendo aqui? Isso é ótimo!

Ainda bem que, pelo menos, ela não estava brava com ele.

James sorriu. Os olhos vítreos e perdidos dela e seu entusiasmo ao bater no espaço a seu lado deixaram claro que Aggy estava totalmente chapada.

— Tenho uma conta para acertar com você — ela arrastou as palavras. — Você chamou minha irmã de aberração.

James se encolheu. Era por isso que ele estava ali. Porque estava em dívida com Anna.

— Eu nunca devia ter falado isso — ele disse. E, olhando para os cachos e olhos escuros dela, sentiu uma pontada, por causa da semelhança. — Peço desculpas.

— Você devia pedir desculpas para *ela* — Aggy balbuciou. Ela tirou o cabelo do caminho e, levando o copo aos lábios, soltou um pequeno arroto. — Pela escola também.

— Acho que ela nunca mais vai querer me ver — James lamentou.

— Também acho — Aggy concordou. — Ela disse que queria nunca ter conhecido você.

James meneou a cabeça e engoliu com dificuldade.

— Foi pior, sabia? — ela continuou, de repente parecendo lúcida.

A cabeça de James se levantou.

— O quê?

— Foi pior para ela do que você pensa.

Aggy manteve os olhos fixos nos dele, e James teve aquela sensação assustadora de uma forma metafórica se movendo entre as sombras. Havia alguma coisa que ele sabia que não sabia, mas não era capaz de dizer o que era.

Laurence surgiu da parte de trás do bar. Sua expressão se tornou mais sombria ao ver James e tirar várias conclusões.

— James está aqui! Que coin... coin... *coincidância* — Aggy exclamou.

— Quais as chances disso? — James disse para Laurence. Acho que, hum, uma em oito?

Os olhos de Laurence eram dois riscos.

— Loz pediu o melhor drinque para mim, prove, prove! — Aggy entregou o copo baixo com fundo pesado para James. — Se chama A Pederneira. Tem *Fernê Banca.*

— Fernet Branca — Laurence murmurou.

— A Pederneira, é? Devia se chamar A Porradeira — ele disse para Laurence, cuja expressão se intensificou. E tomou um gole.

— Hum. Bom. Nada como um pouco de Fernê Banca.

James olhou para o amigo.

— Anna me contou que você e Chris tiveram uma briga? — James comentou com Aggy, colocando o copo sobre a mesa.

— Pois é — Aggy franziu a sobrancelha e puxou o vestido para cobrir as coxas. — O casamento foi cancelado. Ele foi um cretino.

— Você não está atendendo seu telefone?

— Laurence me disse para desligar — ela disse.

— Não sabia que Loz fosse seu RP e assessor de comunicação — James disse, sorrindo para a expressão ferina de Laurence. — Anna está tentando falar com você.

— Você falou com Anna? Ela está com Chris? — Aggy perguntou, tentando se concentrar.

— Não, ou pelo menos não estava. Que tal ligar seu celular e avisar para ela que você está bem?

— Ela vai brigar comigo por gastar todo aquele dinheiro. Ela está brava comigo, todo mundo está bravo comigo.

— Anna não está. Sei disso com certeza. Ela só quer saber se você está bem. Posso falar pala ela que você está aqui?

— Nããããão! — os olhos bêbados de Aggy se arregalaram, ela apontou um dedo. — *Não* faça isso.

James juntou as duas mãos em súplica.

— Tudo bem. Tudo bem.

— Preciso ir ao banheiro. Não saia daqui — Aggy anunciou, apontando para James com a veemência de uma pessoa bêbada. — Prometa que vai ficar.

— Eu prometo, pela vida do Laurence, que não vou a lugar nenhum — ele disse, fazendo uma cruz no peito com o dedo.

Ela se afastou, tropeçando em um banco baixo.

Quando Aggy estava longe o bastante para não ouvir, James virou para Laurence.

— Ela está noiva, Loz.

— E? Eu não a forcei a vir.

— Os dois tiveram uma briga, e ela está muito bêbada. Mas está noiva.

— O noivado dela não é minha responsabilidade. Não é o meu circo, não são os meus macacos.

— Não é sua noiva. Então vou levar Aggy para casa.

— Ela é uma adulta. Quem é você para dizer a ela o que fazer?

— Não vou dizer a ela o que fazer. Vou explicar que ir para casa pode ser uma boa ideia e vou me oferecer para levá-la. Se ela estiver determinada a dormir com você e insistir em ficar, então tudo bem. Mas alguma coisa me diz que ela não tem tanta certeza quanto você.

— Quanto cavalheirismo. Você não está fazendo isso por nenhum motivo, está? Não está tentando ganhar uma estrela dourada da irmã?

— Não — James tomou um gole do drinque de Aggy e fez uma careta quando a bebida bateu em sua garganta.

— Claro. Um empata-foda preocupado consigo mesmo vestido de príncipe no cavalo branco. Que belo melhor amigo você está me saindo.

— Ah, certo, estamos usando a ficha da amizade então? Tudo bem, estou pedindo para você deixar Aggy em paz como um favor para mim. — James gesticulou entre eles dois — Ou isso não conta quando uma mulher está envolvida? Cada um por si?!

— Me diga você.

— O quê?

— Por que a Anna me odiou tanto?

— Hã... não foi por causa de tudo o que você disse e fez?

— Ela me odiou porque você se colocou como o "melhor sujeito do lugar" e envenenou o ouvido dela me chamando de canalha.

— Você quer dormir com a irmã bêbada dela, e acha que outra pessoa pintou você como um canalha?

— O problema é que você está convencido de que sua atuação não é uma atuação. Um caso clássico de acreditar no próprio texto, e isso subir para sua cabeça. Nós não somos diferentes.

James riu sem conseguir acreditar. A justificativa de Laurence para si mesmo era como um labirinto. Ele tinha desenhado e fechado todas as saídas: quando você entrava na lógica de Loz, não conseguia sair.

Enquanto encarava seu amigo, cheio de um antagonismo taciturno, James soube que sua decepção com Laurence perdia feio na balança para a decepção consigo mesmo. A pior parte não era a pessoa de Loz, mas quem ele não era. Além de piadas vulgares e uma esperteza barata, não havia muito.

Se James era seu melhor amigo, o que isso dizia sobre si mesmo? Ele achava que Laurence combinava com seu cinismo pragmático; seu senso de humor ácido. E agora se dava conta de que, na verdade, Loz era uma junção de todas as suas piores características. As críticas, as zombarias, o desdém. Nunca se importar.

James tinha passado a vida toda pensando que era melhor que os outros. E o que tinha conquistado? Uma mulher que não o amava, um melhor amigo que não gostava dele e um gato que não sabia cagar do lado de fora. Talvez fosse tarde demais para acertar tantas coisas, mas ele podia pelo menos acertar isso.

— Quer que eu ligue para a Anna e faça uma cena? Ou podemos conduzir isso de um jeito respeitável, e eu levo Aggy para casa?

Laurence abriu um sorriso torto, lupino.

— Eu não vou a lugar nenhum. Boa sorte com seus poderes de persuasão, Ciro Bottini.

James pensou no que fazer. Ele tinha a sensação de que um tanto de sutileza era necessário. Então ligaria para Anna e se plantaria ali — se recusando a sair até ela chegar. Mas considerando que Aggy estava num humor volátil, ter uma babá e depois a aparição súbita de sua irmã transtornada ordenando que ela fosse embora talvez a deixasse nervosa e desse totalmente errado. Talvez uma abordagem delicada fosse mais segura.

Aggy reapareceu e desabou no sofá.

— Nossa, não comi nada o dia todo. Será que tem alguma coisa para comer nesse bar?

— Ótima ideia, quer comer alguma coisa comigo? — James perguntou.

— Ou que tal outra bebida? — Laurence sugeriu.

— Ah — olhou para o centímetro de líquido que havia sobrado no copo, para James, para Laurence e tudo de novo. — É. Eu ia experimentar aquele Rose Petal, na verdade.

— Que ótima ideia — disse Laurence, estalando os dedos para chamar o bartender.

James virou para Aggy.

Ele fez uma aposta, intuindo que Aggy não sabia de verdade com quem estava lidando.

— Laurence reservou um quarto. Quando você estiver bastante bêbada, ele vai ajudar você a subir, convidar você para tomar alguma coisa do minibar e depois tirar sua roupa. Se é isso que você quer, vá em frente. Contanto que saiba o que está acontecendo.

— Nos ajude a lembrar, você é o padrinho do AA ou o pai dela? — Laurence comentou.

— Sério? — Aggy perguntou, olhando para Laurence. — Você reservou um quarto?

Laurence quase piscou.

— Não — respondeu depois de uma pausa de um segundo. — Por quê? Quer que eu reserve?

Aggy riu. James sentiu o argumento escapando.

O bartender chegou, e Laurence pediu dois drinques e nada para James. Veio a inspiração.

— Você pode colocar na conta do quarto de Laurence O'Grady, por favor? — James pediu.

— Claro, senhor.

Ele foi embora com um meneio de cabeça.

— Veja só! — James exclamou.

— Ele não sabe se eu tenho um quarto. E não vai perguntar na nossa frente, vai?

— Acho que vamos descobrir quando ele voltar então — disse James.

— Se a conta não vier, Laurence é um grande mentiroso.

— Vá se foder, ok? — Laurence disparou. — Você não é bem-vindo aqui.

— É, sim! — disse Aggy. — Por que não seria?

Laurence o encarou furioso. Sua irritação com James o fez perder a dianteira.

Aggy olhou para Laurence, consternada. James torceu para o vislumbre do mau gênio do amigo ter atravessado a névoa do Fernê Banca.

— E daí se eu tiver reservado um quarto? — Laurence acrescentou.

— Então você *reservou* um quarto? — Aggy perguntou, puxando o vestido sobre as coxas e parecendo menos confiante.

— Não. Estou falando, e daí se tivesse reservado? Somos todos adultos.

— Você achou que eu ia para a cama com você, tão rápido assim? — Aggy perguntou.

— Não! — Laurence mexeu o gelo em seu copo. — Não dê atenção para ele. James está bancando o Bom Samaritano para seduzir sua irmã.

Aggy franziu a testa.

— Anna não quer mais falar com ele.

— Que pena — Laurence comentou. — E eu me pergunto que tipo de gesto altruísta a faria mudar de ideia?

Laurence estava lendo a situação do jeito errado falando assim do amigo. A ideia de James fazer alguma coisa apenas para agradar Anna não ofendeu Aggy da mesma forma. E ela pareceu estar se perguntando por que James afastá-la de Laurence deixaria sua irmã tão feliz.

— Hummm. Nem sinal da conta que eu pedi para o bartender colocar na conta do seu quarto inexistente, não é? — ele comentou, enquanto Laurence olhava feio, e Aggy parecia um pouco desamparada.

James levantou. Ele precisava explorar esse momento de vantagem.

— Aggy. Que tal você vir comigo? Acho que você escapa da ressaca se comer um carboidrato agora.

— Tudo bem — ela disse, depois de um segundo de hesitação. — Desculpe.

— Ei, tô cagando e andando, princesa — Laurence respondeu, com um veneno genuíno.

Aggy pareceu chocada.

— Bom, lave bem essa língua — James comentou com desdém.

— Não me ligue mais — Laurence disse para James.

— Sua famosa frase de efeito! E nem precisei dormir com você para ouvi-la. — James tomou um gole de um dos dois drinques. — Laurence. Você tem minha palavra: não vou ligar.

59

James cogitou por um instante usar o transporte público, então avaliou o grau de embriaguez dela e mudou de ideia. Não estava nos seu planos carregar uma mulher parecendo uma boneca de pano para dentro e para fora do metrô.

Aggy ficou parada tremendo enquanto ele tentava chamar um dos táxis que passavam. James tirou o casaco e entregou para ela.

— Estamos indo para o Burger King? — ela perguntou. — Estou me sentimdo um pouco mal. — Seu maxilar tremeu de leve.

— Talvez seja melhor você ir para cama. Não vomite no táxi — ele disse.

James ligou para Anna e se ofereceu para levá-la.

— *Uma irmã, levemente chapada, mas não estuprada.*

Ela, que tinha acabado de voltar da própria busca inútil, ficou impressionada e aliviada. James ficou feliz consigo mesmo por ter se importado.

Um táxi preto finalmente parou, e os dois embarcaram. Aggy encostou a cabeça em seu ombro enquanto ele se acomodava, e o carro atravessava a cidade.

— Então, qual é a sua história? Está tudo acabado com o seu noivo?

— Chris cancelou meu casamento! Eu nunca vou perdoá-lo.

— Somente porque vocês não iam conseguir pagar por aquilo tudo. Ele não fez isso para chatear você. Parece que ele fez muitas coisas para deixar você feliz, mas você também precisa deixá-lo feliz. Gastar dinheiro que vocês não têm claramente foi demais para ele.

— Mas era o meu sonho. Eu planejei cada detalhe.

— Aggy, o dia do seu casamento não é a coisa mais sagrada do mundo. É o casamento em si que é a parte importante. Eu tive um desses casamentos *extravagantes* em que você consegue recitar uma lista de todas as suas grandes escolhas. Não é isso tudo. Não viva sua vida pelo Instagram.

— Você está falando por falar. Aposto que seu casamento foi a coisa mais estilosa do mundo.

— Não estou, sinceramente, Aggy. Você fica tão mergulhado nos detalhes que esquece que nada daquilo importa. Absolutamente ninguém, incluindo você, vai dar a mínima se vocês comeram linguiças com alho e zimbro no café da manhã do dia seguinte ou não. A menos que estejam estragadas, acho.

— Você acha que vai se casar de novo? — ela perguntou.

— Ah. É improvável pra caramba, não importa quem o futuro me traga. — James fez uma pausa. Isso não estava ajudando a causa nobre. — Você ama o Chris, não ama? Ele é o homem certo para você?

Aggy fungou para dizer que sim no ombro de James.

— Você não se deu conta de que já está melhor que a maioria das pessoas antes mesmo de começar. Um em cada três casamentos tem esse problema. O meu incluído.

— Mas é tão *humilhante*. Sei que pareço uma menina mimada, mas, quando você quer muito uma coisa, nada mais não parece tão bom. Eu procurei por Londres inteira, e o Langham era perfeito.

— Por que vocês precisam ficar em Londres?

— É onde a gente mora.

— Sim, mas você tem ascendência italiana, certo? É uma ótima desculpa para viajar.

— Eu sei, mas meu pai não veio de Milão, de Roma ou de algum lugar chique. Fica quase numa montanha.

— Exatamente. Casar lá não vai ser um clichê nem falir o banco. Alugue um belo celeiro em uma vila, consiga uns voos baratos, e pronto. Vai ser um casamento memorável. Quantas amigas suas vão se casar em...?

— Se chama Barga — Aggy respondeu.

— Barga. Está vendo? Tão especial quanto um floco de neve.

— Mas quem vai para lá?

— Todo mundo que você quer que esteja em Londres. Sério, se as pessoas quiserem estar aqui, vão fazer tudo o que puderem para ir. E se não forem, bem. Já sabe.

— Humm. Acho que sim.

O motor do táxi rugia enquanto eles estavam parados no trânsito. Olhando para Aggy, dava para ver que as engrenagens pareciam estar girando.

— Acho que o lugar não seria tão mal... E tem várias pousadas e tal... E a festa de solteira? Era um fim de semana em Ibiza. Onde vai ser agora?

— E o trabalho de Michelle? Ela tem um restaurante. Eu adoraria ter um amigo com um restaurante.

— É...? — Aggy endireitou mais o corpo. — Mas o vestido. — Ela afundou de novo. — Não posso ficar com meu vestido. Eu recebo um bônus em janeiro, mas vai ser tarde demais.

James se debateu com até onde ia essa purgação espiritual. Dane-se. Passa boi, passa...

— De quanto você precisa?

— Dois mil.

— Posso emprestar para você.

— Sério?! — Aggy mordeu o lábio. — Eu provavelmente deveria dizer não, não é? Anna me diria para recusar.

— Bom, a despeito do seu surto de hiperatividade consumista, você me parece, de modo geral, uma pessoa sensata e assalariada. Você consegue me devolver o dinheiro em alguns meses?

— Eu devolvo no fim de janeiro! Promessa total.

— Então eu não vou sentir falta, e não é um problema. Mas eu sugiro que isso fique só entre nós.

— Cê é incrível, James Fraser — disse ela.

O táxi parou na casa de Anna.

Aggy soltou a fivela do cinto de segurança e devolveu o casaco para ele. James tentou impedir as tentativas de Aggy de mexer na bolsa e a ajudou a sair do carro. Ele não estava certo se queria ver Anna ou não, mas não teve a chance de evitá-la, já que a porta da frente se abriu, e a luz invadiu a entrada coberta de arbustos.

Depois de muitas reprimendas e abraços, Aggy entrou, murmurando alguma coisa sobre *bagels* com Nutella.

— Obrigada — disse Anna, com os braços firmemente ao redor dos próprios peitos e as mãos cobertas pelas mangas de um macacão para protegê-las do frio cortante. — Fui a todos All Bar One num raio de cinco quilômetros e estava prestes a começar a uivar para a lua. Ela pagou o táxi, posso deixar algum dinheiro com você?

— Ela pagou, não se preocupe — James respondeu. Os dois abriram sorrisos tensos e desconfortáveis.

— Desculpe. Você me alertou sobre Laurence. Não imaginei que ele fosse atacar Aggy.

— Pois é, você e ele... isso não ia acabar bem.

Anna franziu o cenho.

— Aquele dia do rinque de patinação? Você acha que ele ficou bravo porque eu não quis sair com ele de novo?

— Achei que vocês tivessem se visto de novo recentemente.

Anna fez uma expressão confusa.

— É... não?

James sentiu uma pontada de esperança que o deixou um pouco descuidado.

— Você não dormiu com ele?

Parabéns pela frase, James.

— Claro que não. O último contato que tive com Laurence foi um e-mail sórdido colocando toda a culpa daquela história do Mock Rock em você. Ele disse que sabia como eu me sentia porque uma vez teve uma apresentação que foi "ladeira abaixo". Mandei ele à merda. Obrigada por contar para Laurence quem eu sou, a propósito.

James gaguejou.

— Meu Deus... desculpe. Loz me mandou uma mensagem de texto dizendo alguma coisa sobre a Itália... se juntar à guerra...

Anna mudou o peso para o outro pé.

— De uma mensagem de texto você deduziu aquilo?

— Ah. Hum. *Mea culpa* — James respondeu.

— Seu taxímetro está correndo — disse Anna, tremendo. Ela virou e foi atrás de Aggy dentro do apartamento.

Enquanto voltava para o táxi, sua carruagem preta de cavaleiro num cavalo branco, James teve um lampejo. A mensagem era sobre Aggy, não Anna.

Sem dúvida, quando finalmente desistiu de Anna, Laurence partiu para a segunda opção. Essa confusão não foi um acidente — Laurence queria ver se James reagiria com raiva, para provar a teoria de que ele estava interessado em Anna.

E por falar em ganhar pontos... Depois de um gesto grandioso que deveria ter contribuído para restaurar sua reputação destruída com Anna, James tinha feito um ótimo trabalho morrendo na praia quando ofendeu Anna por causa daquela suposição. Ele devia estar se xingando.

Mas, no fim das contas, ela *não* tinha ficado com Laurence. James não esperava que a informação o deixasse tão feliz.

Quando o táxi parou em sua casa e o taxista cobrou um valor exorbitante, seu reflexo no espelho retrovisor revelou que, sem se dar conta, James estava sorrindo.

60

— Então está tudo resolvido? Vai ser na Itália? — Michelle perguntou.

— Vai ser na Itália e vocês dois estão convidados. A generosidade da minha irmã é generosa o bastante para vocês.

A animação histérica de Aggy por causa do casamento a tinha feito convidar o açougueiro, o padeiro e a fabricante de velas, mas o impulso de incluir Michelle e Daniel era bastante sincero.

Aggy amava Michelle como melhor amiga de Anna e considerava Daniel e a namorada parte da turma da irmã.

— Que bom. Estou precisando de um feriado — Michelle comentou, organizando as cartas com o cigarro eletrônico pendurado na boca, como uma jogadora profissional.

— É a princesa Di, rainha de copas! Rainha de copas, senhoras e senhores — cantarolou uma voz pelo microfone.

Michelle virou uma carta. Ela estava testando um novo chef e tirou um raro fim de semana de folga. E exigiu que Anna e Daniel se encontrassem para uma partida de Sticky 13 em um velho pub em Islington.

— Pois é — Anna disse, alinhando suas cartas em fileiras organizadas por cor. — As habilidades de organizar eventos de minha irmã entraram em ação. Ela parece um diplomata da ONU usando botas Ugg. Levei Chris para tomar um drink enquanto ela vasculhava sites italianos, com meu pai ao telefone, traduzindo. Chris e eu concordamos que, para o bem da relação, vamos conspirar mais escondidos de Aggy. No fim das contas, ele tinha sérias dúvidas sobre as contas, e minha irmã disse que eu estava supervisionando sua administração financeira para deixá-lo tranquilo! Por sorte, Chris tem dinheiro suficiente para um casamento mais modesto enquanto Aggy está resolvendo os gastos em seu cartão. E a lua de mel nas Maldivas foi substituída pela Toscana — Anna tomou um gole de sua bebida.

— Meus pais estão felicíssimos com o novo local, porque significa que todos os parentes mais velhos do meu pai vão poder ir. E todo mundo que conhece minha tia Bev está animado porque ela disse que vai boicotar o casamento por odiar comida estrangeira e voos baratos. Se não fosse pela dívida de Aggy, eu diria que estou feliz que isso tenha acontecido. E obrigada por oferecer o restaurante para a despedida de solteira!

— É um prazer — disse Michelle. — Pelo que Aggy fala sobre as amigas, de todo jeito, vou ganhar mais com elas tomando tudo o que tem no bar do que ganharia com um salão cheio num sábado à noite. — Ela se aproximou de Daniel. — Que tipo de sistema é esse?

As cartas de Daniel estavam diante dele formando um redemoinho sobre a mesa, sem sequência de cor, valor ou naipe.

— Faz sentido para mim — ele disse.

— Três de espadas! Três de espadas, senhoras e senhores — a voz cantou.

Daniel virou.

—Viu? Não estou perdendo nada.

— Meu Deus, eu gostaria de não ter pedido ajuda para James Fraser.

— Mas você não disse que ele cuidou de tudo?

— Siiimmm — Anna concordou. — Mas por causa de Patrick e Aggy eu tive que engolir meu orgulho duas vezes. Eu podia ter passado sem essa. E foi totalmente despropositado ele me acusar de dormir com o Laurence!

— Laurence é meio canalha, não é? Ele provavelmente estava se gabando.

— Sim, mas pensar que eu faria *isso*?

— Sexo é uma coisa que às vezes acontece, meu amor. Não comigo, claro — Michelle comentou.

— Valete de paus! Valete de paus, por favor! — anunciou o mestre de cerimônias.

Michelle virou uma carta.

— Finalmente!

Enquanto as reclamações por causa do jogo continuavam, a mente de Anna foi parar em James. Ela não sabia exatamente por que se incomodou se ele pensou que ela dormiria com Laurence. Anna tinha saído com Laurence, afinal. E não tinha eliminado a possibilidade explicitamente. Ainda assim, o fato de James acreditar naquilo incomodava muito. Ele se incomodou ao pensar nela com Laurence, no ato? Afinal, James não aprovou a ida ao rinque de patinação. Não dava para saber. Ele tinha feito o favor de ir buscar sua irmã mesmo assim, então não devia ter ficado tão incomodado. A não ser que fosse uma troca de favores direta depois do telefonema para Fi. Aquilo tinha sido estranho, ouvir a chefe de James versar sobre como achava que Anna tinha um efeito miraculoso sobre ele... "Todos nós notamos que ele não tirava os olhos de você, aquela noite no boliche."

Era verdade? Ele provavelmente estava de olho para garantir que Anna não faria nada para envergonhá-lo, como um segurança de loja faria com um ladrão em potencial.

— Dan, esqueci de dizer que, obviamente, o convite para o casamento de Aggy se estende a Penny — Anna disse, distraída.

— Obrigado. Mas não acho que poderei ir — Daniel respondeu, embaralhando as cartas.

Michelle e Anna se entreolharam.

— Não posso deixar The Pantry.

— Não seja bobo. Temos gente para cobrir você.

— Não tenho dinheiro — ele disse.

— Claro, vai ser mais caro que outros casamentos, por causa do voo, mas é uma boa desculpa para tirar uma folga — Anna insistiu.

— Eu sei. Penny está falando em fazer um mestrado em conservação. Então precisamos apertar o cinto.

— Não é ela que precisa apertar o cinto? — comentou Michelle.

— Nós nos ajudamos — disse Daniel.

— Então ela vai arrumar um emprego em período integral quando você decidir fazer mestrado?

— Conservação? Parece interessante — Anna interveio, nervosa.

— Não é motivo para perder o casamento — Michelle continuou. — Não vou aceitar. Aliás, vou dar um aumento para você.

— É? — Daniel exclamou.

— Michelle, você não precisa... — Anna começou.

— Está decidido. Você recebeu um aumento, então pode ir.

Daniel piscou aqueles olhos grandes.

— Foi o aumento mais fácil que já ganhei.

— Dois de paus! — a voz anunciou.

— *Sticky 13*! — Daniel gritou, socando o ar com os dois braços. — Eu ganhei!

— Quem ganha paga as bebidas — disse Michelle.

Daniel foi até o bar.

— Você é tão generosa — Anna disse para Michelle.

— *Pfff*, eu estava pagando mal o nerd barbudo. Muita gente quer o Daniel. E sabe o que ele disse para uma mulher que estava sendo uma vaca por causa dos *moules marinières* semana passada? Ela diz: "Não discorde de mim, sou uma sobrevivente de câncer!" E ele responde: "Então eu gostaria de pensar que a senhora encara frustrações pelo ângulo certo." Juro, ele devia fazer shows de stand up. Um grupo inteiro que estava perto aplaudiu. Ela xingou muito no Twitter, claro, mas valeu a pena.

— Meu Deus, que engraçado. Posso achar isso engraçado? — Anna perguntou, cobrindo a boca com a mão.

— O mais engraçado foi que ela não conseguia pronunciar *moules marinières* enquanto atacava minha atenção aos detalhes do molho — Michelle tirou o cigarro eletrônico da boca e tomou um gole de vodca-tônica.

— Eu não me importo de pagar o Dan, o problema é ela. Um mestrado em conservação — Michelle disse para Anna. — Penny é especialista em conservar a própria energia, só se for.

61

James estava correndo para Highbury & Islington pelo *overground* quando teve uma epifania. Aconteceu enquanto olhava para uma edição do *Metro* que estava jogada no chão e ouvia o ruído do iPod da pessoa a seu lado. Que psicopata ouvia "Gangnam Style" antes das nove da manhã? De repente, fazer alguma coisa sobre o peso que tinha se instalado em seu estômago não parecia uma impossibilidade. Era a única coisa possível.

Ele saiu pelas portas do trem, subiu a escada, atravessou a maré de trabalhadores, passou pela catraca e saiu para a liberdade do ar fresco.

Ele apertou "Trabalho" em seu celular. *Que seja a Lexie, Que seja a Lexie, Que seja a Lexie, Que seja a Lexie, Que seja a*... Harris.

— Alô, parceiro, não vou para o escritório hoje. — James pensou que, já que ia dizer que estava doente, devia tentar ser agradável. — Acabei de vomitar e tenho a sensação de que vai haver uma continuação ruim. Talvez duas, como *Matrix*. Pode até chegar aos números de *Piratas do Caribe*.

Houve uma pausa cética do outro lado da linha.

— Onde você está? Parece barulhento.

— Highbury. Preciso encontrar uma lixeira aqui, rápido.

— Não tem lixeira nas estações.

— Não, muito bem, inspetor Wexford, estou na rua. Quer que eu tire uma foto com o celular da prova e mande para você?

— Não. Você já estragou meu café da manhã de chorizo com *hash-browns*. É alguma coisa contagiosa?

— Mais fácil ser o arroz chinês requentado de ontem do que ebola, mas obrigado pela preocupação.

James desligou o celular e seguiu caminho. Ele ia caminhar. Queria limpar a cabeça. Se é que a poluição do trânsito matinal de Londres podia ajudar a limpar alguma coisa.

Anna estava atravessando o gramado em frente às grandes colunatas do prédio principal, e sua respiração criava fantasmas no ar congelante.

Do outro quadrilátero, ela notou uma figura borrada caminhando com propósito em sua direção. De repente, o cabelo preto e o casaco azul escuro foram identificados, quando o resto das feições entrou em foco. O coração dela deu um salto, bloqueando sua garganta, e Anna o forçou a voltar para o lugar com os dentes cerrados. Ela estava incomodada com ele, não nervosa. Então por que se sentia nervosa?

James a alcançou. Parecia apreensivo. Era o horário estranho para aparecer. O-ou. Será que ia ser um daqueles momentos "Faz tanto tempo, somos todos adultos, vamos deixar o passado no passado...?" Anna parou com alguma relutância.

— Oi. Posso falar com você?

— Sobre o quê?

— A escola. Sobre o que aconteceu.

— Não tenho nada para falar sobre isso.

— Você pode ouvir enquanto eu falo, então?

Anna deu de ombros.

— Quero dizer que sinto muito. Foi horrível e cruel, e não sou capaz de imaginar o quanto você se magoou. Tudo o que posso dizer é que eu era um imbecil completo quando tinha 16 anos e só posso torcer para ter melhorado desde então, ainda que muito devagar.

— E sinto muito por ter sido um idiota quando você me confrontou sobre isso, e por ter usado um termo horrível. Foi muita coisa para processar. Eu estava em choque e falei aquelas coisas porque você estava brava comigo, e fiquei com vergonha de como me comportei. Não posso acreditar no que eu disse. Tudo o que eu deveria ter feito era pedir desculpas de joelhos, e é vergonhoso que eu não tenha conseguido fazer nem isso.

Uma pausa.

— Já me perguntei incontáveis vezes desde aquela noite na sua casa como pude fazer o que fiz na escola. A verdade é que bloqueei o fato de que você era outro ser humano com sentimentos. Eu tinha decido que a culpa era sua por ser diferente. E fui atrás do grupo para ser popular. Eu gostaria de ter tido um caráter mais forte, mas não tive.

— Você terminou? — ela perguntou.

— ...Basicamente. — James parecia estar com um certo medo dela. *Que bom.* — Eu queria que você soubesse que estou profundamente arrependido. — Ele limpou a garganta. — Do fundo do meu coração.

— Vai enrolar mais? — ela perguntou, sem sorrir.

James conseguiu dar um sorriso fraco.

— Obrigada. Eu agradeço — ela disse, e continuou andando.

James virou quando Anna passou por ele.

— É isso?

— O que você quer que eu diga? Você quer ser perdoado e absolvido, para arquivar esse caso? Então eu perdoo você. Pronto.

— Eu não quero perdão. Eu entendo se você não puder me perdoar, ou ainda não.

— Então o que você quer? — Anna perguntou.

— Conversar. Sermos amigos de novo.

Ela balançou a cabeça.

— Não quero ser sua amiga.

— Nós estávamos nos dando bem antes de eu ver a foto. Mais do que nos dando bem. Estávamos rindo junto, tivemos uma conexão verdadeira. O que mudou?

Anna se encolheu diante da menção "daquela foto". Se James a tivesse visto em uma mesa ginecológica, ela talvez não tivesse se sentido mais exposta.

— Nunca foi minha intenção me aproximar de você. Era uma relação profissional, depois do completo choque e horror de encontrar você naquela reunião. Depois, fui à festa da sua empresa como um favor. Eu sabia que não devia ter feito nem isso. A briga por causa da foto foi um grande banho de realidade. Não quero ter nada a ver com você.

— Por causa da escola? Você acha que eu não sou capaz de mudar?

— Não me importa se você mudou ou não. Porque eu mudei. Porque eu não deixo cretinos superficiais me afetarem mais.

James fez uma careta.

— Você pegou pesado, Anna.

Ela finalmente perdeu a paciência. E sentiu o tipo de raiva dolorida que se infla no peito, sobe a garganta e sai pela boca na forma de palavras horríveis.

— Isso é pegar pesado? Experimente cinco anos de inferno diário coroados com uma demonstração pública de que a escola inteira odeia você, James. De que estão rindo da sua estupidez por algum dia pensar que você pertencia a um grupo — ela disparou. — Você não faz ideia do que é pegar pesado. Não chegou nem perto.

— No Mock Rock, não havia nenhum motivo por trás daquilo. Foi um caso idiota de mentalidade de multidão.

— Ah, lá vamos nós. Você acha que vai ajudar me dizer que não foi tão ruim na verdade? Você acha que dizer "pronto, pronto, já passou" vai resolver as coisas.

— Não, esta é uma política de honestidade completa. — James puxou a bolsa pela cabeça e a jogou no chão. — Da última vez que você me viu, falou alguma coisa sobre eu saber que você gostava de mim na escola. Eu não sabia. O que aconteceu foi... — Ele mordeu o lábio. — Mais ou menos um mês antes do baile, Laurence estava fazendo um de seus jogos profundamente maduros de "você prefere". Quando você foi mencionada, eu disse que você seria ok se... — James fez uma pausa.

— ...Se? — Anna cruzou os braços.

— Se você perdesse peso. E Laurence zombou de mim sem parar, dizendo que eu gostava de você. Foi ele que me convenceu a fazer aquilo no Mock Rock. Eu concordei para tirá-lo do meu pé. Eu tinha aquela mentalidade de grupo da adolescência em que você segue o fluxo, para que seja outra pessoa em vez de você. Eu era um cretino covarde que não queria ser o alvo da provocação, acho. Se é que o termo é correto.

— Não é o termo correto.

— Eu sei.

— Não sabe, não. É como dizer para alguém que perdeu um braço no mangual dizer que cortou o dedo numa folha de papel e ardeu muito. Ninguém teria feito *bullying* com você como fizeram comigo se você tivesse dito não. Pessoas como você nunca vão entender uma pessoa como eu.

— Pessoas como eu?

— Pessoas que flutuam por este mundo, que conseguem as coisas com facilidade, que são tratadas como especiais porque têm um rosto bonito.

— Ah, fala sério. Não estou nem por um segundo dizendo que você não tenha passado por um rolo compressor, mas dizer que você é a única que conhece o sofrimento é um pouco demais.

— Você já levou tapas e socos, já roubaram a sua bolsa e a jogaram no lixo pelo crime de ser gordo e feio, James? Você já pegou detenção por ter perdido a lição de casa em vez de relatar que alguém a tinha rasgado, porque falar a verdade ia significar mais *bullying*? Você já teve que dizer para os seus pais que os hematomas são da educação física, enquanto vê o olhar de sofrimento da sua irmã porque ela sabe exatamente de onde eles vieram? Você acordava toda manhã antes do despertador, se sentindo mal pelo que ia enfrentar? Você considerava um dia bom quando era agredido uma vez só a cada aula?

James estendeu a mão para tocar o braço dela, mas Anna deu um passo para trás, saindo do alcance dele.

— O que mais? As opções são tantas. Vejamos... Você colocava seu vestido de gorda, para seu pai levar você para o baile, esperava ele ir embora e ir sentar sozinha no parque por horas, porque não tinha coragem de contar para os seus pais que não era bem-vinda?

James olhou para ela, e depois para o chão.

— E, o melhor de tudo, a pessoa mais popular da escola fez você, por um momento brilhante, acreditar que podia ser diferente de todos os outros cretinos? Para depois fazer você se fantasiar, fazer você ser atacada com doces e chamar você de "elefante"? Sabe, James, você era um pequeno momento de felicidade na escola, para mim. Só olhar para você, pensar em você, escrever coisas idiotas no meu diário. Você só era gentil comigo na minha imaginação, mas era o suficiente. Você não precisava fazer nada. Tudo o que você precisava fazer por mim era nada. Mas não me deixou nem ter isso.

James estava transtornado, mas, mesmo assim, Anna não conseguiu se conter. Era como se as comportas tivessem se aberto.

— ...Toda noite, eu escrevia tudo no meu diário, a grande lenga-lenga da minha infelicidade. E prometia a mim mesmo que escaparia um dia. Que chegaria o momento em que eu nunca mais precisaria ver vocês. E ficando sua amiga, estou traindo aquela menina. É por isso que não quero que sejamos amigos. Você não queria ser meu amigo naquela época. Mas quer agora, agora que minha aparência não é uma vergonha. Bom, eu não quero ter nada a ver com você. Você chamou de quê, "pegar pesado"? Por que você não tenta recolher os cacos da sua vida e sai mancando?

Foi um discurso e tanto, e quando James falou, sua voz estava fraca por causa do ataque.

— Eu quero a chance de me retratar com você, Anna.

— Não *dá*, essa é a parte que você não está entendendo.

Anna sabia que finalmente fizera o suficiente para fazê-lo ir embora. Era uma batalha de vontades, ele forçando a porta para entrar em uma sala, onde ela estava determinada a não deixá-lo entrar. Em algum lugar, bem lá dentro, era possível que ela quisesse que James se esforçasse. Mas Anna tinha certeza de que ele não ia fazer isso. Ele não ganharia de jeito nenhum. Em força de vontade, ela tinha o poder de vinte homens.

— Preciso voltar para o trabalho — disse Anna. — Adeus.

62

Anna deu alguns passos pelo gramado, fervendo com uma sensação venenosa de triunfo, antes que James tocasse o ombro dela de novo.

— Você acha que sou a última pessoa que você quer por perto. E se eu for exatamente o que você precisa?

Anna revirou os olhos.

— De que pôster de filme você tirou essa?

— Estou falando sério. Você precisa exorcizar a Rise Park. Precisa que a pessoa responsável, ou uma delas, entenda verdadeiramente o que eles fizeram. Para poder deixar isso para trás.

— Eu estava vivendo minha vida muito bem antes de você aparecer, obrigada.

— Apesar de você ser uma pessoa muito melhor do que eu, não aceito que somos tão diferentes quanto você fala. Nós não nos divertiríamos tanto se fosse o caso. Você acha que não temos nada em comum?

— Não.

— Você disse que gostava de mim na escola? Isso quer dizer que tinha uma queda por mim?

Anna levantou o queixo e assentiu, tensa.

— Por quê? Nós nunca conversamos, até o Mock Rock.

— Eu sabia coisas sobre você. Você sabe como é com os garotos populares e os párias? Nós ficamos observando dos cantos enquanto você está sob os holofotes.

— Mas nós nunca interagimos. Você simplesmente gostava da minha aparência.

— E daí? — Anna reorganizou o peso do corpo e fez uma expressão para deixar claro que o tempo dele estava acabando.

— Você estava julgando apenas pelas aparências.

— Aham. Bela tentativa. Mas é uma equivalência falsa. Isso não tornou sua vida pior. Você nem sabia que eu estava lá.

— Meu argumento se mantém. Ambos julgamos pelas aparências. Eu achava que você não valia nada, e você achava que eu valia alguma coisa. Os dois estavam errados.

James encarou a pausa dela como um encorajamento.

— Não consigo nem começar a imaginar como era estar no seu lugar, e ver as pessoas tratarem você de um jeito tão diferente quando... bom, é óbvio que você é linda. Isso tornaria a maioria das pessoas mortalmente cínica. Mas você não é assim, e isso é impressionante.

— Você é liiiinnnnnda. Oh, por favor. "Não é tudo isso e não é seu tipo" foi a avaliação real, se bem me lembro.

James ficou vermelho.

— Qual é, já me desculpei por isso. Eu estava tentando desencorajar o Laurence. Claro que acho você linda, todo mundo acha. Aceite um elogio.

Anna deu de ombros com uma indiferença que não sentia.

— Então você ia querer ser meu amigo se eu ainda tivesse a aparência da Aureliana?

James olhou para o céu fingindo estar desesperado e para baixo de novo.

— Sim. Nada na nossa amizade tinha a ver com beleza. Você não concorda? Era incomumente puro, nesse aspecto.

— Humm. Você terminou? Tenho trabalho a fazer.

— Não. Não vou deixar as coisas assim — James respondeu. — Acho que seu orgulho não vai deixar eu me aproximar. Então me diga o que preciso fazer. Faço qualquer coisa que você pedir para reparar isso. Mas não vou simplesmente ir embora. Você precisa colocar para fora. Me dê um soco ou alguma coisa parecida.

Anna sabia que eles estavam se aproximando do momento em que ela diria a coisa que não queria dizer. Sua voz ficou trêmula.

— James. Você não faz ideia de como foi horrível. Não é algo que se conserta com piada, gestos ou uma briga de mentira. Você não sabe no que está interferindo aqui.

— Eu estava lá. Eu faço alguma ideia. Me diga.

— Não quero.

— Pense assim. Por que eu mereceria ser poupado de ouvir?

Anna abriu a boca. E fechou. Xeque-mate. Ela não tinha resposta para isso.

— Um mês depois do Mock Rock — ela começou, com a voz baixa e cuidadosa — eu deixei um bilhete sobre a cama e tomei um monte de aspirinas.

A boca de James se abriu de leve, e seus olhos pareciam brilhar. Ele colocou a mão na boca. Anna sentiu uma dor aguda no maxilar e a pressão nos ouvidos que significava que as lágrimas estavam a caminho, com força. Mas se forçou a continuar falando.

— Eu tentei não pensar em quem iria me encontrar. Foi Aggy. Ela pressentiu que alguma coisa estava errada, deu meia-volta e voltou para casa da escola. Nenhuma adolescente de 14 anos deveria passar pelo que ela passou...

As lágrimas começaram a escorrer, e ela limpou o rosto com uma mão gelada.

— Eu me senti tão, tão culpada. Mas não havia nada na minha vida que me fizesse querer continuá-la. *Nada.* O Mock Rock provou que eu era apenas uma piada. Uma piada grande, balofa, estrangeira e repulsiva. Eu tinha finalmente me formado, mas a escola tinha me destruído. Me dei conta de que, se a vida adulta ia ser mais daquilo, eu não ia aguentar. Então me diga por que eu deveria ficar aqui e ser amiga de uma das pessoas que quase me fez não estar aqui?

Ela e James se encararam. O peito de Anna subia e descia, e ela sabia que logo ia desabar.

— Você fez isso? Depois do... que nós fizemos? Ah, meu Deus, Anna...

James estendeu um braço e deu um passo na direção dela.

— Claro, me abrace para não precisar me ver chorar — ela disse, meio brincando, com os últimos sons que sua laringe era capaz de emitir.

— É para você não me ver chorar, sua idiota — James murmurou com a voz séria, e agarrou Anna com tanta força que ela quase ficou sem ar.

Ela sentiu os braços ao redor de seu corpo e uma mão em sua nuca enquanto as lágrimas caíam sem controle. James só a abraçou mais forte enquanto Anna chorava, deixando claro que não esperava que ela parasse. Ela ouviu os próprios soluços como se estivessem vindo de outra pessoa. Era o tipo de choro feio que você só costuma se permitir na infância.

Os dois ficaram naquela posição por um tempo; Anna não sabia se cinco minutos ou 15 tinham se passado. Aos poucos, sua respiração se tornou mais regular, e o choro se transformou em soluços fracos.

James fez barulhos para acalmá-la e murmurou alguma coisa no cabelo dela, uma mistura de sons indistintos que Anna não conseguiu interpretar como palavras imediatamente. Ela chorou tudo o que tinha, molhando e sujando o que sem dúvida era um casaco ridiculamente caro.

Quando os dois finalmente se afastaram, Anna sabia que devia estar parecendo Brian May com enjoo marítimo, e podia dizer honestamente que não se importava. Alguma coisa tinha acontecido. Alguma coisa tinha mudado.

— Não se sinta culpada. Você não tem razão para se sentir culpada — James disse. Ele ajudou a tirar as mechas de cabelo molhadas de seu rosto. Seus olhos também pareciam úmidos. — Você era uma vítima e fez o que fez porque achou que precisava. Somos nós que devemos nos sentir culpados.

— Eu tomei a decisão de tomar aqueles comprimidos, então fui eu que fiz Aggy passar por aquilo — Anna respondeu, enquanto limpava o canto dos olhos com a manga.

— Você foi forçada.

Alguns alunos apareceram, e eles ficaram tensos e olharam em direções diferentes até os garotos irem embora. O trânsito diário de Londres corria, a uma curta distância. James expirou pesadamente.

— O que você disse estava certo. Nenhum pedido de desculpas pode ser suficiente para o que fiz com você. Não sei ao certo se posso dizer que sou o amigo de que você precisa. Tudo o que sou capaz de dizer é que vou levar isso comigo até morrer. Por favor, saiba que você não está mais sozinha nisso.

— Para ser justa, você foi a cereja do bolo — disse Anna. — Você não era um algoz de longa data, com horas de *bullying* no currículo. Você não pode aparecer na última hora e receber o crédito pelo resultado do trabalho duros dos outros...

Anna abriu um pequeno sorriso para ele. James balançou a cabeça em choque.

E, para sua surpresa, ela descobriu que a raiva tinha ido embora. As lágrimas tinham sido derramadas. James continuava ali, e Anna teve que aceitar que ele queria estar ali. Não era um limpeza de consciência, não era para manter as aparências, não era um capricho. Ele de coração queria se redimir. Todo mundo deveria ter o direito de deixar o passado para trás. Ela não sabia disso melhor do que ninguém?

James pendurou a bolsa pesada no corpo, olhou para ela, sem saber o que dizer como forma de despedida.

— Vou deixar você voltar ao trabalho... — ele disse, vagamente. — Se você algum dia precisar de alguma coisa...

Ele parecia tão arrependido, genuinamente arrependido. Arrasado pela situação, mesmo.

— Acho que podemos *tentar* ser amigos — ela disse, devagar. — Ver aonde isso nos leva. Acho que se você se sentir culpado para sempre, provavelmente nunca vou precisar pagar uma bebida.

James abriu um sorriso pequeno.

— Posso perguntar uma coisa? — ele disse. — Por que você perderia o braço em uma bebida?

— Hã?

— Perder o braço em uma manguaça.

— Em um mangual, uma *debulhadora*. Santo Deus, você é um idiota — ela sorriu para James.

— Céus. Vou carregar essa até morrer também.

Eles ficaram parados sorrindo um para o outro como dois estúpidos.

— Não posso voltar para o trabalho assim — disse Anna.

— Então não volte — ele disse. — Estou cabulando aula. Cabule aula comigo. Levo você para almoçar onde você quiser.

— Por que você está cabulando aula?

— Dã. Eu queria aparecer no trabalho de outra pessoa e ouvir que sou um escroto irreparável hoje. Algo tão bom quanto folga.

James arrumou o cabelo dela atrás da orelha de novo, e Anna sentiu uma faísca interna se acender, para sua surpresa.

— O que você me diz?

— Se você está pagando, como posso recusar?

Eles caminharam em um silêncio confortável até a rua, Anna estava de cabeça baixa, caso um aluno ou colega passasse. Por sorte, a temperatura báltica significava que havia poucas pessoas ociosas ali.

— Pense alto sobre o almoço — disse James, enquanto eles atravessavam a grama. — Hoje é um dia muito importante para desperdiçar em um Subway de almôndegas ao molho *marinara*. Onde você quiser. Por minha conta.

— Bom, nesse caso, que tal o Bob Bob Ricard? — Anna sugeriu.

James ficou pálido.

— Puta merda. Tem certeza de que foi *tão* ruim assim na escola?

Os dois riram. Anna ficou feliz que as provocações sutis tivessem voltado. Aquilo era a normalidade. Ela não queria ser tratada como inválida.

Enquanto James pensava no melhor caminho, algumas palavras que ele havia murmurado formaram uma frase na cabeça de Anna.

"Eu não suporto pensar nisso, Anna."

Mas, pela primeira vez, ela podia.

63

Se tinha sido catártico para Anna, ela provavelmente jamais saberia o que tinha significado para James. Fazia tanto tempo que alguma coisa estava arranhando a porta do sótão, e no final era simples: *você pode ser melhor do que isso*. Ela o tinha ajudado a entender o que era, finalmente.

Ele valorizou o que era errado por muito tempo — coisas falsas — e se perguntou por que a vida parecia uma mentira. "Bem, dã", James podia ouvir sua irmã dizer.

James não sabia como contar para Anna que ela o tinha salvo de uma vida de superfície pura, nenhuma substância, ou se algum dia seria capaz de fazê-lo. Não queria que ela pensasse que era seu grilo falante, um lindo motor de redenção.

Não tinha sido de graça, claro — pensar em Anna quase se matando, em grande parte por causa dele, era bastante aterrador.

Anna — ele disse, enquanto andavam. — Sei que estamos rindo agora, mas se algum dia você quiser conversar mais sobre... a coisa que você me contou.

Anna sorriu para ele.

— Eu conversei bastante com um terapeuta com quem me consultei no ano seguinte, não se preocupe. Já falei tudo o que tinha para falar. Mas obrigada.

Era assustador de verdade pensar que era possível causar tanto dano para outro ser humano e depois arquivar no sótão da sua mente. Imagine se ele nunca a tivesse reencontrado? Se James tivesse filhos, eles teriam uma conversa sobre "não ser maldoso", com uma apresentação de PowerPoint.

Mas agora recebera uma segunda chance para ser o amigo que Anna necessitara tanto na primeira metade da vida. James podia vê-la, como costumava ser, em uma imagem mental, naquele palco. Corpulenta, num vestido laranja, com um penteado maluco de capacete, os olhos lacrimejando. E desejou ter uma máquina do tempo para poder voltar e fazer tudo diferente.

Bob Bob Ricard foi uma escolha ótima. Em um dia tão atípico, o restaurante combinou perfeitamente: atravessar sua entrada no meio do Soho foi como entrar por um portal que dá para um universo paralelo de *Alice no País das Maravilhas*. Como se um coelho branco fosse passar correndo olhando um relógio de bolso. O interior do restaurante parecia um vagão do Expresso do Oriente, passando por um banheiro de Hollywood Hills, por volta de 1961. Era um caos opulento e excêntrico de acessórios em latão dourado, mármore, espelhos e um piso de ladrilhos incrustados.

James comentou que a cor do couro do estofamento das mesas, que parecia algo saído de um trem eduardiano, era "azul cerúleo", esquecendo que Anna sabia muito mais do que ele.

— É um tom mais rico e profundo do que isso. Mais lápis-lazúli?

James sorriu.

— Azul descarga de avião?

— Poético.

Havia até um sino "para pedir champanhe", que ele tocou em nome da aventura. Duas taças chegaram em uma bandeja, trazidas por um garçom de colete rosa e luvas brancas, em menos de um minuto.

— É como estar num livro da Agatha Christie! — Anna sussurrou.

Os dois pediram, com exagero, pratos que misturavam culinária russa elegante com lanchonetes americanas: *blinis*, suflês, *macaroni and cheese* com lagosta e purê de trufas. Em seguida, declararam anarquia sobre quem ficava com o quê, dividiram tudo e não conseguiram terminar nada.

James estava ciente de que ter um almoço de três pratos com uma mulher com quem não se tinha uma relação romântica podia ter sido bastante desconfortável. Mas, estranhamente, considerando tudo o que tinha se passado, foi uma das refeições mais confortáveis que ele já tivera. A conversa fluiu com tanta facilidade quanto champanhe, e teria fluído mesmo sem a bebida.

Com todas as barreiras eliminadas, não havia mais nenhum tabu em que esbarrar. James não se censurou nem tentou se exibir. Quando os dois mencionaram as lembranças dos tempos da escola, ele contou a Anna sobre perder a virgindade em uma série de encontros desastrados e vergonhosos com Lindsay Bright, a diva de Rise Park, no galpão do pai dela.

— Era mais uma casa de veraneio — ele insistiu. — Mas nós transamos em cima de um saco de compostagem, e uma forquilha na bunda conta como um dos piores coitos interrompidos da história.

Anna riu com vontade.

— Ela era a garota que todas nós queríamos ser! — ela suspirou, torcendo a corrente de seu colar.

— Uau. Você está brincando? Ela era mal-educada e péssima.

— Você saiu com ela!

— Só naquela coisa de "casamento arranjado" da escola. Não espere bom gosto e discernimento de garotos de 16 anos. Aliás, não espere nada deles até pelo menos os 26.

Quando os pratos foram recolhidos, Anna insistiu para dividirem a conta, James disse: "Não se atreva, você precisa me deixar pagar", e ela cedeu. Ele não diria isso, mas o fascínio de Anna pelo local era retribuição suficiente.

Olhando em volta, ela suspirou e disse:

— Eu sempre quis vir aqui e nunca encontrei uma desculpa.

— Você não poderia ter vindo em um dos seus milhões de encontros?

— Eu não queria desperdiçar este restaurante com nada inútil. Precisava ser algo especial — Anna respondeu.

Ela estava ocupada demais com um *steak tartare* de carne de cervo para se dar conta do que tinha dito.

James olhou rapidamente por cima da cabeça dela. Sua malha comprida estava escorregando dos ombros, e ele se pegou olhando para as saboneteiras dela. As saboneteiras de uma mulher eram uma coisa linda, ele sempre achou.

Houve só um momento em que o clima ficou tenso, e os olhos de Anna se encheram de lágrimas ao falar de se despedir de seu confidente falecido, o hamster corpulento, Cerefólio. Santo Deus, quem se importava com essas coisas? O bicho parecia mais um cachorro barulhento de brinquedo com pilhas alcalinas que um mamífero vivo. Sem nem pensar, James estendeu a mão e roçou as articulações dos dedos no rosto dela.

Ele não era o tipo de homem que costumava tocar de modo protetor ou paternalista as mulheres com quem não estava envolvido, nem as com quem estava.

Mas Anna o fazia sentir... havia uma palavra antiquada para isso. *Ternura*. Ela o fazia sentir ternura.

James não teria encarado uma sobremesa, mas Anna insistiu no "Glorioso Bolo de Chocolate da Casa" que chegou com uma esfera dourada que parecia prestes a começar a vibrar e se abrir.

— Esta foi a melhor ideia que você já teve, James Fraser — Anna disse com a voz séria, em meio a uma garfada de sobremesa e, de repente, o coração pesado dele ficou leve com uma pluma.

64

— É feio fazer isso? — perguntou a garota, com uma fatia de bolo equilibrada sobre um disco crocante de torta de caramelo com sal.

Seu cabelo loiro estava torcido em um coque incrível que parecia um pão doce. Era o tipo de penteado que Anna tentava copiar, mas sempre falhava; seu cabelo era cacheado e rebelde demais.

— É *patisserie*, então não existem implicações morais, meu amor — Michelle respondeu.

— Hi, hi! — ela riu. — Mas tem quantas calorias? Por fatia, assim? — Ela abriu as mãos formando um V.

Michelle tragou seu cigarro eletrônico, ruminando, com a expressão de Gandalf e seu cachimbo de madeira observando Pippin fazer uma besteira.

— Duzentas e doze. E meia. São 212,5.

A garota do coque loiro soltou a fatia de bolo, pegou seu iPhone e começou a digitar no teclado usando o indicador com a unha feita à francesinha.

— Meu aplicativo de pontos disse que eu posso!

Ela se afastou em seus sapatos de salto alto cor de salmão, colocando delicadamente 45 graus da torta de 212,5 calorias em um guardanapo de papel branco.

— É verdade? — Anna perguntou para Michelle, que virou seus olhos sarcásticos e cheios de delineador para a amiga.

— Claro. Enquanto preparava a comida, gelava as bebidas, organizava a playlist e cuidava da decoração, chamei uma equipe de nutricionistas para analisar o valor energético de fatias do meu bolo, um guia prático para neuróticas — ela respondeu. — Enfim, não vai fazer mal para ela. Nunca tinha visto alguém tão magra fazer uma saia *peplum* parecer uma boa ideia.

— Você fez um trabalho magnífico aqui, Michelle — Anna comentou. — Obrigada.

Havia focos de luz espalhados ao redor de um globo espelhado, mais velas do que uma cena na banheira de *Baywatch* e um dock de iPod à guisa de DJ, cheio de canções à base de estrogênio para serem ouvidas aleatoriamente. As mesas tinham sido empurradas para criar uma pista de dança, uma delas coberta com uma toalha branca, cheia de bandejas de comida. Cuidadosamente, Michelle criou uma série de opções anglo-italianas que eram fáceis de equilibrar dançando e segurando uma bebida.

A área perto do caixa tinha sido transformada em bar, com um funcionário da casa servindo um drinque de cortesia na entrada: um coquetel de *prosecco* com licor de gengibre criado por Aggy chamado *Ginger Stepchild.* Anna tinha dúvidas sobre as habilidades da irmã em mixologia, mas o sabor era ótimo.

A noiva estava usando um vestido destemidamente justo com uma saia de tutu vermelha, um laço e uma tiara. Enquanto observava o espaço, Anna se deu conta de que as amigas de Aggy eram como flamingos de perto: pernas improváveis e cores vivas. O The Pantry tinha sido inundado por rios de cabeleiras brilhantes, vestidos curtos, braços e pernas bronzeados à moda St. Tropez e sapatos de salto plataforma de dez centímetros, em uma nuvem de perfume Flowerbomb, de Viktor & Rolf.

— Aggy! AGGY! Veja! — Marianne, a melhor amiga hiperativa de cabelos ondulados de Aggy gritou, tirando punhados de confete em forma de pênis dos bolsos e espalhando ao redor da mesa.

— O-ou... — disse Anna, olhando para Michelle, que apenas acenou.

— Tudo bem — ela disse. — Tenho certeza de que isso vai aparecer num açucareiro quando os inspetores do guia Michelin vierem.

— Hahahaha! — Marianne gargalhou, colocando um monte de canudos em forma de pênis na mesa e revelando um pênis inflável.

Quando cheio, ficava mais ou menos do tamanho de um dachshund. Todas começaram a tirar fotos com o celular montadas naquilo, gritando o verso da cantiga infantil *Ride a Cock Horse to Banbury Cross*, e Anna ficou sinceramente feliz por Michelle estar ali.

— Você entende esse tema dos pênis? — Anna perguntou para a amiga. — Não é como se muita gente que está se casando hoje em dia estivesse prestes a dormir com o parceiro pela primeira vez. Por que essa coisa toda de "uhul, pintos" como se todo mundo tivesse oito anos de novo?

— Especialmente quando pintos, no plural, é do que você está abrindo mão.

— Muito obrigada por fazer isso, Michelle — disse Aggy, cambaleando para abraçá-la.

— De nada — Michelle respondeu. — Fico feliz que você esteja se divertindo.

— Essa ideia de James foi muito boa — a noiva comentou distraída, tomando a bebida em sua taça com um canudo de pênis, e acenando para a amiga do outro lado do salão. — A Itália também. *E* ele pagou meu vestido. Convidei James para aparecer mais tarde a propósito. Ah, meu Deus, o pancadãããão!

Aggy estava pronta para se jogar na pista de dança, o que fez Anna segurar seu braço para detê-la.

— James pagou o quê? — Anna perguntou. — Ele foi convidado?

— Oh. Pois é. Eu contei que não tinha o suficiente até meu bônus. Então ele emprestou o resto do dinheiro que eu precisava para o vestido. — Aggy colocou a cabeça para o lado. — Ele é tããããão gentil. Sei que você acha ele um canalha completo, mas ele não é mais, eu não acho que seja.

— Aggy! — Anna gritou. — Você pegou *dinheiro* emprestado de James Fraser?

—Argh, só por dois meses! Para o vestido dos meus sonhos! — ela disse, com a expressão de quem sabia que não ia levar uma bronca muito grande na própria festa.

E foi embora para fazer uma dança obscena que envolvia ficar de costas esfregando as bundas. Enquanto Michelle foi ao banheiro, Anna pegou o celular e disparou uma pergunta.

A luz do aparelho se acendeu um instante depois.

Ah. Não era para Aggy contar para você. Pois é, eu emprestei um pouco de dinheiro para ela, nada demais. Mas ela usou você como garantia no empréstimo. Se ela não pagar, você vai ajudar a Parlez a criar a campanha da Turkfurter. São salsichas de peru. "Nham".
Bj, J

Por que não era para eu saber? A festa está boa, tirando o tema manjado dos pênis.
Bj, A

Nada supera o tema manjado dos pênis. Porque prefiro fazer meus atos heroicos de forma anônima, como o Batman. Você só me conhece como o playboy Bruce Wayne, é só um disfarce inteligente.
Bj, J

Anna riu, sem conseguir acreditar. James tinha desligado o telefone no dia em que Aggy desapareceu, saído para procurá-la, encontrado e resolvido tudo. A um custo considerável, tanto literal quanto metafórico, ao que parecia. Ele tivera a ideia de usar The Pantry e a da Itália? Anna tinha ficado surpresa com a rapidez da recuperação de sua irmã sobre a perda do Langham, e parecia que James era o responsável por isso.

Por que ele tinha feito isso tudo? O coração de Anna suspirou que tinha sido por ela.

Ela tentou não ficar muito empolgada, mas a combinação de gratidão, álcool e completa surpresa a fizeram mandar um agradecimento meloso para ele e, em nome de sua família que, Anna destacou, não sabia que devia a James a salvação de sua filha mais nova.

Awn! Foi um prazer ajudar com o planejamento, Alessi. Alerta de Spoiler -> Os policiais investigando uma reclamação de barulho são strippers. A menos que policiais de verdade atendam a uma denúncia por causa do barulho. Não agarre nenhum cassetete até ter certeza. Bj.

— Ele está brincando sobre os strippers, não está? Marianne não prometeu que não íamos ter strippers? — Anna perguntou, mostrando para Aggy, que estava passando por ali, seu celular.

— Haha, está — ela respondeu. — Esta é uma festa de classe.

Os olhos de Anna foram parar em alguém fingindo tocar guitarra com um pênis inflável e voltaram para o celular.

Michelle estava olhando para ela.

— Ah, olá.

— O quê?

— Você está olhando para suas mensagens com a expressão de uma mãe com um recém-nascido na incubadora. De quem é...?

— James.

— A-RRÁ.

— O quê?

— O artista anteriormente conhecido como o perverso James Fraser?

Anna tinha se sentido obrigada a relevar parte do dramalhão da UCL para Michelle e Daniel. E tinha conseguido equilibrar a exoneração de James sem entrar em muitos detalhes.

Alguma coisa sobre a natureza daquele dia a fez querer manter aquilo entre os dois. Seus amigos prezavam muito sua opinião e estavam dispostos a acreditar que, se Anna estava dizendo que James não era mais o que foi, era verdade.

— Somos amigos agora.

— Amigos que compartilham refeições românticas com champanhe e chocolate vibratório.

— Não foi romântico! E não estava vibrando de verdade.

— E ele está vindo para uma despedida de solteira? Que homem vai a uma despedida de solteira sem receber por hora? — Michelle perguntou.

Anna sorriu, não necessariamente querendo interromper Michelle.

— Certo, estou boiando nessa merda — disse Michelle, enchendo a taça de Anna de prosecco. — Ele é lindo. Você é linda. Vocês dois estão solteiros. Qual é o problema em experimentar um pouco? Me parece que ele deu os sinais que você precisa para avançar para a Fase de Relações Físicas.

Anna deu de ombros, sem saber qual era sua resposta.

— Não estou dizendo que o homem especial que é perfeito para você e tudo faz sentido *não* vai aparecer. Mas por que não se divertir até lá?

— Talvez eu não lide muito bem com relações casuais — Anna respondeu. — Sou séria demais com relacionamentos.

— Você não quer recusar uma oportunidade com um homem seriamente gostoso e se arrepender. Quando cheguei aos trinta eu me dei conta de que tudo isso vai acabar logo. Imagine estar em uma daquelas cadeiras de rodas de shopping center, pernas roxas inchadas como batedores de cozinha, um terrier escocês no colo, pensando: "E todo aquele sexo que eu poderia ter feito?"

Anna riu. A reabilitação de James ainda era recente. E ela não gostava dele *desse jeito*. Gostava? Ele era maravilhoso, claro. Será que ele gostava dela desse jeito? Talvez isso mudasse tudo.

— O que estou dizendo é: não fique se guardando para um dia de chuva. Abra seus presentes. Misture a bebida. Transe com ele e se divirta, pelo amor de Deus. Quer um Arancini?

Anna sorriu e aceitou um.

— Mesmo que eu decida que quero fazer isso, como diabos vou lidar com a situação? — ela perguntou, a boca cheia de bolinho frito de risoto. — Sou péssima para flertar.

— Oh, é fácil. Seja um pouco abusada. Ouse um pouco. O segredo da sedução é que 90% é contato visual. O ego masculino faz o resto. Confie em mim, é como se desse para ver o momento em que os homens percebem que vão se dar bem. Clique.

Anna se lembrou do conselho de James no dia da abertura da exposição do British Museum com Tim e se deu conta de que era óbvio que ele não era nenhum novato. Como se flertava com sutileza? Se bem que, pelo que Michelle estava dizendo, sutileza não era o objetivo.

Anna sentiu uma explosão de sol dentro de seu corpo diante da perspectiva de encontrar James. Era como se suas costas ficassem mais eretas, sua mente, mais rápida, perto dele. E torceu para seu vestido vermelho ser suficiente. Ou até, mais que aceitável.

Ela bateu um pé ao som da música e se perguntou se Michelle estava certa, se havia uma chance de ela e James irem embora juntos. A ideia a intimidava mais do que ela era capaz de dizer e, mesmo assim, também a fazia sentir outras coisas. Ela não ia dizer não. Michelle tinha razão. Estava na hora de começar a viver.

65

Quando James passou pela porta, foi acompanhado pelos acordes de abertura de "Get Lucky", do Daft Punk, como se tivesse trazido a música.

Ele levantou a mão para cumprimentar Anna, que fez o mesmo em resposta, enquanto Aggy gritou, o atacou e começar a falar, os braços ao redor de sua cintura.

James ouviu e tolerou educadamente o abraço excessivamente familiar. Ele estava usando um cardigã preto com uma camisa fina azul clara que precisava ter sido passada com mais cuidado para que impedir que o colarinho enrolasse. E se parecia ainda mais com Clark Kent do que normalmente. Ainda que Anna não pudesse deixar de notar que estava vendo *outro* cardigã de James Fraser. Quantos mais ele tinha?

As mamíferas predatórias do local sentiram cheiro de sangue, e logo ele estava cercado por novas amigas e lançando olhares furtivos de pânico para Anna.

Ela imaginou que talvez pudesse aprender a gostar dos cardigãs. Agora que gostava da pessoa dentro deles. Anna sentiu vontade de tomar o lugar da irmã, passar os braços ao redor dele e segurá-lo com força. Ela fez um teste de ter pensamentos lascivos sobre desabotoar cardigãs, o que não pareceu bom. Como uma cena de sedução que envolvesse desafivelar macacões ou tirar meias cirúrgicas. E então, enquanto ele conversava com Aggy e a fazia rir, e o globo espelhado lançava padrões de luzes nos dois, Anna se deu conta de que seus sentimentos iam além de querer tirar suas roupas.

Ela queria se envolver com ele. Queria o coração dele.

— Vou dar oi para a sua irmã — Anna o ouviu dizer.

E conforme James se aproximava, ela sentiu seu próprio coração do avesso.

— Boa noite — ele disse, se inclinando de um lado, depois do outro, inspecionando a roupa dela. — Não estou vendo nenhum tema manjado de pênis. Nem nenhuma camiseta dizendo *As Vadias de Aggy*. Tudo de bom gosto. Muito bem, sua acadêmica grosseira.

Por sobre o ombro dele, Anna viu Michelle levantar os dois polegares. E tentou se lembrar de como se comportava com ele antes de se sentir assim.

Então apelou para agradecer mais pela ajuda com a crise de Aggy. Enquanto James contava sobre cortar relações com Laurence, Anna notou que, depois de esperar 32 anos para ser arrebatada, não era como esperava. Ela achou que ia ter uma sensação de segurança: saber que você estava em casa, onde sabia que deveria estar. Na verdade, Anna se sentia mais como se estivesse amarrada em uma cadeira inclinada na beira de um abismo. Íngreme.

— Sabe, nós acabamos não assistindo ao documentário do Tim — ele disse, ao aceitar uma bebida. — Você já viu?

— Não... — Anna também estava ansiosa para ver esse documentário. Mas associara aquilo à noite desastrosa e ainda não tivera coragem de vê-lo. — Vamos tentar de novo? Sem livros da Mills & Boons, cirurgias plásticas e brigas homéricas.

Espere, Anna pensou. Será que essa era uma oportunidade para flertar?

— Foi quando você se ofereceu para fazer uma avaliação imparcial dos meus peitos para me garantir que não era necessário operar — ela disse.

— Eu *fiz* isso? O James no passado era um canalha safado. James do passado, não reconheço você.

Ela riu. Era um flerte, isso era bom. Era aquela coisa de "fazer um homem imaginar você nua" de que as pessoas falavam, não era?

— Vou cobrar a promessa — Anna riu. — Você pode levantar uma placa com uma nota.

— Meu Deus — James esfregou os olhos. — Nãooooo!

— Não? Garotos não costumam gostar de peito? — ela perguntou.

— Sim, mas... Você é minha amiga. Seria como ver minha irmã.

Ai. *Ai.* Anna sentiu o baque ser amortecido pela bebida, como levar um soco através de um travesseiro. Ia doer absurdamente quando ela lembrasse pela manhã. Ela se deu conta de que precisava inventar um assunto para se distrair, mas não conseguiu pensar em nada. Como uma *irmã?* Ela era um desastre em decifrar homens em situações românticas. E ficou arrasada demais para reagir.

— Anna. Anna? — ela ouviu James chamar.

— Humm — Anna respondeu, fingindo que havia alguma coisa fascinante em sua taça que a havia fascinado por um instante.

— *Anna.*

James colocou a mão no queixo dela e levantou seu rosto

— Não foi o que eu quis dizer. Eu estava brincando e tentando não parecer um pervertido. Eu não quero fazer isso porque ia me sentir bobo e ter pensamentos incomuns e impróprios em relação a você.

— Era o meu plano — Anna respondeu.

As palavras se formaram em sua cabeça e saíram pela boca antes que ela conscientemente decidisse que eram uma boa ideia. Bum. Feito. Ela tinha dito. Tinha dito aquilo.

James olhou para ela com os lábios levemente abertos enquanto a música tocava, e Anna tentou inventar alguma forma de consertar ou modificar o que tinha dito. Nada lhe ocorreu. Os dois estavam na beira do precipício, e a resposta de James ia definir tudo entre eles dali em diante. Anna se sentiu uma apostadora que tinha colocado todas as fichas no vermelho e estava esperando a roleta parar de girar. Eles iam se beijar? Ela imaginou James se aproximando, as cabeças se inclinando...?

— Eu voltei com a Eva — ele disse, recuando com um tom de choque, como se também não soubesse disso até esse momento.

Anna sentiu o golpe surdo de novo. Mas desta vez, a pessoa tinha colocado mais força no movimento do cotovelo. Apesar do barulho e da confusão do lugar, o silêncio entre eles nos segundos seguintes foi pesado e denso.

— Ah — disse Anna. Ela podia ouvir o som vazio em sua voz, mesmo naquela única sílaba.

— Está bem no começo — James limpou a garganta. — Ela apareceu ontem. Estamos indo devagar. Eva ainda não voltou para casa.

— Certo — Anna comentou, sem emoção.

— Você ainda pode vir? — ele disse.

Anna tivera algumas experiências em se sentir pequena e estúpida na vida. Aquela devia ser a melhor de todas.

— Rá. Não, acho que não — ela respondeu, balançando a cabeça com um sorriso pequeno.

— Claro que pode — James disse, sem parecer estar convencido. Ele parecia perplexo, revendo as coisas, querendo fazer mais perguntas tanto sobre Anna quanto sobre si mesmo do que conseguia articular.

— Eu não posso.

— Quando as coisas se acertarem — ele insistiu, esperançoso. Anna sabia que James não estava ouvindo o que ela estava dizendo.

— Não...

— Você é sempre bem-vinda...

James estava falando como se ela fosse a tia solteira para quem eles iam abrir a lata de sorvete Fox's Classic.

Anna sorriu e reuniu o pouco de coragem que lhe restava.

— James. Por favor, pare de falar que eu ainda posso ir à sua casa. Nós dois sabemos eu não posso. Espero que corra tudo bem. Obrigada de novo por tudo o que você fez por Aggy. Nem sei como agradecer. Vou pegar outra bebida.

Anna foi para o bar em um gesto decidido.

— James está indo embora! — Aggy anunciou, minutos depois, e ela o viu colocando o casaco e acenando.

Ela acenou de volta com um sorriso largo e energia suficientes para justificar não ir até lá. Anna não fazia ideia do que diria para ele. James devia ter entendido, porque saiu rápido, o que não devia ter sido nada fácil quando Aggy estava bêbada e agarrada a ele como um coala.

— Nada? — Michelle perguntou, ali perto, depois de vê-lo ir embora.

— Nah — ela respondeu, com uma leveza falsa.

— Humm, esse aí é um enigma — Michelle comentou.

Anna podia ter solucionado o enigma, mas ainda não estava pronta. Primeiro, precisava assimilar aquilo a sós. E ficou feliz que a noite estivesse acabando, porque não estava se sentindo mais nem um pouco festeira. Rá. Por alguma razão louca, seus diários antigos voltaram à sua mente: JF 4EVER. Para Eva, no caso. Uma previsão e tanto.

Quando chegou na porta de seu apartamento, o celular avisou que havia chegado uma mensagem de texto.

Sinto muito. Bj, J

Anna demorou meia hora de sofrimento para pensar em uma resposta que também só tivesse duas palavras.

Tudo bem. Bj, A

66

Ele a encontrou embaixo da varanda; a chuva tinha transformado seu cabelo comprido em cordas úmidas, e a maquiagem de seus olhos em manchas de fuligem, quase punk. Sua loirice pueril sempre parecia mais escura quando o cabelo estava molhado.

— Por que você não me ligou? — ele perguntou.

— Foi espontâneo. Eu não queria marcar um horário — Eva respondeu, e James soube que ela estava lá para ficar.

Ela desapareceu no andar de cima da casa e voltou com a parte de cima do corpo coberta apenas por um sutiã e um dos cardigãs de James, que quase dava duas voltas em seu quadril estreito.

Eles conversaram por uma hora e meia, e a chuva castigava o chão lá fora.

Eva sempre tinha sido um espírito livre antes de conhecer James, ela explicou. Ela viajava e fazia coisas por impulso e, em meio a névoa de estar apaixonada, tinha se comprometido rápido demais. O que causou um tipo de *jetlag* que tinha durado mais do que o *jetlag* do voo da viagem de lua de mel para o Sri Lanka.

Eva nunca tinha contado para James, mas teve algo parecido como uma crise de pânico na noite antes do casamento, com tontura e palpitações. James pensaria que ela estava em dúvidas sobre ele, mas definitivamente não era isso. Tudo tinha acontecido tão rápido, um compromisso para sempre. Mas talvez, em retrospecto, ela não devesse ter escondido, devesse ter contado para ele. Eva limpou lágrimas enormes, perfeitas, dignas de Man Ray ao lembrar disso.

— Então o que mudou? — James perguntou.

— Senti muito a sua falta. Senti falta de nós.

Eva apertou mais as pernas embaixo do corpo, parecendo pequena e vulnerável na imensidão do enorme sofá rosa.

Hummm. Bom e vago. Não poderia ser por que ele tinha começado a receber flerts nos comentários do Facebook de mulheres, colegas e até ex-namoradas, seria? Ou pelas fotos da imobiliária terem sido colocadas na internet e os pedidos de visita tivessem começado a aparecer? Não. James disse a si mesmo que não podia ser isso.

— Como Finn está lidando com isso?

Eva limpou o nariz com o punho do cardigã dele.

— Eu expliquei que nunca ia funcionar entre nós, a longo prazo. Ele entendeu.

James se perguntou o que ela dissera para Finn quando foi morar com ele. Quando ele mesmo e Eva começaram a namorar, uma amiga dela, Victoria, dissera com um tom que pretendia ser engraçado e acabou saindo um pouco duro: "O que você vai descobrir com Eva é que, existe o que ela fala e o que ela faz. Se não esperar que as duas se encaixem, você vai ficar bem."

James contou isso para Eva, que fez pouco caso dizendo que Victoria tinha uma queda por ele e que a amiga era "um pouco chata". Mas James não se lembrava de Eva tê-la convidado para mais nada depois disso. Ele ficou impressionado que, quando você mais precisa de pessoas que atestem o caráter da pessoa com quem você está, todo mundo fica em silêncio, ou corre o risco de ter relações cortadas.

Mas ele não podia deixar o que aconteceu transformá-lo num cínico. Todo o objetivo de aprender com suas experiências recentes era tentar ser menos cínico. Eva era sua esposa e queria tentar de novo. Ele não era o Laurence. O amor precisava ser abnegado e perdoar às vezes.

Eva não voltaria imediatamente. Ele não deixaria mais a casa à venda, ela ficaria com Sara, e eles se encontrariam e conversariam até estarem prontos para uma reconciliação.

E se ela o enganasse uma vez, uma única vez, seria o fim. Eva entendia isso solenemente. De algumas formas, James disse a si mesmo, ele estava mais seguro do que muita gente sobre ser traído pela esposa. Ela já tinha usado essa ficha. E não se atreveria a fazê-lo de novo e imaginar que James a perdoaria uma segunda vez.

Naquele dia, Eva o convidara para almoçar no Roebuck, em Hampstead. Ela chegou com uma bolsa verde da Cambridge cheia de edições da revista *Homes & Gardens*, ignorando a maior parte de seu almoço para folhear as páginas brilhantes. Ela estava adotando um estilo andrógino naqueles dias, com brogues de cadarço sem salto, e calças de corte justo.

Quando James perguntou o porquê do interesse especial em armário e tapetes persas, Eva explicou que tinha ganhado um dinheiro dos pais para comprar um móvel.

— Não é estranho ganhar um presente de "parabéns por voltar para o seu marido"? — ele perguntou, pegando um pedaço de gordura de sua barriga de porco.

— Não é isso. Eles sabem que passei por uma fase difícil.

— *Você* passou por uma fase difícil? — o rosto de James se contorceu.

— Nós dois passamos. Mas eu sou a filhinha deles.

Depois do almoço, eles foram parar no tipo de loja de decoração absurdamente cara em que tudo era feito de vidro, cinza bem claro ou *off-white*. Um mundo fantasma onde só existiam peças de incrível palidez. Era uma sorte que a cor de Luther combinasse. Por isso mesmo que ele foi escolhido.

Um garotinho com roupas Baby Boden e botas Kickers recém-saídas da caixa passou por James, caminhando como um brinquedo de corda, com a mãe, que parecia hispânica, o acompanhando de perto. Eles tinham o mesmo cabelo preto e a mesma pele de oliva. Quando Anna tivesse filhos, eles teriam aquela aparência mediterrânea. De jeito nenhum aquele genes italianos cederiam lugar à paleta sem graça britânica.

Anna.

Havia tantas coisas que ele queria dividir com ela desde o último encontro no mês anterior. Eles eram amigos, não eram? James pensou: "Eu posso entrar em contato com ela, não posso?" Sua irmã estava na cidade por um tempo, e ele queria tanto que ela conhecesse Anna, que visse que havia pessoas decentes na vida dele. E ter a satisfação de ver Grace se dar bem com Anna. A ideia o deixou tão piegas que James tinha chegado ao ponto de escrever um e-mail, antes de descartá-lo.

Ele quase se convenceu de que ela não havia falado sério na despedida de solteira quando disse que eles não podiam se encontrar. Anna havia bebido bastante, e estava se sentindo grata por ele ter ajudado sua irmã, e disse algo sugestivo por impulso. Mas ela nunca tinha se sentido atraída por ele. Tinha?

Não era só sentir falta dela. Sentia falta do James que se tornava com ela.

— Jay — Eva chamou, do outro lado da loja. — Jay?

Dois homens que estavam discretamente prestando atenção em Eva olharam, analisando o parceiro dela. James estava acostumado a mais escrutínio quando estava com ela. E gostava disso. Na verdade, ele costumava adorar isso.

— Que tal esse? — ela estava com o folheto da loja encostado na boca, diante de um espelho enorme.

— É enorme — James respondeu. Era do tamanho de uma mesa de pebolim com um brasão ornamentado na parte de cima e moldura perolada e gasta; havia pequenas manchas e falhas os cantos do vidro.

— Eu adoraria um espelho de chão para o quarto.

— Hum. Não tenho certeza se quero ver tanto de mim mesmo de manhã.

— Não. Você está em ótima forma. O regime de infelicidade claramente fez bem para você.

James ficou olhando para ela, estupefato.

— É preciso ter cuidado nesses lugares hoje em dia — Eva continuou, num murmúrio, afastando o folheto um pouco da boca. — Adoro esse estilo Gustaviano, mas essa coisa *shabby chic* se tornou tão modinha. Muitas antiguidades em estilo francês. Só falta comprar almofadas da Next e aqueles cálices de champanhe coloridos com "Dele" e "Dela" escrito. Para sua cozinha com churrasqueira Shaker em bordô.

— Que diferença faz onde você comprou as almofadas? — James perguntou.

A resposta foi olhar ao redor da loja, para os casais bem-vestidos e sofisticados na casa dos trinta, comprando mais tralhas elegantes para suas casas invejáveis. Ele se encaixava tão bem ali.

— Haha, vamos para a Argos comprar um espelho com moldura de aço inoxidável então — Eva riu. — E para a Ikea comprar um espelho sinuoso e bambu retorcido .

Ela virou para ver o reflexo dos dois de novo, encostando a cabeça no ombro de James e colocando a mão em seu queixo.

— A barba veio para ficar? Fiz as pazes com ela.

67

Anna não estava preparada para a maneira como seu desejo quase adolescente permeou toda a sua existência. Toda música no rádio falava com ela, todo pensamento estava a dois passos de uma conexão com James. Cada tarefa cotidiana e tediosa murmurava lembretes que ele não estava mais ali. Como uma ausência podia fazer tanto barulho? Ele estava em toda parte agora, e não estava em lugar nenhum.

Quando seu e-mail ou celular apitava, ela desejava que fosse James.

Anna tinha bastante tempo nas últimas semanas para pensar nas ironias e na estranheza da situação. O monstro de seu passado tinha voltado, só para ter um efeito quase mágico. Ela não era mais assombrada pela escola. Ainda doía, ia doer para sempre, mas a prontidão de James para admitir seus crimes tinha sido uma espécie de cura.

Parecia estranho, mas, ao perdoá-lo, ela tinha se perdoado. Anna não se deu conta de que sempre se culpou por ser vítima de *bullying* — um tipo de vergonha e repugnância de si mesma. Aquele ex-namorado, Mark, que sempre a culpava por tudo na universidade, ela percebia agora que ele também se odiava. Era por isso que encorajava o ódio em Anna, para fazê-la se sentir tão mal quanto ele.

Então fazia sentido — o tônico perfeito para ela era alguém que amasse a si mesmo.

Anna desejava tanto poder compartilhar essa observação com James, ouvir sua risada, sua resposta sarcástica. Como ela encontraria alguém que a faria rir como ele de novo?

Somente agora, quando não havia nenhuma chance de tentar encorajá-lo a se apaixonar por ela, Anna percebera como James teria sido bom para ela. Ele era inteligente e era um desafio. Os dois tinham semelhanças suficientes para tornar as coisas confortáveis e diferenças suficientes para manter as coisas interessantes. Ele fizera esforços pela família e pelos amigos dela. E conhecia toda sua história. Esse fato o destacava de todo mundo com folga.

E, obviamente, Anna sentia atração por ele. Essa parte nunca tinha sido uma dúvida na verdade, mas seu cérebro não permitira que se corpo reinasse livre até aquele momento.

Quando relembrava aquele reencontro tumultuado, ela entendia e confiava nas motivações de James a cada etapa. Ele era decente, gentil e honesto no que importava. Mas mantinha esses princípios básicos enterrados embaixo de muita arrogância e peças de tricô bobas. Ao contrário de Laurence, ou mesmo de Patrick, James quisera conhecer, e aceitara, a Anna de verdade, sem nenhum interesse romântico ou desejo sexual. Ainda que no final, só para ser do contra, ela tivesse pedido isso.

A dor de imaginá-lo com Eva era quase insuportável. A ideia dos dois imersos numa maratona sexual de reencontro criava uma sensação de refluxo ácido. James não era o tipo de pessoa para Eva. Parecia ser, mas, na verdade, era o tipo de pessoa para Anna. Era? Ou será que Anna foi apenas uma aventura ideológica de seu mundo hipster sem coração? Se aquele avião caísse de bico no oceano cinza e frio, James derramaria uma lágrima ao saber da morte dela?

— Anna? Anna. Você está aí? Você tem claustrofobia?

Michelle passou a mão pelo rosto da amiga. Em meio à intensidade de seu sonho, Anna sentiu que estava sendo arrancada do calor de um útero.

— Está tudo bem? Michelle perguntou. — Você anda um pouco aérea ultimamente. Você está olhando para essas nuvens faz meia hora.

— Bom... — Anna endireitou a coluna no assento. — Só tem nuvens lá fora.

— Nem me lembre.

Ela voltou a mão para o apoio de braço, que estava segurando com força desde a decolagem. Michelle ficava muito nervosa quando andava de avião. E tomou montes de Kalms com dois gin-tônicas duplos e precisou que Anna e Daniel segurassem seu braço, cada um de um lado, como se fosse uma idosa.

Os convidados do casamento tinham praticamente tomado conta do voo de Stansted para Pisa. No final, Daniel foi sem Penny, que decidira que estava sem dinheiro. ("Eu achei que ela viria e que ele ficaria em casa", Michelle comentou.)

O avião deu um solavanco, teve uma leve queda, e o sinal para afivelar o cinto de segurança apareceu com um *ding* discreto.

— O que está acontecendo? Por que estão mandando todo mundo colocar o cinto de segurança? — Michelle disparou, sendo que nem tinha chegado a tirar o seu.

— Provavelmente é um pouco de turbulência — Anna respondeu, prendendo a fivela.

A aeronave mergulhou de novo, com violência, e subiu mais um pouco.

— Que porra é essa? — Michelle gritou. — Por que o capitão não está falando? Ele está muito quieto! E a equipe de bordo toda desapareceu!

— Eles também precisam sentar e colocar o cinto de segurança durante a turbulência — Daniel explicou, com uma lata redonda cheia de açúcar de confeiteiro. — *Barley twist*?

— Não quero nenhuma porcaria de *barley twist*, talvez eu precise de uma cápsula de cianureto. Todo mundo sumiu porque ninguém quer olhar para o nosso rosto condenado à morte.

— Nesse caso, vou morrer com um doce — Anna anunciou, esticando o braço na direção de Daniel para pegar um. Nesse momento, o avião desceu mais, chacoalhou e tremeu, e alguns ruídos de surpresa foram ouvidos dos passageiros menos nervosos.

— Está tudo bem, Michelle — Anna garantiu, tentando bater de leve no joelho da amiga para reconfortá-la, mas o movimento da cabine fez sua mão errar.

— Vamos morrer, é isso, eu sabia. Eu sempre soube, e é por isso que não entro em aviões — disse Michelle, fechando bem os olhos. — Eu nunca vou fazer todas as coisas que quero. Nunca vou ver a Sydney Opera House nem dormir com Guy.

— Dormir com quem? — Anna perguntou.

— Guy. Aquele sujeito elegante do Meat Cute, a nova van de hambúrguer que fica perto de The Pantry. Ele me chamou para sair — Michelle continuava sem abrir os olhos.

— E eu levo bronca por comer a carne dele — Daniel comentou, desviando de Michelle para olhar para Anna.

— O voo para Sydney é longo — Anna acrescentou.

— Calabocacalabocacalaboca. E não entendo por que os dois estão tão *blasé*, vocês quase não usaram nosso curto tempo.

— Ah, lá vamos nós — Daniel comentou.

— Anna, você precisa parar de se lamentar por causa do passado e fazer sexo com todos os homens — disse Michelle.

— Todos eles?

— E, Dan, pelo amor de Deus, se livre da Penny. Ela é péssima.

— Achei que passageiros assustados revelassem seus *próprios* segredos. — Anna comentou, envergonhada por Daniel.

— Eu não posso terminar com a Penny — ele respondeu, apoiando a palma das duas mãos no assento trêmulo da frente.

— Pode, *sim*!

— Não posso!

— Pode! Você acha que não pode, é o medo falando!

— É pura lógica. Eu já terminei com ela.

— O quê? — Michelle abriu os olhos. — Quando?

— Antes da viagem.

A turbulência diminuiu, e Anna disse:

— Espero que você esteja bem, Dan. Eu sinto muito.

— Sente? — Daniel perguntou, com um pequeno sorriso.

— Por você — ela acrescentou.

— O que aconteceu? — Michelle perguntou.

Anna deu um apertão furtivo na amiga que queria dizer: *não fale demais*.

— Você se lembram do show no Star & Garter, em Putney? Ela cantou outra música sobre mim — Daniel suspirou. — E eu pensei, quer saber? Você não é *gentil*. Você pode viver sem muitas coisas. Mas não pode viver sem isso.

— Isso foi muito sábio, disse Anna.

O aviso do cinto de segurança foi apagado com outro apito.

— Viu, Michelle!? Deve ter passado — Anna comentou, fazendo menção de soltar seu cinto de segurança.

— Não! — Michelle exclamou. — Não confie. Provavelmente estão fazendo a gentileza de deixar nossas mãos livres para rezar.

Então veio o aviso:

— Senhores passageiros, este é seu capitão falando. Vocês devem ter notado que estamos passando por uma área de turbulência...

— Ah, obrigada por nada! — Michelle gritou. — Vou mostrar a área de turbulência!

Aggy organizara um ônibus escolar para transportar os convidados do casamento no fim de semana, e o primeiro passeio foi para a cidade murada de Lucca para um jantar seguido de drinks, no sopé da montanha.

Lucca era a introdução ideal para aqueles que nunca foram ao país — a Toscana intocada e, no entanto, ainda clássica dos cartões-postais: arquitetura medieval, telhados vermelhos, oliveiras.

Aggy reservara uma trattoria charmosa e barata para o jantar e depois todos passearam pela praça, pelas ruas de paralelepípedos, durante o pôr do sol, até um café-bar. Anna não sabia como a Itália fazia o *shabby chic* parecer tão bom. Em casa, tinta descascada era tinta descascada. Ali, era absurdamente romântico.

Em diversos momentos, ela via ou pensava em alguma coisa que queria compartilhar com James e tocava o retângulo liso do celular em seu bolso. "Não mande mensagem para ele quando estiver bêbada", ela pensou.

O teto do café estava cheio de cachos de uvas de plástico, e o batente das portas, de pisca-piscas. Os convidados estavam tomando *Aperol spritzes* e comendo pratos de *crostini*. *Shabby chic* e beber civilizadamente, sim, sem dúvida eles estavam fora do país. O pai de Anna estava apoiado no bar, aproveitando a chance de falar sua língua nativa com o barman. Como todos os italianos que emigraram, o sotaque dele ficou três vezes mais forte assim que eles chegaram a Pisa.

Anna olhou em volta e pensou que ninguém imaginaria que aquela excursão era uma espécie de substituta de um casamento diferente. Ela precisava dar crédito para Aggy, que de fato era uma excelente planejadora de eventos. Não era à toa que sua irmã razoavelmente boba ganhava uma quantidade de dinheiro razoavelmente boba. Bem boba para o seu gosto. Ela se lembrou que Aggy devia uns milhares de libras para James e se encolheu. Anna entendia porque ele escondera isso dela. Saber o que ele tinha feito a deixava desconfortável.

— Estou circulando — disse Aggy, quando apareceu na mesa de Anna, Michelle e Daniel com uma taça enorme de vinho tinto. — Estou de férias com minha família e meus amigos, quando vou fazer isso de novo? Não quero perder nada. Além do mais, estou avisando que Chris e eu temos uma surpresa para todos vocês amanhã.

— Ah, meu Deus, não — Anna grunhiu. — É melhor não ser nada que envolva a participação da plateia.

— Espere para ver — Aggy respondeu, sutilmente, e Anna cobriu os olhos com a mão.

— Eu odeio surpresas — Anna comentou. — Gosto de coisas previsíveis.

— Vaias para a irmã mais velha e chata. Agora, sobre o que vocês estavam falando? Espere... — Aggy gritou, sem esperar uma resposta. — Você não tinha me contado que James Fraser voltou com a esposa!

O estômago de Anna se encolheu como uma bola murcha.

— Como você ficou sabendo? — ela perguntou.

— Que egoísmo dele, não? Bem quando nós o tínhamos selecionado para dar um trato na Anna — Michelle comentou.

— Fiquei amiga dele no Facebook. A mulher postou um poema de amor na timeline dele, outro dia. Um monte de gente comentou — disse Aggy. — Eu li quando fui ver se meu celular estava funcionando mais cedo. Fiquei preocupada de não ter sinal aqui.

— Posso imaginar você parada no topo de uma montanha tentando fazer um cabide de metal atrair um raio se não tivesse sinal — Daniel brincou.

Anna se contorceu diante dessa confirmação inesperada da renovação dos votos de James. *Postar um poema de amor na timeline.* Anna tinha seus preconceitos, mas Eva parecia uma pessoa horrível. Ela se remoeu de ciúme e tristeza como água fervendo em uma chaleira, enquanto mexia na haste da taça.

— A esposa é tão linda. Eles vão ter bebês maravilhosos.

— Aggy, pare de ser tão enxerida! — Anna explodiu. — Você não é nem amiga de verdade dele!

— Sou, sim! — ela respondeu, magoada. — Mandei um convite para o James, mas ele tinha alguma coisa do trabalho.

— Aggy! — Anna gritou, esganiçada.

— O quê? Ele foi muito legal comigo.

— Você devia ter me perguntado antes.

— Você teria dito não? — Aggy perguntou.

— Teria.

— Por quê?

Hum…

— Por causa da esposa.

— Ela é tão ruim assim? — Aggy perguntou. — Achei que você não a conhecia.

Michelle a estava observando, curiosa.

Anna tinha uma imagem de si mesma em um grande buraco, jogando terra sobre o ombro furiosamente com uma pá. Ninguém na mesa conseguiu decifrar a reação dela, mas houve um entendimento coletivo de que alguma coisa não estava certa. O instinto de Anna era sempre absorver e esconder as coisas que a machucavam. Mas não queria mais fazer isso. Elas se tornavam pessoas que a puxavam para baixo.

— Desculpe. Não é culpa sua, Aggy. Não teria sido errado. A questão é que… — Anna inspirou — eu, acidentalmente, sem querer, meio que, com relutância… — ela ia usar uma palavra que ainda não tinha experimentado dizer em voz alta — …me apaixonei por James Fraser. E bem quando tomei a iniciativa, descobri que ele tinha voltado para Eva.

Michelle e Aggy levaram um susto.

— Sabe que, na verdade, não estou surpresa — disse Aggy.

— Você levou um susto! — Anna respondeu.

— Levei, mas foi uma espécie de *Uau* — Aggy fez uma expressão de choque e meneou a cabeça. — Não um *o quêêêêêê?!* — Ela levantou a mão e balançou a cabeça. — Eu sabia. Quando vocês ficaram amigos e se reconciliaram, eu soube.

— Como você soube?

— Número um, quem *não* se interessaria por ele? Sei que você é minha irmã idiota, mas você não é tão idiota. Dois, você falava sobre James o tempo todo.

— É verdade — Michelle concordou, mordendo o canudo de sua bebida. — Sempre havia um monte de "você acredita no que James disse?" O terrível, enfurecedor, inacreditavelmente sexy James.

— Então vocês sabiam antes de mim? Eu me pergunto se ele também sabia. Meu Deus, que pensamento deprimente.

— Você falou para ele? — Daniel perguntou.

— Que estava apaixonada? Não com essas palavras. Bom, com palavra nenhuma, na verdade. Eu flertei de um jeito excessivo na despedida de solteira, ele ficou morrendo de vergonha e anunciou que tinha voltado para Eva. *Constrangedor.*

— Talvez você devesse ter contado para ele mesmo assim — disse Daniel.

— Isso não teria aumentado minha humilhação sem motivo?

— Sim, mas se ele não souber, não pode fazer nada sobre isso.

— Não acho que contar vai fazer os sentimentos dele pela esposa sumirem — disse Anna.

Ela se lembrou da conversa sobre Eva quando estava com James na London Eye. Ele pareceu evasivo sobre a mulher. Na época, Anna meio que achou que aquelas eram as palavras de um homem vaidoso, que não queria admitir a força de seus sentimentos no caso de sua tentativa de voltar para a esposa falhasse. Agora, ela tinha toda razão em esperar que James genuinamente estivesse indeciso sobre Eva.

Naquele momento, Anna desejou que a vida fosse como um desses jogos de Patrick, com a chance de selecionar uma opção, ser fuzilada por sua estupidez e depois reiniciar e escolher outra.

— De qualquer jeito, não teria dado certo — Anna continuou, com aquele tom de voz em que você finge estar resignado a fazer alguma coisa bem indigesta. — Nenhum de vocês conseguia suportá-lo.

— A gente não gostava do que ele fez naquela época — Michelle mexeu nos cubos de gelo com o canudo — mas na época da despedida de solteira, eu gostava dele. Ele acertou as coisas com você. Ele era divertido. Eu conseguia vê-lo como o Senhor Anna, sem dúvida.

Aggy assentiu.

— Eu estava brava com ele por não pedir desculpas para você, mas deu para ver, quando eu o encontrei no The Zetter, que James estava muito arrependido. Se ele tratar você bem agora, é tudo o que importa, e eu acho que trataria.

— Ah — Anna exclamou, sem saber se devia ficar feliz ou não.

— E ele cometeu um erro enorme. Vocês dois foram feitos um para o outro — disse Aggy. — Vocês têm a mesma cor de cabelo. E o Facebook da esposa está cheio de selfies tirada no espelho do banheiro. Ela se acha. Não sei o que James vê nessa mulher.

— Além da beleza estonteante — Anna comentou.

— Se James escolheu Eva em vez de você, ele não era bom o bastante para você — Aggy concluiu, devotadamente. — Ninguém bom o bastante iria preferir ela a você.

Anna sorriu.

— Obrigada. Mas eu vejo como ele pode ser bom o bastante *e* escolher Eva. Eles são casados, têm uma casa juntos, uma história e um gato rabugento. Nunca foi uma disputa justa. A balança pesa muito para o lado dela.

Todo mundo assentiu educadamente, e ninguém questionou o elo inquebrável de um gato rabugento.

— Mas sabem o que essa coisa do Facebook e do post do poema me fez lembrar? — Anna continuou.

— Que o Facebook está para a estupidez como a geleia está para as vespas? — Michelle perguntou.

— Não dá mais para se livrar de ninguém. Estamos na era da eternidade digital. Sempre que eu tiver um momento de fraqueza, vou poder ver o que James está fazendo. A foto do perfil dele vai ser substituída por uma ultrassonografia, em seguida pela imagem dele com uma criança, e depois outra. Quero dizer, você pode literalmente perseguir as pessoas de hora em hora hoje em dia. Vai ser "James Junior está no penico, hahaha".

— Isso vai doer — Michelle meneou a cabeça.

Aggy suspirou.

— Bom, se fosse um filme, James teria corrido para o aeroporto para dizer que sente o mesmo por você antes que o avião decolasse — ela disse.

— Você não está ajudando, Agata! — disse Michelle. — E essa coisa de correr para o aeroporto é o pior dos clichês, me parece. A maioria das pessoas passa direto pelo controle de passaportes para chegar ao Duty Free, não é? Então, apaixonados comprando uma passagem só para fazer um discurso? Acho que não.

Aggy colocou a mão no queixo.

— É...

Anna se perguntou: será que Daniel estava certo? Ela devia ter contado para James como se sentia? Ela tinha 99% de certeza de que daria errado, e que teria sido um gesto inútil. Mas o 1% restante foi suficiente para fazê-la agir.

Enquanto a conversa à sua volta continuou, Anna abriu o e-mail. Ela sentiu como se estivesse se aquecendo para fazer um esforço físico. E começou a digitar.

Querido James,

Estou na Itália, cheia de vinho e massa. O vinho é mais relevante com o que está por vir. Tudo em que consigo pensar é em como você fez este casamento acontecer. Eu poderia encurtar a frase para: tudo em que consigo pensar é você. Sinto muito que não possamos mais ser amigos, mas isso não me impede de desejar nada além de coisas boas para você. Nunca vou me arrepender de você ter voltado para minha vida e tê-la mudado para sempre, para melhor. Não posso culpá-lo pelo fato de eu ter, de repente, mas, ao que parece, persistentemente, me apaixonado por você. Eu não posso MESMO culpar você, uma vez que você passou a maior parte do tempo sendo rude comigo. De todo jeito, acho que isto tudo é um pouco Mills & Boon demais para você. Eu ainda me lembro das suas piadas sobre isso. Cuide-se. E do Luther. E pense em mim com carinho, como faço com você.

Beijos,

Anna

Foi exagerado? Com álcool, a distância e com um humor emocional, era difícil saber. Dane-se, ela já sabia que ia mandar a mensagem. Anna apertou a tecla e se encolheu. Conferiu se estava nos itens enviados. E suspirou.

Eles saíram do restaurante e embarcaram no ônibus. Enquanto subiam a montanha até Barga, Anna checou seu celular umas 17 vezes.

— Tudo bem? — Michelle perguntou, durante os solavancos da estrada, tentando falar acima da altura de Aggy cantando junto com Kelly Clarkson.

Anna admitiu o que tinha feito.

— Eu sei que isso não impede você de lamentar, mas se ele se jogou nessa loira do Hitchcock, então James não era para você.

As duas encostaram a cabeça uma na outra pelo resto da viagem.

Nos bancos atrás delas, Anna podia ouvir Daniel imerso em uma conversa com uma patricinha que estava explicando o que significava colocar alguém na "friendzone". Anna sorriu. Ela estava um pouco triste, mas era um triste-feliz. Ela tinha feito tudo o que podia.

Enquanto apagava a luz em seu quarto na pousada espartana, mas simpática, Anna aceitou que a probabilidade do e-mail ter sido lido era bem alta, e isso significava que a chance de uma resposta naquele momento era muito baixa.

Ela podia imaginar a cena quando James o recebesse, bem, bem longe, enrolado com a felina Eva no sofá rosa, Luther ao lado do casal.

"Quem é?", Eva perguntaria.

"Ah. Ninguém."

A ausência de poluição significava que o quarto tinha o tipo de escuridão aveludada em que mal se consegue enxergar a própria mão diante do rosto. No entanto, Anna podia ver o rosto de James, claro como se estivesse diante dela.

Quando estava pegando no sono, o celular apitou com a chegada de uma mensagem. Ela despertou e foi procurá-lo, e o aparelho lançou uma luz fraca e sombria no criado-mudo. Por favor, mande alguma coisa gentil... alguma coisa a que eu possa me apegar enquanto espero o desejo ir embora.

Ela pegou o celular e abriu o e-mail.

Anna! Quanto tempo! Notei que você tem andado quieta no fronte da busca. Pronta para uma segunda tentativa de buscar a "faísca" incrivelmente fugidia? ☺
Bj, Neil

68

Anna ficou com medo de que sua irmã se tornasse um monge dervixe giratório no dia do casamento e, bem, um pouco insuportável. Mas, quando o dia nasceu, Aggy ficou majestosamente serena e calma. Era como se, depois que todos os planos ganhassem forma, ela pudesse apenas surfar a onda, como uma aristocrata em uma liteira. No fim do horário do café da manhã, ela estava sentada tomando um *bellini* de pêssego no maior quarto da pousada, enquanto a cabeleireira entrelaçava pequenas pérolas presas por um fio em seu penteado e seu vestido estava pendurado em um grande guarda-roupa de pau-rosa, depois de a mãe delas fazer uma inspeção minuciosa para se certificar de que o esplendor não tinha sido maculado pelas mãos pesadas dos funcionários do aeroporto. Quando satisfeita, Judy assumiu as tarefas "insuportáveis", chiar, se afligir, reclamar e gritar a manhã toda.

Por volta do meio-dia, Anna não aguentava mais e disse alguma coisa dura, mas cuidadosa, sobre a importância de manter Aggy calma para que ela não surtasse. Sua mãe respondeu:

— Mas esta pode ser a única chance que vou ter de ser a mãe da noiva!

Anna respondeu que era um alívio que ela não estivesse muito preocupada em se casar, ou aquilo *poderia* ser interpretado como uma ofensa, mas Judy já não estava mais prestando atenção e começou a implicar com algum outro aspecto da organização.

A madrinha de casamento já estava devidamente paramentada em menos de uma hora, cabelo e maquiagem prontos, com uma enorme rosa branca de seda na lateral da cabeça, lendo calmamente um livro sobre a Itália medieval.

— Aureliana, como você pode ler um livro no dia do casamento da sua irmã? — sua mãe ralhou.

— Ela está arrumando o cabelo. Não vou ficar lendo durante a cerimônia.

Judy emitiu um som de desaprovação. Anna foi até a janela com seu peitoril profundo e abriu o trinco. O cenário era mais do que majestoso — era tão alto que uma nuvem baixa envolvia a colina com sua teia fina e nebulosa. O ar estava tomado pelo cheiro da terra e das plantas, e do calor do sol fraco de inverno aquecendo o solo.

Estar entre familiares e amigos, cercada por pessoas amadas, era a melhor coisa para o espírito de Anna. Quando Aggy terminou seus frufrus, cuja pronúncia Anna esperava que seu pai tivesse praticado, ela se levantou, com uma mão nas saias e um véu com barra de renda caiu sobre suas costas.

— Que tal? — a noiva perguntou.

— Maravilhosa! — Anna respondeu, surpreendendo a si mesma quando uma lágrima escorreu por seu rosto. Sua irmã mais nova, com quem ela costumava brigar por causa do controle remoto da TV usando pijamas do desenho *SuperTed*, estava perfeita de cabelo preto e brilhante e tule branco.

A mãe das duas desabou na cama com seu vestido rodado verde claro e precisou de um pacote inteiro de lenços de papel enquanto chorava. Judy deixou as duas, com relutância, depois que Anna a encorajou sutilmente dizendo que os convidados precisavam mais dela, agora que Aggy estava pronta.

— Então, pronta para se casar? — Anna perguntou, quando ficaram a sós.

Os olhos cobertos por cílios postiços da irmã se arregalaram.

— Puta merda. Eu vou me casar.

— Vai, sim — Anna respondeu. — Com Chris, que eu amo quase tanto quanto você. Você escolheu bem, Aggy.

— Oh, Anna! — Aggy exclamou, colocando os braços em volta da irmã. — Você é a melhor irmã. Existe alguém que vai amar você tanto quanto nós. Tenho certeza que existe. Eu *prometo*. Vai ser você um dia.

— Seria bom, mas eu honestamente não preciso dele. E vou aproveitar seu casamento tanto quanto aproveitaria o meu. Provavelmente mais. Tenho todo mundo de que preciso aqui. Você sabe que eu sempre precisei mais de você. Mais do que qualquer pessoa.

— Ah... isso é tão lindo... — Aggy franziu o cenho. — Às vezes eu penso em como eu quase... nós quase perdemos você...

— Não! Não pense nisso. Oh, Aggy...

As duas choramingaram uma para outra, formando pesados olhos de panda, e se deram conta do potencial de catástrofe maquiada que estava a caminho.

— Nada de chorar! — Anna ordenou, tomada pela emoção. — A mamãe vai nos matar se o rímel escorrer!

— Uou uou uou — Aggy riu, e Anna teve de fazer uma dança zulu em pequenos círculos para conter as lágrimas, abanando o rosto das duas com as mãos.

— Pense em alguma coisa que não seja emotiva — Anna propôs. — Espere um pouco, beba! Cuidado com o batom. — Ela colocou o resto de um *bellini* na mão da irmã e virou o restante da taça de sua mãe.

— Melhor? Tudo sob controle? — ela perguntou.

Aggy assentiu.

— Vamos, antes que a gente comece a chorar de novo.

Segurando firme buquês grandes de rosas brancas, as irmãs saíram da pousada até o prédio da cerimônia civil, Aggy segurando o vestido a menos de três centímetros do chão, e Anna logo atrás. O progresso das duas foi imponente e elegante, considerando a altura dos saltos e a inclinação das ruas estreitas de paralelepípedos que circundavam as casas de cores claras. Todo mundo que via as duas mulheres passando parava, aplaudia e, às vezes, assobiava.

Italianos idosos parados nas portas gritavam:

— *Bella! Bella!*

Quando elas agradeceram, um homem em uma bicicleta capenga gritou em um inglês com sotaque forte: "Case comigo! Case comigo!", o que gerou mais risos e aplausos.

Aggy não teria isso em Londres, Anna pensou. Parecia tão mais especial do que estar sentada em um Rolls Royce branco preso no trânsito.

A cidade estava espontaneamente ficando paralisada para elas e tinha um charme especial e peculiar que só elementos não planejados podem proporcionar. Anna se sentiu como se estivesse em um filme, ou em um comercial bem caro da Mastercard.

— Este é o melhor casamento do mundo — Anna comentou, por sobre o ombro. — E ainda nem começou.

A manhã tinha acabado de virar tarde. Anna amava o ar fresco dali, em que era possível sentir o aroma das nogueiras que cobriam as montanhas além. Havia o frescor do outono, que ainda não era frio, e, fora da temporada, a cidade estava tranquila. Nenhum hotel caro podia competir com esse tipo de beleza — ladrilhos de terracota, canteiros de gerânios nas janelas, os tons de amarelo claro, coral e cinza das paredes, as venezianas pintadas num verde intenso. A distância, uma paisagem de colinas se descortinava, com bosques de ciprestes.

— Tem certeza que sabe o caminho? — Anna perguntou para as costas da irmã.

— Ah, sei. Eu conferi umas cem vezes — Aggy respondeu.

— Que bom. Não vamos querer chegar com o celular na mão, olhando o Google Maps. Está nervosa?

— Eu estava antes de colocar o vestido. Mas agora não quero desperdiçar um minuto não aproveitando este vestido.

Quando chegaram ao topo da ladeira, o pai as estava esperando.

— *Mie bellissime figlie!*

Ele deu um beijo no rosto de Anna e ofereceu o braço dobrado para Aggy. As duas se entreolharam radiantes, sem dizer nada, compartilhando um momento pequeno antes do grande momento.

— Quer abaixar o véu? — disse Anna, com um gesto.

— Ah, sim. Pai, você pode...? — Aggy virou.

O pai delas cobriu o rosto da filha com mãos desajeitadas, e de repente, Anna ficou emocionada. Era estranho como você achava que não se importava com coisas como casamentos tradicionais, e então um dia seu coração é tomado por um. Ela sentiu vontade de entrar correndo e dizer para os convidados que amava todos eles, ainda que as pessoas notassem a influência do *bellini*.

Anna respirou fundo quando as portas-balcão se abriram, e entrou. Ela controlou a velocidade dos passos até o altar, com o buquê à sua frente. Atrás dela, a marcha nupcial começou, e a onda de reação à entrada de Aggy se fez ouvir.

O cartório no Palazzo Comunale estava adornado com uma faixa da bandeira *Il Tricolore*, e Chris parecia adoravelmente nervoso, arrumado e penteado, de peitilho e fraque.

Ele piscou para Anna, que estava muito feliz que sua irmã estivesse se casando com alguém que a amasse de verdade.

A cerimônia foi tranquila, e todos riram educadamente dos votos de Anna e talvez tenham até achado graça onde a intenção não era essa. Os votos de Chris foram sobre o que ele amava em Aggy: sua preocupação com as outras pessoas, sua natureza doce, a maneira como ela sempre se recuperava da adversidade. Houve alguns sorrisos cúmplices. E então, um beijo, aplausos, e a irmã de Anna era uma esposa; uma esposa com um marido que ela estava muito feliz de ter como irmão.

As mães enxugaram os olhos enquanto os pintores-decoradores e funcionários da Hornsey comemoraram e assobiaram. As pessoas sempre diziam que Anna era uma boa influência para Aggy, uma irmã mais velha adulta que cuidava dela. Mas, naquele momento, Anna sentiu o quanto sua irmã mais nova cuidava dela. Anna precisava de alguém por perto com o *joie de vivre* e a atitude destemida de Aggy em relação à vida. Alguém que literalmente a puxasse de volta para o mundo dos vivos.

Do lado de fora da cerimônia, uma grande celebração começou quando todos jogaram punhados de pétalas de rosa nos noivos felizes. E eles de fato estavam muito felizes. Anna tinha visto sua irmã excessivamente animada incontáveis vezes, mas aquele era o brilho de uma alegria duradoura.

Eles voltaram pelas ruas e encheram o ônibus que os levaria para o restaurante onde a recepção seria realizada, que ficava a meia hora dali.

O restaurante, Da Serena, era um local vasto em forma de celeiro, administrado por gerações de uma família local. As fileiras de mesas estavam cobertas com toalhas de papel, recipientes cheios de *glissini*, e bandejas de *bruschetta*.

Anna, que estava usando uma combinação embaixo do vestido que parecia ter sido desenhado pela indústria aeronáutica, torceu para ser capaz de fazer justiça aos muitos pratos da festa. Em uma extremidade da mesa havia um palco onde uma banda estava se instalando. O local era tão cavernoso que não havia necessidade de mudar a iluminação entre o dia e a noite. Pela milésima vez, Anna pensou em como aquele lugar tinha uma atmosfera muito mais agradável que um hotel absurdamente caro com regras, regulamento e comida difícil.

Quando todos ocuparam seus lugares para a refeição ser servida, ela se deu conta de que estava sentada na frente de um italiano lindo e imponente, com cabelo cheio e encaracolado. Parecia que ele devia estar montado em uma Vespa na capa da *GQ Italia*.

— Aureliana? — ele chamou, com um lindo sotaque. — Primo.

Meu Deus, claro, Primo. Anna tinha esquecido. "Obrigada, Aggy, até no café da manhã do seu casamento, eu estou num encontro às escuras." Não tinha sido à toa que sua irmã insistira que havia um homem no fim do túnel para Anna. Isso posto, terminar o dia com um arquiteto toscano maravilhoso não era a pior maneira de lidar com sua dor existencial. Além do mais, ele a estava olhando como um cachorro de rua olha para um pedaço de carne.

Em algumas situações, Anna teria se importado, mas naquele momento ela aceitaria o estímulo. Ela piscou seus cílios não tão naturais e, enquanto a refeição transcorria, aceitou *vino rosso* com regularidade.

Primo falava inglês muito bem, mas a conversa parecia empacada mesmo assim.

— Você trabalha muito? — ele perguntou, comendo *prosciutto* e *salami*.

— Acho que trabalho muito, sim. Mas eu adoro — Anna respondeu para Primo.

— Você é tão linda — ele disse, em um avanço súbito de assunto, como se estivesse falando do tempo.

— Uau, obrigada. — Anna respondeu, se sentindo claramente mais inglesa que italiana diante do elogio.

Ele manteve os olhos nos dela, e Anna ouviu uma frase de Michelle voltar para sua cabeça: "Dá para ver o momento em que os homens percebem que vão se dar bem." Anna se deu conta e pensou: "Será?"

Por um lado, seria algo inconsequente e divertido, não amor. Por outro, hummmm, Primo.

Depois de mais comida, tanta que Anna achou que fosse impossível consumir tudo em uma única refeição, e dos discursos, todos os convidados foram conduzidos para o palco, e Anna imaginou ser a primeira dança.

A banda começou a tocar, e Aggy surgiu, segurando um microfone. E começou uma bela versão *a cappella* de uma canção que Anna não reconheceu de imediato.

— "Underneath Your Clothes", da Shakira — Michelle ajudou a identificar.

— Oh, não. Uma música sobre seu homem estar sem roupa? — Anna sussurrou de volta. — Só minha irmã...

— Uma escolha ousada — Michelle concordou. — Mas os mais velhos parecem estar lidando bem.

Anna olhou para os pais e para os convidados de Barking. Todos pareciam um tanto chocados, com exceção da mãe delas, que se balançava com uma expressão de profundo orgulho. A família italiana parecia sem jeito, mas feliz de modo geral.

Do outro lado do palco, Chris apareceu com outro microfone e começou a cantar sobre Aggy. O ritmo se acelerou, e a canção dela se transformou em "Forget You", de Cee Lo Green. A letra sobre dinheiro e sobre precisar ser rico para estar com Aggy era engraçada e apropriada, ainda que quase ofensiva.

Os dois sabiam cantar, mais ou menos. Mas, o mais importante, Anna pensou, era que aquilo ia acabar logo.

Ah, não. Marianne levou uma gangue de patricinhas para o palco atrás de Aggy, e elas começaram a cantar "You Know I'm No Good."

Anna virou para Michelle.

— Infidelidade agora. O que vem depois? "The Drugs Don't Work"?

Michelle estava dançando com os ombros.

— Ah, a música combina bem.

Anna olhou para o salão, e sua mãe e sua tia Carol estavam se mexendo e dançando como mães na sugestiva parte do *carpet burn*.

O irmão e padrinho de casamento de Chris, Dave, se juntou aos demais padrinhos atrás do noivo, e "You Know I'm No Good" se tornou

"Do Ya Think I'm Sexy", de Rod Stewart, em uma maratona em estilo *Amor, sublime amor.*

— Só eu acho que isso é totalmente absurdo? Anna comentou com Michelle, que estava fraca de tanto rir.

Aggy desceu do palco quando a pista de dança começou a se encher e, com as saias em uma mão, passou por Anna e gritou:

— O que você achou? Uma batalha de músicas, como em *A Escolha Perfeita!* Espero que o tio Riccardo tenha filmado. Vou colocar na internet quando chegarmos em casa. Ninguém nunca fez isso antes!

— Será que foi... por um bom motivo? — Anna respondeu, mas Aggy não estava ouvindo.

Michelle tinha sido agarrada e arrastada para a pista de dança por um tio italiano idoso cujo olhar se alternava entre o rosto e os peitos dela. Enquanto isso, Daniel estava tendo uma conversa intensa com patricinhas. Quem diria que ele encontraria espíritos próximos entre as meninas da *Grazia*? Elas o estavam ensinando sobre as "Regras de Recuperação" depois do fim de uma relação. Mas Anna duvidou que Dan precisasse assistir *Diário de uma Paixão* tantas vezes quanto recomendaram.

Primo a encontrou em meio à multidão.

— Fumar? — ele propôs, fazendo o gesto de levar um cigarro à boca e tirar. — Lá fora?

Anna não era muito versada nas artes da sedução, mas reconheceu que fumar provavelmente não era tudo o que Primo queria.

— Claro. Por que não? — ela respondeu.

69

Os dois caminharam pelos jardins do lado de fora, pisando no cascalho de um vasto estacionamento. Os limites do lugar revelaram as montanhas, e o cenário mergulhava na escuridão. A única luz vinha do prédio atrás deles e dos veículos que piscavam ao entrar e sair de vista, dando a volta na montanha.

— Não sei como, mas é tão fresco aqui em cima — Anna comentou, tremendo e olhando para a lua baixa. Estava frio, mas os dois estavam aquecidos pelo calor do álcool. — Como se você não se desse conta de como vive sufocado nas cidades. Toda aquela... poluição.

Era bem difícil pensar no que dizer para alguém que você achava que podia enfiar a língua na sua boca a qualquer momento.

Primo colocou a mão no bolso do paletó e tirou um isqueiro prateado. Oferecendo um cigarro para Anna, ele o acendeu com um movimento ágil.

Ela inspirou a fumaça até o pulmões junto com o ar frio e começou a tossir violentamente.

— Eu não... fumo... — ela disse, enquanto tossia.

— Você não fuma? — Primo perguntou, o branco dos olhos e dos dentes brilhando.

Anna balançou a cabeça, gaguejando, enquanto abanava a boca com a mão.

— Ah, não — ele disse, rindo e colocando a mão com delicadeza nas costas dela.

Anna mal teve tempo de recuperar o fôlego antes que Primo colocasse o braço ao redor dela, uma mão bem no traseiro. Meu Deus, os italianos não perdiam tempo.

— Aureliana — ele disse, e foi delicioso ouvir seu nome com o sotaque certo. Anna pensou em se render. Mas não queria isso. Ela queria outra pessoa. De repente, depois de um dia aproveitando a companhia de tanta gente, Anna precisava ficar sozinha. E se afastou.

— Primo, você pode me dar um minuto?

Ela não tinha certeza se ele tinha entendido.

— Só eu — ela acrescentou. — E meu primeiro cigarro. — Ela indicou. — E a lua. *La luna!*

— Vejo você lá dentro? — ele disse, sem graça, obviamente pensando que as inglesas bebiam tanto quanto ele ouvira falar.

— Com certeza.

Primo virou e entrou, e Anna ficou parada com seu cigarro queimando, tremendo, olhando para as montanhas. Ela pensou que não era mais a mesma pessoa que tinha ido ao reencontro da escola.

E não tinha certeza se ia voltar para os encontros marcados pela internet. Anna solteira era Anna inteira. Não encontrar alguém não era um fracasso, era só um fato. Se os outros tirassem conclusões, problema deles. Havia muitos outros fatos sobre ela. Anna amava seu trabalho, amava seus amigos e sua família. Ela teve uma experiência péssima na escola e contaria para qualquer um que perguntasse — mas estava na hora de parar de se sentir definida por aquilo.

Ah, sim, e a ideia de colocar fim ao desconforto com Patrick jogando *World of Warcraft*, onde ele era um panda, e ela era uma bruxa morta-viva. Era uma ótima ideia. Bom, era o que Anna esperava. Eles estavam conversando com facilidade de novo. Ainda que Patrick estivesse tentando convencê-la a participar de *quests*, onde quer que os dois estivessem.

Ela colocou o cigarro na boca de novo e ensaiou o ângulo antes de tragar. "Anna", ela pensou, "você nunca vai ser cool. E não precisa ser."

Surgiu um barulho discreto de cascalho e uma voz masculina atrás dela.

— Eu não sabia que você fumava.

Anna virou e se deparou com James diante dela, barbeado, de terno escuro e camisa branca.

— Eu não fumo — ela respondeu.

A despeito do fato de James estar, nas palavras de Aggy, OMG, não foi sua beleza masculina, mas sua amizade próxima o que a atingiu, bem no plexo solar. Ele era um de seus melhores amigos. E estava ali.

Anna jogou o cigarro fora, pisou nele com o salto, foi até James e envolveu o meio do corpo dele com os dois braços.

— É tão bom ver você — ela disse, com um abraço apertado, sentindo o material, o cheiro de camisa nova e a solidez quando ele a abraçou de volta.

O milagre de James Fraser de repente estar em um estacionamento, no alto de uma montanha da Itália? Não importava o que ele dissesse, Anna sabia que uma oração tinha sido atendida.

— Obrigado pela mensagem — James disse, quando ela se desvencilhou e deu um passo para trás.

— Você recebeu! Eu não tinha certeza... por causa do sinal.

— Recebi — ele disse, olhando para ela com intensidade, e Anna sentiu seu corpo se liquefazer um pouco.

— Talvez eu não devesse ter mandado aquilo para um homem casado.

— Separado. Em processo de divórcio.

— Ah.

James limpou a garganta.

— Você disse que se lembrava das minhas piadas idiotas? Bom, eu também me lembro das coisas que você diz. Você disse que gostava quando um homem fazia grandes declarações de seus sentimentos. Pode ser bem constrangedor, mas posso tentar?

James sorriu, e Anna assentiu.

— Ok. Então. A questão é, quando reencontrei você, eu me dei conta de que estava bem perdido. Nunca fui bom em escolher o caminho certo. Mas lá estava você, e você mudou tudo. Toda a minha estupidez funcionou com outras pessoas, mas eu soube, quase imediatamente, que você era diferente. Para estar perto de você, eu precisava parar com aquilo e ser melhor. E, antes que me desse conta, eu estava me apaixonando por você.

De repente, Anna não estava mais com frio.

—Você acha que a escola é uma espécie de vergonha, mas não é, ou não para você. A maneira como você se refez prova como você é uma pessoa extraordinária. É o que eu quero dizer, e isso é mais importante do que dizer que estou perdidamente apaixonado por você, porque se apaixonar por você é fácil, Anna. Mas o que você fez é difícil. Você é extraordinária.

Ele fez uma pausa para recuperar o fôlego, e Anna disparou:

— James, é tão bom que você me considere uma pessoa admirável, mas você precisa de fato me desejar. Você disse que me via como uma irmã... e também disse que eu não sou seu tipo.

— Ah, pelo amor de Deus, eu estava mentindo para parecer indiferente — ele disse. — Se não a desejasse, eu beijaria você assim?

James deu um passo para a frente e se inclinou, com a mão no rosto dela.

Anna podia ter queimado seus diários de adolescência, mas, se tivesse sobrado algum, ela o abriria para escrever nas margens e dizer para seu eu do passado que a premonição estava certa.

Um dia, James Fraser a beijaria com tanta paixão que ela esqueceria que todo o resto importava.

70

James se afastou dela pela segunda vez com um pouco de disciplina e ajustou a rosa que estava caindo da lateral de sua cabeça.

Anna era sempre linda, mas naquela noite, estava absurdamente estonteante.

— A gente devia entrar — ele disse, em voz baixa.

— Não podemos fugir, só nos dois? — Anna perguntou, colocando os braços ao redor da cintura dele de novo.

A silhueta de seu corpo contra o dele deixou o estômago de James um pouco turbulento.

— Hummm, podemos. Mas acho que o casamento da sua irmã é imperdível.

Ele pegou a mão de Anna enquanto os dois atravessaram a trilha.

— Como você nos encontrou?! — ela perguntou.

— Uma combinação do convite de Aggy e um motorista de táxi bem cretino. Sabia que sua irmã está respondendo mensagens de texto no dia de seu casamento?

— Nada me surpreende menos.

—Você quer me apresentar para o seus pais? — James perguntou.

— Quero. Quem devo dizer que você é?

— Laszlo Biro, inventor da caneta esferográfica. Que tal James?

— Quero dizer, como meu namorado?

— Eu entendi o que você quer dizer.

Eles encontraram os Alessi quase no mesmo instante em que atravessaram a porta do restaurante.

— Mãe, pai, este é James. Meu... namorado — Anna disse, segurando a mão dele com mais força.

Os dois ficaram compreensivelmente chocados ao ouvir falar de um namorado ao mesmo tempo em que eram apresentados a ele, mas não se deixaram abalar.

— Anna nunca falou nada! — a mãe dela exclamou.

— Acho que ela queria fazer uma surpresa. — James comentou.

— Você com certeza é uma surpresa — ela disse, e Anna revirou os olhos.

— Você se atrasou? — o pai perguntou.

— Ah, sim. Por algumas coisas — James respondeu. — Mas estou muito feliz de estar aqui agora.

— Pense neste lugar se vocês dois se casarem — o pai dela sugeriu.

— Pai! — Anna gritou.

— O valor é bem razoável, a qualidade é boa, e todo esse espaço aberto, se vocês escolherem a primavera ou o verão. É só colocar uma tenda e fazer um churrasco. Qualquer coisa. E os italianos não são como os ingleses com a bebida. Ninguém vomita.

— Este lugar não podia ser mais agradável, sr. Alessi. Nenhum vômito. O senhor deve estar muito orgulhoso.

O pai dela estendeu a mão e bateu de leve no ombro de James.

— Cuide da minha filha. É a minha favorita.

James riu, enquanto a mãe de Anna fez um barulho de desaprovação. Eles acenaram para os amigos dela do outro lado do salão, que pareciam bem impressionados. Em seguida, Michelle fez um gesto com o punho no ar.

— Vamos dançar? — disse James.

E levou Anna para a pista de dança e a segurou pela cintura. James podia sentir o material firme envolvendo o corpo dela embaixo da textura da renda do vestido. E se sentiu tão incrivelmente sortudo que Anna fosse dele e que ele estivesse ali.

— Então? Nada da Eva? — ela perguntou.

— Eu caí em mim ali. Desculpe ter demorado tanto. Demoro para aprender. Ela não voltou. E eu aviso que, nos termos da separação, eu vou perder a casa, mas vou ficar com Luther. Não fique comigo se não quiser o gato; nós somos um pacote.

Anna abriu um sorriso largo.

— Estar com Eva de novo me fez perceber que era você o que eu precisava ter. Tudo em que eu conseguia pensar era você.

A mente de James voltou para o estranhamento da noite anterior, Eva indo da cozinha para a sala de estar, descalça, com uma garrafa de Chablis com um saca-rolha Alessi preso na rolha. E ele olhando para aquilo e pensando que aquela era a noite em que ela ia ficar. De repente, tudo ganhou um foco nítido, com um movimento milimétrico da lente.

James não queria que ela ficasse, queria outra pessoa. Alguém que ele não tinha percebido que não podia mais viver sem até que foi necessário viver sem ela. Ele simplesmente disparou que tinha conhecido outra pessoa. Eva ficou chocada, depois chorou e gritou sobre a falta de honestidade emocional dele. De alguma forma, se apaixonar por Anna desfavoravelmente, comparado com o caso dela e Finn, o que ele não entendeu direito. O fato de que James e Anna não tinham dormido juntos também piorou as coisas, o que era ainda mais confuso.

Era como se Eva estivesse atrás de um vidro blindado, e eles só estivessem conversando através de um interfone. "Eu sinto muito", ele ficava repetindo. "Eu não sabia até agora. Eu também não esperava."

Eva foi embora, e James passou duas horas pensando se as evidências sugeriam que Anna queria um divorciado apaixonado oferecendo seu coração ou só uma noitada no calor do momento. E então recebeu a mensagem.

James quase ligou para ela com as pesadas tarifas internacionais e começou a dizer coisas floridas, confusas e exageradas sobre como Anna nunca ia precisar se preocupar com alguém decepcioná-la de novo. Mas então ele parou para pensar na generosidade do gesto dela.

Anna não tinha motivo para abrir o coração, nem garantir que ele tinha feito bem, e não mal, para ela. Nem fazer uma despedida tão afetuosa. Sua única motivação tinha sido o carinho por James. Um gesto como esse merecia outro gesto.

— Como foi que a gente demorou tanto para descobrir isso? — James perguntou. — Provavelmente estava bem óbvio para todo mundo além de nós há um tempo. Quero dizer, nós enganamos todo mundo do meu escritório sem nem tentar. Talvez isso fosse um sinal.

— Eu não sabia direito como me sentia até a despedida de solteira — Anna respondeu. — E você não tinha como saber, não é?

— Eu fazia alguma ideia. Era como um idiota fazendo um quebra-cabeça do Big Ben, e se recusando a colocar a última peça, dizendo que não estava entendendo a figura. Então foi na despedida de solteira? — ele disse, apertando Anna de leve, com um sorriso. — Interessante. Foi por isso que você me deu aquela cantada ridiculamente atrevida?

— Seu cretino arrogante! Eu estava tentando ser provocante.

— "Passe em casa e dê uma olhada nos meus peitos um dia desses." O que faltava em mistério com certeza foi compensado na cara de pau.

Os dois riram, e James disse:

— Eu senti falta dessa risada. Para ser bem sincero, eu teria tentado a sorte antes, mas nunca pensei que você gostasse de mim *desse jeito*.

— Ah, bom. Eu não gosto, na verdade. Estou só fechando os olhos e me concentrando na sua personalidade contagiante.

George Michael cantarolou "A Different Corner", e Anna encostou a cabeça no peito dele.

Aggy, que estava com o marido, mais longe na pista de dança, acenou para James, que levantou a mão em sinal de cumprimento.

Ele estava em um país estrangeiro em um casamento cercado por pessoas que não conhecia, mas nunca tinha se sentido tão em casa.

Uma palavra ocorreu a James, sobre seus sentimentos por Anna. Não era uma palavra que ele já tinha usado, mas era o termo certo: adora.

Ele adorava Anna.

71

Seu olhar intenso percorreu a curva dos seios dela na camisola de seda. Ele passou a mão pelo começo de barba em seu rosto enquanto se deliciava com a imagem dela.

— *Mi carina!* — exclamou, em um grunhido de aprovação.

Não era mais uma simples expressão de afeto, mas um pedido urgente. Ele queria nada menos que a entrega total da feminilidade pura dela para si.

Ela fraquejou diante da intensidade determinada daquele olhar, enquanto um toque rosado de inocência tomou conta de seu rosto.

—Você brincou comigo por tempo suficiente, *inamorata* — ele disse, com a respiração ficando entrecortada, pegando uma mecha de cabelo dela com o polegar e o indicador.

— N-n-não! — ela gritou. — Pense nas suas responsabilidades, Luca! Você não pode herdar a propriedade dos De Vicise se casando com uma mulher que a família não escolheu para você. E você não pode me usar como... — a voz dela tremeu, e seus cílios piscaram diante da indelicadeza — ...uma aventura passageira.

Um xingamento na língua nativa escapou de seus lábios, e seus olhos de cobalto piscaram.

— Que se danem as obrigações! Eu preciso possuir você! — Ele estava imponente, pronto para devorá-la, para dominá-la como o leão faminto com sua presa, enquanto...

— Desculpe, você já tem um cardápio?

— Oh! Obrigada — disse Anna, tirando os olhos de seu Kindle quando o garçom com lenço de poá no pescoço ofereceu duas folhas de papel texturizado.

Nos 14 minutos desde que ela estava na mesa do Morito em Clerkenwell, o conde italiano estava se preparando para uma tremenda noitada, e Anna tinha se esquecido totalmente da necessidade de escolher os *tapas*.

— Você gostaria de pedir uma bebida?

Ela passou os olhos pelo cardápio.

— Dois *tinto de veranos*, obrigada.

— Eu não estou atrasado, estou? — James perguntou, aparecendo ao lado dela. Ele se inclinou para um beijo rápido antes de soltar a bolsa, sua pele fria foi de encontro ao rosto quente de Anna.

— Um pouco, mas vou deixar passar — ela respondeu, e seu rosto se iluminou.

O frio tinha deixado a pele clara dele parecendo talhada em mármore, por um escultor que de fato entendia de rostos. Ninguém ficava mais bonito enquanto tirava o casaco e murmurava:

— Harris se superou com aqueles chapéus ridículos hoje. Ele apareceu com uma cartola amarelo-canário. Parece que estou trabalhando na fábrica de Willy Wonka.

Anna duvidou disso.

— O conde italiano me fez companhia, de todo jeito — ela comentou, levantando seu Kindle.

As bebidas foram colocadas diante deles.

— O que é isso? — James perguntou, inclinando a taça.

— *Tinto de verano*. Feito com vinho tinto. É bom.

James tocou a taça na dela e tomou um gole.

— É uma delícia.

Anna ficou radiante.

— Certo, vamos ver o que o conde italiano tem para oferecer — Ele estendeu a mão para pegar o Kindle. — Se você está admirando a proeza de outro homem, quero comparar notas.

Anna entregou o aparelho com um sorriso largo.

Aperitivos foram servidos com as bebidas, e ela colocou uma amêndoa na boca.

— *Ele estava imponente, pronto para devorá-la, para dominá-la como o leão faminto com sua presa, enquanto ela tremia de desejo ardente...* — James leu em voz alta.

— A imagem peluda é bem decepcionante. Presa de um leão? O quê? Hienas? Javalis? Então ele está prestes a fazer amor com ela como um predador mastiga a garganta de um javali se debatendo?

Anna começou a balbuciar uma risada.

— Você está estragando tudo!

— Não, acho que é a escolha ruim de metáforas que está estragando tudo.

Anna olhou para James, que continuou lendo, e pensou no quanto gostava do espaço que ele ocupava em sua cama, em sua vida, mesmo que a caixa de areia de Luther não aumentasse o charme de sua cozinha. E ela não pretendia contar isso para James, mas o conde barulhento não se comparava a ele. Especialmente quando James fazia questão de deixar claro o quanto a achava atraente, tanto com palavras quanto com ações. As pupilas de Anna se dilataram ao pensar no assunto.

James clicou para virar a página.

— Mimimi, mimimi... *quase perdeu a razão de tanto desejo e murmurou as palavras que os dois quase não ouviram... ela se desfez em um milhão de pedaços?* Hã?

Ele olhou para Anna.

— É ela... é o resultado dos movimentos intensos do conde. Eles sempre se desfazem ou explodem.

— Ahhhh!... — James exclamou. — Entendi.

— ... Ela acha que o conde pode estar apaixonado por ela, mas vai passar, e ele não vai se casar com ela. Mas adivinhe? Ele vai.

Anna tomou um gelo de sua bebida, e James devolveu o Kindle.

— O que aconteceu depois que eles transaram? Eles transferem o grau de intensidade para as compras no Sainsbury? O conde tenta olhar para os sacos de salada pré-higienizada, gritando: "Rendam-se a mim!" no caixa do self-service?

— Não, quando eles transam, acaba. Eles se casam, e talvez haja menção a filhos, e só.

— Por que tanta ênfase no casamento?

— As heroínas da Mills & Boon não costumam sair transando por aí. Tem sempre um casamento no final.

— Soa sexista.

— Bom, é. É uma fantasia antiquada.

— Clubes de cavalheiros são sexistas, mas você não fantasiaria sobre eles.

— Você está realmente surpreso que algumas mulheres modernas e independentes ainda gostem de casamentos? Você foi ao casamento da minha irmã, então não dá para ter muita dúvida quanto a isso.

James riu.

— Estou tentando entender o apelo dessas atitudes arcaicas. É tão irrelevante hoje. Quero dizer, você realmente quer esse lance de casório na primeira fase de um relacionamento novo?

— Hã... — Anna comeu outra amêndoa para ganhar tempo. — Não tenho certeza. Seria bom, acho eu. Me pergunte de novo quando eu encontrar o homem com quem quero me casar.

Ela sorriu.

— Ai.

— Eu costumava pensar numa coisa, nos encontros on-line. Eu imaginava que o que acontecia durante o encontro acabaria aparecendo no discurso do padrinho no casamento — Anna continuou.

— Você estava no primeiro encontro pensando em discursos de casamento? Uau.

— Isso me faz parecer maluca, mas não é assim. Casais que se conhecem naturalmente não sabem que estão se encontrando pela primeira vez, certo? Em um encontro, sabe. E a maneira como um casal se conhece sempre é mencionada nos discursos.

— Continue falando, estou só calculando o peso do garçom que está bloqueando a porta — disse James.

— Você não tem com que se preocupar, eu não faço isso com você. Imagino que, de todo jeito, você não queira. De novo, quero dizer — Anna continuou, tentando dar um ar tranquilo e despreocupado, sem conseguir de fato.

— Ah, céus — James pegou outra azeitona. — "Minhas intenções."

— Não! Vamos deixar isso para lá.

— Mas este é o nosso primeiro encontro oficial. É o que sempre aparece nos discursos, não é?

— Tecnicamente. Ou como nós nos conhecemos.

— Hummm. Você pode me passar um guardanapo?

Anna entregou um guardanapo de papel, James pegou uma caneta em seu casaco e a destampou.

Ela ficou olhando aquela massa de cabelo preto-azulado enquanto ele rabiscava o papel. James devolveu o guardanapo para ela.

Anna o abriu.

CLARO QUE EU ME CASARIA COM VOCÊ.

Em meio ao barulho e à confusão do restaurante, Anna ficou totalmente imóvel, sorrindo.

— Pronto, nosso futuro está garantido — disse James, tampando a caneta. — O discurso não precisa ser sobre eu ser um idiota quando nós tínhamos 16 anos, nem "James zoou o croquete do conde italiano do Kindle de Anna".

Anna sentiu como se seu coração fosse transbordar.

Os dois olharam os cardápios, e James segurou a mão de Anna sobre a mesa.

— Você está ensaiando o texto usando a história do guardanapo, não está? — ele perguntou, olhando para a frente por um instante.

— Não! — Anna o encarou, sem ter lido uma palavra dos especiais do dia. — Estou pensando nas... bolinhas de queijo.

— Eles não têm bolinhas de queijo.

— Era nisso que eu estava pensando.

Os dois riram, alto o suficiente para fazer o casal na mesa ao lado olhar.

O garçom reapareceu ao lado deles, caneta a postos.

— Prontos? — ele perguntou.

Anna e James olharam um para o outro e assentiram.

Então, para vocês aqui hoje que não sabem, James e Anna se conheceram na escola...

FIM

Publisher
Kaíke Nanne

Editora executiva
Carolina Chagas

Editora de aquisição
Renata Sturm

Coordenação de produção
Thalita Aragão Ramalho

Produção editorial
Jaciara Lima
Marcela Isensee

Revisão de tradução
Rafael Gomes Surgek

Revisão
Thamiris Leiroza
Daniel Borges

Diagramação
Julio Fado

Capa
ô de casa

Este livro foi impresso no Rio de Janeiro, em 2015,
pela Edigráfica, para a HarperCollins Brasil.
A fonte usada no miolo é Bembo, corpo 12.
O papel do miolo é Chambril Avena 80g/m²,
e o da capa é cartão 250g/m².